約翰・齊佛短篇小說自選集 I

THE SEASON OF DIVORCE：STORIES

離婚季節

陽光如此燦爛；風，如此輕柔；我們卻不知道，路已到了盡頭。

JOHN CHEEVER 約翰·齊佛

余國芳——譯

誰的生活不是千瘡百孔？ 我們從來只是面對生活的新手。

【編者的話】

一部經典，一記不散的響雷！

約翰・齊佛是自海明威以降，廣受讚譽的二十世紀最偉大、最具影響力的小說家。他是瑞蒙・卡佛極力推崇、亦師亦友的文學前輩，也是村上春樹喜愛的西方短篇小說家。然而在台灣，這個作家卻未獲得深耕，尤其他的作品是如此呼應我們現代人存在的迷惘與空缺。

讀約翰・齊佛的作品，你會發現文學療癒人心的力量，如同這位作家所說的，「激勵人，為心懷愛意的人指引——若有機會，還能改變你的世界。」

齊佛的小說語言及敘事觀點有一股魔力，不是炫技，也不懷刻意，是一種渾然發自真實人生的深度與力度。那些故事總是帶你自由進入別人家的門內，那可能是一座豪華的宅邸，也可能是一間破舊小屋，但等到你再離開那戶人家大門時，你會領悟到，原來沒有誰的生活不是千瘡百孔；這時，你將會願意再重新審視自己心中的傷與愁。在齊佛的筆下，人生從來不是什麼冒險，但總是一股讓人受困、無可抵禦的巨流。

木馬文學這次所出版的，即是譯自第一次繁體中文正式授權的《約翰・齊佛短篇小說自選集》（*The Stories of John Cheever*）。此書收錄六十一則短篇，皆為約翰・齊佛一生的短篇傑作，不僅榮獲「普立茲小說獎」以及「美國國家書評獎」，更受到名家如菲利普・羅斯及約翰・厄普代克等人推崇。

這六十一篇，木馬文學將分成三部出版，它們所呼應的是這個時代的人心與無常的關係：第一部定名為《離婚季節》，第二部為《告訴我他是誰》，第三部是《重逢》。從書名看來，似乎是一段從分離而至復合的歷程，然而，名為「離婚」卻並非真正的分離，說是「重逢」卻是一次徹底的分離——而這個，也是讀完約翰・齊佛的小說，留存在人心中久久無法散去的響雷。

各界名人一致推崇！

藝文界、文學教授

王聰威（小說家）——

約翰．齊佛讓日常的傷感，巨大到微不足道。我自己也不知道要多麼無情，才足以面對這樣的世界，不致於垮掉。

伍軒宏（小說家，《撕書人》作者）——

齊佛的短篇故事中，不少已是經典。

它們呈現美國中產階級生活的多重面貌，清晰準確的文字描述之下，一針見血的觀察漸漸浮現。無論是郊區住宅的泳池巡禮、充滿張力的家族聚會、再規律不過的公寓日常生活，無論在街頭或市郊、上班族通勤列車或地鐵上，甚至在飛機失事之後的劫後經驗，齊佛都會沿著現代生活看似安穩的平面，讓我們摸到拼貼組合的接點，觸及撕裂的痕跡。

不過，由於是精巧的短篇故事，齊佛充分布局之後，點到為止，就撕開一點點而已，然後請讀者繼續撕下去。

高翊峰（小說家）——

在讀完瑞蒙．卡佛已出版的短篇小說之後，我有一段十分沮喪失落的空洞期，一直到這次遇上約翰．齊佛的《離婚季節》。

郝譽翔（國北教大語創系教授）——

這是一部瑞蒙．卡佛迷們不可錯過的經典！《離婚季節》中，齊佛用一貫冷峻精簡的筆法，短短幾語就能素描出一個令人難忘的人物，甚至直搗內心深處，所以其中上場人物眾生相雖多，卻彷彿歷歷環繞在我們的身邊，讓人深深心碎震懾於他們的夢想、空虛、孤寂、憤怒，以及那份可望而不可及的愛。

張亦絢（小說家）——

齊佛像夏目漱石般親切，有張愛玲式的戲謔，骨子深髓又是最道地的契訶夫悲憫。我讀得欲罷不能、驚豔無比。除了是技巧大師，他也是凝視被隱形社會的沉著臥底者：〈琴酒的哀愁〉就兒童心理與「社會性酗酒」，給出一針見血的畫像，〈巴別塔裡的克蘭西〉裡的「好人恐同」，除了入木三分，也寫就意味深長的希望與警惕，其他關於性別、階級、移民的關照，也常見人之未見，甚至令人產生他是「社工同行者」或「駐社區作家」的動容。小說充滿輕快的節奏，因為困乏的人們，不只該被接受，也迫切需要慰藉，《離婚季節》是獻給所有寂寞、驚恐、憂傷之人的音樂，說是譜給「患難者的甜蜜戰歌」也不為過。此外，他的強烈在地性，或許還提供了今日台灣文學最可借鏡的方法性養分。

陳栢青（作家）——

卡佛之前有佛，名曰齊佛，西方雙聖，郊區佛陀，一次到位。齊佛小說總是不動聲色，以為斜斜的走開，最後發現是直直的靠近。不寫滿，似乎留餘地，沒點破，回頭一想，其實早就什麼都沒有了。生活裡的刺被他寫成牆壁上外露的排水管，也可以選擇不看，但終究一直都在。偏偏是齊佛筆下隔了一層，卻能讓讀者覺得自己渾身赤裸。想要齊佛離遠一點，又明白沿著他小說才能更靠近自己一點。

黃崇凱（小說家）——

約翰．齊佛就是他筆下的大收音機。總是靈敏接收各種人間頻率，高傳真片段逼人一探表象底下的故事。我們聽著聽著不小心入迷，忘了我們其實身在其中。聲音跨越時空流瀉，讓我們聽清楚現實生活的起伏線條。甚至清楚得有些難堪。

陳榮彬（臺大翻譯碩士學程助理教授）——

齊佛不愧是美國小說家中的「郊區契訶夫」，對二次大戰後美國白領白人的生活留下精彩的紀錄。他的故事寫來同時帶有寫實主義的細膩諷刺與現代主義的幻滅酸楚，這本書中名篇〈大收音機〉不但是齊佛寫作生涯的突破之作，甚至有伍迪．艾倫式的魔幻氛圍，而〈再見，我的兄弟〉的敘述娓娓道來，一點也沒有拖沓之感，節奏明快且充滿衝突張力。譯者余國芳老師的文字仍是如此俐落精實，值得真心用力推薦！

劉梓潔（作家）——

約翰．齊佛小說的魅力在於，你認為它沒什麼時，你已經忘不了它。

盧郁佳（作家）——

約翰．齊佛名不虛傳，這本早年短篇已見華采。每次開場，宛如美國黑白跳動老新聞片的男聲堂皇旁白，那老成持重、響亮樂觀的口吻，幾乎聽不出諷刺。卻隨著高潮，冷不防砍進骨髓，堪稱紐約張愛玲，應該說張愛玲跟齊佛是失散雙胞胎。

他刻畫場面像塑造情景模型，打光精緻，栩栩如生，鏡頭眺望娃娃屋裡走出一家人，隔窗注視他們喬張作致、待下人故作平等。因手搖放片加速而動作猛烈、機械、搖晃，產生默片動作喜劇的荒謬滑稽。沒人比他更懂中產階級披著皮草酗酒的自戀、殘酷，更善於俯瞰受薪家庭的階級浮沉挫敗。他親暱、憐愛地輕拍，撫慰這些受傷的小玩意兒，然後毫不猶豫揮手打發他們落入空虛絕境，狠勁令人歎服。

顯然這個夏天的非凡樂趣，就是隨著作者飽滿的敘述，鏟開人物外表的刮刮樂礦灰鍍膜，揭開底下的人生真相，究竟是「銘謝惠顧」，還是安慰獎。

鍾文音（作家）——

如鷹眼透視隱藏在日常生活下的絲線，不斷挑起崩斷的絲絲縷縷，最終抖落生命累積的塵埃，讓我們看見又美麗又破敗的中產家庭，以一種看不見的變形之筆，交織起各種人物的際遇。平淡的筆下有著凌厲之心。齊佛是短篇小說的技藝典範，也是朝聖西方經典的引路人，最重要的是他還喚起我的紐約生活。

書店店長、雜誌媒體人

一本書店——

「這是清楚又明顯的靈魂廝殺；在他的鼻尖底下，貪婪的符碼把人類玩弄到了極致。」——約翰．齊佛。

閱讀文章時感受到齊佛聰明的腦袋，指使著筆尖在行走，他在每個篇章之間玩弄與安排，邪惡又精密的美國世界。

李取中（《The Affairs 週刊編集》總編輯）——

有一種文章，你讀過後感覺輕輕的也沉沉的。是微弱細瑣的人生百態，也是大刀闊斧的時代切片。是會黯黯地滲入你的意識裡，潛伏著，然後在平淡的日常中出其不意地被喚醒。有時像是明亮午後一道不明所以的閃光，有時又像是一輪高懸的白晝之月。「收音機裡的聲音溫和而平靜。『東京清晨發生鐵路慘案，』擴音器說著，『死了二十九個人。水牛城附近一所收容盲童的天主教醫院大火，今天清晨已經由醫院的修女護士撲滅了。現在的氣溫是華氏四十七度。濕度八十九。』」這是約翰．齊佛的文章。一整個世代的聲音。

林廷璋（櫞椛文庫館長）——

在閱讀約翰．齊佛的小說過程中，總帶給我一種狂想與醜陋交織的畫面感。

在每篇故事中，順著他精心安排的對話與情節，你就像是走在現實的最邊緣，經過那些比真實更加真實的場景段落。而當你對於相處感到疲憊，或對生活感到荒唐無奈時，他總能在那一刻，給你最貼近寓意的一耳光，以一種極富力道的詼諧，狠狠地將你拉回現實。或許，在所有的親密關係與相處之中，我們需要的不是那些充滿假象的忍耐與對待，而是一些更戲劇化的爭吵、不幸，才能夠意識到手中緊握的那條，稱之為社會階級、道德界線或價值準則的藤鞭，是帶著能使我們受傷的小刺的。

陳正菁（浮光書店店長）——

關於生活裡如何也去不了的地方，怎麼也下不定的決心，費盡力氣也抵達不了的內在彼岸；不是我們不想，是做不到。《離婚季節》娓娓道出現代家庭裡至關重要卻令人動彈不得的微小悲劇。

電影導演、演員、影評人

何平（電影導演／台灣藝術大學電影系副教授）——

你無法在他的文字裡直視人情世故，他的文字只提供線索。人情世故幽微的部分，存在那一行一行文字之間空白的部分，等著你跳進去而後恍然大悟。

喜歡李滄東、是枝裕和、侯孝賢電影的人，適合看約翰·齊佛的小說。無論說的是靈魂的浮沉或躁動，還是人際關係的意外驚豔，或時空命運的無情啃咬，它們看似無意，實是有情，有深情。

李淳（演員）——

這些人你都認識，你都見過。他們或許曾和你同一個門出入，或許住在你家樓上，或許二十年來都跟你睡同張床。他們是你的丈夫、你的小孩，是陌生人，或是你的戀人；他們或許曾傷害過你，或許引誘過你……約翰．齊佛告訴你這些人的故事，告訴你這些人日常的煩惱、難以捉摸的思維，以及對生活的種種感受。在他妙筆寫下的短篇故事中，這些你知道的、認識的或愛過的人，一個個具象現形。

徐明瀚（電影與藝術評論人／輔仁大學大眾傳播學程講師）——

約翰．齊佛作為短篇小說之強者，除了在文學上美國的瑞蒙．卡佛和日本的村上春樹對其表示私淑或欣賞之意，影壇中也有不少名導演跟他合作過或是新導演紛紛向他致敬。

本書的同名短篇〈離婚季節〉正是齊佛第一個被選上改編為影視的作品，在一九五二年由克拉克．瓊斯改名為《謝幕》在電視螢幕上播出，驚悚大師希區考克一九六〇年出品的電視劇《懸念故事集》中邀了他的兩個故事〈5：48〉、〈噢，青春啊美貌啊！〉，後來美國名電影編導詹姆斯．艾佛利、傑克．霍夫斯和傑夫．布萊克納在一九七九年翻拍了希區考克的那兩個故事，再外加〈琴酒的哀愁〉，定名為《齊佛3作》影集推出。

齊佛的小說改拍為電影長片，首先是由美國大導演薛尼．波拉克一九六八年將他的〈游泳者〉推上大銀幕，而法國導演阿若．戴帕里耶也在二〇〇八年拍了他的文學名作《子彈公園》，但這不是齊佛小說第一次出走美國，他的文學改編電影之列當中最值得一提的，也是台灣觀眾最熟悉的是：南韓名導洪常秀一九九六年拍出的生涯第一部電影《豬墮井的那天》，這部片名完完全全就是向《離婚季節》本書最末尾的那個短篇小說致敬，電影與該小說的情節雖然看似八竿子打不著，但就跟齊佛出手一樣，作品看似波瀾不掀，實則靜水流深。只要故事一說起來，場景逐一切換，人物們一個個眾聲交響起來，作品的迴旋力道便道勁深長，這使得小說家與改編他作品的電影所形成的影響力，不僅在本土，也擴及世界各地。

【推薦序】

當我們談到齊佛時，我們在談什麼？

文／楊澤（名作家、詩人、資深媒體人）

齊佛（John Cheever），生於一九一二年，癌逝於八二年，是美國短篇小說史上的一個里程碑。

美國短篇小說的寫作向來表現亮眼。也許是新大陸特殊風土人情所致，這種兼顧輕重，虛實，雅俗，同時可以天真，又可以三兩句就滄桑世故得不得了的文類，竟與美國人脾胃十分相宜。從十九世紀中的愛倫坡，霍桑，馬克·吐溫以來，新人輩出，呈現一枝獨秀的狀態，論格局論成就，絕不比長篇小說遜色。

上述十九世紀三大黑馬／獨行俠（American maverick）外，二十世紀證實是美國短篇小說的世紀。前有詹姆斯，歐亨利（人稱「短篇小說之王」），安德森，中有費滋傑羅，海明威，福克納，韋爾蒂（Eudora Welty），後有歐康納，卡佛，比蒂。但清點起來，歷來為台灣讀者熟悉的美國作家清單上，你不免納悶，獨不見齊佛這咖，這可算得上是個不大不小的遺憾吧。

大器晚成的齊佛

卡在二戰，齊佛入行稍晚，第一篇小說刊出，人已過三十，卻仍趕得上和《紐約客》第一代傳奇主編羅斯論交（Harold Ross，主持編務長達二十五年以上），和納博可夫一起在上頭發表作品。齊佛回憶說：

那時的紐約市區閃動著粼粼波光，街角文具店的收音機裡聽得到班尼．古德曼（Benny Goodman）的四重奏，每個人頭上幾乎都戴著一頂帽子；這裡也看得到最後一代的老菸槍，他們習慣一早用咳嗽聲把世界吵醒，習慣在雞尾酒派對喝到掛，習慣跳「克里夫蘭的小雞」之類的老式舞步，習慣乘船去歐洲……（見本書〈作者序〉）

戰後四、五十年代美國，傳聞中是夜不閉戶的太平盛世，過來人齊佛因知之甚詳，下筆十分輕快，懷舊而不戀舊，夫子自道下，反倒有絲微妙的調侃在。事實上，早在四七年，齊佛於《紐約客》發表名篇〈大收音機〉（The Enormous Radio），一炮而紅，就明白預告了世道人心的大轉折。〈大收音機〉的故事中人吉姆和艾琳，一對住在紐約蘇頓街區（Sutton Place）公寓大廈十二樓的小夫妻，素以品位不俗自居，日常除了出門聽音樂會，也愛在家中收聽古典樂。有一天，他倆發現家中收音機老舊不靈了，汰舊換新，新送到的收音機卻雜訊不斷，找不到昔日的古典樂電台，且一步步將他們引入一個不可思議的世界。

這造型乍見便帶幾分詭異的新款收音機，原來是一具頻率敏感，敏銳得不得了的「怪物」，雜訊不斷，是因為它透過電梯來往，可以直接和大樓所有樓層房間有所感應連結，小夫妻處在它的影響底下，遂被迫繪聲繪影地聽見，其他住戶的種種八卦，甚至是駭人聽聞的私事……「啊，不要，我不要，」艾琳喊著：「人生太可怕了，太齷齪了，太糟糕了。好在我們從來不是這樣的，對吧，親愛的？不對嗎？我的意思是，我們都一直那麼好，那麼正常，那麼深愛著彼此……我們有兩個孩子，兩個好漂亮的孩子。我們的人生一點都不齷齪，對吧，親愛的……我們好幸福，對不對……」。但小人物「偶開天眼覷紅塵」的結果，在齊佛筆下，只能以「可憐身是眼中人」作結。

比起當年，今天讀者置身電視機，電腦，iPad，手機的世界，相信更能理解此一收音機怪獸到底代表什麼（如果見怪不怪，代表早被吞入此巨怪肚中而不自知）。二戰後，都市紅塵高樓林立，大眾文明來勢洶洶，帶來新奇，也帶來混亂，中產普通人的日常生活看似不起波瀾，其實危機四伏，世道人心隱隱然，惶惶然的那股騷動，正好活生生被齊佛的一支妙筆捕捉下來。

美國郊區的契訶夫

齊佛其人其文，可談面向甚多，這篇短文大抵只好談一事，也就是，齊佛當年之所以被譽為「美國郊區的契訶夫」的歷史背景，順此帶出另一有趣話題，即齊佛與卡佛——另一有「美國契訶夫」美名的短篇聖手——哥倆好中間那層承接關係。中國文壇早在七〇年代即介紹齊佛，但譯名不一，有寫成「契弗」，也有「契佛」，台灣譯者余國芳改作「齊佛」，更響亮，也更有趣味。明眼人一看便知，本文標題有意與卡佛代表作——也是台灣文青的口頭禪，「當我們談到愛情時，我們在談什麼」——略作唱和，搏君一粲。

戰後紐約，從工業城市逐漸轉向服務業城市，使得城鄉起了莫大變化，進而宣告所謂都會郊區（metropolitan area）的誕生。大規模土地開發，新市鎮與衛星城的建設，很快讓紐約市的界線裡裡外外變模糊起來，〈大收音機〉中的吉姆和艾琳最想做的，就是逃離塵囂，搬到「上上城」西徹斯特郡（Westchester County）去。城郊自然環境佳，新建市街也許缺乏美國本土的建築特色，卻可滿足大眾對獨立住宅的大量需求，不出一、二十年，先是長島，接著是西徹斯特郡，人口增長都以百萬計。

大家記得，費滋傑羅二〇年代出版《大亨小傳》，寫的是長島高級住宅區，其中西蛋，東蛋，固然都是虛擬地名，但前者確實多新富如蓋茨比，後者則以舊地主階級為主。如今地氣西移，帶有濃濃中上階級品位氣質的西徹斯特郡身價看漲，後來居上，成了不少紐約人當年最愛。

容我稍事離題，六〇年代初，白先勇寫出短篇〈安樂鄉的一日〉，安樂鄉（Pleasantville）即座落此郡。七〇後，不少重量級台灣小說家，批評家，如劉大任，郭松棻，李渝，莊信正等，紛紛卜居於此，作家木心亦曾自市區北上，在郭家作客。八〇年代中，我住揚客市（Yonkers），正是此郡最南端，與曼哈頓交界之處，日常每見密集往返的直達大巴，上書 Express Yourself to New York 幾個大字，不免莞爾（express一語雙關，兼用紐約人熟知的Expose Yourself to Art典故）。諸友星散，紐約繁華夢易碎，此是一例。

酒鬼懺情錄

齊佛另一名篇〈游泳者〉（The Swimmer，六四年《紐約客》發表），便是以此「上上城」為背景寫成。男主角奈迪，人過中年，酒鬼一枚，正晾在好友家游泳池畔小歇，試圖從昨晚與死黨的狂歡宿醉恢復過來，突然心血來潮，決定一路游回自己家。方法：從這一家的泳池游到下一家，就像下城酒鬼最愛的「串酒吧」慣技（bar-hopping）那般。

事後證明，在每個熟人家的停留點，奈迪還有他的朋友，都忘不了酒，從沒忘記時時給自己來上那麼一杯。我們一開始看著，愛朋友，愛面子的奈迪四處串門子，意氣風發，風頭甚健，所到之處盡是笑臉迎人，全是他在過去人生全盛時期建立的老巢舊穴，大有「馬照跑，舞照跳」，人生的趴梯盛宴一刻不能停的fu。但漸漸的，我們發覺事有蹊蹺，奈迪的人生，不管朋友，事業，家庭，也許不盡然是表面那麼回事。最終證明，奈迪早已瀕臨家破人亡的絕境。

美國人之嗜酒成性，成癮（烈酒，liquor，alcohol，而不是wine），可說歷史久遠。酒吧到處林立，匿名戒酒會（alcoholic anonymous），戒酒中心（rehab center）亦然，這不是一天兩天的事。移民性格，清教舊道德，加上美國夢從來難圓，上述三大因素是關鍵，但五、六〇年代以降，美國全境，從東到西，從北到南，都會郊區普遍崛起，不啻火上加油，對此投下一顆震撼彈。我指的是，美國郊區生活環境固然舒適穩定，對尋求安家立業的普通人有其吸引力，骨子裡卻無聊得很。

美國人調侃他們的郊區為「無何有之鄉」（suburban nowhere land），郊區顯非哲學家海德格所嚮往的「詩意的棲居之地」。美國郊區素以單調著稱，往往給人有「文明荒原」的聯想，鋪天蓋地而來，其驚人雷同的人工性與同質性，堪稱人類史上一大奇觀。一代代的美國人生長，俯仰其中，每有窒息之感，烈酒因此成了他們生活的一個合理出口。隨著時間過去，酒味也就益發成了美國文學及文化中，我味，世味，人生味的核心。

以郊區為背景的小說與電影後來蔚為大國，嗜酒，愛寫酒的齊佛是關鍵，而此篇則是關鍵中的關鍵。事後證明，我們被酒鬼奈迪裹挾走完的這趟超現實之旅，充滿了象徵意味。以四季喻人生，齊佛安排讓奈廸浪子回家，一路走來，偏偏是從仲夏到嚴冬，從富足到潦倒，從中上階級下滑到中下，進一步掉落社會最底端，遍嚐世情冷暖，人生起落的滄桑之旅。如果對照齊佛的私生活，說此篇是他的酒鬼懺情錄亦無不可。

卡佛的偶像，不動聲色的詩人

另一酒鬼小說家卡佛，小齊佛整整兩輪，曾提起七三年和齊佛同在愛荷華寫作班教書時的一段妙事。有天，他在房裡坐，一小老頭冒冒失失闖進來，要求借一杯威士忌喝。卡佛說，等他一看是偶像齊佛，他嚇壞了，只好囁嚅回答，威士忌沒了，只剩伏特加，您要不要？齊佛此刻酒癮上身，當然照單全收，他倆也因此論交，結成莫逆。

嗜酒的美國文人其實不勝枚舉。人生及創作與酒宛如結了不解緣，因之變爛酒鬼而提前結束者，除了較早的歐亨利和費滋傑羅，就這裡說的兩位「酒肉穿腸過」的大羅漢，寒山拾得般的一對寶。酒鬼卡佛只活了五十，和他「大哥」相較，足足少了二十載，這當然是因為，同樣愛喝酒，愛寫美式郊區的無何有之鄉，同樣垂憐眾生，凝視普通人的日常，但齊佛有幸活在稍早文學雜誌與閱讀公眾仍是大寫的年代，每篇稿費輒以百金計，卡佛就沒那幸運了。

猶如契訶夫，齊佛與卡佛都是，不動聲色的詩人，抒情家，也是眼冷心暖的社會觀察家；猶如契訶夫，他倆寫的從不是，那些冒險奮戰，勇於與人生周旋的英雄人物，而是隨波逐流，陷入生活難題，絕境中的普通人。卡佛晚年成名後，多次示人以他獨得的契氏心法：他說「短篇小說更接近詩歌，而不是長篇小說，是像詩歌一樣，一行行建構起來的」；他又說「對大多數人而言，人生不是什麼冒險，而是一股莫之能禦的洪流」。聽他說這些，早在墓裡躺平，躺直了的齊佛，應該會默默點頭稱善吧。

目錄

【編者的話】一部經典，一記不散的響雷！ 003
各界名人一致推薦！ 005
【推薦序】當我們談到齊佛時，我們在談什麼？／楊澤 015
作者序 025
再見，我的兄弟 029
平凡的一天 053
大收音機 069
啊！碎夢之城 081
哈特利這一家 103
蘇頓街區的故事 112
夏日農夫 130
悲歌 144

聚寶盆 162
巴別塔裡的克蘭西 179
對窮人來說，聖誕節是個悲傷的節日 192
離婚季節 203
貞潔的克萊瑞莎 217
療癒 230
大樓管理員 242
孩子們 259
琴酒的哀愁 285
噢，青春啊美貌啊！ 301
豬掉進井裡的那天 312

作者序

這些短篇在出版的時候如果翻轉了原來的次序，或者讓我在一開始就給人老頭子的印象，而不是一個沒見過世面，被那些紳士淑女的貪婪和情欲攪得驚惶失措的年輕人，那我會很開心。一個作家的生成，我認為，不同於一個畫家，作家不會向他的師父展示任何有趣的共通點。作家在養成的階段，你不會發現類似傑克森．布洛克（Jackson Pollock）早期臨摹西斯汀教堂的畫作那樣，跟湯瑪斯．哈特．班頓（Thomas Hart Benton）有許多趣味的相似點。一個作家是很有能見度的，你可以看見他模樣笨拙的在學步，綁領帶，做愛，或是無厘頭的拿叉子吃豆子。他非常孤單，樣樣都得靠自己。以我的看法是很幼稚，又很鄙俗，有時酗酒，有時遲鈍，而更有可能是笨拙。因此，把一個人早期的作品展示出來，就算經過精挑細選，也等於像赤裸裸在展示一個人接受金錢和愛情教育的心路歷程。

這裡所有的故事都發生在二次大戰結束，我從軍中退役開始。故事的順序，就我記憶所及，盡量按照時間發生的先後，把那些難堪的、不夠成熟的片段排列整合。每個短篇看起來都像是個長久被遺忘的世界裡的故事：那時的紐約市區閃動著粼粼的波光，街角文具店的收音機裡聽得到班尼．古德曼（Benny Goodman）的四重奏，每個人的頭上幾乎都戴著一頂帽子；這裡也看得到最後一代的老菸槍，他們習慣一早用咳嗽聲把世界吵醒，習慣在雞尾酒派對喝到掛，習慣跳〈克里夫蘭的小雞〉之類的老式舞步，習慣乘船去歐洲。他們真心懷古，追求著鄉愁中的愛情和幸福，他們的神祇跟你我的一樣古老，無論是誰都沒啥不同。另外，在這些短篇小說中，有些特別註記了日期，為的是對一份愛意，一份之於某種道德倫常的執著和思念。凱文在我的信仰中並沒有扮演任何角色，可是他的出現似乎一直停留在我童年的倉庫中，留下某種無法磨滅的苦澀。

書裡有很多短篇頭一次發表都在《紐約客》，這雜誌的哈洛．羅斯、蓋斯．洛布蘭諾，和威廉．麥斯威爾，他們給了我一份大到無法計算的厚禮：一大群真心、有共鳴的讀者，和足夠我養家活口的金錢，讓我每隔一年就能買一套新西裝穿。「這簡直就是一本家庭雜誌，幹！」羅斯一衝動起來就口沒遮攔。他不是一個正經八百的人，但是當他發現午餐桌上只要說出「幹」這個字，我會整個人跳起來之後，他就經常說「幹」，等著看我跳起來。他失態的表現真的讓人嘆為觀止，舉個例子，如果他覺得撲克牌友很遜，他會進洗手間把兩隻耳朵塞滿衛生紙再回到牌桌——而這種行為，當然絕對不會出現在雜誌上。不過他的用意，在我看來是想要讓我們知道：禮儀是言語的形式，跟別的東西一樣，有深意有內涵，只是語法和意象不同而已。受他影響和鼓勵的人非常多非常廣，像歐文．蕭（Irwin Shaw）和納博可夫（Vladimir Nabokov），這一點無人能出其右。

任何幼稚、不成熟的事蹟都是很尷尬的，這在我這本短篇集裡隨處可見。可是尷尬對我是一種救贖，藉著這些故事，讓我憶起了我曾經愛過的男男女女，和故事中的那些景點，那些房間，陽台和沙灘。我最愛的幾篇都在不到一個星期內寫出來，而且得心應手。我還記得那一聲：「我的名字叫強尼．海克！」的場景是在南塔克特（Nantucket）一棟屋子進門的走廊上，當時因為遺囑延遲認證的關係，那屋子的租金很便宜，我們租得起。而從女傭的房間走出來，對著太太大嚷：「這是身穿黃金甲的王，騎著大象翻山越嶺的夜晚啊！」則是在另外一棟租來的屋子裡。我家人對我的包容真是無法估量。〈再見，我的兄弟〉那篇的結局，是從第五十九街一棟公寓大樓雨篷底下來的。「唉，對於這樣一個人你能拿他怎麼辦？」我問，然後是結尾的一句話，「我看著這兩個赤裸裸的女人從海裡走了出來！」——「齊佛先生，你這是在自說自話吧。」一旁的門房彬彬有禮地說。這個人——端正、友善，在聖誕節能拿到十塊錢小費就很滿足的人——對我來說，似乎也是歷久彌新的一號人物。

再見，我的兄弟

我們是一家人，在精神上一直非常親近。我們的父親在一次出航的意外事件中溺斃，當時我們還很小，母親就認定我們一家人的親密關係再也回不去從前了。我不太想到家人關係，不過我一直記得家裡的人和居住的海岸，還有那沁入我們血液中的海水鹽分，我很得意身為波米羅伊家族的一分子──我有屬於這一支家族的鼻子、膚色，還有長壽因子──這個家族沒什麼了不得，可是當我們聚在一起，就會得意的自以為波米羅伊家族是卓越的，是獨一無二的。我說這些並不是因為我對家族史很有興趣，或是我看重這份獨一無二的感覺，而是在強調一個重點：儘管我們有很大的差異，但是彼此間卻非常忠誠，要是其中出現了裂痕，那就是困擾和痛苦的禍首了。

我們家一共四個孩子：我姐姐黛安娜，和三個男生──查迪、勞倫斯和我。就跟許多家庭一樣，孩子們過了二十歲，就因為事業、婚姻、戰爭而分散。現在我和海倫住在長島，跟我們的四個孩子一起。我在一所中學教書，已經過了想要爭取當官（習慣的說法，就是當校長）的年紀，不過我很尊重自己的工作。查迪，他的狀況比我們其他這幾個都好，他現在和奧蒂兒還有他們的孩子住在曼哈頓。母親住在費城，至於黛安娜，她離婚後就一直住在法國，不過每年夏天會回來美國，在勞茲海德島上待一個月。勞茲海德是一個濱海的避暑勝地，位在麻州一個小島上。我們在這兒有一棟別墅，二〇年代父親把它打造成一棟大房子。矗立在面海的懸崖上，除了法國的聖特洛佩茲和義大利亞平寧山區的小村落，這裡是世界上我最愛的一個地方，也是屬於我們大家的，人人有份，所以每個人都要出錢，由大家共同來維護。

我們最小的弟弟勞倫斯，是律師，戰後在克里夫蘭一家律師事務所任職，我們已經有四年沒見到他了。在他決定離開克里夫蘭轉去奧爾巴尼的一家公司上班的時候，寫了封信給母親，說在上任之前，會到勞茲海德住個十天，帶著太太和兩個孩子一起。這剛好也是我計畫度假的時間——我在教暑期班——海倫、查迪、奧蒂兒和黛安娜都會到，所以等於是家人團聚。勞倫斯是家裡與眾不同的成員。我們難得見他一面，我想這就是大家還一直叫他「踢躂」的原因——那是他小時候的綽號，因為每次從走廊走到餐廳吃早餐，他的拖鞋就發出「踢躂，踢躂」的聲音。父親就這麼叫他，接著大家也都這麼叫他。等到他長大一些，黛安娜有時候叫他小耶穌，母親常叫他呱呱。我們並不怎麼喜歡勞倫斯，可是我們又都期盼他回來，抱著一種融合了體諒和忠誠，歡迎一個弟弟的快樂心情。

炎夏的午後，勞倫斯從內陸搭四點鐘的渡輪過來，我和查迪去接他。來去頻繁的夏季渡輪總是有著各式各樣表現一趟旅程的訊號——汽笛聲，鈴鐺聲，推車聲，團聚的歡樂聲，和海水的鹹腥味——可這一趟航程沒什麼意思，那天下午我看著渡輪駛進藍色港口，心想著這完全是一趟沒什麼意思的航程，我發現我和勞倫斯的想法不謀而合。車子從渡輪上陸續開出來，我們盯著車子的擋風玻璃尋找他的臉，很快就找到了。我們跑上前跟他握手，笨拙的親吻他的老婆和孩子。「踢躂！」

查迪喊著。「踢躂！」對於自己兄弟外貌上的變化很難做出正確判斷，不過在開車回勞茲海德的路上，我和查迪意見一致，勞倫斯看起來還是非常年輕。他先到家，我們幫他把車上的幾只手提箱拿下來。我進屋裡的時候，他站在客廳，跟母親和黛安娜說話。她們穿著最好的衣裳，戴著珠寶首飾，熱誠誇張的歡迎他，但即便在這個時候，即便所有人看起來都興高采烈，表現得那麼自然，我卻覺得屋裡隱約有著一股緊張感。那是我提著勞倫斯那幾只沉重的手提箱上樓的時候感覺到的，我發現我們對他的不喜歡，就像我們的熱誠根深柢固。我還記得有一回——二十五年前的事了——我曾經用石頭砸過勞倫斯的頭，當時他一爬起來，就直接跑去向爸爸告狀。

我提著手提箱上到三樓，勞倫斯的老婆茹絲，已經在為孩子們打點一切。她是個瘦瘦的女孩，看起來這趟旅程令她十分勞累，我問她需不需要送點喝的上來，她說不需要。

我下樓時，勞倫斯不見人影，其他人已經在準備喝雞尾酒慶祝了。我們決定喝我們的。勞倫斯是家裡唯一對飲酒毫無興趣的人。我們各自端著雞尾酒走上陽台，在陽台上看得到懸崖峭壁、大海、東邊的小島，現在勞倫斯和他太太回來了，屋子裡因為他們的出現，這些熟悉的風景在我們眼裡似乎又有了新的感受；就好像這是一份久別重逢的喜樂，海岸的美景一直都在，是他們缺席太久了。這時候勞倫斯從海灘的小路走了上來。

「海灘很美吧，踢躂？」母親問。「回來很值得吧？要不要喝一杯馬丁尼？」

「無所謂，」勞倫斯說，「威士忌，琴酒——喝什麼我都無所謂。給我一小杯蘭姆吧。」

「我們就是沒有蘭姆。」母親說。這是第一個忌諱。母親教我們千萬不要拿不定主意，模稜兩可，千萬不要像勞倫斯這樣答話。另外，她非常在乎屋子裡的規矩，不按她的標準就是不規矩，像是喝純蘭姆酒，或是把啤酒罐帶上桌，這是犯了她的大忌，這種時候就連她的幽默感也沒轍。但她意識到情況不對，想要圓場。「你要不要喝百利，蹋躂？」她說。「你不是一向都愛喝百利嗎？櫃子上還有一瓶。去倒一點來喝吧？」勞倫斯說他無所謂。他給自己倒了一杯馬丁尼，這時茹絲下樓了，我們就進屋裡吃晚餐。

儘管在等勞倫斯的這段時間我們已經喝得太多，可還是不肯罷手，大夥都貪圖這難得的太平時光。母親是個嬌小的女人，她的臉依稀還看得出當年的美貌，她的談吐仍舊輕快爽朗，不過當天晚上她談的是上島區資源回收的議題。黛安娜肯定和年輕時候的母親一樣漂亮；她是個活力十足又可愛的女人，喜歡聊她在法國認識的一些放蕩不羈的朋友，不過當天晚上她談的是她讓兩個孩子待在瑞士讀書的那間學校。我看得出這頓晚餐是在刻意討好勞倫斯。不算太豐盛，不讓他有太鋪張的感覺。

晚餐後，我們回到陽台，雲彩帶有血色，我很高興有這般濃豔的晚霞歡迎勞倫斯的歸來。我們在陽台只待了幾分鐘，一個叫愛德華·契斯特的人來接黛安娜。這人是她在法國認識的，也可能是在回來的船上認識的，他要在村子裡的小旅店住個十天。跟勞倫斯和茹絲介紹寒暄之後，他就和黛安娜離開了。

「她現在跟這個人上床？」勞倫斯問。

「這話太難聽了！」海倫說。

「你應該道歉，蹋躂。」查迪說。

「我不知道，」母親沒精打采的說。「我不知道，蹋躂。黛安娜現在是隨心所欲的狀態，我不過問這些亂七八糟的問題。我不常見到她。」

「她要回法國嗎？」

「下下個禮拜吧。」

勞倫斯和茹絲坐在陽台邊緣，沒坐在椅子上；明明有位子，但他們不坐。我這個弟弟抿起嘴唇的樣子，在我眼裡就像一個清教徒。每當我試著想要了解他的心思時，就想到我們這個族系在此地草創的時期；他對黛安娜和她那位情人的反感也使我想起了這件事。我們所屬的波米羅伊派系支會是由一位抗魔不遺餘力而大受柯登．馬瑟[1]讚揚的牧師所創立。波米羅伊派系在十九世紀中葉之前由牧師把持，他們嚴苛的思想——人類充滿悲苦，所有世俗的美都是色欲和墮落——在書籍和布道詞中都有記載。而我們家族的氣質多少做了一些調整，變得比較隨意輕鬆，只是我記得在念小學的時候，有一些上了年紀的男人女人仍然反覆提起那段受制於牧師，不斷贖罪和接受審判的黑暗日子。如果一個人在這樣的氛圍中成長——一如我們的感受——我想，拒絕罪惡感、自我否定、謹言、悔罪就成了精神上的大考驗。在我眼中，勞倫斯就一直是處在這樣的考驗之中。

「那是凱西歐比雅嗎？」奧蒂兒問。

「不是，親愛的，」查迪說，「那不是凱西歐比雅。」

「凱西歐比雅是誰？」奧蒂兒問。

1 柯登．馬瑟（Cotton Mather, 1663-1728），極具社會和政治影響力的新英格蘭清教徒牧師，參與麻州審巫案。

「她是賽夫尤斯的太太，安卓米達的母親。」我說。

「那廚子是巨人隊的球迷，」查迪說，「她甚至會花錢向你買他們得勝的小錦旗。」

天色真的暗了，賀隆角燈塔打出來的燈光在夜空中看得很清楚。黑暗的懸崖底下，不斷爆出海浪衝擊的聲音。在這個時候，按照慣例，我們的母親在晚餐前喝了不少酒，會開始談到應該訂個時間整修一下屋子、廂房、浴室和花園之類的事。

「這屋子再過五年就要沉到海裡去了。」勞倫斯說。

「烏鴉嘴踢躂呱呱。」查迪說。

「別叫我踢躂。」勞倫斯說。

「小耶穌。」查迪說。

「防波堤龜裂嚴重，」勞倫斯說：「我今天下午親眼看到的。四年前才整修過，花了八千塊。不能每隔四年就修一次啊。」

「拜託，踢躂。」母親說。

「事實就是事實，」勞倫斯說，「在一條下沉的海岸線懸崖邊上蓋房子，本來就是蠢到不能再蠢的主意。才多久啊，半個花園已經沖走了，之前的澡堂已經淹在四呎深的水底下了。」

「我們談一點『普通』的話題吧，」母親的口氣不悅。「我們談點政治或是遊艇俱樂部的舞會吧。」

「事實上，」勞倫斯說，「這房子現在大概就有危險了。要是來一次大浪，颶風級的大浪，防波堤馬上就粉碎，房子就沖走了。我們全部都會淹死。」

「我聽不下去了。」母親說。她走進配膳間，倒了一大杯琴酒出來。

我現在年紀太大了，已經沒辦法判讀其他人的看法或是情緒，但是我清楚感受到勞倫斯和母親之間的緊張，我也知道其中一些原委。當年勞倫斯認定母親刻薄浮誇，喜歡搞破壞，過度強勢，那時他才不過十六歲。一旦做了這樣的論斷，他就決定跟她分開。那時候他讀寄宿學校，我還記得他連聖誕節都沒回家。他跟一個朋友一起過節。自從對母親做出那些負面的評斷之後，他極少回家，即便回了家，在言談之間，他也總是想盡辦法讓她知道他是刻意要疏離。他和茹絲結婚的時候，沒告訴母親。生了孩子也沒告訴她。儘管有心又有原則的過了這麼長一段時間，他卻不像我們其他人，完全沒有別離再相逢的快樂，他們兩個只要聚在一起，你立刻就能感覺到那份緊張，那份暗中較勁。

很不幸，母親偏偏選在這天晚上喝醉了。這是她的特權，但她很少喝醉，幸運的是，她的個性不好鬥，不會動粗，但我們大家都意識到會有情況。她安靜的喝著琴酒，似乎很悲傷，刻意跟我們保持距離；她似乎是處在漫遊的痛苦中。很快地，她的情緒由漫遊變成了受傷，偶爾說出口的幾句話都很任性，前言不搭後語的。酒杯快空的時候，她生氣的盯著鼻子前面的黑暗，稍微晃動一下腦袋，那樣子就像個打手。我知道她的心已經容不下那麼多的傷害了。她的孩子一個個都那麼蠢，她的丈夫淹死了，她的僕人全都是賊，她坐的椅子那麼的不舒服。突然間她放下空酒杯，打斷查迪的話頭，他正在大談棒球。「我知道一件事，」她啞著嗓子說：「我知道如果有來世，我一定要一個跟現在大不相同的家庭。我會非常非常有錢，有腦子，還有一堆討人喜歡的好孩子。」她站起來朝門口走，差點摔跤。查迪一把穩住她攙扶她上樓。我聽見他們倆輕柔的互道晚安，然後查迪下樓歸隊。我想遠道回來的勞倫斯現在應該很累了，可是他仍然待在陽台上，彷彿是在等著看最後的亂象，我們乾脆由著他留在那兒，大夥摸黑去游泳了。

第二天早上醒來，也許是半夢半醒吧，我聽見有人在網球場拍球。聲音悶沉沉的，不像在撞鐵鐘——一種沒有韻律感的撞擊聲——一聽見這個聲音我就知道夏天到了，一個好兆頭。我下樓的時候，勞倫斯的兩個孩子在客廳裡，穿著一身華麗的牛仔裝。兩個弱不禁風的瘦小孩。他們告訴我父親在網球場玩球，可是他們不想出去，因為看見門階底下有條蛇。我跟他們說另外幾個堂兄弟所有的孩子——都在廚房裡吃早餐，他們也該趕緊去吃。一聽見這句話，小男孩就開始哭。然後小姐姐也加入了。就好像去廚房吃早餐會毀掉他們最寶貝的權利似的。我叫他們跟我一起坐下來。勞倫斯進來了，我問他是不是想打網球。他說謝謝，不想，雖然他想跟查迪來幾場單打。他說得沒錯，他和查迪打得都比我好，早餐後他確實跟查迪打了幾個回合的單打，等到其他人也過來打家庭雙打的時候，勞倫斯就神隱了。這令我很生氣，太沒道理了——不過我們的網球雙打玩得好開心——為了禮貌，他也應該應付一下才對。

接近中午，我一個人從網球場走上來，看見踢躂站在陽台上，用摺刀剔著一塊牆板。「怎麼了，勞倫斯？」我說。「白蟻嗎？」木頭裡總是有白蟻，給我們添了很大的麻煩。

他指給我看，在每一排牆板的底部都有一道淡淡的藍色筆線。「這屋子大概有二十二年了，」他說。「這些牆板大概有兩百年了。爸蓋這棟屋子的時候，為了讓它看起來有古風，他八成把這附近所有農家的老牆板全買了下來。到現在還能看出當初釘這些老古董時候上面用筆線做的記號。」

這些牆板的來歷確實如此，只是我早忘了。建造之初，我們的父親，也或者是他的建築師，指定要砌上這些經過風吹日曬長滿青苔的牆板。我不明白勞倫斯看不慣的理由是什麼。

「再看看這些門，」勞倫斯說：「看看這些門框和窗框。」我跟隨他走到通往陽台的一扇上下兩截的荷蘭式大門，仔細看。那算是比較新的一扇門，可是有人刻意不讓它看出是新的樣子。門的表面用金屬工具用力的刮擦過，白漆顯現出一道道偽裝成被海風、青苔、氣候折磨的蝕痕。「想想看花費數千塊錢把一棟很好的房子搞得像個廢墟，」勞倫斯說，「想想看這是什麼心態。心心念念的只想生活在過去，出錢請工匠過來把好好的大門弄成這副破相。」於是我想起勞倫斯對時間的敏感度，對於我們懷舊的各種想法和意見。很多年前我就聽他說過，他說我們這些人，我們周圍的朋友，甚至我們這個部分的民族性，就像一個可憐又可恨的成年人，沒有能力應付現實問題，只想回到過去，回到那個自以為單純快樂的時光，他說，我們只想復古只愛燭光的做法根本是在走失敗的回頭路。這些模糊的藍粉筆線又勾起了他這些想法，那扇破門更加推波助瀾，一樁一件的全部呈現到他的眼前——門燈的亮度，煙囪的厚度，地板和卡榫的寬度。勞倫斯在對我數落這些缺點的時候，其他人也從網球場走上來了。母親一瞧見勞倫斯，她的反應非常直接，我看出那裡面毫無親子的情分可言。她抓起查迪的手膀。「走，我們去游泳，去沙灘喝馬丁尼，」她說。「讓我們去過一個『美極了』的早上。」

那天早上大海就一個顏色，像一大塊深綠色的石頭。大家都去了沙灘，除了踢躂和茹絲。「我不在乎他。」母親說。她很興奮，把酒杯一歪，一些琴酒灑進了沙子裡。「我不在乎『他』。不管他多無禮多可怕多討厭我都不在乎，我不能忍受的是他兩個孩子那副討人厭的面孔。」隔著高高的懸崖，大家肆無忌憚的談論著勞倫斯，說他年紀愈大反而變得更壞，說他跟我們大家都不一樣，說他掃興的本事最大。我們喝著琴酒，壞話說得淋漓盡致，然後，我們一個接一個，潛入扎實的碧波中去游泳了。等到游完泳，居然沒有人再說勞倫斯的壞話；之前的謾罵被砍掉了，彷彿游泳有如受洗，有淨化心靈的力量。我們擦乾了手，點上菸，再提起勞倫斯的時候，也只是真心在建議應該拿什麼來取悅他。譬如他會不會喜歡揚帆出海去巴倫灣，或是去釣魚？

我現在想起來勞倫斯回去看我們那次，大家游泳的次數超過平常，我想其中是有理由的。我們的怨氣隨著跟他相處的時間愈積愈多，耐性也愈來愈低，不只是對勞倫斯，連我們彼此之間也是；我們不斷去游泳，把我們敵對的恨意統統倒進冷冷的海水裡。現在我彷彿又看見當時的一家人，看見他們坐在沙灘上為著勞倫斯的口不擇言傷心難過，我看見他們在游泳浮潛，聽見他們語氣裡的隱忍和一再回頭的善意。如果當時勞倫斯能注意到這個改變——這種「滌罪」的錯覺（他應該會在心理學的字典，或是亞特蘭提斯的神話裡，找到一個更恰當的名稱）。不過我認為他不會注意到這個改變。他忽視大海的療癒力量，不知道自己錯失了為數已經不多的一個機會。

那年我們家的廚子是一個名叫安娜．奧斯楚維克的波蘭女人，一個夏季廚娘。她很棒——大塊頭，很胖，誠心誠意，做事非常認真。她喜歡做菜，更喜歡別人愛吃她做的飯菜而且吃個精光，無論哪時候只要一看見她，她總是要我們吃。一週裡有兩三次她會做熱麵包——牛角和餐包——當早餐，她親自把麵包端進餐廳說，「吃啊，吃啊，吃啊！」等到女傭把餐盤端回小廚房，我們有時候還會聽見安娜站在那裡說，「太好了！他們吃了。」她也把收垃圾的清潔工、送牛奶的人和園丁餵得飽飽的。「吃啊！」她會一個勁的跟他們說。「吃啊，吃啊！」每個星期四下午，她會跟女傭一起去看電影，但是她並不喜歡那些電影，因為電影裡的演員都太瘦了。她會在電影院裡坐上一個半小時，專心等待那個吃起東西來津津有味的人物。大明星蓓蒂．戴維絲給安娜的印象只是個沒吃飽的人。「他們全都瘦巴巴的！」出了電影院她就說。每天晚上，把我們全體塞飽之後，她會把鍋子罐子洗乾淨，再把餐桌上的屑屑收集起來拿去餵外面的小動物。那年我們養了幾隻雞，儘管小雞還在睡覺，她照樣把食料倒進飼料槽裡，硬是要那些雞起來吃。她在院子裡的樣子和她迫切的聲音——我們聽見她不停的叫著「吃啊，吃啊，吃啊」——變成了那個時段的一種儀式，就像遊艇俱樂部的黃昏禮砲和賀隆灣燈塔的亮光。「吃啊，吃啊，吃啊！」我們只要聽見安娜這麼叫著，很快就會看到天色暗下來了。

勞倫斯來了三天之後，安娜把我叫進廚房。「你去跟你媽說，」她說，「叫他別進我的廚房。他要是隨時進來我的廚房，那我就走人。他老是進來跟我說我是個多麼悲哀的女人。他老是跟我說我太辛苦了、錢拿太少了，我應該加入一個有休假的工會。呵！他自己都瘦成皮包骨了，還要在我忙得不得了的時候進來說我可憐——我可沒有比他差，我沒有比任何人差，我不需要這種人一天到晚進來煩我可憐我。我可是個很棒的廚子，名氣很大的，找我的人多得是，我今年夏天來這裡唯一的原因，是我從來沒在小島上待過，明天我就可以換地方，要是他再這樣老是進來廚房說些風涼話可憐我，你就去跟你媽說我馬上走。我沒有不如人的地方，我不需要那個皮包骨一天到晚的說我可憐。」

我很高興那廚子站在我們這一邊，但我覺得情況很微妙。如果媽媽叫勞倫斯別進廚房，他會罵個沒完。他什麼都能罵，有時候就好像他在餐桌上賭氣那樣，不管看到什麼，他都有話說。我沒有把廚子的抱怨跟任何人講，好在之後也沒出什麼大麻煩。

此外，還有一個因為勞倫斯而產生的爭論，是來自我們玩的雙陸棋。

在勞茲海德我們經常玩雙陸棋。八點鐘，一喝完咖啡，我們通常就會排上棋盤。這是我們最愜意的時光。房間裡仍未開燈，還看得見安娜待在暗沉沉的園子裡，而她頭頂上的天空是大塊大塊的火紅雲朵。這時，母親把燈打開，咔嗒咔嗒搖起骰子。我們通常一局擲三把，跟對家比大小。我們算錢的，一局輸贏一百塊，莊家則低得多。我認為勞倫斯過去也常玩——我記不太清楚了——可是他現在不玩了。他不賭博。這並不是因為他窮或是對賭博有任何原則，而是因為他覺得這個遊戲太蠢，根本是浪費時間。其實，他看我們大家玩不也是浪費時間嘛。每天晚上，牌局一開始，他就拖了把椅子過來坐在棋盤邊，專注地看著棋子和骰子。他臉上一副不屑的表情，可偏又看得十分仔細。我不知道他為什麼每天晚上都要坐在一旁看著，我觀察他的臉，從他臉上大概看得出一些道理。

勞倫斯不賭博，所以他不了解輸錢贏錢的刺激。我猜想他早已忘記怎麼玩這個遊戲了，所以那些複雜的賠率引不起他的興趣。他觀察的結果肯定包括了這幾個觀點，十五子棋是無聊的遊戲，是投機的遊戲，那個標著點數的棋盤，就是代表我們無聊的一個象徵。就因為他既不懂賭博，也不懂投注的方式，我想他真正感興趣的必然是這個家裡的人。有一晚，就在我跟奧蒂兒開賭的時候——我已經從母親和查迪那邊贏了三十七塊錢——我想就在那一刻我看出了他的心思。

奧蒂兒黑髮黑眼。她總是很小心的不讓白皙的皮膚在太陽底下曝曬太久，因此她身上黑白兩色的強烈對比，在炎炎夏日裡也不會有所改變。她需要讚美，也值得讚美——這是滿足她的基本元素——她跟任何一個男人都能調情，當然不是認真的。那天晚上她裸露著香肩，洋裝的胸口開得很低，每次把身子湊在棋盤上的時候，胸部就會顯露出來。她不斷的輸棋不斷的撒嬌，她似乎把輸贏當成了調情的一部分。當時查迪在別的房間。她連輸了三局，第三局終了時，她倒在沙發上，直勾勾的盯著我說要去沙丘透透氣，平靜一下。勞倫斯聽見了。我看著勞倫斯，他似乎又驚又喜，彷彿他本來就在懷疑我們醉翁之意不在酒，並非純粹為了錢而玩。當然，也許我猜錯了，不過我認為勞倫斯確實覺得他從我們的棋賽裡面發覺出某種惡質的悲劇性發展，我們輸贏的小錢只是後續慘賠的一個徵兆罷了。勞倫斯就是想要從我們表現的每一個小動作讀出其中的意義和結局，等他發現這些動作裡的含義，那就更證實了他的想法。真是卑鄙齷齪。

查迪進來跟我下棋了。我和查迪兩個人從小鬥到大，誰也不肯認輸。小時候，爸媽老是不准我們兩個玩在一起，因為玩到最後就是打架。我們總以為非常了解彼此的習性：我認為他太謹慎；他認為我太笨。我們不管玩什麼總是一副仇人的樣子，不管是玩網球、五子棋、壘球、橋牌，玩的目的好像就是為了要整倒對方。每次輸給查迪，我就會睡不著。其實這只是我們之間一種半真半假的競爭關係，可是就這種半真半假的關係也被勞倫斯看得一清二楚，所以他一上場我就特別敏感，一連輸了兩局。我盡量表現出不在意的樣子起身離開牌桌。勞倫斯一直盯著我。我走上陽台，在黑暗中承受著每次輸給查迪就會冒上來的怒火。

我再度回到房間時，查迪和老媽正玩得起勁。勞倫斯仍舊在觀戰。在他眼裡，奧蒂兒對我已經沒了操守，而我對查迪已經失了分寸，現在我不知道他看眼前的這一對牌搭子又是如何。他全神貫注，彷彿這些不透明的棋子和標著記號的棋盤有著非常厲害的批判力量。這棋盤，這安靜無聲的參賽者，還有外面那洶湧澎湃的海水，在他眼裡是多麼的戲劇化！這是清楚又明顯的靈魂廝殺；在他的鼻尖底下，貪婪的符碼把人類玩弄到了極致。

媽媽是棋賽高手，布局精，狠，準。她的手永遠都在對家的地盤上。查迪是她最愛的棋搭子，跟他打牌特別用心。勞倫斯肯定注意到了。媽媽是一個多愁善感的女人，心很軟，很容易被淚水和脆弱打動，這個性就像她挺拔好看的鼻子，再老都不會改變。她同情弱者，看不得悲苦憂傷，她不時想要解開查迪心裡的苦痛和失落，希望幫助他改變他，希望他再像當年那個軟弱多病的小男孩，重建起她心嚮往之的親子關係。她喜歡保護弱小，現在我們都長大了，老了，她不免懷念從前。那個有借貸和風險、有男人和戰爭、有打獵和釣魚的世界更加重了她的思念（父親溺死之後，她把他的釣竿和槍枝全扔了）。她一再的訓示我們要自力更生，可是每當我們——尤其是查迪——回來她身邊求助取暖的時候，她似乎有了再找回自己的感覺。我覺得勞倫斯當時心裡想的是，這老女人和她的兒子根本是在賭彼此的靈魂。

她輸了。「天哪！」她說著，一副大受打擊的樣子。每回輸棋她總是這副模樣。「把眼鏡給我拿來，把支票簿給我拿來，給我倒點喝的。」勞倫斯終於站起來，伸伸腿。他冷眼看著我們。風起了潮漲了，我想他聽得見，他八成把一波波的海浪當作回答他內心那些陰暗問題的答案吧；我想他會以為那潮水終於把我們野餐留下的餘燼澆熄了。一個作假的同伴叫人不敢領教，而他似乎就是作假的化身。我沒辦法向他解說小賭怡情的單純快樂，我也沒法說出他坐在棋盤邊上，自以為是的斷定我們在互相拿自己的靈魂做賭注更是大錯特錯。他在房間裡焦躁不安的踱了兩三回，然後照慣例，丟給我們一句尖酸的臨別贈言。「我看你們真是瘋了，」他說，「每天晚上就這麼綁在一起。

走吧，茹絲。我要去睡了。」

那天夜裡，我夢見勞倫斯。我看見他那張長相平凡的臉孔變得好大好醜，早上醒來，我全身不舒服，就像在睡眠中經歷了一場巨變似的，很大的失落感，心和勇氣全都失落了。我讓自己為弟弟而傷神，實在太愚蠢了。我要的是假期。我要的是放鬆。在學校裡，我們住宿舍，我們在餐廳吃飯，我們吃住都在一起。我不單是寒暑假教英文，還在校長辦公室裡兼差，在田徑場上擔任鳴槍員。我需要拋開這一切，我需要遠離焦慮，我決定不再想弟弟的事。那天一早，我帶海倫和孩子們出海，一直待到晚飯時間才回家。第二天，我們去野餐。然後我得回紐約一整天，從紐約回來剛好趕上遊艇俱樂部的化裝舞會。勞倫斯不想參加，這種派對我喜歡，每次都玩得很盡興。

那年的邀請函上寫著只要你喜歡，扮什麼都可以。經過幾番討論，我和海倫做了決定。她說她最想裝扮的，就是再做一次新娘，所以她決定穿上她的結婚禮服。我覺得這個選擇很好——真誠，開心，又不花錢。她的選擇也影響了我，我穿上了舊的足球服。母親走珍妮·林德[2]的路線，因為閣樓上有一套珍妮·林德的舊戲服。其餘的人決定租衣服穿，就等我去紐約那天幫他們把所有服飾搞定。勞倫斯和茹絲則完全不參與。

海倫是舞會委員，星期五幾乎都在忙著布置場地。我和黛安娜還有查迪揚帆出海。這段日子，我的航程多半都在曼哈賽特一帶，也漸漸習慣了在遊艇上、在船艙的鐵皮屋頂底下，以船為家的生

2 珍妮·林德（Jenny Lind, 1820-1887），瑞典女高音歌唱家，有「瑞典夜鶯」的美譽。

活方式。那天下午我們回來的時候，開心地把蝴蝶結繫在村子裡白色教堂尖頂上，那個下午連近岸的海水都顯得特別碧綠清澄。航程結束，我們順道去俱樂部接海倫。大會有心要讓舞廳呈現出潛艇的樣貌，事實上也確實達到了這個效果，海倫非常高興。我們開車回勞茲海德。好一個燦爛的下午，但是在回家的路上，我們嗅到了東風——依勞倫斯的說法，是黑風——從海上颳過來。

我太太海倫，三十八歲，她的頭髮——我猜，要是沒染應該是灰白的，現在卻染成了不起眼的黃色，一種褪色的感覺；我覺得她的髮色跟她的人逐漸合而為一。那天晚上我趁她裝扮的時候去調雞尾酒，我端著酒杯上樓給她，打從我們婚後，這是頭一次我看見她穿結婚禮服。此刻的她在我眼裡，要說比我們結婚當日的她漂亮是談不上，可是因為我也老了，感觸多了，更因為那晚從她臉上看到了青春和歲月，看到了她曾有過的年輕和對時間不得已的退讓，我想我從未有過像當時這樣的感動。我已經穿上了足球服，這身球服的重量，厚重的褲子和護肩，讓我整個人變了樣，彷彿在穿上這些舊衣服的同時，把我人生中的一些煩憂也一併去除了。感覺上我們倆好像又回到了結婚前的歲月，大戰前的歲月。

柯拉茲夫婦在舞會開始之前辦了一個盛大的晚宴，我們家——除了勞倫斯和茹絲——全去了。這是個有霧的天氣，我們在九點半左右到達。大樂隊正在演奏一首華爾滋舞曲。我在收拾雨衣的時候，有人敲我的背——是恰基．艾溫；有趣的是，恰基也穿了一身足球服。我們兩個真是太好笑了。從門廳走到舞池，我們倆一路笑個不停。我站在舞廳門口看著這場盛宴，真美！大會在舞廳的周邊和天花板都掛上了魚網；天花板上的魚網裡盛滿了彩色氣球。燈光柔和又有層次感，人們——都是我們的朋友和鄰居——在柔和的燈光下隨著〈凌晨三點鐘〉的樂聲翩翩起舞，畫面好美。我忽然注意到很多女人穿著白色衣裳，這才發現她們也像海倫一樣，都穿著婚紗。像是派西．海威特和基爾太太，還有萊克蘭家的女孩，她們踩著舞步滑過我們身邊，也都是一身新娘裝扮。這時，派普．塔考特走到我和恰基站著的位置。他一身亨利八世的裝扮，特地過來跟我們說奧巴哈家的雙胞胎、亨利．貝瑞和達特．麥克葛雷格也是穿足球服，而且經過最新統計，舞池裡一共有十個新娘子。

這個巧合，這麼有趣的巧合，逗得大夥笑個不停，也讓這次的派對成了俱樂部裡最開懷的一次。起初我以為女士們是事先講好要一起穿上婚紗，可是跟我跳過舞的幾位女士都說純屬巧合，我敢確定海倫絕對是她自己的主張。一切都完美順遂，就這樣直到午夜前的一刻，我忽然看見茹絲站在舞池邊緣。她穿了一件紅色長禮服。完全不搭調。這不是這次派對的精神。我跟她跳舞，沒一個人切進來跟我交換舞伴，假如剩下的時間我都得跟她跳舞那可就慘了；我問她勞倫斯在哪裡，她說在碼頭上，於是我把她帶到吧台待著，逕自去找勞倫斯。

東邊的霧很濃，水氣很重，他獨自一人在碼頭上。沒有扮裝，甚至連扮成漁夫或水手都懶。他看起來特別陰沉。霧氣圍繞著我們像一團酷冷的煙。我真希望那晚是一個清明的夜晚，因為那東邊起的霧似乎呼應了我弟弟憤世嫉俗的心計。我知道浮標之於他——當時我們聽得見一些霧鐘和吱吱嘎嘎的聲響——就像是半人類的、半溺水者的呼叫聲，縱使水手們都知道浮標是必要的，可以依賴的一項裝置。我也知道燈塔發出的霧號，在他眼中只意味著徬徨和失落，甚至輕快的舞曲對他也別具含義。「進去吧，踢躂，」我說，「去跟你太太跳跳舞或者給她找幾個舞伴吧。」

「我為什麼要進去？」他說。「為什麼？」他走到窗口看著屋裡的盛會。「你看看，」他說，「你看看這……」

恰基．艾溫手裡握著一顆氣球，試著在地板上隔出一道中間線。其他人在跳森巴舞。我知道勞倫斯看待派對的眼神，就跟他看著那些被日曬風吹的石板一樣冷到谷底，彷彿他看到的是一種對時間的凌虐，一種扭曲；彷彿我們扮新娘和穿足球裝只是在暴露一個事實，我們內在的青春光芒早已熄滅，也找不到其他光亮，毫無信心和原則，變得既愚蠢又悲哀。他這種想法，他把這一群和善歡樂的好人想成這樣，實在令我生氣，可是對他厭惡的想法又令我感到慚愧，因為他是我的兄弟，一個波米羅伊的家人。我攬著他的肩膀，想強迫他進去，但他不肯。

我回到會場，及時趕上了〈大進行曲〉，等到頒完最佳服飾獎之後，大會把所有氣球都放了下來。場子裡太熱，有人打開通往碼頭的幾扇大門，東邊起的風在屋子裡打個轉就走了，好多氣球隨著風飄上了碼頭，飄上了海面。恰基．艾溫衝出來追著氣球跑，看見氣球順著碼頭落在海上，他乾脆脫了球衣跳下水。接著，艾瑞克．奧巴哈也跟進，我和劉．菲力普隨後——想想這畫面，舞會過了半夜，人們一個個往海裡跳。最後，我們救起了大部分的氣球，擦乾身子繼續跳舞，一直歡樂到早上才回家。

第二天是花卉展覽，母親、海倫還有奧蒂兒都參展了。她們留下午餐後，由查迪開車送女士和孩子去會場。我睡了個午覺後，下午帶了泳褲和毛巾出門，離開屋子的時候走過洗衣房，看見茹絲在洗衣服。我不知道她為什麼老是有那麼多的事情要忙，可是她確實一直在洗在燙在縫縫補補。或許是從小受的教導吧，每天就該這麼忙；也或者是一種贖罪的心態，她似乎總是用一種贖罪的熱情在刷在洗在熨，雖然我沒法想像她究竟犯了什麼大錯。她兩個孩子跟著她待在洗衣房。我提議帶他們去沙灘，他們不要。

八月底，島上遍地都是野葡萄，風中盡是醇酒的香味。小路盡頭有一個小小的冬青樹林，過了小樹林登上沙丘，那兒只有一些野草叢。我聽見海的聲音，我還記得過去我和查迪經常神祕兮兮的談論著大海。小時候，我們曾經打定主意絕對不去西部生活，因為我們會想念大海。「這裡很棒，」每回我們去山上的朋友家作客，總是很客氣的這樣說，「但是我們想念大西洋。」我們總是瞧不起愛荷華和科羅拉多來的人，我們連客套都免了，對太平洋我們不屑一顧。此刻我聽見海浪的聲音，就跟過去小時候一樣令我開心，它似乎有一種淨化的力量，彷彿可以清除掉我不想要的記憶，清除掉茹絲在洗衣房裡的贖罪形象。

想不到勞倫斯在沙灘上。他坐在那兒。我靜靜的走入海水中。水很冷，我上岸時穿上襯衫。我跟他說我要去坦納斯尖，他說他要一起去。我努力試著與他並排走。他的腿並沒有比我的腿長，可他總是喜歡稍微超前他的同伴。我走在他後面，看著他低著的頭和肩膀，心想：不知道他對這個風景會有怎樣的說法。

到處是沙丘和山崖，下了沙丘山崖，是一些已經由綠轉黃轉枯的野地。這些野地之前用來牧羊，我猜勞倫斯肯定注意到土壤崩壞得很厲害，羊群更加重了崩壞的程度。遠處有幾戶農家，蓋得格局方正，賞心悅目，勞倫斯八成會說那是一個島民的破屋子。這海，在我們另外那一邊的，是公海。我們會告訴來訪的客人，東方就是葡萄牙的海岸，可是對勞倫斯來說，葡萄牙海岸立刻就可以聯想到西班牙的暴政統治。海浪發出一種類似「好啊，好啊，好啊」的聲音，可是聽在勞倫斯的耳朵裡就成了「哇累，哇累，哇累」，像是拉丁語的「再見，再見，再見」。我覺得在他憤世嫉俗的心裡，這海岸只是一塊終極的冰磧岩，是史前世界的邊緣，他肯定在想，我們是真實的，也是虛幻的走在這個已知的世界邊緣。就算他一時忽略了，那些轟炸一座無人島的海軍航空戰機也會叫他想起這些。

海灘一望無際的乾淨單調，就像一大片的月亮。浪花把沙地拍打得很緊實，很好走，留在沙灘上的每樣東西都因為海浪起了變化。貝殼的脊骨，掃帚的把柄，只剩下一部分的瓶子和磚塊（這兩樣東西終究會被海浪磨損到面目全非），勞倫斯垂頭喪氣──因為他一直低著頭──我猜想他的心情必定在這一件件的破爛上游走著。他的悲觀惹我生氣，我趕上他，一手搭上他的肩膀。「好好的一個夏天，蹋蹉，」我說，「不就是來度個假嘛。你是怎麼了？你難道不喜歡這裡？」

「我不喜歡這裡，」他柔聲說，眼皮都不抬一下。「我要把留在這屋裡的東西全部賣給查迪。我本來就沒想過回來有什麼好開心的。我回來唯一的理由就是告別。」

我再度讓他走在前面，我跟在後頭，看著他的肩膀，想著他的每一次告別。父親溺斃的時候，他到教堂向父親告別。三年後，他覺得母親太過輕挑而向她告別。上大學一年級，他和室友非常要好，可是那人太愛喝酒，春季學期一開始，勞倫斯就換了室友，跟那位原本要好的朋友告別。在大學裡讀到第二年，他覺得氣氛太冷而向耶魯告別。他註冊轉入哥倫比亞大學，在那兒得到了法學學位，可是他發現他的第一位雇主不誠實，待滿六個月，他向這個相當不錯的職位告別。他和茹絲是在市政廳結的婚，自此他向美國聖公會告別；婚後他們住到塔克霍的一條小巷子裡，跟中產階級告別。一九三八年，他去華盛頓工作，當起了官方的律師，就此跟民營企業告別，在華府待了八個月之後，他覺得羅斯福的政府太感情用事，於是告別。他們離開華府搬到芝加哥郊區，他又向那裡的鄰居們告別，一個接一個，因為各種原因：酗酒，粗俗，愚昧……他向芝加哥告別之後去了堪薩斯；他向堪薩斯告別之後去了克里夫蘭。這會兒他又向克里夫蘭告別了來到東部，暫時落腳在勞茲海德，現在待夠了準備跟大海告別。

這是悲情，這是偏執，這是把謹慎和怪異混為一談，我要幫他走出來。「走出來吧，」我說。「走出來，踢躂。」

「走出什麼來？」

「走出這些消極和負面的東西。走出來。好好的一個夏天，就是度假嘛。你讓自己不開心，也叫別人不開心。我們大家都需要度個假，踢躂。我很需要。我需要休息。我們都需要。你把每件事情都攪得既緊張又不開心。我這一年總共只有兩個星期的假。兩個星期而已。我需要享受，玩個痛快，其他人也一樣。我們都需要休息。你以為你的悲觀主義是一種優勢，其實那只是一種對現實的不甘願，不肯接受而已。」

「什麼是現實？」他說。「黛安娜是一個又蠢又放浪的女人。奧蒂兒也是。媽媽是個酒鬼。她要是再不克制自己，過一兩年非進醫院不可。查迪心術不正。他從來就這個樣。這棟屋子搖搖欲墜，很快就要坍進海裡了。」他看著我，像是回馬槍似的，又追加一句。「你是個笨蛋。」

「你是個超級大混蛋，」我說，「你是個超級大混蛋。」

「讓開，別把你這張肥臉衝著我，」他說著就往前走。

我撿起一截樹根，走到他背後——過去我從來沒在背後揍過人——我掄起這根吸飽了海水的樹根，用足勁道，朝著他——朝著我弟弟的腦袋揮過去！這個重擊逼得他雙膝跪倒在沙灘上，我看見鮮血冒出來，染汙了他的頭髮。我忽然希望他就此死掉，死掉然後等著下葬；不是已經下葬，而是等著下葬，因為我不想排除那些正規的喪儀和禮數，我好像看見我們一干人——查迪，媽媽，黛安娜和海倫——在貝爾維德街的老房子裡哀悼，那房子早在二十年前就拆掉了，我們在家門口哀戚的接待著前來致哀的親朋好友。即便他是在沙灘上被殺害的，該有的禮數絕不可少，這些累人的儀式是要讓人家覺得他已然走到了人生的冬季，這是大自然的法則，很美的一個法則，踢躂應該入土為安了。

他仍舊跪著。我東張西望。沒半個人看見我們。赤裸裸的沙灘，像一大片月亮，可望又不可及。一陣波浪湧上來，打在他跪倒的地方。我心中還是有許許多多結束他的想法，可是這會兒的我變成了兩個人，一個是兇手，一個是心存善念的撒馬利亞人。白色的浪頭發出「砰」的一記聲響，那聲音像是空心的，搶上來包圍了他，刷過他的肩膀，我使勁拽著他抵住退潮的力量，再把他往高處拉。他的頭髮全部沾染了鮮血，看起來好像變成了黑色。我脫下襯衫撕開來綁住他的頭。他有意識，我想應該沒有傷得太厲害。他沒說話。我也沒說話。然後我就讓他留在那兒不管了。

我往沙灘走了幾步，回頭看他，我現在心裡只想到自己的處境。他站起來了，看上去挺穩定的。天光還很亮，只是海上的鹽氣被風一吹像是起了陣陣輕霧，我離他有點遠了，在朦朧中已經看不太清楚他的身影。沙灘上只見不斷吹拂上來帶著重鹹味的海風。我背轉身走了，快到家的時候，我又下水去游泳，那年夏天我每次碰見勞倫斯之後好像就會這麼做。

我回到屋裡，躺在陽台上。其他人都回來了。我聽見媽媽在詆毀那些得獎的花藝。我們家的展品一個獎也沒得到。然後整間屋子安靜無聲，這也是這種時候的常態。孩子們全部進廚房吃晚餐，其他人上樓洗澡。我聽見查迪在調雞尾酒，話題又回到了花藝展的那些裁判頭上。忽然母親大喊，「踢躂！踢躂！啊呀，踢躂啊！」

他站在門口，一副半死不活的樣子。他把沾血的繃帶扯掉了，抓在手裡。「我哥哥幹的，」他說：「我哥哥幹的。他在沙灘上拿石頭——之類的東西——砸我。」他的聲音帶著自憐的哽咽。我看他馬上就要哭了。屋裡沒人說話。「茹絲呢？」他喊，「茹絲人呢？茹絲死到哪去啦？我要她馬上打包行李。我一分鐘都不要再待在這裡。我有太多正事要辦。我有太多正經事情要辦哪。」他說完就往樓上走。

第二天一早他們就搭六點鐘的渡船，離開了小島。母親早起跟他們道別，她也是唯一一個去道別的人，可以想像那畫面有多麼不協調：一個是女族長，一個是低能兒，兩個人用一種惶恐不安的眼神對看著，就像是把愛的力量給倒反了。我聽見孩子們的聲音，聽見車子開上了車道，我起床走到窗口，多麼美好的早晨！天哪，多麼美好的一個早晨啊！北風習習。空氣清新。在晨間的暖意中，園子裡的玫瑰聞起來有草莓醬的味道。我梳洗穿衣的時候，聽見渡船的汽笛聲，先是提醒的訊號，接著是雙倍呼叫，我看見人們在頂層甲板上就著紙杯喝咖啡，勞倫斯在船頭，對大海說「大海啊，大海」，他那兩個膽小又不開心的孩子隔著他們母親的臂彎看著外面。浮筒會為勞倫斯發出哀鳴，當慈恩的光盡心盡力的不許你振臂歡呼的時候，勞倫斯的眼睛只會追隨著船尾的海水；他想的是黑暗詭異，有我們父親躺著的、那三十多英尺深的海底。

唉，對於這樣一個人你能拿他怎麼辦？你能把他怎樣？你有什麼辦法能夠叫他別老是找碴，別在雞蛋裡挑骨頭，在一堆人裡找誰是豆花臉，誰的手在抖；你有什麼辦法教他應該包容不同的人種，應該多看生命中的美；你有什麼辦法點醒他，讓他知道當嫌棄和恐懼碰上了冷酷的現實根本沒轍？那天早晨的海晶亮又深沉。我太太和我姐在游泳——海倫和黛安娜——我看見她們毫無遮掩的兩顆頭，一黑一金，在深沉的海水裡。然後她們出現了。我看著她們赤裸裸的，自在，美麗，無比的優雅；我看著這兩個赤裸裸的女人從海裡走了出來。

平凡的一天

吉姆早上七點醒來，他起床在臥房的每個窗口來回走了一遍。來到新罕布夏已經過了六天，習慣都市喧囂的他仍然覺得鄉下的早晨美得太過霸氣又陌生。那些山丘像是從北邊的天空突然冒出來的。西向的窗戶外，陽光強烈的照耀著山上的樹，平靜的湖面，像敲大鐘似的，不留情面的敲撞著這一幢陳年老厝。

他穿上衣服，輕輕拉下百葉窗簾，不讓陽光擾醒他的太太。愛倫在鄉下的日子過得很精彩，不像他。她在這裡待了一整個夏天，準備待到九月初再帶著廚子、刨冰機和波斯地毯一起回都市。

他走下樓，岳母家這棟大屋的一樓這時候乾淨又安靜。那個法國女傭艾瑪．布蘭格正在打掃門廳。他穿過陰暗的餐廳，推開配膳間的門，另一個女傭艾格妮絲．謝卻擋在那兒，不許他踏入她的勢力範圍一步。「你只要告訴我早餐想吃什麼就行了，布朗先生，」她的口氣很衝，「葛麗塔會為你準備。」

他很想跟五歲的兒子一起在廚房早餐，可是艾格妮絲根本不讓他走入這個只屬於僕人和孩子們的小地盤。他說完了想吃什麼就掉過頭，再由餐廳走上陽台。這裡的光線絢爛奪目，空氣聞起來香香的，就好像有許多美女剛剛在草地上漫步似的。燦爛到無懈可擊的夏之晨。吉姆看著陽台，看著花園，看著屋子，懷著一種自我陶醉的心態。他聽得見嘉里森太太——他守寡的岳母，也是他眼前這一切的擁有者——正在遠處的花圃開心的自言自語。

吉姆吃早餐的時候，艾格妮絲說尼爾斯．隆德想要見他。這個消息令他十分得意。他到新罕布夏才十天，頂多只能算是個客人，園丁會來徵詢他的意見是件好事。尼爾斯．隆德為嘉里森太太工作了好多年。他和老婆就近住在這裡的一棟小屋，不過太太過世了，她本來是在廚房幹活。尼爾斯最氣的就是嘉里森太太的兒子沒半個有興趣待在這裡，所以他常對吉姆說，家裡有個可以商量事情的男人真叫人高興。

尼爾斯的花園跟這棟房子好像已經沒有什麼實質的關聯了。每年春天，他犁地栽花種菜。蘆筍萌芽的時候，就是各種蔬菜和嘉里森太太餐桌之間拔河的一個信號。尼爾斯氣他自己就是這整件事情的始作俑者，每天晚上他都會在廚房門口叮嚀廚子，要是他們再不多吃一些豌豆、草莓、菜豆、萵苣、包心菜，那麼，他用血汗灌溉的蔬菜全都要爛掉了。

吉姆吃完早餐，走到屋子後面，尼爾斯垮著臉告訴他，有東西在偷吃快要成熟的玉米。之前他們倆就討論過小玉米田裡害蟲的問題，起初他們以為是鹿，但那天早上尼爾斯改變想法，認為是浣熊。他希望吉姆跟他一起去看看災情。

「要真是浣熊，工具房裡那些捕獸夾就派上用場了，」吉姆說，「我記得那裡還有一把來福槍。今晚我來設陷阱。」

他們沿著一條通往園子的環山車道走著。車道邊緣的野地，布滿了苔蘚和杜松子。野地上散發著一種無法形容的香味，刺鼻又令人昏昏欲睡。「看到了吧，」到了小玉米田，尼爾斯說。「看到了吧，看到了吧……」泥地上散滿了葉子，玉米鬚和啃了一半的玉米穗子。「我辛苦種的！」尼爾斯說，他就像一個潑婦的老公在為自己的苦命不斷怨嘆。「先是烏鴉來吃種子。我好不容易把它們養大了。現在沒玉米了。」

他們聽見廚娘葛麗塔帶了餵雞的廚餘，一路唱著歌走上來。他們回過頭看她。她是個十分壯碩的女人，有宏亮的聲音和唱歌劇女低音的大胸脯。隨著歌聲，風中又傳來了嘉里森太太在花圃的說話聲。嘉里森太太不停的在跟自己對話。她吐出來的那些優雅又有力道的語句，就像在這晴朗早晨裡悠揚的小號聲。「他幹嘛每年都要種這些討人厭的紫色馬鞭草呀？他明知道我不喜歡紫色。他幹嘛要種這些噁心的紫色馬鞭草呀？……我又得叫他把這些海芋移走了。我又得把這些百合移到池塘邊了……」

尼爾斯朝泥地上吐了口口水。「該死的女人！」他說，「去她的！」葛麗塔讓他想起死去的妻子，嘉里森太太表情十足的聲音讓他想起另一段糾結的婚姻，這女主人與園丁之間的關係，看樣子要到死才能罷休。他毫不克制他的怒氣，吉姆就此困在岳母的獨白和園丁的暴怒這兩路開攻的火力當中。他說他想要去看看那些捕獸夾。

他在工具房找到了捕獸夾，在地下室找到了來福槍。穿過草坪的時候，他遇上嘉里森太太。她很瘦，一頭白髮，身上穿著一件破舊的女僕裝，頭上戴一頂破草帽，懷裡抱著一大把鮮花。她和女婿互道早安，寒暄一下天氣，再各走各的路。吉姆把捕獸夾和長槍帶到屋子後面。他的兒子提米在那兒，跟廚子的女兒英格麗——一個臉色蒼白、骨瘦如柴的十一歲小女孩——他們在玩醫生和病人的遊戲。兩個孩子只看了他一眼，就繼續玩他們的。

吉姆給捕獸夾上了油，試過機關，方便到時候一舉成擒。他在測試捕獸夾的時候，艾格妮絲·謝帶著卡洛蒂·布隆生走出來，她是嘉里森太太的另一個孫女。卡洛蒂才四歲，她母親那年夏天在西部辦妥了離婚，艾格妮絲的職位就從女傭升格到保母。她快要六十歲了，是個非常緊張的保母。從清晨到黑夜，她都一直緊緊的抓著卡洛蒂的小手。

隔著吉姆的肩膀她瞄到了捕獸夾，「你知道吧，你得等孩子們上床睡覺了，才能安裝這些捕獸夾，布朗先生……千萬別靠近那些夾子啊，卡洛蒂，快過來。」

「我會等到很晚的時候才去安裝。」吉姆說。

「啊呀，有可能哪個孩子就被這些夾子夾到，把腿都給夾斷啦，」艾格妮絲說，「還有，你也得小心那把槍，對吧，布朗先生？槍可是用來殺人的呀。難保不出什麼意外啊……快走吧，卡洛蒂，快走。我給你穿上乾淨的小圍裙，你先去玩沙，然後再喝果汁吃餅乾。」

小女孩跟著她進了屋子，由後樓梯上去育兒室。現在四下無人，只剩她們倆了，艾格妮絲怯生生的親了親孩子的額頭，彷彿擔心這個親密的舉動會令卡洛蒂不舒服似的。

「別碰我，艾格妮絲。」卡洛蒂說。

「喔，不碰，親愛的。我不碰。」

艾格妮絲具有身為女僕的真精神。身上總是沾著洗潔精和古龍水，總是窩在狹窄沒陽光的臥室、後走廊、後樓梯、洗衣間、毛巾櫃，和那些使人想起牢房的傭人房，她的靈魂就是服從就是黯淡。服務的職級在她就像魔戒一樣毫無轉圜的餘地；就像嘉里森太太不會在陰暗的餐廳裡讓個位置給她，她也用不著在廚房僕人用餐的桌上讓出個位置給嘉里森太太。艾格妮絲很喜歡大房子裡的一些繁文縟節。天黑的時候把客廳的窗簾拉上，把餐桌上的蠟燭點亮，像個祭壇童子似地起勁敲響開飯鈴。好天氣的黃昏時刻，她會坐在後門廊上的垃圾桶和木柴箱子中間，回想著過去所有她認識的那些廚子的面孔。這些回憶似乎豐富了她的人生。

艾格妮絲從來沒有像這個夏天如此開心過。她愛這山，這湖，這天空，因為她愛上了卡洛蒂，她就像個在戀愛的年輕人。她開始在意自己的外貌，在意自己的指甲，自己寫的字，甚至自己的教育程度。我配嗎？她不時的問。只有這個暴躁不快樂的孩子能夠跟這早晨、這陽光，和所有這一切令人興奮又美好的事物連接在一起。摸摸卡洛蒂，把臉頰貼在孩子暖呼呼的頭髮上，讓她有一種回春的感覺。卡洛蒂的母親要到九月才從里諾回來，艾格妮絲已經準備好了說詞：「讓我來照顧卡洛蒂吧，布隆生太太！您不在的這段時間，《每日新聞》上面關於照顧小孩子的文章，每一篇我都讀了。我愛卡洛蒂。她跟著我也跟習慣了。她要什麼我都知道……」

嘉里森太太對孩子們很冷漠，布隆生太太又在里諾，所以艾格妮絲完全沒有競爭對手，可是對卡洛蒂，她還是一天到晚陷在擔心這擔心那的苦惱裡。她不讓她在脖子上圍圍巾，害怕萬一鉤住了釘子或是被門夾住把孩子勒死了。每一道高陡的樓梯，每一個稍微深一點的水潭，甚至遠方傳來的每一聲狗吠，都會驚嚇到艾格妮絲。夜裡她做夢，夢見房子著火了，她沒辦法救出卡洛蒂，便自己投身在烈火之中。現在，除了其他各種各樣的焦慮，又多出了捕獸夾和來福槍。她從育兒室的窗口看得見吉姆。捕獸夾還沒設好，這並不表示沒有危險，這東西光是擱在地上，就有可能會被誰踩到。他把來福槍拆開了，拿著一塊抹布在擦拭，艾格妮絲覺得這槍彷彿已經上了膛，而且正對著卡洛蒂的心臟。

吉姆聽見自己太太的聲音，他提著拆開的來福槍走上陽台，愛倫坐在帆布躺椅上，就著托盤吃早餐。他親吻她，心想著她是多麼的年輕、苗條又美麗。結婚以來他們幾乎沒有到鄉下生活過，在這樣寧靜又燦爛的早晨，他們彷彿又重拾了當年初遇時的興奮。太陽的熱力，就像持久不滅的激情，蒙蔽了彼此間所有的不完美。

那天早上他們計畫好要上黑山去看愛默生住的地方。愛倫喜歡拜訪廢棄的農莊，老想著將來在鄉下買一棟屋子。吉姆也迎合她，雖然他對這個想法並沒興趣；而她也覺得自己是在欺騙他，讓他相信將來，他們會在某個無趣至極的山丘找到一棟令他怦然心動的農舍。

愛倫一吃完早餐，兩人就開車上黑山。為了參訪這些廢棄的莊園，他們曾經走過許多荒廢的小路，但是通往黑山的這條路卻是吉姆前所未見的糟。在十月和五月之間簡直寸步難行。

他們總算到達了愛默生住的地方，愛倫的視線從風霜歲月的幽靜農舍轉到吉姆的臉上，她在看他的反應。兩個人都沒說話。她眼裡看到的是魅力和安全感，他看到的是日積月累的老朽和囚禁。

農莊位在山丘上的一處窪地，吉姆發現這個地勢保住了房舍，擋住了湖面的風，同時也擋掉了四周的風景，看不見水看不見山。他也注意到，從花崗石的門階開始，一千碼內的那些大樹全數被砍掉了。太陽直射著鐵皮屋頂。前排的窗戶有一扇上面竟然貼著一個褪了色的紅十字，就像是——他心想著——他所嫌棄的這種無趣鄉下生活裡的一道護身符。

他們下了車穿過前院。院子裡的野草高到腰際，到處都是三葉草。刺叢拉扯著吉姆的長褲。他試著推門的時候，插銷上的鏽蝕沾得滿手都是。他不耐煩的隨著愛倫穿過那些氣味難聞的黑暗房間，感覺很像當初在緬因、麻省、康乃狄克、馬里蘭的情形，他同樣隨著她走過情況類似的那些房間。愛倫是一個對很多東西有著莫名恐懼的女人——像交通、貧窮，尤其是戰爭——這些偏遠、沒落的房子對她來說，代表著安全和可靠。

「當然，要是我們買下這地方，」她說，「我們至少得花上一萬塊錢。我們等於連土地一起買下了。我明白。」

「嗯，這麼丁點土地大概出到六千塊就很好了，」他技巧的說，隨手點上一根菸，從破掉的窗口看著裡面一堆生鏽的農具。

「我們可以把這些隔間都拆掉。」她說。

「是啊，」他說。

「我愈來愈覺得我們應該在紐約以外的地方再找個據點，」她說，「否則一有了戰爭，我們就會像老鼠，跑都跑不掉。當然，要是我們完全脫離都市，那生活可能也是個問題。我們可以開一家冷凍櫃。」

「我對冷凍櫃不太懂。」他說。

這類談話是他來到鄉下生活的一部分。他想著，就像游泳和飲酒，都只是其中的一部分。「你的意思就是不喜歡這個地方？」她問，他說不是，她嘆了口氣，從黑暗的走廊走進陽光下。他跟隨著她，關上了門。她回頭看，彷彿他關上的是她的救星，然後她挽起他的手臂，與他並肩走向車子。

那天嘉里森太太，和愛倫、吉姆在陽台用午餐。英格麗和提米在廚房吃，艾格妮絲在育兒室裡餵卡洛蒂。飯後她幫孩子脫了衣服，拉下窗簾，再抱她上床睡覺。她自己就躺在床邊的地板上，安穩的進入了夢鄉。下午三點，她起來叫醒卡洛蒂。那孩子氣呼呼的一身是汗。

幫卡洛蒂穿好衣服，艾格妮絲帶她下樓到客廳。嘉里森太太正在等候她們。這也是屬於那年夏天裡的一個儀式，每天下午陪伴卡洛蒂一個小時。孩子單獨一個人跟她祖母在一起，僵硬的坐在椅子上。嘉里森太太和這個小女孩互相看不順眼。

嘉里森太太一生超乎尋常的順遂，身邊總是圍繞著朋友和歡樂，所以她一直保持著愉快開朗的性情。她容易衝動，慷慨大方，非常親切，同時也是個閒不住的人。「我們做什麼好呢，卡洛蒂？」她問。

「我不知道。」孩子說。

「我給你做一條雛菊項鍊好嗎，卡洛蒂？」

「好。」

「那，你就在這兒等著。別碰那些糖果還有桌上的東西，好嗎？」

嘉里森太太走進門廳，拿了提籃和剪刀。陽台底下的草坪盡頭就是一片野地，那裡開滿了黃白色的雛菊。她採了一整籃的小菊花。回到客廳，卡洛蒂仍舊動也不動的坐在椅子上。嘉里森太太不大信任這孩子，坐上沙發前還特別檢查了一遍桌子。她拿起針線串起那些茸茸的花朵。「我給你做項鍊、手鐲，還有一個皇冠。」她說。

「我不要雛菊項鍊。」卡洛蒂說。

「可是剛剛你跟我說你想要的呀。」

「我要『真的』項鍊，」卡洛蒂說：「我要一條像愛倫姑姑那樣的珍珠項鍊。」

「噢，親愛的，」嘉里森太太說。她放下了針線和小花，想起自己的第一條珍珠項鍊。她戴著那條項鍊去巴爾的摩參加過一個派對。那是一個非常棒的派對，回憶令她出了一會兒神。忽然她覺得自己老了。

「你還太小，不適合戴珍珠，」她對卡洛蒂說。「你只是個小女孩啊。」她輕輕的說，巴爾的摩的回憶又令她想起另外那些派對；想起那次在遊艇俱樂部的派對她扭傷了腳踝，還有一次參加化裝舞會，她裝扮成俊美的華特・雷利爵士。天氣太熱了，熱得嘉里森太太昏昏欲睡，熱得她只想回憶過去。她想起費城和百慕達，專注在這些回憶裡，卡洛蒂再度開口說話的時候，嚇了她一跳。

「我不是小女孩，」卡洛蒂突然說：「我是大女孩！」她的聲音哽咽，眼裡泛著淚水。「我比提米和英格麗大，我比誰都大！」

「你很快就會長大的，」嘉里森太太說：「不要哭。」

「我要做一個大小姐。我要做一個像愛倫姑姑和媽咪一樣的大小姐。」

「等你跟你媽媽一樣大的時候，你就會希望自己能重新做回小孩子了！」嘉里森太太生氣的說。

「我要做大小姐，」孩子哭鬧著，「我不要這麼小。我不要做小女孩。」

「好了，」嘉里森太太喊著，「不許哭。天氣太熱了。你根本不知道自己要什麼。看著我。我一天到晚就希望能夠再年輕一回，回到可以跳舞的青春。真是可笑啊，這簡直……」她發現有個陰影滑過窗口的雨篷。她走到窗口，看見尼爾斯・隆德走在草坪上。他八成已經偷聽到了一切。這令她感到強烈的不安。卡洛蒂還在哭。她討厭聽到孩子哭。彷彿這個熱天午後的意義，彷彿這一秒她整個人生的意義，就是以這個小女孩的快樂為主似的。

「你想要做什麼別的嗎，卡洛蒂？」

「沒有。」

「你想要吃一塊糖嗎？」

「不要，謝謝。」

「你想要戴我的珍珠項鍊嗎？」

「不要，謝謝。」

嘉里森太太決定縮短會面時間，她按鈴叫來艾格妮絲。

廚房裡，葛麗塔和艾格妮絲在喝咖啡。午餐的碗盤洗好了，晚餐的混亂還沒開始。廚房陰涼乾淨，四周很安靜。她們每天下午都在這裡聚會，這是她們一天中最歡娛的時刻。

「『她』在哪裡？」葛麗塔問。

「『她』跟卡洛蒂在一起。」艾格妮絲說。

「今天早上她一直在園子裡自言自語，」葛麗塔說。「尼爾斯都聽到了。這會兒她要他把那些百合移走。他什麼都不想做，連除草都不想。」

「艾瑪打掃了客廳，」艾格妮絲說：「她把那些花全拿進來了。」

「明年夏天我要回瑞典。」葛麗塔說。

「那又得花四百塊錢吧？」艾格妮絲問。

「是呀。」葛麗塔說。為了不讓自己脫口說出瑞典話，她努力捲舌。「也許明年不必花這麼多錢了。可要是我明年不回去，明年英格麗滿十二歲，就得買全票啦。我想去看我媽。她老了。」

「你應該去。」艾格妮絲說。

「一九二七，一九三五，一九三七，我回去了三次。」葛麗塔說。

「我一九三七年回去過，」艾格妮絲說：「那是最後一次。那時候我爸就是個老人。我回老家待了一整個夏天。我以為隔一年我還會回去，可是她說要是我再去，她就開除我，所以沒回。那年冬天我爸死了。我好想回去看他。」

「我想去看我媽。」葛麗塔說。

「他們喜歡聊這邊的風景，」艾格妮絲說：「這些個小山美啊！愛爾蘭就像個花園。」

「『我還要不要做呢？』我問自己，」葛麗塔說：「我現在真的老啦。看看我這兩條腿。全都是靜脈瘤。」她把一條腿從桌子底下伸出來給艾格妮絲看。

「我沒有回去的理由，」艾格妮絲說：「我哥哥死了，兩個都死了。我那邊現在已經沒有親人了。我當時好想去看我爸。」

「啊，我初到這裡的時候，」葛麗塔哭著說：「感覺就像在那艘遊艇上開派對似的。賺錢，回家。賺錢，回家。」

「我也是。」艾格妮絲說。她們聽見響雷的聲音。嘉里森太太不耐煩地再次按鈴。

暴風雨從北邊過來了。狂風吹襲，一根青翠的樹枝落到了草坪上，整棟屋子發出呼呼的怪聲，所有的窗子乒乓亂響。暴雨和閃電交加，嘉里森太太在臥室的窗口看著。卡洛蒂和艾格妮絲躲在小隔間裡。吉姆和愛倫還有他們的兒子仍在沙灘上，他們待在船屋的門口看著這場狂風暴雨。暴風雨肆虐了半個小時後，往西邊呼嘯而去，留下來的空氣冷冽又清新；但下午就此結束了。

吉姆趁著孩子們在吃晚餐的時間，去到小玉米田裡布設捕獸夾和誘餌。下山的路上他聞到廚房飄出烘蛋糕的香味。天空清朗，群山透著柔和的光亮，整棟屋子似乎把所有的精神力氣全都發揮在這頓晚餐上了。他看見尼爾斯站在雞舍旁邊，他打了聲招呼，尼爾斯沒有回應。

嘉里森太太、吉姆和愛倫在用餐前喝過雞尾酒，之後又喝了些別的，等到端著白蘭地和咖啡上陽台的時候，大夥都有了些許的醉意。太陽下山了。

「我收到里諾來的一封信，」嘉里森太太說：「卡洛蒂的媽媽要我把她帶去紐約，趁我十二日那天去參加培登婚禮的時候。」

「艾格妮絲會死掉的。」愛倫說。

「艾格妮絲會很慘。」嘉里森太太說。

天空像火在燒。透過松樹林，他們可以看見這紅到令人傷感的天光。在入夜的前一刻颳起陣陣的山風，風中傳來了一首歌，來自遠處的湖面，有一群孩子在湖畔露營。

風箱湖畔，有個女生營地
瑪莎莎喲營，就是它的名
從日升，到日落

快樂無比
就在這裡……

歌聲強烈，響亮，令人振奮。風向變了，歌聲不見了，木炭的煙氣順著風，順著石板瓦的屋頂，飄到了三個人坐著的地方。開始有響雷的聲音。

「我只要聽見雷聲，」嘉里森太太說，「就會想起艾妮．克拉克被閃電打死的那次。」

「她是誰？」愛倫說。

「她是個非常討人厭的女人，」嘉里森太太說：「有一天下午她站在一扇打開的窗子前面洗澡，結果被閃電打死了。她丈夫跟主教吵過架，所以她不按天主教禮下葬。他們把她安頓在游泳池邊上，喪事也在那兒舉行，而且什麼喝的都沒有。喪禮結束後，我們開車回紐約，你父親停在一家賣私酒的小店，買了一箱威士忌。那是星期六的下午，有足球賽，普林斯頓外圍的交通堵得不得了。那時候我們雇的那個法裔加拿大籍的司機，他的開車技術一直令我很緊張。我跟勞夫說，他說我傻，五分鐘後車子就四腳朝天了。我從開著的車窗飛出去，摔進全是石頭的野地裡，你父親做的第一件事就是檢查行李箱，去看那些威士忌怎麼樣了。我躺在那兒流血流到快要死了，他在那裡數那些酒瓶。」

嘉里森太太在腿上蓋了一塊小毛毯，瞇著眼看那湖和山。砂石車道上的腳步聲驚動了她。有客人？她轉頭看，原來是尼爾斯．隆德。他從車道走上草坪，再穿過草地走向陽台，腳上拖著一雙尺寸過大的鞋子。那一頭褪色的、像狗啃似的短髮，瘦削的五官，還有那肩膀的線條，總讓吉姆想起一個小男孩。彷彿尼爾斯始終沒長大，他的人他的精神仍舊停留在年輕時候的某個夏天。他走到陽台底下，看也不看的對嘉里森太太說。「我絕不動那些百合，嘉里森太太。」

「什麼，尼爾斯？」她傾著身子問。

「我絕不移動那些百合。」

「為什麼？」

「我要做的事太多了。」現在他看著她了，很生氣的說。「整個冬天我都是一個人待在這兒。脖子上堆著冰雪，風呼呼的吹，我根本沒法睡覺。我為你工作了十七年，每次遇到這種壞天氣，你連一次都沒到過這裡。」

「冬天跟百合又有什麼關係呢，尼爾斯？」她鎮定的問。

「我要做的事太多了。一會兒移百合。一會兒移玫瑰。還要除草。每天你都出一個花樣。幹嘛呢？你比我好在哪裡呢？除了害死那些花，你什麼都不懂。我種花。你害死它們。連一根保險絲燒壞了，你都不知道該怎麼辦。十七年來我每年冬天都在等，」他吼：「等你寫兩句話給我，『夠暖嗎？那些花都長得漂亮嗎？』結果你來了。你就坐在這裡。喝著酒。可惡啊。你害死了我老婆。現在你又想害死我。你——」

「閉嘴，尼爾斯。」吉姆說。

尼爾斯飛快地轉身循著原路退出草坪，大受打擊的他激動到似乎連路都走不穩了。陽台上沒人說話，大家都有一種感覺，他雖然消失在樹籬後面，可是或許躲在那邊，等著聽他們在他背後說些什麼。過一會兒英格麗和葛麗塔從例行的黃昏散步回來，走上草坪，兩個人捧著一大堆石頭和野花，準備帶回去裝飾她們位在車庫上頭的房間。葛麗塔告訴吉姆，小玉米田裡的捕獸夾好像逮到了什麼東西。她認為是一隻貓。

吉姆拿著來福槍和手電筒爬上山坡走去園圃。靠近玉米田的時候，他聽見微弱的野獸叫聲。接著那隻不知是什麼的動物開始拍打泥土。力道挺強的，很有規律，就像心跳，而且伴隨著細細的拉扯鐵鍊的聲音。吉姆到達田埂，打亮手電筒照著那些折斷的玉米莖。那隻動物發出嘶嘶的吼聲，朝著光亮的方向跳起來，可惜逃不脫夾住牠的鎖鏈。那是一隻弓著背脊很肥大的浣熊。這會兒牠避開亮光，藏身在半毀的玉米田裡。吉姆等著。趁著星光，他看著參差不齊的玉米梗，微風吹過，葉片就像枯樹枝似的沙沙作響。浣熊因為疼痛，抽搐著不斷敲打地面，吉姆打著手電筒掄起槍管連開兩槍。浣熊死了，他解開補獸夾，拎著它和浣熊的屍體走出了菜園。

很美很寧靜的夜晚。他沒有馬上走回車道，而是抄捷徑，穿過菜園和野地直接走向工具房。路上非常黑。他小心翼翼的走著。浣熊的屍體聞起來像狗的味道。「布朗先生，布朗先生，啊呀，布朗先生！」有人在叫他，是艾格妮絲。一副氣急敗壞的聲音。艾格妮絲和卡洛蒂站在野地裡，兩個人都穿著睡衣。「我們聽見怪聲音，」艾格妮絲叫著：「我們聽見槍聲哪。我們擔心會不會出了什麼意外。當然我知道卡洛蒂沒事。聽到槍聲之後，我們就睡不著了。還好嗎，沒事吧？」

「沒事，」吉姆說：「菜園裡有一隻浣熊。」

「浣熊在哪裡？」卡洛蒂問。

「浣熊去很遠很遠的地方旅行了，親愛的，」艾格妮絲說：「好了，走吧，親愛的。我相信不會再有什麼東西吵得我們不能睡了，對吧？」她和卡洛蒂一起轉過身往回走，一路上不斷叮嚀著要小心腳下，要小心避開路上的水溝和鄉野裡的各種危險。她們對話的聲音很小很含糊很膽怯。他有心幫忙她們——真的有心要幫忙，也願意把手電筒借給她們，可是她們不必靠他幫忙就回到了家。

他聽見後門關上了，連同她們說話的聲音。

大收音機

艾琳和吉姆．威斯考特這對夫妻，是那種很愛面子的人，總要求收入、成就、身分地位最好都能夠登上大學同學錄的名人榜。他們是兩個孩子的父母，結婚九年，住在蘇頓街區附近一棟公寓大樓的十二樓，一年平均上劇院十點三次，他們希望有一天能搬到西徹斯特郡。艾琳．威斯考特是一個親切開朗、長相普通的女孩，有一頭柔軟的褐髮，平整的前額上看不到任何風霜，冷天她總是穿一件染得很像貂皮的鼬鼠皮大衣。吉姆．威斯考特看上去不見得比實際年齡小，不過至少可以說在感覺上他還很年輕。他把一頭泛灰的頭髮剪得很短，身上穿的還是當年在安多佛的班服，他的態度熱情激動，而且刻意表現出天真單純。威斯考特一家人跟他們的朋友、同學、鄰居很不一樣，只有對於古典樂的愛好是一致的。他們觀賞過許多音樂會——雖然很少跟人提起這件事——平常時間幾乎都開著收音機聽音樂。

這台收音機老舊得可以，高度敏感，難以捉摸，根本沒法修理。他們對機械一竅不通，不只是收音機——周圍任何一類機器都一樣——只要音量一不穩定，吉姆就會用手朝著機殼的一邊猛拍。這一招有時候挺管用的。一個星期天的下午，舒伯特的四重奏播到一半，聲音慢慢由小到無，整個沒了；從那次以後，舒伯特就此永久失蹤。他答應要給艾琳買一台新的收音機，星期一他下班回家告訴她說他買到了。他不肯多加描述，只說貨到了一定會令她驚喜。

第二天下午收音機送到廚房門口，靠著女傭和雜役的幫忙，艾琳打開了包裝，把收音機搬進客廳。她先是被好大一個醜陋不堪的橡膠木音箱給嚇著了。客廳向來是艾琳的驕傲，她挑選家具和顏色仔細得就像在為自己挑衣服，現在這台新的收音機杵在她這些心愛的寶貝中間，就像一個霸道的侵入者。她被面板上那一大堆按鍵開關弄糊塗了，她仔仔細細的研究了一遍才插上插頭，打開收音機。所有的按鍵立刻發出一種邪惡的綠光，遠遠的她聽見了鋼琴協奏曲的樂聲。只是這遠遠傳來的樂聲只有一秒鐘；速度比光還要快，整間公寓突然就充滿了大到嚇人的音樂聲，音量大到把茶几上一個瓷器擺設震到了地板上。她衝過去趕緊把音量轉小。藏在這只醜陋的橡膠木盒子裡的蠻力令她不安到了極點。這時兩個孩子放學回來了，她把他們帶去公園，一直待到近黃昏，才不得已的回到那台收音機面前。

女傭給孩子們吃過晚餐，督促他們去洗澡，艾琳才再度打開收音機，先把音量轉小，然後坐下來聆聽她所熟悉的莫札特五重奏。音樂聲清晰悅耳。她想著，新機器的音質要比舊的那台純淨。她相信音質才是最重要的，她可以把這個龐然大物藏在沙發背後。可是就在她跟這台收音機和平相處之際，干擾又來了。一種像是保險絲燒壞的喀啦聲開始伴隨著弦樂聲出現。另外，還有一種呲呲擦擦的怪聲，讓艾琳想到令她覺得不舒服的海水聲，隨著五重奏的樂聲，奇怪的噪音又多出了許多。她試遍所有的按鍵和開關，就是沒辦法減低這些干擾，她失望又困惑的坐下來，努力追蹤那些斷斷續續的旋律。公寓的電梯就貼著客廳的牆壁上上下下，電梯的噪音給了她一條有力的線索，干擾的來源就是這個。升降電纜聒噪的聲音，電梯門開開關關的聲音，擴音器照單全播，她明白了，這台收音機對各種電器類的東西特別敏感，她在莫札特的樂聲中清楚聽到電話鈴聲，撥號聲，吸塵器的哀號聲。愈用心聽，她愈能分辨門鈴、電梯鈴、電鬍刀，還有果汁機的聲音，所有這些圍繞在她四周、來自這棟公寓的聲音，全都透過擴音器發送出來。對於這台力道超強、敏感度用錯地方的醜八怪，她根本對付不了，乾脆把它關了，去房間看兩個孩子。

那天晚上吉姆．威斯考特回到家，自信滿滿的走向這台收音機，撥弄那些觸控鍵。他體驗到的跟艾琳經歷過的完全一樣。吉姆轉到一台，播音的是個男生，那人的聲音從很遠的地方突然間爆開來，強猛的力道震撼了整間公寓。吉姆趕緊轉動聲控，降低音量。緊接著，大約一兩分鐘之後，干擾開始了。電話鈴聲、門鈴聲進來了，中間還夾雜著電梯門刺耳的刮嚓聲和廚房排油煙機的呼嘩聲。噪音的特徵略有改變，因為艾琳之前已經開機聽過一遍了；最後出現的電鬍刀現在大概拔掉了插頭，吸塵器也收進了櫃子裡，太陽下山後，靜電的干擾隨著城市的腳步起了變化。他摸遍所有的按鈕，也沒辦法消除這些怪聲，只好關掉收音機，他跟艾琳說，明天一早他就打電話給賣家要他們好看。

第二天下午，艾琳結束一個飯局回到家，女傭告訴她有個男的來修理過收音機。艾琳的帽子和皮草外套都還沒脫掉，就趕快進客廳去試那台機器。擴音器裡在播送〈密蘇里華爾滋〉的唱片。這首歌讓她想起那些夏天，從湖對面傳來老式唱機裡放送出來的那種又細又沙的音樂聲。她耐心等著整首華爾滋播完，以為會有一番說明，結果沒有。音樂聲之後就是靜默，接著這張沙聲嚴重的唱片又重複了一遍。她轉動旋鈕，立刻迸出一陣響亮的高加索音樂——光腳在地上蹦，金屬首飾嘩啦啦的響——可是在音樂背後她還聽到鈴聲和亂烘烘的人聲。兩個孩子放學回來了，她關掉收音機，走進孩子們的小房間。

那晚吉姆回家很累，他洗完澡換了衣服，進客廳找艾琳。就在他打開收音機的時候，女傭叫開飯了，於是他就讓收音機開著，和艾琳一起坐上飯桌用餐。

吉姆累到連隨便說兩句話的力氣都沒了，而艾琳對晚餐也沒半點興趣，她的注意力從食物轉向銀燭台上堆積的蠟油，再從蠟油轉向客廳裡的音樂聲。她才聽了幾分鐘蕭邦的前奏，忽然一個男人的聲音在插話。「天哪，凱西，」他說，「你每天都要在我回家的時候彈琴嗎？」音樂聲猛的停了下來。「我只有這麼點機會，」一個女人說：「我在辦公室待了一整天。」「我也一樣，」男的說。他把鋼琴羞辱了一頓，接著是用力甩門的聲音。激情又傷感的琴聲再度開始了。

「你聽見了嗎？」艾琳問。

「什麼？」吉姆在吃甜點。

「收音機。鋼琴聲裡有一個男人在飆——飆髒話。」

「可能是戲劇吧。」

「我看這不是什麼劇。」艾琳說。

兩人離開餐桌端著咖啡進客廳。艾琳問吉姆要不要換台。他轉了台。「你有沒有看見我的束襪帶？」一個男的在問。「幫我扣上。」一個女的說。「你有沒有看見我的束襪帶？」男的又說。「先替我扣上，我再去找你的束襪帶。」那女的說。吉姆趕緊再轉台。「你別把蘋果核扔在菸灰缸裡，」一個男的說：「我討厭那味道。」

「好奇怪。」吉姆說。

「對不對？」

吉姆再轉台。「在科羅曼多海岸，小小南瓜晃啊晃，」一個英國腔的女人說，「樹林裡住著洋基－邦基－布。舊椅子兩張，蠟燭半根，還有一只沒把手的壺……」

「天哪！」艾琳喊起來。「那是史威尼家的保母啊。」

「這是他全部的財產。」英國腔繼續。

「關掉，把這東西關掉，」艾琳說：「說不定他們也能聽見我們啊。」吉姆把收音機關了。「那是阿姆斯壯小姐，史威尼家的保母，」艾琳說，「她八成是在給那小女孩讀故事。他們住在十七樓B。我在公園跟阿姆斯壯小姐說過話。她的聲音我一聽就知道。我們一定是搭錯線了，接到別的住戶家裡了。」

「不可能。」吉姆說。

「可是，那的確是史威尼家的保母，」艾琳激動地說：「我認得出她的聲音，不會弄錯的。不知道他們是不是也聽得到我們。」

吉姆打開收音機。起初像是隔得很遠，然後愈來愈近，愈來愈近，就像乘著風，史威尼家保母的英國腔又來了：「金莉小姐！金莉小姐！」她說，「坐在小南瓜那兒的金莉小姐，你願意做我的妻子嗎？洋基－邦基－布說……」

吉姆走上前，對著擴音器大聲的說：「喂。」

「我不想再一個人生活了，」保母繼續用英國腔說，「在這個石頭海岸，我覺得人生好無趣啊；要是你願意做我的妻子，那我的生命將會多麼的快樂……」

「我想她可能聽不見我們說話吧，」艾琳說。「再試試別的。」

吉姆轉到另外一台，客廳裡立刻響起狂歡的雞尾酒會，熱鬧得不得了。有人在彈鋼琴，唱著平・克勞斯貝的〈威分鋪之歌〉，鋼琴周圍人聲沸騰。「多吃點三明治啊。」一個女人尖著嗓子喊。有叫聲、有笑聲，還有碗盤砸在地板上的碎裂聲。

「這肯定是福勒家，十一樓E的，」艾琳說：「我知道他們今天下午有個派對。我在酒坊看見她。這不是太神奇了嗎？再試試別家。看能不能找到住在十八樓C的那些人。」

這一晚威斯考特夫婦偷聽了一段在加拿大捕鮭魚的獨白，一場橋牌賽，一場自拍電影的說明會，拍的顯然是關於在海島酒店兩週的生活情形，還有夫妻吵架，吵得很兇，為的是銀行帳戶透支。他們到半夜才把收音機關掉，笑到全身無力的上床睡覺。深夜裡，兒子要水喝，艾琳倒了杯水拿進他房裡。凌晨時分，附近的燈全都滅了，從孩子的窗口看得見空蕩蕩的街道。她走進客廳打開收音機。有幾聲不太清楚的咳嗽、呻吟，然後一個男人說話了。「你還好嗎，親愛的？」他問。「還好，」一個女的虛弱的說：「我想應該還好吧，」接著十分傷感的說，「你明白嗎，查理，我覺得自己好像已經不是自己了。一個星期裡面只有十五、二十分鐘的時間還像我自己。我不要再看醫生了，醫藥費的單子已經這麼多，可我就是覺得自己不是自己了，查理。我再也回不去從前的自己了。」他們不年輕，艾琳想著。從音質上她猜想他們應該是中年人。那種情緒壓抑的對話和臥室窗子吹過來的風令她全身發抖，她回到了床上。

第二天早上，艾琳為全家做了早餐，因為女傭要到十點才會從地下室的房間上來。她還幫女兒編好辮子，站在門口看著丈夫和孩子們搭上了電梯。接著，她走進客廳打開收音機。「我不要上學，」一個小孩尖叫著：「我討厭學校。我不要上學。我討厭學校。」「你一定要上學，」一個生氣的女人說：「我們繳了八百塊錢讓你進這所學校，就算要了你的命你也得去上學。」旋鈕轉到下一個數字，播出來的又是那張〈密蘇里華爾滋〉的破唱片。艾琳轉了幾台，侵入了好幾戶人家早餐桌上的隱私。她偷聽到消化方面的問題，欲念，虛榮心，自信和絕望。艾琳的人生表裡如一，簡單平凡，這天早上從擴音器裡播放出來的這些直接又粗暴的言語，令她驚愕也令她困擾。她繼續聽著，直到女傭進門。她關了收音機，因為她明白，這樣的洞悉是一種不正當的窺探。

當天中午艾琳和朋友約吃飯，十二點一過她就走出公寓。電梯在她這層樓停下來，裡面有很多女人。她看著她們端莊冷淡的面孔和帽子上的裝飾布花。其中哪一個去過海島度假？她猜著。哪一個透支了銀行帳戶？電梯停在十樓，一個牽著一對斯凱㹴犬的女人加入了她們的陣容。她的頭髮高高聳在頭上，穿著一件貂皮披風，嘴裡不斷哼著〈密蘇里華爾滋〉。

午餐時候艾琳喝了兩杯馬丁尼，她的眼睛直盯著她的朋友，心想著不知道她會有些什麼祕密。她們本來打算吃完飯去逛街買東西，可是艾琳藉故先回家了。她對女傭說這段時間不要打擾她。她進入客廳，關上房門，打開收音機。下午這段時間，她聽見一個女人斷斷續續的在跟她姑媽聊天，一場歇斯底里式的午宴尾聲，一個女主人在向女傭交代參加雞尾酒會的一些客人。「不是白頭髮的就用不著給他們喝最好的威士忌，」女主人說：「你上那些熱菜之前，看能不能先把那盤鵝肝醬撤掉，還有，你可不可以借我五塊錢？我要給電梯服務員小費。」

隨著下午的時間流逝，對話的種類和內容愈來愈精彩。從艾琳坐著的位置，看得到東河上方的天空。天上的雲朵層層疊疊，彷彿南風把粉碎了的寒冬整個吹往了北邊，她從收音機裡聽到雞尾酒會的客人陸續到來，小孩子放學了，生意人下班了。「我今天早上在浴室地板上發現好大一塊鑽石，」一個女的說：「那肯定是昨晚鄧斯頓太太戴的手鐲上掉下來的。」「我們去把它賣了。」一個男的說。「帶去麥迪遜大道那家珠寶商賣掉它。對鄧斯頓太太來說根本沒差，我們還可以多幾百塊錢零用……」「橘子啊檸檬啊，聖克萊門的小鈴鐺說，」史威尼家的保母在唱：「半個便士一塊銅板，聖馬丁的小鈴鐺說。你什麼時候付我錢啊？老貝利的小鈴鐺說……」「這不是什麼帽子！」一個女人大叫，她的背後是雞尾酒會裡沸騰的人聲。「那不是什麼帽子，那是外遇。華特．弗洛雷就是這麼說的。他說那不是什麼帽子，那是外遇，」忽然，說話的這個女人壓低了聲音，「去找人講話呀，做做好事，親愛的，快去找個人說說話。要是她逮到你一個人站在這兒沒跟誰說話，她就會把我們從邀請的名單上除名，我愛死了這些派對。」

那晚威斯考特夫婦要外出晚餐，吉姆到家的時候，艾琳在穿衣服打扮。她看起來傷心呆滯，他給她倒了杯酒。他們是跟幾個朋友在附近晚餐，夫婦倆散步走去目的地。天空遼闊透亮，這是一個令人興起回憶和遐想的春天夜晚，風吹拂著他們的手和臉，感覺好溫柔。街角一支救世軍大樂隊在演奏〈耶穌甜美過一切〉。艾琳拉著丈夫的手臂，暫停一會，聽著樂聲。「他們真好，對不對？」她說：「他們的臉都那麼美好。真的，他們要比許多我們認識的人好看多了。」她從包包裡抽出一張紙鈔，走上前投在鈴鼓裡。走回丈夫身邊時，她臉上有一種他不熟悉的傷感。那晚在飯局上，她的行為表現也令他覺得有些奇怪。她很沒禮貌地打斷了女主人的話題，拚命盯著對桌的客人，孩子們要是用這種方式看人，她會處罰他們。

餐敘之後走路回家，天氣還算暖和，艾琳抬頭仰望春天的星空。「小小的燭光竟然能照得這麼遠，」她說：「為這頑劣的世界點亮了些許的善與美。」那夜她等到吉姆睡熟之後，才走進客廳打開收音機。

第二天晚上吉姆六點左右回到家。女傭艾瑪為他開門，他摘下帽子正在脫外套，艾琳衝進門廳。她一臉的淚，頭髮蓬亂。「快上去，快去十六樓C，吉姆！」她尖叫著。「別脫外套了。快上去十六樓C。奧斯本先生在打他太太。他們從四點吵到現在，現在在打她。快上去阻止他呀。」

從客廳的收音機裡，吉姆聽見尖叫、髒話，和乒乒砰砰的聲音。「你知道你沒必要去聽這些東西。」他說。他走進客廳關了收音機。「這是不道德的，」他說：「這就像在偷窺。你明知道你根本沒必要去聽這些東西。你直接把它關掉就行了。」

「噢，太可怕，太可怕了，」艾琳啜泣著：「我聽了一整天，沮喪得不得了。」

「好，既然這麼沮喪，你為什麼還要聽呢？我買這個該死的收音機是希望給你帶來快樂，」他說：「我花了一大堆錢。我以為它可以帶給你快樂。我只想要你快樂啊。」

「不，不，不要，不要跟我吵架，」她呻吟著，把頭靠在他的肩膀上。「那些人吵了一整天的架。每個人都在吵架。全都是為了錢。賀金森太太的母親在佛羅里達得癌症快死了，他們沒有錢送她去梅約診所。至少，賀金森先生肯說他們沒有那麼多錢。這棟樓裡另外一個女人和那個工人有私情——那個壞透了的雜役工人，太噁心了。還有，梅維爾太太心臟出了問題，韓德瑞克先生四月就要失業了，韓德瑞克太太又氣又急，還有那個喜歡聽〈密蘇里華爾滋〉的女人是個妓女，就普通一個小妓女，還有那個電梯服務員得了肺病，還有那個奧斯本先生一直在打奧斯本太太。」她痛哭流涕，全身發抖，不斷拿手掌抹著滾滾流下的淚水。

「你幹嘛要聽呢？」吉姆又問了一次：「如果這玩意令你那麼痛苦，你幹嘛還要聽呢？」

「啊，不要，我不要，」艾琳哭喊著：「人生太可怕了，太齷齪，太糟糕了。好在我們從來不是這樣的，對吧，親愛的？不對嗎？我的意思是，我們都一直那麼好，那麼正常，那麼深愛著彼此……我們有兩個孩子，兩個好漂亮的孩子。我們的人生一點都不齷齪，對吧，親愛的？對不對呀？」她兩手勾住他的脖子，讓他的臉湊近她。「我們好幸福，對不對，親愛的？我們好幸福，對吧？」

「當然，我們當然很幸福，」他疲憊的說。他的怨憤屈服了。「我們當然幸福。我一定要把這台該死的收音機修好，要不明天就把它送走。」他撫摸著她柔軟的秀髮。「我可憐的小女孩。」他說。

「你愛我的，對不對？」她問。「我們不會歇斯底里，不會愁錢，也不會不忠實，對不對？」

「對，親愛的。」他說。

早上一個男的來修理了收音機。艾琳小心翼翼把收音機打開，她很高興，這次聽到的是一家加州酒商的廣告和貝多芬的第九號交響曲，還包括了席勒詩句改編的〈快樂頌〉。她讓收音機開著一整天，擴音器沒有任何異象出現。

吉姆回來的時候，收音機裡正在播送一連串西班牙組曲。「一切都好嗎？」他問。他的臉色好蒼白，她想著。他們喝了一點雞尾酒，在《遊唱詩人》歌劇的〈鐵砧之歌〉樂聲中吃晚餐。跟在〈鐵砧之歌〉後面的是德布西的〈大海〉。

「我今天付了修理費，」吉姆說：「花掉四百塊錢。花錢消災，我希望你以後開開心心的。」

「啊，當然，當然開心，」艾琳說。

「四百塊是一筆大數目，真的吃不消，」他繼續說：「我只想做一些讓你開心的事。這應該是今年最後一筆奢侈的開銷了。我發現你買衣服的帳單還沒付清。我在梳妝台上看到的。」他直視著她。「你為什麼告訴我說付清了？你為什麼要騙我？」

「我只是不想讓你煩心，吉姆，」她說著，喝了一口水又說：「我可以從這個月的家用中把它付清的。上個月還有沙發套，和那個派對。」

「我給你的家用零花你應該學著稍微控制一下，艾琳，」他說：「你應該明白我們今年賺的不像去年那麼多。今天我跟米歇爾認真的談過。現在人家都不隨便買東西了。我們一天到晚在買新鮮的玩意兒，這情況你很清楚。我不再年輕，你知道。我三十七歲了。明年我的頭髮就要變白了。我一事無成。我不認為將來會更好。」

「是的，親愛的。」她說。

「我們必須省著點用，」吉姆說：「我們得為孩子們著想。坦白跟你說吧，我真的非常擔心錢的問題。我對將來一點把握也沒有。大家都一樣。萬一我出了什麼事，有保險，可是那些錢現在也撐不了多久。我拚死拚活的工作，為了給你和孩子們一個安逸的生活，」他痛苦地說道：「我不希望眼睜睜看著我所有的努力，所有的青春，都浪費在這些貂皮大衣和收音機和沙發套和——」

「拜託，吉姆，」她說：「拜託你了。他們會聽見的。」

「誰會聽見？艾瑪不會聽見。」

「收音機。」

「噢，我真要吐了！」他吼起來。「我對你那些擔心簡直要吐了。收音機不可能聽見我們在說什麼。誰也聽不見我們。就算是聽見了，有誰會在乎？」

艾琳離開餐桌走進客廳。吉姆跟著走去，衝著她吼：「你怎麼突然之間神聖起來了？是什麼讓你一夜之間就變成一個修女了？你在他們還沒有認證遺囑之前就偷了你媽的珠寶首飾。你姐姐那一份你一毛也沒給她——甚至在她最缺錢的時候。你讓葛麗絲．賀蘭的生活陷入絕境，還有，在你跑去找那個墮胎密醫的時候，你的虔誠你的美德都去了哪？我永遠不會忘記你當時是多麼的冷酷。你拎著包包直接去把那個孩子謀殺掉的那副樣子，就像是去拿索度假似的。你有什麼理由，你有什麼說得出口的理由——」

艾琳在那一個醜陋的音箱前面站了一分鐘，覺得丟臉又噁心，她一隻手抓住開關，在關掉音樂和所有的聲音之前，她好希望這個機器可以適時的、體貼的對她說兩句話，好希望能夠聽見史威尼家保母的聲音。吉姆站在那裡繼續對她叫囂。收音機裡的聲音溫和而平靜。「東京清晨發生鐵路慘案，」擴音器說著，「死了二十九個人。水牛城附近一所收容盲童的天主教醫院大火，今天清晨已經由醫院的修女護士撲滅了。現在的氣溫是華氏四十七度。濕度八十九。」

啊！碎夢之城

由芝加哥開出的火車駛離了奧爾巴尼，轟隆隆的沿著河谷奔向紐約，一路上已經夠興奮的梅洛夫婦，現在感覺呼吸更急促了，好像車廂裡快沒空氣似的。他們直著背抬著頭，就像一艘中彈的潛水艇裡的水手，拚命在找氧氣。他們的女兒，米爾翠－羅絲的表現最叫人羨慕。她睡著了。艾瓦茲．梅洛想把手提箱從行李架上取下來，可是他的太太愛麗絲查了查時刻表，說時間還早。她望向車窗外，看見了高貴的哈德遜河。

「為什麼他們稱它是美國的萊茵德？」她問她丈夫。

「是萊茵河，」艾瓦茲說：「不是萊茵德。」

「喔。」

他們前一天才離開印第安那州溫特沃斯的老家，不管旅途有多興奮，不管目的地有多美好，夫婦倆還是放心不下，心裡老是惦記著家裡的瓦斯有沒有關，倉庫後頭焚燒垃圾的灰燼有沒有完全熄滅。他們盛裝打扮，就像星期六晚上偶爾會在時報廣場上看見的那些人，穿著一身專為出遠門備著的行頭。他腳上的便鞋，大概自他父親的喪禮，也或許是他哥哥的婚禮之後，就再也沒從櫃子裡拿出來穿過。她也是第一次戴上她的新手套——那是十年前聖誕節時候的禮物。他那枚褪了色的領針和附著鍍金鍊子的字母領帶夾，那雙雜色花紋的襪子，插在前胸小口袋裡的尼龍手帕，還有西裝翻領上的那朵羽毛康乃馨，全都是他五斗櫃最上層抽屜裡的收藏品，多少年來就等著這一天，等著命運把他從溫特沃斯叫出來。

愛麗絲．梅洛有一頭濃密的黑髮，她的丈夫雖然對她愛到極致，有時候看見她的瘦臉，難免會想到下雨天裡一棟廉價住宅的門口，她的面孔就是一條長長的、空茫又黯淡的通道，一條專為悲慘的窮人設置的通道。艾瓦茲．梅洛非常瘦。他是公車司機，有些彎腰駝背。他們的孩子咬著大拇指睡得很熟，她的頭髮很黑，髒兮兮的臉蛋很瘦，像她媽媽。火車一陣劇烈的搖晃把她吵醒了，她嘖嘖有聲的吸著大拇指，一直吸到再度熟睡為止。她沒辦法像她父母那樣盛裝打扮，因為她只有五歲，但也穿了一件白色的貂皮外套。搭配的帽子和手套也都是陳年的老古董；那外套的毛皮已經毫無光澤，可是她睡著的時候不斷用手撫摸著，彷彿它有著非凡的神力，讓她非常安心，非常安心。

火車離開奧爾巴尼之後列車長過來驗票，他注意到梅洛一家三口，不知為什麼他們的樣子令他有些擔心。他驗完票回來停在他們的座位前，跟他們聊天，先是聊米爾翠－羅絲，然後問起他們的目的地。

「你們第一次去紐約嗎？」他問。

「是的。」艾瓦茲說。

「去觀光？」

「喔不是，」愛麗絲說：「我們去辦事。」

「找工作？」列車長問。

「喔不是，」愛麗絲說：「你來說，艾瓦茲。」

「嗯，其實不算是為了工作，」艾瓦茲說：「我不是找工作，我的意思是，我其實是有工作的。」他的態度很和善很坦率，他熱誠的說出事情的來龍去脈。「我入伍當過兵，你知道的，後來，退伍了我回家鄉，再繼續開大巴士。我是開夜間巴士的司機。可我不喜歡這份工作。我一直胃痛，而且夜間開車，很傷眼，所以空閒的時候——多半在下午，我就開始寫劇本。喏，七號公路邊上，就在溫特沃斯附近，我們住的地方，有個叫作費納利媽媽的老太太，她有一間加油站和養蛇場。她是個潑辣又逗趣的老人家，所以我決定寫她。她說出來的話潑辣夠勁。好啦，我才寫了第一幕——那個製作人崔西．莫契森，剛好從紐約到我們那兒的婦女俱樂部演講關於劇院的一些問題。好啦，愛麗絲去聽了演講，聽見他在台上抱怨，就是那位莫契森在抱怨說，現在年輕一代的劇作家太缺乏了，愛麗絲就舉手，她對莫契森說她丈夫就是一個年輕的劇作家，問他願不願意讀他的劇本。對不對，愛麗絲？」

「對。」愛麗絲說。

「他哼哼哈哈，」艾瓦茲說：「莫契森哼哈了半天，愛麗絲不肯罷休，因為所有的人都在聽，等他結束了演講，她直接上台，把劇本交給他——她早把劇本揣在口袋裡了。然後，她跟他一起回到他住的旅館，她就坐在他旁邊，等著他讀完那個劇本——其實，就是第一幕。我當時只寫了那麼多。這個劇本裡頭有一個角色，他立刻想到很適合他太太美琪．碧提。我想你一定知道美琪．碧提吧。所以你知道他接下來做什麼嗎？他坐下來簽了一張三十五元的支票，他說這是給我和愛麗絲一起上紐約的車馬費！所以我們把銀行存款全部提出來，抱著破釜沉舟的決心，這就來啦。」

「嗯，這的確大有賺頭。」列車長說。他預祝梅洛夫婦順心如意，然後就走開了。

火車過了波基浦西站，艾瓦茲想把行李箱取下來；過了哈蒙站，艾瓦茲又想取行李，可是愛麗絲每一站都查看火車時刻表，老是叫他別急。他們從來沒見過紐約，兩個人激動看著它一站一站的接近，溫特沃斯實在太無趣了，這個下午甚至連曼哈頓的貧民窟在他們看來都無比的美妙。火車駛入了黑漆漆的公園大道底下，愛麗絲感覺自己像是被一大群虛構的巨人包圍著，她叫醒米爾翠－羅絲，抖著手指幫小女孩把頭上的帽子綁好。

梅洛一家人下了火車，愛麗絲注意到車站裡的路面有一層閃爍的白光，她懷疑這些水泥地裡是不是攙了鑽石。她不許艾瓦茲向人問路。「假如他們發現我們是菜鳥，會跟我們敲詐。」她很小聲的說。他們慢慢走出了大理石的候車室，跟隨著各種像是在催命似的車聲和喇叭聲。愛麗絲研究過紐約的地圖，出了車站，她知道該走哪個方向。他們沿著四十二街走到第五大道。經過他們身邊的每一張臉似乎都有目標和定見，彷彿所有人都在努力追求偉大的前程。艾瓦茲從來沒見過這麼多美麗的女人，這麼多愉快又年輕的面孔，一副成功在望的模樣。這是一個冬日的午後，城市的光線清澈中帶有紫羅蘭的顏色，就像是溫特沃斯周圍田野裡的天光。

他們的目的地曼通旅館，位在第六大道西邊的一條小巷子裡。那是一個晦暗的地方，臭薰薰的小房間，蹩腳的食物，大廳天花板上的鍍金壁飾多得就像梵蒂岡的教堂。這是老旅館中很受歡迎的一家，特別吸引一些低三下四的人，梅洛夫婦選上這裡，是因為曼通在西部各個火車站的看板上都打廣告。在他們之前就有很多不知情的人都來住過，這裡的親和力戰勝了周圍破敗的氛圍，整個空間瀰漫著一種卑微的味道，使人想起冬日午後的一間鄉下小吃店。一名服務生帶他們進房間。服務生一離開，愛麗絲立刻檢查浴室，拉開窗簾。窗子面對的竟是一堵磚牆，不過開了窗，聽得見街上車來人往的聲音，而且聽起來感覺就像在火車站裡，那聲音宛如是從生活中發作出來的，巨大又無可抗拒。

當天下午，梅洛夫婦費了番力氣，才找到了百老匯自助餐廳。看見神奇的咖啡龍頭和自動彈開的玻璃門，他們開心得大叫。「明天，我要吃烤豆。」愛麗絲喊著：「後天吃雞肉派，大後天吃魚肉派。」吃完晚餐，到街上走走。米爾翠－羅絲走在爸媽中間，握著他們長滿老繭的手。天漸漸黑了，百老匯的燈火回應著他們簡單的禱告。半空中好多又大又亮的圖片，有英雄，有鴛鴦大盜，有怪獸，有持槍的亡命之徒。那些電影、飲料、餐館和香菸的名字，都是用五顏六色的燈光寫出來的，遠處，他們望見哈德遜河上毫無暖意的冬日餘暉。東邊的高樓明亮到彷彿要燃燒起來，像是有一把火將它們黑暗的輪廓整個點著了似的。連空氣中都充滿了音樂，光線比白晝還要明亮。他們隨著人潮漂流了好幾個小時。

米爾翠－羅絲累了，開始哭鬧，到最後她父母只好帶她回曼通。愛麗絲在幫她脫衣服的時候有人輕輕的敲門。

「進來！」艾瓦茲大聲回應。

一個服務生站在門口。他的身材是個孩子樣，臉上卻滿是疲憊和皺紋。「我只是來看看各位可好，」他說：「我只是來看看您需不需要喝一點薑汁啤酒或是冰水什麼的。」

「喔不要了，謝謝你，」愛麗絲說：「謝謝你的好意。」

「兩位是第一次來紐約吧？」服務生問。他隨手帶上門，坐上一張扶手椅。

「是的，」艾瓦茲說：「我們昨天離開溫特沃斯——在印第安那州——昨天九點十五分離開先到南灣。再到芝加哥。我們晚餐是在芝加哥吃的。」

「我吃了雞肉派，」愛麗絲說：「很好吃喔。」她邊說邊為米爾翠－羅絲套上睡衣。

「然後我們就來紐約了。」艾瓦茲說。

「你們來這兒做什麼呢？」服務生問。「結婚週年？」他逕自從梳妝台上的菸盒裡抽出一根香菸，再坐回扶手椅。

「喔不是，」艾瓦茲說：「我們中獎啦。」

「我們發了。」愛麗絲說。

「是競賽？」服務生問。「之類的？」

「喔不是。」艾瓦茲說。

「你告訴他，艾瓦茲。」愛麗絲說。

「是啊，」服務生說：「告訴我，艾瓦茲。」

「呃，你知道，」艾瓦茲說：「事情是這樣的。」他坐到床上，點起一根菸。「以前我入伍當兵，你知道，後來退伍了，我回到溫特沃斯……」他把對列車長說的話又對服務生重複說了一遍。

「哈呀，你們倆真是太幸運太幸運啦！」艾瓦茲一說完，服務生大聲歡呼。「崔西．莫契森！美琪．碧提！你們真是幸運兒啊。」他看著這間簡陋的房間。愛麗絲把米爾翠－羅絲抱到沙發上睡覺。艾瓦茲坐在床沿晃著兩條腿。「現在你們最需要的是一位經紀人。」服務生說。他在一張紙上寫了個名字和地址遞給艾瓦茲。「豪士經紀是全世界最大的經紀公司，」他說，「查理．李維特是豪士經紀公司最棒的人物。有任何問題你只管去找查理，要是他問起誰叫你去的，你就告訴他是畢三。」他走到房門口。「晚安，兩位幸運得不得了的幸運兒，」他說：「晚安。祝兩位有個好夢。」

梅洛夫婦是勤儉起家的孩子，第二天早上六點半他們就起床了。用肥皂洗了臉洗了耳朵刷了牙。七點鐘，他們出發前往自助餐廳。艾瓦茲其實一晚沒睡。車水馬龍的噪音害他睡不著，下半夜他就一直坐在窗邊。菸味令他口乾舌燥，失眠更令他緊張。此時，最令他們驚訝的是，整個紐約居然還在睡覺。這太震驚了。他們用過早餐回到曼通。艾瓦茲撥電話到崔西．莫契森的辦公室，沒人接聽。過後他又連打了好幾次。到十點，一個女生接了電話：「莫契森先生三點見你。」她說完就掛斷。現在除了等待無事可做，艾瓦茲帶著太太和女兒走上第五大道，瀏覽商店的櫥窗。十一點，無線電城市音樂大廳開門了，他們走了進去。

這是個令人開心的選擇。他們探頭探腦的在那些休息室和洗手間裡晃了一個鐘頭才正式入座，舞台表演開始，一座巨大無比的舞台從樂隊席上升起，四十個身穿哥薩克軍服的男生高唱〈黑色的眼睛〉，愛麗絲和米爾翠－羅絲大聲歡呼。這個舞台秀，在它的華麗壯觀之下，似乎隱藏著一種單純又熟悉的訊息，彷彿那吹動層層金色簾幕的風是直接從印第安那吹過來似的。演出的節目讓愛麗絲和米爾翠－羅絲看得太入迷，在回曼通的路上，艾瓦茲必須牽著她們，才不致撞著人行道的消防栓。三點一刻，他們回到旅館。艾瓦茲吻別太太和孩子，出發前往莫契森的辦公室。

他迷了路，擔心會遲到，只得開始用跑的。中途他向兩個警察問路，最後總算到達了辦公大樓。

莫契森辦公室前面的休息室很暗——可能是故意的，艾瓦茲心中希望——但不會不體面，因為有好多漂亮的男男女女待在那裡，等著要見莫契森先生。他們沒有一個人坐著，大家都在閒聊，彷彿這個延誤反而讓他們很高興似的。接待員帶領艾瓦茲進入較遠的一間辦公室。這間辦公室同樣很擁擠，只是這兒的氣氛顯得侷促不安，一副被圍城的樣子。莫契森來了，他熱誠的招呼他。「你的合約在這裡，」他說：「你現在就去看美琪吧。」艾瓦茲簽好合約，莫契森說。他看著艾瓦茲，把他西裝翻領上的羽毛康乃馨抽掉，扔進字紙簍裡。「快，快，快，」他說：「她在公園大道四百號。她急著要見你，正在那兒等著。今天晚上我會去看你——我看美琪大概有一些想法——不過要快，快去。」

艾瓦茲衝進門廳，急切的按著電梯鈴。一走出大樓，他又迷路了，在紐約的皮草名店區瞎轉。一個警察指點他回到了曼通。愛麗絲和米爾翠–羅絲在大廳等著他，他把經過一五一十的告訴她們。「我現在要去看美琪．碧提，」他說。「我得趕快！」服務生畢三在一旁聽到了他們的對話。他放下手裡的幾個提袋，過來參一腳。他告訴艾瓦茲公園大道該怎麼走。艾瓦茲再次跟愛麗絲和米爾翠–羅絲吻別。她們揮著手看他奔出大門。

艾瓦茲在很多電影裡看過公園大道，他對這條寬闊冷漠的街道有一種熟悉感。他搭電梯上去莫契森夫婦住的公寓，由一名女傭帶引他走入一間很漂亮的起居室。壁爐裡燒著火，爐台上擺著鮮花。美琪．碧提一進門，他立刻站起來。她嬌俏、精神、亮麗，沙啞感性的聲音讓他有赤裸裸的感覺。「我讀了你的劇本，艾瓦茲，」她說，「我好愛，好愛，好愛。」她輕盈的在屋裡轉著走著，這一刻她偏著頭橫過肩膀在跟他說話。她看起來不如乍見時的年輕，襯著窗口的光線，幾乎顯得有些憔悴。「你寫第二幕的時候，我的部分要多寫一些，我希望，」她說：「要加強加強再加強。」

「悉聽您的吩咐，碧提小姐。」艾瓦茲說。

她坐下來，把兩隻美麗的手交疊著。她的腳非常大，艾瓦茲注意到了。她的小腿很細，使得她的腳看起來特別大。「啊，我們好愛你的劇本，艾瓦茲，」她說：「我們愛它，想它，要它。你知道我們有多想要它嗎？我們欠債啊，艾瓦茲，我們欠債欠得兇啊。」她一隻手按在她的酥胸上，用吹氣似的聲音說：「我們欠了一百九十六萬五千塊錢啊。」忽然她的聲音又洋溢起熱情。「可是現在我要你繼續完成你的大作，」她說：「我要你放下一切，我要你過來不斷的寫寫寫，今晚九點以後什麼時間都行，我要你和你太太一起過來，來見見我們幾個最貼心的朋友。」

艾瓦茲問了門房回曼通的路該怎麼走，可惜他又弄錯方向迷路了。他在東區轉了半天終於找到一位警察，經由對方指點回到旅館。他實在回來得太晚，米爾翠─羅絲餓得大哭。他們三人盥洗之後，去自助餐館吃了些東西，在百老匯閒晃到近九點才回旅館。愛麗絲換上晚禮服，她和艾瓦茲吻著米爾翠─羅絲跟她說晚安。在大廳裡，他們找到畢三，告訴他兩人要去哪裡。畢三答應會幫他們照應米爾翠─羅絲。

前往莫契森家的路程遠比艾瓦茲記憶中來得遠。愛麗絲的外套很單薄。他們抵達公寓大樓的時候，她冷得臉色發青。出了電梯，遠遠的就聽見有人在彈鋼琴，一個女聲唱著「吻也只是吻，夢也只是夢……」一個女傭接過他們的外衣，莫契森先生從較遠的一扇門出來迎接他們。愛麗絲理了理掛在前襟的布牡丹花，夫婦倆走了進去。

房間裡很擁擠，光線很暗，歌手已經唱到了尾聲。空氣中瀰漫著動物毛皮的腥味和刺鼻的香水味。莫契森先生把梅洛夫婦介紹給站在門邊的一對男女之後就走開了。那對男女轉過身背對著他們。艾瓦茲畏縮安靜。愛麗絲卻很興奮，開始小聲的猜測起鋼琴四周那些人的身分。她認定那些全都是電影明星，她沒猜錯。

歌手唱完了，起身走開。稀稀落落的一點掌聲之後，場面忽然冷下來。莫契森先生邀請另一位女士唱歌。「我才不要跟在『她』後面唱，」那女人說。這情況，不管原因到底是什麼，很難說得上話。莫契森先生再請其他人出來表演，可惜他們也都拒絕了。「或許梅洛太太願意為大家唱首歌吧，」他帶點挖苦的口氣說。

「好的。」愛麗絲說。她走到房間中央。站好位置，兩手交疊在胸前，開始高歌。

從小愛麗絲的母親教導她，無論什麼時候只要主人開口邀請，她就該唱，愛麗絲從不違背母親的教誨。小時候，她在巴克曼太太那兒上過歌唱班，巴克曼太太是一位年長的寡婦，住在溫特沃斯。小學合唱團和高中合唱團她都參加了。每逢家庭聚會日的下午，她總是有機會被請出來唱歌；這時候她就會從壁爐邊的沙發上站起來，或者放下清洗的碗盤，直接從廚房跑出來，高唱幾首巴克曼老師教她的歌。

這天晚上的邀請太突然了，艾瓦茲根本來不及阻止他太太。他聽得出莫契森先生挖苦的口氣，他應該制止她，可是等到她一開口唱，他就什麼都不擔心了。她的音準極好，姿態端莊動人，她誠心誠意的在為這些人唱歌。他克服了自己的疑惑，注意到莫契森家的賓客們對她的歌聲尊敬又全神貫注。他們裡面有許多人都來自跟溫特沃斯一樣的小鎮；他們都是善良的人，愛麗絲無懼的歌聲中，那純樸的氣質令他們想起了自己的當初。沒有一個人在咬耳朵或是偷笑。絕大多數人都低下頭，他看見有個女人拿手帕擦著眼睛。愛麗絲勝利了，他想著，這時他才聽出這首歌叫作〈安妮・羅莉〉[3]。

很多年前，巴克曼太太教唱這首歌時，她教愛麗絲在結尾的時候做一個誇張的動作，當時身為一個小孩，一個女孩，一個高中女生，這個方式非常成功，但是在溫特沃斯那間保守的小客廳裡——在揮之不去的貧窮和只求溫飽的氣氛當中，這個表演令她的家人生厭又擔憂。當時老師是這樣教她的，在唱到最後一句「我將至死不渝」的時候，她要生猛的撲倒在地板上。現在她撲倒的力量沒那麼生猛，因為年紀大了，不過她還是撲倒了，這個晚上艾瓦茲看得很清楚，從她沉著鎮定的表情，他看得出這一撲早在她的計畫之中。他想過，他應該趕緊跑上去，抱住她，小聲的跟她說旅館著火了或者是米爾翠-羅絲生病了。結果，他做的只是背過身子。

愛麗絲迅速的吸了一口氣，衝上最後一句歌詞。「我將至死不渝！」他聽見她在唱；他聽見她撲倒在地板上，發出好大的一聲砰；他聽見狂笑聲，被菸嗆到的咳嗽聲，一個女的因為笑得太兇把珍珠項鍊綳斷了在飆髒話。莫契森家的賓客似乎全都著魔了。他們笑到流淚，笑到全身發抖，笑到直不起腰來，並且用力地互相拍背，像中了邪似地大笑不止。艾瓦茲看著眼前這個場面，看著坐在地板上的愛麗絲，他過去扶她起來。「來，親愛的，」他說：「走吧。」他一手摟著她，帶著她走

3 〈安妮・羅莉〉（Annie Laurie），蘇格蘭民謠。

向門廳。

「他們不喜歡我的歌嗎？」她問，還開始哭了。

「不要緊，親愛的，」艾瓦茲說，「沒關係的，沒關係。」他們拿了外套，冒著寒冷回到了曼通。

畢三在他們房間外的走廊上等著。他很想知道派對的情況。艾瓦茲先把愛麗絲送回房間，再出來跟這個服務生說話。他不大想提派對的事。「我看我大概不會再跟莫契森夫婦聯繫了，」他說：「我打算找一個新的製作人。」

「太好了，太好了，」畢三說：「這樣就對了。首先，最要緊的，我要你去豪瑟經紀公司，去看查理．李維特。」

「好，」艾瓦茲說。「好，我去找查理．李維特。」

這天晚上愛麗絲一直哭到睡著，艾瓦茲也再度失眠。他坐在窗邊的椅子上，天快亮的時候，打了一會兒盹，很快就醒了。早上七點，他就帶著全家到自助餐廳報到。

早餐後，畢三來到梅洛的房間，他非常興奮。四分錢一份的報紙上有一個專欄作家報導了艾瓦茲夫婦到達紐約的事。同一篇報導中還提到一位閣員和一位巴爾幹半島的國王。這時電話開始響了。第一通，是一個男的，想要向艾瓦茲推銷二手貂皮大衣。接著是一個律師和一家乾洗店，再來是一個裁縫師傅，一間托兒所，好幾個經紀人，還有一個人來電話說可以幫他們找一間好公寓。艾瓦茲對這些糾纏不休的電話一律說「不」，只是在掛斷之前費了一番口舌。畢三已經為他和查理．李維特約了中午見面，約定的時間快到了，他跟愛麗絲和米爾翠－羅絲吻別之後就出去了。

豪瑟經紀公司位在無線電城的一棟大樓裡。現在艾瓦茲通過那道令人敬畏的大門，告訴自己，現在的他跟其他任何人都一樣，名正言順來辦正事。豪瑟公司在二十六樓。他等電梯往上升了才說出要上的樓層。「來不及了，」電梯服務生說：「你一進來就要告訴我到幾樓。」這句話立刻讓電梯裡的人都知道他是個菜鳥，艾瓦茲心裡有數，不免滿臉通紅。他只好跟著上到六十樓再往下回到二十六樓。出電梯的時候，那個操作員還在偷笑。

好長的一條走廊盡頭有兩扇古銅色的門，門閂是一隻展翅的老鷹。艾瓦茲轉動這隻大鳥的翅膀，踏進一間高尚的門廳。牆面上的嵌板凹進凸出、白裡泛黃。遠遠的，一個玻璃小窗口後面，他看見有個戴著耳機的女人。他走過去，向她說明了來意，對方請他稍坐。他坐在皮沙發上，點起一根菸。這門廳的富麗堂皇令他印象深刻。忽然他發現沙發上蒙著一層灰塵。茶几上也是，雜誌、檯燈，還有青銅雕像羅丹的「吻」——這個大房間裡的每樣東西都蒙著一層灰。同時他也注意到這個門廳裡特殊的安靜。這裡少了一般辦公室司空見慣的嘈雜聲。在這份特殊的安靜裡，從很遠的地方，響起溜冰場上放送出來的音樂，電子琴彈奏著〈普世歡騰迎救主！〉沙發旁邊小茶几上的雜誌全都是五年前的。

過了一會兒，接待員指著門廳盡頭的一扇門，艾瓦茲膽怯的走了過去。門裡面的辦公室比他剛才坐的房間略小，光線更暗，更華麗，更氣派，他還是能聽見遠處溜冰場上的音樂聲。有個男人坐在一張古董桌旁邊。他一看到艾瓦茲就站起來。「歡迎，艾瓦茲，歡迎光臨豪瑟經紀公司！」他大聲嚷嚷著，「我聽說你在這兒很熱門啊，畢三告訴我說你跟崔西．莫契森不來往了。我讀過你的劇本，當然，只要崔西想要的，我就要，山姆．法利也是。我已經替你找了一位製作人，我給你找了一個大明星，我給你找了一整座劇院，我已經準備好了一份前製合約。十萬到四十萬之間。坐，坐。」

李維特先生不知是在吃東西還是牙齒有問題，每句話結束的時候，他的嘴唇就會刻意的發出嘖嘖的怪聲，一副老饕的樣子。他很可能是在吃東西，因為嘴巴周圍有很多細屑。要不就是他的牙齒有問題，因為整個訪談過程裡那嘖嘖的聲音沒有停下來過。李維特先生一身的金光。他戴了好幾枚戒指，一條黃澄澄的手鍊，一支帶錶鍊的金手錶，還帶著一只沉甸甸的、嵌著珠寶的金煙盒。煙盒是空的，他們談話的時候艾瓦茲不斷的遞香菸給他。

「哪，現在我要你趕緊回你住的旅館，艾瓦茲，」李維特先生吼著，「我要你盡量放輕鬆。查理．李維特會顧好你的財產。我要你答應我什麼都不必擔心。哪，我了解你跟莫契森簽了一份合約。我會宣布那份合約完全無效，如果莫契森抗議，我們就抓他進法院，叫法官宣布那份合約無效。眼前——」他說，聲音變得很輕柔，「我要你先簽這些文件，簽了這些文件我才有權代表你。」他把一些文件和一支金筆推到艾瓦茲面前。「只要簽下這幾張，」他沉痛的說，「你就會賺到四十萬了。啊，你們這些作者啊！」他喊著：「你們這些幸運兒啊！」

艾瓦茲一簽完那幾張文件，李維特先生的態度立刻改變，他又開始大聲嚷嚷。「我幫你找的製作人是山姆．法利。大明星是蘇珊．海薇。山姆．法利是湯姆．法利的哥哥。他娶了克萊麗莎．道格拉斯，他是喬治．豪蘭的叔叔。派特．樂威是他的妹夫，米契．卡巴比恩和賀維．布朗是他母親這邊的親戚。他母親叫樂蒂．梅耶。他們是一個非常親密的家族。一個很了不起的小團隊。等你的秀在威明頓開演的時候，山姆．法利、湯姆．法利、克萊麗莎．道格拉斯、喬治．豪蘭、派特．樂威、米契．卡巴比恩、賀維．布朗都會到你寫第三幕戲的那家旅館。等你的秀到巴爾的摩上場的時候，山姆．法利、湯姆．法利、克萊麗莎．道格拉斯、喬治．豪蘭、派特．樂威、米契．卡巴比恩、賀維．布朗，他們也會隨著秀一起到巴爾的摩。等到你的秀來到百老匯盛大演出的時候，你知道坐在第一排為你加油喝采的是哪些人嗎？」李維特先生掐著嗓門，用嘶啞的耳語下了結論。「山姆．法利、湯姆．法利、克萊麗莎．道格拉斯、喬治．豪蘭、派特．樂威、米契．卡巴比恩，還有賀維．布朗。

「來，現在我要你回旅館去玩個痛快，」他清完喉嚨放聲大喊：「我明天給你電話，告訴你山姆．法利和蘇珊．海薇哪時候可以見你，我現在要打電話到好萊塢，告訴麥斯．雷朋，他可以拿到這份合約，價錢在十萬到四十萬之間，一毛都不能少。」他拍拍艾瓦茲的背，彬彬有禮的送他到門口。「去玩個痛快，艾瓦茲。」他說。

艾瓦茲走回門廳，他看見那個接待小姐在吃三明治。她朝他打了個招呼。

「有全新的別克敞篷車，你要不要試試？」她小聲的說。「一次十分錢。」

「喔不要了，謝謝你。」艾瓦茲說。

「新鮮雞蛋呢？」她問。「我每天早上從澤西帶過來的。」

「不用了，謝謝你。」艾瓦茲說。

艾瓦茲穿過擁擠的人潮急匆匆的趕回曼通，愛麗絲、米爾翠—羅絲、畢三都在等著他。他把跟李維特面談的情形詳細描述給他們聽。「等我拿到那四十萬，」他說，「我要寄一些給費納利媽媽。」愛麗絲想起溫特沃斯還有好多人都急需要錢。為了慶祝，那晚他們不再吃自助餐，換了一家義大利麵館。晚餐後，他們全家去無線電城音樂廳。那天晚上，艾瓦茲再度睡不著覺。

在溫特沃斯，大家都知道愛麗絲是家裡最會精打細算的一個。這方面有很多有趣的例子。她會打家用預算，會存私房錢，更常聽人說要是沒有愛麗絲，艾瓦茲連自己的腦袋在哪裡都搞不清楚。基於這種高效率的性格，第二天她就提醒艾瓦茲他已經幾天沒寫劇本了，她展開操控的行動。「你待在房間裡，」她說，「寫你的劇本，我和米爾翠－羅絲去逛第五大道，不吵你。」

艾瓦茲很想努力工作，可是電話又開始響個不停，不時被珠寶推銷商、劇場律師、洗衣店家打斷。十一點左右，他拿起電話聽見一個熟悉的怒吼聲。是莫契森。「我把你從溫特沃斯帶出來，」他咆哮，「是我讓你有今天的位置。現在人家來告訴我說你毀了我的合約，跟山姆．法利聯手騙我。我要你好看，我要毀了你，我要告你，我要——」艾瓦茲把電話掛斷了，一分鐘之後電話鈴又響起來，他不接。他留了張字條給愛麗絲，戴上帽子，朝著第五大道的豪瑟經紀公司走去。

這天上午他轉開展翅老鷹的大門，踏進門廳，看見李維特先生就在那兒，只穿了件襯衫，在打掃地毯。「啊，早啊，」李維特說。「職業療法。」他把掃把和畚箕藏在天鵝絨窗簾後面。「進來，進來，」他邊說邊套上外套，把艾瓦茲引進裡間的辦公室。「今天下午，你要去見山姆．法利和蘇珊．海薇，你可是紐約最幸運的人士之一。多少人從來沒見過山姆．法利。這輩子連一次機會都沒有——沒機會聽到他的機智風趣，沒機會感受他獨特的性格魅力。至於蘇珊．海薇……」他一時說不出話來。然後他說約會訂在下午三點。「到時候你就去山姆．法利漂亮的家裡跟他們碰面，」他說著，把地址交給了艾瓦茲。

艾瓦茲想要詳細的敘述莫契森在電話中跟他之間的對話，李維特根本不聽。「我只要求你一件事，」他嚷著，「我只要你別擔心。這過分嗎？我只要你去跟山姆．法利談一談，去跟蘇珊．海薇見個面，看看她合不合適那個角色。這過分嗎？好啦，去輕鬆一下吧。看場電影。去動物園轉轉。下午三點去見山姆．法利。」他拍拍艾瓦茲的背，把他推到了門口。

艾瓦茲跟愛麗絲和米爾翠－羅絲就在曼通吃午餐。他頭很痛。午餐後，三個人在第五大道來回的逛，接近三點，愛麗絲和米爾翠－羅絲陪著他一起走去山姆．法利的家。那是一棟很特別的建築，正面全是粗糙的石頭，好像一座西班牙式的監獄。他親了親米爾翠－羅絲和愛麗絲，上前按鈴。一個管家開了門。艾瓦茲看出他是管家，因為他穿條紋長褲。管家帶領他上樓到一間大客廳。

「我來見法利先生。」艾瓦茲說。

「我知道，」管家說：「您是艾瓦茲．梅洛。您有預約。可是他沒空。他在一百六十四街，艾克美保養廠賭骰子，最快要明天早上才回得來。不過蘇珊．海薇就快回來了。您可以見到她。噢，真不知道這裡在搞些什麼！」他把聲音降到不能再低，把臉湊近艾瓦茲。「這些牆壁要是能夠說話該多好！打從好萊塢回來之後，這棟屋子裡就沒再開過暖氣，打從六月二十一號開始，他就沒再給過我薪水。這些也就罷了，可是那混蛋從來不記得把澡缸裡的水放掉。他洗完澡，就讓髒水留在那兒。一動也不動的留在那兒。更要命的是，昨天我洗盤子割到手指。」管家的食指上綁著髒兮兮的繃帶，他猴急的把帶血的紗布一層一層的掀開。「你看，」他把傷口舉到艾瓦茲臉上，「深到見骨了。昨天你真的可以看到骨頭。那血啊——那血啊噴得到處都是，花了我半個鐘頭才清理乾淨。我沒受到感染還真是奇蹟。」他對著這個奇蹟猛搖頭。「等那個小妞來了，我會把她送上來。」他漫不經心的走出房間，那條長長的帶血繃帶拖在他後面。

艾瓦茲疲倦得眼冒金星。他太累了，現在隨便把腦袋靠在哪裡，他都能立刻睡著。他聽見門鈴響，管家開門迎接蘇珊・海薇。她奔上樓衝進客廳。

她很年輕，跑進來的樣子好像這裡就是她家，她剛剛放學。她輕盈靈巧，五官精緻，一頭簡單梳理的淺色秀髮自然的夾雜著一些暗色，就像挑染出來的，多了一些松木紋的褐色。「很高興認識你，艾瓦茲，」她說。「我要告訴你我很愛你的劇本。」她怎麼會讀過他的劇本，艾瓦茲不知道，他已經被她的美貌迷惑得不會思想也不會說話了。他口很乾。也許因為連續幾天各種奇怪的遭遇，也許因為失眠──他不知道──可是他覺得自己好像戀愛了。

「你讓我想起我以前認識的一個女孩，」他說，「她在南灣外面一台快餐車工作。你沒有在南灣那邊的快餐車做過吧，從來沒有過吧？」

「沒有。」她說。

「不只是那樣，」他說，「你讓我回想起好多好多事情。我是說開夜班車。我以前是開夜班大巴的司機。你讓我想起了那些。那些星星，我是說，那些十字路口，在圍籬後面的牛群。還有快餐車裡的那些小妞。她們都好漂亮。當然你沒在快餐車做過。」

「沒有。」她說。

「你可以收下我的劇本，」他說，「我是說，我覺得你很適合這個角色。山姆・法利可以收下我的劇本。怎樣都可以。」

「謝謝你，艾瓦茲。」她說。

「你可以幫我一個忙嗎？」他問。

「什麼？」

「喔，我知道這有點蠢。」他說著，站起來在房間裡兜了一個圈子。「這裡沒別人在，沒人會知道。我真的很不願意開口。」

「你想要說什麼呢？」

「妳可不可以讓我把妳舉起來？」他說，「就只是把妳舉起來。只是讓我知道一下你有多輕。」

「好啊，」她說：「你要我脫下外套嗎？」

「是，是，是，」他說：「把外套脫了。」

她站起來，讓外套隨意的落在沙發上。

「現在我可以了嗎？」他說。

「可以了。」

他兩手伸到她的腋下，把她騰空抱起來，再輕輕放下。「噢，你好輕啊！」他喊著。「你好輕啊，你簡直一碰就碎，你輕得就跟手提箱沒兩樣。啊，我可以隨身帶著你，我可以帶著你隨便到哪裡，我可以帶著你從紐約的這一頭走到那一頭。」他拿起帽子大衣奔出了屋子。

艾瓦茲回到曼通時，心神恍惚又精疲力竭。畢三、米爾翠－羅絲和愛麗絲都在房間裡。畢三不停地問關於費納利媽媽的事。他想知道她住哪裡，電話幾號。艾瓦茲對這個服務生火大了，把他趕了出去。他躺上床，愛麗絲和米爾翠－羅絲還在不停地發問，而他已經睡著了。一個鐘頭之後醒來，他覺得舒服多了。他們一起去自助餐廳和無線電城音樂廳，那晚他們很早就睡了，好讓艾瓦茲第二天一早起來寫劇本。可是他睡不著。

早餐後，愛麗絲和米爾翠-羅絲特意留艾瓦茲一個人在房裡，不吵他。他也很想努力工作，可是做不到。這天倒不是因為電話吵他。堵住他思路的是更大的困擾，他抽著菸兩眼盯著磚牆，他明白了，他愛上了蘇珊・海薇。這或許對創作是一種激勵，但是他創作的力量全都留在印第安那了。他閉上眼，努力回憶費納利媽媽強悍霸氣的聲音，可惜字句還沒成形，就迷失在大街上的噪音裡。

只要有任何一丁點能夠讓他釋放回憶的東西——火車的鳴笛，剎那的寂靜，穀倉的味道——或許他就會受到一些啟發。他在房間裡踱來踱去，抽菸，嗅著窗簾上的煤煙味，用衛生紙塞住耳朵，然而在這家曼通旅館裡根本沒法回想印第安那。他在桌邊待了一整天。沒有吃午餐。等到老婆孩子從待了一下午的無線電城音樂廳回來，他跟她們說他要去散散步。啊，他離開旅館的時候想著，只求能讓我聽見一次烏鴉的叫聲！

他在第五大道上大步向前走著，把頭抬得高高的，試著從紛亂的噪音中找到一個可以指引他的聲音。他走得很快，走到了無線電城，遠遠的，他聽見溜冰場上的音樂聲。似乎有什麼東西叫他停了下來。他點起一根菸。於是他聽見了，有人在叫他。「看這頭神氣活現的麋鹿啊，艾瓦茲。」一個女人在大聲嚷嚷。那分明是費納利媽媽沙啞霸氣的聲音，一時間他以為自己精神錯亂了，直到他轉身看到她，她就坐在乾涸的水池邊一張長椅上。「看這頭神氣活現的麋鹿啊，艾瓦茲。」她叫著，兩隻手舉到頭上，裝成鹿角的樣子。這是她在溫特沃斯跟大家打招呼的標準姿勢。

「看這頭神氣活現的麋鹿啊，費納利媽媽！」艾瓦茲放聲大喊。他跑到她身邊坐了下來。「喔，費納利媽媽，看到你太高興了，」他說：「你一定不相信，我真的一整天都在想你。我這一整天都在希望能夠跟你說說話。」他目不轉睛地盯著她慧黠的五官和布滿毛碴的下巴。「你怎麼到紐約來的，費納利媽媽？」

「乘坐飛行器來的。」她嚷著。「今天是坐飛行器來的。吃三明治吧。」她就著紙袋吃著三明治。

「不用，謝謝。」他說。「你覺得紐約怎麼樣？」他問。「你覺得這棟高樓怎麼樣？」

「嗯，我不知道。」她說，可是他看得出來她是知道的，他看得出來她臉上開始擺出一副抬槓的表情。「我看這裡是獨一無二吧，要是有二，那他們就會傳宗接代啦！」她尖聲大笑，一面猛拍自己的大腿。

「你到紐約來做什麼，費納利媽媽？你怎麼會忽然跑到這裡來？」

「嗯，」她說，「一個叫崔西．莫契森的男人打長途電話給我，要我上紐約來告你誹謗。他說你寫了一個關於我的劇本，我可以告你誹謗，我可以拿很多錢，跟他分帳，很公平的，他說，以後我就不必再忙那個加油站了。所以他把坐飛行器的票錢電匯給我，我就來啦，我要跟他談，我要告你誹謗，跟他分帳，四六分。我就打算這麼做。」她說。

那天夜裡，梅洛一家三口回到中央車站的大理石候車室，艾瓦茲查看開往芝加哥的火車時刻。他找到了一個班次，買好車票，一家人登上火車。這是一個雨夜，車站裡的路面很暗很潮濕，不再閃爍，不過愛麗絲還是相信地上嵌著鑽石，以後提起這段，她就會這麼說。現在他們已經熟門熟路，很老練的找到了幾個座位。火車開動之後，愛麗絲隔著走道跟一對說話直爽的夫妻交上了朋友，那對夫妻帶著小寶寶去洛杉磯。那女人有個哥哥住在那兒，寫信給她大讚那裡的好天氣和無限的機會。

「我們去洛杉磯吧，」愛麗絲對艾瓦茲說，「我們身邊還有一點錢，我們可以在芝加哥買車票，你可以把劇本賣給好萊塢，那邊的人誰也沒聽過費納利媽媽之類的人。」

艾瓦茲說他到了芝加哥再做決定。他太疲倦，很快就睡著了。米爾翠－羅絲把拇指塞在嘴巴裡，不一會兒她和她母親也睡到不省人事。米爾翠－羅絲撫摸著外套上乾枯的毛皮，就好像在告訴她一切都會很好的，一切都會很好的。

梅洛他們一家有可能在芝加哥下了車，直接回去溫特沃斯。可以想像他們回到家鄉的情形，受到親朋好友的熱烈歡迎，儘管他們經歷過的事不見得會有人相信。或者，他們有可能中途改變主意，在芝加哥轉車前往西部——這個轉變，說實話，也是很容易想像的。肯定會有人看到他們在火車的包廂裡玩接龍，在沿途的火車站吃三明治，當他們搭著火車經過堪薩斯、內布拉斯加——越過重重高山到達西海岸的時候。

哈特利這一家

哈特利夫婦和女兒安妮來到帕瑪哥提旅館，那是一個冬日的黃昏，晚餐後橋牌剛剛開打。哈特利先生提著包包裹裹穿過寬闊的門廊走進大廳，他的太太和女兒跟在後面。三個人顯得非常疲憊，他們看著這間明亮溫馨的房間，心裡抱著逃過一劫的感恩心情，從清晨到現在，他們在這場無情的暴風雪中整整開了一天的車。他們是從紐約過來的，一路上雪沒停過，他們說。哈特利先生放下行李包，回去車上拿雪橇。哈特利太太坐在大廳的一張椅子上，她那疲倦又害羞的女兒緊挨著她。女孩的頭髮上還夾帶著一點雪花，哈特利太太用手指把它刷掉了。寡婦巴特瑞克太太是這家旅館的老闆娘，到門廊上招呼哈特利先生，叫他不必管停車的事。員工會去處理的，她說。他回到大廳，簽了住宿登記。

他看上去挺和氣的，聲音不卑不亢，態度認真有禮。他太太一頭黑髮，很端莊，現在累得有些心神恍惚，他女兒是個七歲左右的小孩。巴特瑞克太太問哈特利先生之前有沒有來過帕瑪哥提。

「只要有預約，」她說，「我就會記得名字。」

「八年前的二月我和我太太來過，」哈特利先生說。「我們是二十三號來的，住了十天。這個日期我記得特別清楚，因為那次我們玩得非常開心。」然後他們就上樓了。他們在樓上待了很久才下來，晚餐時間已過，剩下的飯菜只好一直擱在後面的爐子上保溫。那孩子累到幾乎睡趴在餐桌上。吃過晚餐，他們馬上又上樓去了。

冬季，帕瑪哥提的生活重心全都在戶外運動上面。酒鬼和掛病號的人是不受歡迎的，絕大多數的人來這裡都熱中於滑雪。早上，大家坐上巴士經過山谷到高山上，如果天氣好，人們就會帶著午餐盒，在斜坡上一直待到下午四五點。有時候遊客們也會改變一下方式，在旅館附近的溜冰場裡溜冰，這溜冰場其實是灌滿水的曬衣場變身來的。旅館後頭有一座小山丘，碰到高山上狀況不佳，不合適滑雪的時候，這地方可以應個急。上去小山頂的工具是靠一台簡陋的吊掛椅，這套設備是由巴特瑞克太太的兒子一手打造。「拉吊車的馬達是他買來的，當時他還在哈佛念大四，」巴特瑞克太太只要提起吊椅總要說上一遍。「那馬達是在一家叫作摩賽的老車行買的，有一天晚上他從坎布里奇開車上來，當時連行車執照都還沒有哪！」每次說到這裡，她就會把一隻手搗在胸口，彷彿當時那段驚險的行程依舊近在眼前。

哈特利夫婦在到達的第二天早上就踏起帕瑪哥提的正規步調，呼吸新鮮空氣和運動。

哈特利太太是個經常會恍神的女人。這天早上她上了登山的巴士，坐下來跟另一個旅客閒聊，這時候才想起忘了帶雪橇。她丈夫趕回去拿，一車的人都在等著。她穿了件顏色鮮豔、鑲毛邊的連帽雪衣，是一種適合年輕人的樣式，但她穿在身上卻更顯得沒精神。她丈夫一身海軍的裝備，衣服上還印著他的名字和軍階。他們的女兒安妮長得很好看，頭髮綁成辮子，乾淨俐落，小鼻梁上有一道雀斑，她用她這個年齡慣有的冷淡表情瞧著四周。

哈特利先生是滑雪高手。他在斜坡上上下下，腳上的雪橇方向一致，完全平行，他的膝蓋微彎，肩膀以半個圓圈的方式優雅的晃著。他太太就不怎麼高明了，不過她知道自己要什麼，她享受冷冽的空氣和雪地。她不時會摔跤，每當有人過來攙扶，每當她的臉因為貼著冰雪而泛紅的時候，她看起來就年輕多了。

安妮不會滑雪。她站在斜坡底下看著她的爸媽。他們呼喚她，她不肯動，一會兒之後她開始發抖了。她母親趕過來，盡力的哄她鼓勵她，孩子卻生氣的扭過頭。「我不要你教，」她說：「我要爸爸教我。」哈特利太太大聲喊叫丈夫。

哈特利先生的注意力一轉到安妮身上，她所有的猶豫立刻消失。她跟隨他滑上滑下，只要有他帶著，她似乎就有了信心，快樂得不得了。哈特利先生陪著安妮一直到吃完午餐，之後他把她交給一位教初級班滑雪的專業指導員。哈特利夫婦隨著這個小團體來到斜坡底下，哈特利先生把女兒拉到一邊。「我和你媽要去滑雪道那邊了，」他說，「你要乖乖的參加瑞特老師的滑雪班，用心地跟他學。如果你想學會滑雪，安妮，就得靠自己好好的學，不要一直靠我。我們大概四點鐘回來，到時候我要你把學會的表演給我看哦。」

「好，爸爸。」她說。

「好好去上課吧。」

「是，爸爸。」

哈特利夫婦看著安妮爬上斜坡加入滑雪班之後他們才離開。安妮盯著指導員看了幾分鐘，可是當她看見父母離開了，立刻溜出團體，沿著山坡一路朝著中途小屋滑下去。「小朋友，」指導員在後面喊她：「小朋友……」她卻不答話。她走進小屋，脫掉雪衣和手套，整齊的把它們攤在桌子上晾乾，然後坐在爐火邊，低著頭，不讓人看見她的臉。她在那兒坐了一個下午。天快黑的時候，她的父母回到小屋，正忙著跺掉靴子上的冰雪時，她奔向父親，臉都哭腫了。「啊，爸爸，我以為你不回來了，」她哭喊：「我以為你再也不回來了！」她抱住他，把臉埋在他的衣服裡。

「好了，沒事，安妮，沒事。」他說著，一邊拍著她的背，一邊對碰巧看到這一幕的人點頭微笑。回去的巴士上，安妮坐在他身邊，抓著他的手臂。

那晚，哈特利一家人在晚餐前先到旅館的酒吧，坐在靠牆的座位。哈特利太太和女兒喝番茄汁，哈特利先生喝了三杯老式雞尾酒。雞尾酒裡的柳橙片和櫻桃他都拿給安妮吃。只要是爸爸做的事，安妮都有興趣；她為他點菸、吹滅火柴，還看他的手錶，對他說的每個笑話都開懷大笑。她的笑聲清脆好聽。

一家三口輕淺的說著話。哈特利夫婦跟安妮說話的次數遠多過他們彼此，兩人的婚姻似乎到了無話可說的地步。夫婦倆有一搭沒一搭的談著山和雪，就在這沒話找話說的過程裡，不知怎麼的，哈特利先生對太太說話的口氣變得很不好。哈特利太太忽然從座位上站起來，好像在哭。她急匆匆的穿過大廳上樓去了。

哈特利先生和安妮繼續待在酒吧。晚餐鈴響的時候，他請櫃台把餐點送上去給哈特利太太，他和女兒在餐廳用餐。晚餐後，他坐在客廳看著一本過期的《財星》雜誌，安妮跟其他幾個住在旅館裡的孩子一起玩耍。那些孩子都比她小，她很容易就做了孩子王，擺出一副小大人的樣子。她教他們玩簡單的撲克牌遊戲，讀故事給他們聽。等到那些孩子都去睡覺了，她就自己看書。她父親在九點左右帶她上樓。

過後他又獨自一個人下樓，走進酒吧，喝著酒，跟酒保聊著各種波本威士忌的牌子。「過去我老爸都請人從肯塔基把整桶整桶的威士忌送來家裡。」哈特利先生說。他的聲音帶著些許的嘶啞，態度斯文有禮，這使得他說出來的話更有分量。「那些桶子都很小，我還記得很清楚，真看不出那可以裝超過一加侖的酒。我老爸一年叫他們送兩次。奶奶問他那是什麼東西，他總是跟她說全都是蘋果汁。」聊完了威士忌，兩人開始談論這個村子和這家旅館的一些變化。「我們以前只來過一次，」哈特利先生說：「八年前，八年前的二月。」接著，他把前一晚在大廳說的話一字不漏的重複了一遍。「我們是二十三號來的，住了十天。這個日期我記得特別清楚，因為那次我們玩得非常開心。」

哈特利一家接下來的日子過得就跟第一天差不多。哈特利先生都在早上教女兒滑雪。小女孩學得很快，只要是跟父親在一起，她就膽大又心細，可是只要他一離開，她便跑去小木屋，坐在爐火邊。每天，一吃過午飯，就到了關鍵時刻，他對她開始一番自立自強的訓話。「我和你母親現在要走開了，」他說，「你要好好的自己去滑雪，安妮。」她會點頭，滿口答應，可是他一走，她又立刻回到小木屋去等著。有一回──是在第三天──他真的發火了。「你給我聽著，安妮，」他吼著，「要想學會滑雪，就得自己練習。」他的大吼傷到了她，可是對她的獨立似乎起不了什麼作用。每天下午，她成了坐在火爐邊的一個熟悉身影。

有時候哈特利先生會稍微修改一下他的訓練方式。他們一家三口會搭早班車回到旅館，他會帶女兒到溜冰場上課。每逢這種時候，他們就會在外面待到很晚。哈特利太太偶爾會在客廳窗口看著他們。溜冰場位在巴特瑞克太太的兒子打造的那座簡易滑雪吊車的起點。吊車的纜線柱子在暮色中看起來好像絞刑架，哈特利先生和他女兒看起來就像兩個誠心悔罪的人形。他們在小溜冰場上一遍又一遍的兜著圈子，誠懇又認真，彷彿他正在向她解說一件比溜冰更神祕的大事。

旅館裡的人都很喜歡哈特利這一家，即便他們給別人一種茫然若失的感覺——失去的，也許是金錢方面吧，也或許是哈特利先生失去了工作。哈特利太太照舊心神恍惚，不過旅館裡其他的客人覺得，她可能是因為遭遇某種不幸事故的後遺症。她似乎很急於表現友善，就像個寂寞的女人似的，什麼話題她都想要加入。她的父親是位醫生，她說。她口中的他似乎具有無上的權威，她一說起自己的童年顯得特別開心。「我母親在葛拉夫登的起居室有四十五呎長，」她說：「兩頭都有壁爐。就是那種豪華的維多利亞式老房子。」旅館餐廳的瓷器櫃子裡，有些瓷器跟她母親以前擁有的很像。大廳裡有一個紙鎮，哈特利太太也說很像小時候人家送她的那個。哈特利先生偶爾也會談起他的家世。巴特瑞克太太有一回請他雕一隻羊腿，他在磨雕刻刀的時候說，「每次只要一做這個就會想起我老爸。」旅館走道上收藏了不少手杖，有一支是鑲著銀雕的黑刺李木。「這跟當年溫特沃斯先生從愛爾蘭帶給我老爸的那支手杖完全一樣。」哈特利先生說。

安妮深愛她的父親，當然也很喜歡她的母親。每天晚上她疲倦了，就會挨著哈特利太太坐在沙發上，把小腦袋枕在她母親的肩膀上。只有在山上，周遭環境很陌生的時候，她父親才會成為世界上她唯一的依靠。有一晚，哈特利夫婦在打橋牌——時間已經很晚了，安妮也早已上床睡了——忽然孩子大聲呼喊她父親。「我來，親愛的。」哈特利太太說，她說聲對不起就上樓了。「我要爸爸，」牌桌上的人都聽見了小女孩的尖叫聲。哈特利太太安撫她之後再下樓。「安妮做了噩夢。」她說完繼續打牌。

第二天起風了，天氣很暖。下午兩三點的時候，開始下雨，除了幾個最勇猛的滑雪好手，其他人全都返回各自住宿的旅店。帕瑪哥提的酒吧很早就客滿了。大家都在收聽氣象報告，一個熱心的客人拿起大廳的電話查問其他度假地點。比科下雨嗎？史托威下雨嗎？聖地艾加下雨嗎？哈特利夫婦那天下午也在酒吧。來到這裡之後，這是哈特利太太頭一次喝酒，不過她似乎並不太熱中。安妮在會客室裡跟別的孩子玩。快開飯的時候，哈特利先生走進大廳問巴特瑞克太太，他們可不可以在樓上房間裡用餐。巴特瑞克太太說可以做安排。開飯鈴響了，哈特利夫婦上樓，一名女侍替他們端餐盤。吃過晚餐，安妮回到客廳繼續和小朋友們玩耍，女侍把餐廳整理乾淨之後，再上樓收拾哈特利夫婦的餐盤。

哈特利夫婦臥房門上面的氣窗開著，所以女傭到了樓梯間，還聽得見哈特利太太說話的聲音，那是一種非常失控、非常不舒服的喉音，充滿了痛苦，她停下來仔細聆聽，彷彿覺得這女人有性命之憂似的。「我們為什麼要回來？」哈特利太太哭喊著。「我們為什麼要回來？為什麼要大老遠的回到這些個我們自以為曾經很快樂的地方？到底有什麼好處？到底好在哪裡？我們翻遍電話簿拚命去找十年前認識的那些人的名字，請他們吃飯，到底有什麼好處？到底好在哪裡？我們重新回到這些餐館，這些山，回到這些個房子，甚至這些街坊鄰居，我們走進那些貧民窟，自認為那會令我們感到快樂，不會的，絕對不會的。主啊我們到底為什麼要做這種噁心透頂的事啊？難道沒有辦法結束嗎？為什麼我們不能再次分手呢？分手才是好事啊。難道不是嗎？對安妮也比較好啊——我不管你怎麼說，那樣總比現在這樣對她來得好。我會帶著安妮，你可以去住城裡。我為什麼不能這麼做，為什麼不能，為什麼不能，為什麼不能……」大受驚嚇的女侍沿著走廊走開了。女傭下樓的時候，安妮就坐在會客室裡，在讀故事給小朋友聽。

夜裡雨停了，變得很冷。所有的一切全都結了凍。早晨，巴特瑞克太太向大家宣布山上的滑雪道全部封閉，纜車不啟動。哈特利先生和一些遊客去旅館後面的小山丘破冰開道，一名雇工發動了小吊車的馬達。「拉吊車的馬達是我兒子買來的，那時候他還在哈佛讀大四，」巴特瑞克太太一聽見馬達緩緩發動的聲音又開始說了。「那馬達是在一家叫作摩賽的老車行買的，有一天晚上他從坎布里奇開車上來，當時他連行車執照都還沒有哪！」這道斜坡是附近唯一的滑雪道，午餐後，好多人都從別家旅館趕了過來。大家利用一塊高低不平的石頭把吊車底下的積雪刮掉，再把積雪鏟到滑雪道上。纜繩磨損得厲害，巴特瑞克太太的兒子當初設計的吊車實在太過簡陋，滑雪客坐在上面既緊張又顛簸。哈特利太太想盡辦法要安妮坐上去，可是她爸爸不上去，她也堅持不肯坐。他教她該怎麼站，該怎麼抓住纜繩，該怎麼彎下膝蓋，該怎麼拉滑雪桿。只要他上去，她立刻快樂地跟著上去。那一整個下午，她就跟著他不斷地上上又下下，她太高興了，終於有一次他始終沒離開過她的視線。斜坡上破裂的冰渣堆積起來，讓滑雪道變得好滑，狀況也愈來愈好，於是這種看起來怪怪的，幾近強迫性地吊上去滑下來、吊上去滑下來的節奏感，就這麼自成一格起來了。

晴朗美好的一個下午。層層的雲翳，卻被一道燦爛奪目的光芒穿射而過。從小山頂望去，鄉間淨是黑與白。唯一的色彩是火的餘燼，令人無比的動容——彷彿這是一種比寒冬更荒涼的東西，彷彿是烈焰之後的傑作。當然，在滑雪的過程中，在等待纜車的過程中，人們都在講話，只是聽不清談話的內容。纜車馬達發出疲勞的聲響，轉動纜車的鐵輪也發出吱嘎的聲音，但是滑雪客們似乎麻木了，癡傻了，完全迷失在吊上滑下的節奏中。那個下午就是一個連續不斷的循環。斜坡的左邊是排成單行的一支隊伍，大家伸手抓住那根磨損的纜繩再放手鬆開，一個接一個，在小山頭上挑選滑下去的路線，一遍又一遍的在這同一個平面上來回，就像那些在沙灘上弄丟了戒指或是鑰匙的人，在同一片沙灘上一遍又一遍的來回找尋。在這一片寂靜中，那小女孩安妮開始驚聲尖叫。她的手膀被磨損的纜繩夾住了；她整個人被拋到了地上，再被殘忍的往山上拖，拖向轉動的鐵輪。「停下纜車！」她父親咆哮著。「停下纜車！停下纜車！快停下纜車！」可是上面並沒有人在操作，停不下來。她的叫聲嘶啞恐怖，她愈掙扎著想要脫開纜繩，愈是脫不開，那繩子暴虐的把她拽到地上。空曠和寒冷似乎削弱了呼喊的人聲——甚至連其中的痛苦也削弱了——那些呼喊著要纜車停下來的人哪，小女孩淒厲的哭叫聲一直持續到她的脖子被鐵齒輪夾斷為止。

那天入夜之後，哈特利一家人動身前往紐約。他們打算開車跟在靈車後面連夜趕路。有好幾個人主動提議開車送他們過去，可是哈特利先生說他要自己開，他太太也希望由他來開。一切都收拾好了以後，這對飽受打擊的夫婦穿過門廊，放眼望著這美得令人迷眩的夜晚，非常冷非常清澈，天上的星光似乎比旅館、比村子裡的燈光還要明亮。他攙扶妻子上車，拿毯子蓋在她腿上，他們開始踏上好長、好長的旅程。

蘇頓街區的故事

星期天早上，黛博拉．坦尼森在她的娃娃房裡等候父親的信號，信號來了，她就可以進去爸媽的臥室。這個信號來得很遲，因為昨晚她的雙親跟明尼亞波利斯來的一個生意上的朋友見面，他們倆都喝了太多酒的緣故。終於，信號來了！黛博拉急匆匆跑過黑暗的走廊，一路開心的叫著。她父親把她抱在懷裡，以親吻跟她說早安，接著她再跑到母親的床邊。「哈囉，我的小寶貝，」她母親說：「露比給你吃早餐了嗎？早餐好不好吃？」

「外面天氣好好，」黛博拉說：「天氣好得不得了。」

「饒了你可憐的媽咪吧，」勞勃說：「媽咪宿醉得好厲害。」

「媽咪宿醉得好厲害。」黛博拉跟著重複說，一面輕輕拍著母親的臉。

黛博拉還不滿三歲。很漂亮的小女孩，有著一頭濃密閃亮的金髮。她是標準的都市小孩，懂雞尾酒和宿醉的事。父母都要工作，她多半要到晚上才能見到他們，而且是在進來跟他們說晚安的時間。凱瑟琳和勞勃．坦尼森跟朋友聚會喝酒的時候，會讓黛博拉遞一下燻鮭魚之類的吃食，她自然而然的認為雞尾酒是成人世界的軸心。她在沙坑玩的時候，會假裝調製馬丁尼，看到圖畫書上面的茶杯、酒杯、玻璃杯，她會假想這些杯子裡全部斟滿了老式雞尾酒。

這天早上，坦尼森夫婦趁著等早餐的時間在看《紐約時報》。黛博拉把副刊攤在地板上，一本正經地開始她經常玩的扮家家酒，她的父母早已司空見慣，不以為奇了。她假裝從廣告欄裡挑選了許多衣服首飾，再假裝給自己穿戴上。凱瑟琳覺得，她的品味既貪多又俗氣，可是她天真爛漫的獨白跟這個晴朗美好的夏日早晨太切合了。「把這雙鞋穿上，」她說著，假裝穿鞋。「把這件貂皮大衣穿上。」她說。

「現在穿貂皮大衣太熱了，親愛的，」凱瑟琳對她說，「不如就圍一條貂皮圍巾吧？」「就圍上這條貂皮圍巾吧。」黛博拉說。廚子端著咖啡和柳橙汁走進臥房，對他們說哈利太太到了。勞勃和凱瑟琳親吻黛博拉，叫她好好的去公園玩。

坦尼森夫婦騰不出地方給保母住，所以哈利太太每天早上過來照顧黛博拉一整個白天。哈利太太是個寡婦，丈夫過世之前，她生活得無憂無慮，但是他身後沒給她留下半毛錢，她只好放下身段出來當保母。她說她愛孩子，自己也一直想要孩子，其實不然。小孩子令她煩躁討厭。她是個很和氣也很無知的女人，這在她帶黛博拉下樓的時候從她臉上就看得出來，這可是比她的怨嘆更嚴重。她對電梯服務員和門房的寒暄，完全是老派鄉下人的作風。她說：「真是一個可愛的早晨，不是嗎，這樣的早晨真是世間少有。」

哈利太太和黛博拉走到河邊的小公園。孩子漂亮耀眼，老女人穿著一身黑，兩人手牽手走著，感覺就像冬天和春天相容並蓄的代表。一路上好多人跟她們打招呼。「哪來這麼可愛的孩子？」有人在問。哈利太太非常享受這些恭維。有時候她真心為黛博拉感到驕傲，她照顧這孩子到現在已有四個月，小女孩和老女人之間建立起一種不像表面上看到的那麼簡單的關係。

她們私下常常吵架，像大人一樣的爭吵，互相攻訐對方的短處。小女孩從來不說哈利太太的壞話；就好像她已經非常了解表面工夫的重要性。黛博拉對於白天的一切一概不提。她從來不對任何人說起白天去了哪裡，做了什麼。哈利太太發現這個特點很好用，所以小女孩和老女人之間就有了不少共同的祕密。

有些時候天氣陰冷，而主人又交代過哈利太太五點以後才准帶黛博拉回家，碰上這樣的下午，她就會帶小女孩去看電影。在黑漆漆的電影院裡，黛博拉乖乖地坐在她身旁，不哭不鬧。她偶爾會豎起脖子看看銀幕，大部分時間她只是安靜坐著，聽著電影裡的聲音和音樂。第二個祕密——照哈利太太的說法，比較沒那麼罪過——就是每個星期天早上（有時也會在週一到週五的某個下午），哈利太太會把小女孩放在坦尼森夫婦的一個朋友那裡。那女人叫作芮妮．霍爾，哈利太太覺得這件事不會造成任何傷害。她從沒告訴過坦尼森夫婦，認為這個隱瞞並不會傷害到他們。在芮妮幫忙照顧黛博拉的星期天，哈利太太會去參加十一點鐘的彌撒——一個老女人到上帝的殿堂為她死去的親人祈禱——這理所當然，沒有什麼不對。

那天上午，哈利太太坐在公園裡的一張長椅上。太陽熱呼呼的，她那兩條老腿曬得很舒服。天清氣爽，連那河水的面貌似乎也顯得不一樣了。感覺上就好像可以把一塊石頭直接扔上福利島[4]似的，光線的魔法使得鬧區那些大橋看起來更加貼近市中心了。河面上來往的船隻剪水破浪，帶出一股強勁的潮氣，就像犁地之後的清新土味。公園裡除了他們，還有另外兩個人，也是一個保母和一個小孩。哈利太太讓黛博拉去沙坑玩。黛博拉看見了一隻死鴿子。「鴿子在睡覺。」黛博拉說。她彎下身子摸牠的翅膀。

「那隻骯髒的鴿子死掉了，不許碰牠！」哈利太太大吼。

「那隻漂亮的鴿子在睡覺。」黛博拉說。她的臉拉長了，眼裡泛起淚水。她站在那裡，兩隻手互握著，低下頭，完全是在模仿哈利太太難過時候的模樣，看上去很好笑，但她的聲調和臉上的哀傷卻是真心的。

「快離開那隻髒鳥！」哈利太太吼著，她站起來一腳把死鳥踢開。「去玩沙！」她對黛博拉說。「我真不知道你是怎麼了。你房間裡那輛娃娃車他們至少得花二十五塊美金，你卻偏要跟一隻死鳥玩。去看看河水啊。去看看小船啊！還有，不許爬上那個欄杆，你會掉下去的，你被潮水帶走就完蛋了。」黛博拉聽話的走向河邊。「這就是我，」哈利太太對那個保母說，「這就是我啊，一個快六十歲的女人，在自己的房子裡住了四十個年頭，現在像個老遊民似的，星期天早上坐在公園的椅子上，這孩子的爸媽帶著昨晚的酒味還在十樓呼呼大睡哪。」那個保母是個很有教養的蘇格蘭女人，她對哈利太太毫無興趣。哈利太太把注意力轉上蘇頓街區進入公園的台階，看芮妮．霍爾來了沒有。她們兩個人私相授受的協議已經實行了一個月左右。

芮妮．霍爾是在坦尼森家認識哈利太太和小女孩，那年冬天她是雞尾酒派對上的常客。當初她是由凱瑟琳一個生意上的朋友帶去的。她很討喜很有趣，凱瑟琳對她的穿著印象深刻。她就住在拐彎角，不介意臨時的邀請，男人都很喜歡她。坦尼森夫婦只知道她是個很受歡迎的客人，還演過廣

4　福利島（Welfare Island），紐約市東河上的一個狹長小島，介於曼哈頓東側與皇后區西側之間，現已改名為羅斯福島。

播劇。

芮妮第一次到坦尼森家的那晚，黛博拉進來說晚安，這個女演員和這個被忽略的小女孩一起坐在沙發上。兩人之間似乎有一種奇特的感應，芮妮讓小女孩玩弄她的首飾和皮草，對小女孩很親切，因為在她自己的生命中也曾有過這樣感恩的時光。

她大約三十五歲，頹廢而溫柔。她喜歡把當下的生活想像成一首通往美好將來，甚至圓滿結局的序曲，而那美好的一切就會在下一季或者下下一季開始。但是她發現這個希望愈來愈渺茫；她注意到現在的她老是覺得疲累，除非喝酒。但一喝酒，人就好像洩了氣似的。不喝酒的時候她消沉沮喪，這時候她會跟餐廳領班、髮型師起爭執；會斥責餐館裡看她的人；或是跟一些有金錢來往的男人吵架。她對自己的喜怒無常很清楚，也懂得隱藏——對那些半生不熟的普通朋友，比如坦尼森夫婦——而這只是許多隱藏之中的一種。

一星期後芮妮又來到他們家，黛博拉聽見她的聲音，立刻避開哈利太太飛奔到門廳。孩子的真情令芮妮興奮無比。兩個人又排排坐在一起了。芮妮戴著一條毛皮串成的圍脖，一頂綴滿布玫瑰花的帽子，黛博拉覺得她是世上最美的女人。

那次之後，芮妮經常到坦尼森家。大家都笑稱她是為了看孩子，而不是為了坦尼森夫婦或是其他客人。芮妮一直希望有自己的孩子，現在她所有的遺憾似乎都投射到黛博拉燦爛可愛的小臉上。她對這孩子像著了魔。她送她許多昂貴的衣服玩具。「她去看過牙醫嗎？」她問凱瑟琳。「你覺得那個醫生可靠嗎？你有沒有送她去托兒所？」有一天晚上她說錯話了，她向他們建言，說黛博拉跟爸媽見面的時間太少，他們讓她很沒安全感。「她在銀行裡可是有八千塊存款！而且是以她的名字存的。」凱瑟琳說著，這回她真的生氣了。後來，芮妮繼續送精心挑選的禮物給黛博拉。黛博拉也把所有的洋娃娃和喜歡的東西都取上芮妮的名字，有好幾次上床之後她哭著要找芮妮。勞勃和凱瑟琳認為最好的辦法就是不要再見芮妮。他們不再邀請她過來。「總之，」凱瑟琳說，「我覺得那個女生怪怪的。」芮妮打過兩次電話，邀他們喝雞尾酒，凱瑟琳說不，謝了，他們全家都在感冒。

芮妮知道凱瑟琳在說謊，她決定把坦尼森這家人徹底忘掉。她確實很想念小女孩，但要不是後來那個星期發生了一件事，她們也不可能再見面了。有一天晚上她提早離開一個無聊的派對，一個人走路回家。因為擔心漏接電話，她開了答錄機。留言告訴她說那晚有一位華頓太太來電，還留下一個電話號碼。

華頓，華頓，華頓，芮妮努力的想，她想起來了，以前她有個情人叫華頓。至少八年十年前吧。她曾經跟他母親吃過一次飯，當時他母親從克里夫蘭來玩。那晚的事她記得很清楚。華頓喝了很多酒，他母親把芮妮拉到一邊跟她說，她的影響力很大，問她可不可以叫他別喝酒，多上教堂？她和華頓為了喝酒這件事常常吵架，最後，芮妮記得，就那次以後她就不再跟他見面了。後來他可能生病，可能酗酒，也可能結了婚。她不知道他到底幾歲了，因為三〇年代在她記憶中一團混亂，那十年怎麼開始怎麼結束她也完全糊塗了。她照號碼撥過去。那是在西區的一家飯店。華頓太太接的電話，一個很小很啞的老女人的聲音。「比利死了，芮妮，」她說，還開始啜泣。「我很高興你打來。他明天出殯。我希望你能來參加喪禮。我覺得好孤單。」

第二天芮妮穿上黑色洋裝，叫了計程車到殯儀館。她一開門，就落入了戴著手套殷勤有加的接待員手中，開始感受到一種無與倫比的哀傷。電梯載她上到小禮拜堂。她聽見電子琴彈奏著〈啊，多麼美好的早晨！〉。她正想著該坐下來回個神才有力氣見華頓太太的時候，就看見了站在教堂門口的華頓太太。兩個女人互相擁抱，再經過介紹，芮妮又認識了華頓太太的姐姐——漢連恩太太。場子裡就她們三個人。在靈堂最遠的那頭，在幾根稀疏的劍蘭底下，就躺著她死去的情人。「他是那麼的孤單，芮妮啊，」華頓太太說。「他太孤單了。一個人孤孤單單的死去，妳知道吧，就在那一間簡陋的小房間裡。」華頓太太哭了起來。漢連恩太太也哭了。一位牧師進來，儀式開始。芮妮跪著，努力想著祈禱文，可是她最多只記得「……在人間如同在天上」。她哭了，不是因為她柔情的想起了這個男人；她已經多少年沒想過他，僅有的記憶不過是他偶爾替她把早餐端到床上，偶爾會縫一縫他自己襯衫上的鈕釦。她在哭她自己，她哭因為她害怕自己會死在某個夜晚，因為她在這世上也是孤單一人，因為她空虛無望的生活不是一個序曲，而是一個結局，透過這些，她看到的只是那一具粗糙、無情的棺材。

三個女人離開了小教堂，由殷勤有加的接待員攙扶著，搭電梯下樓。芮妮說她沒辦法去墓地了，她還有個約會。因為害怕，她的手在抖。她吻別華頓太太，坐上計程車開到蘇頓街區，走進了黛博拉和哈利太太等候著的小公園。

黛博拉先看到芮妮。她喊著芮妮的名字，奔向她，努力的一階一階的踏上台階。芮妮一把將她抱起來。「漂亮芮妮，」小女孩說，「好漂亮，好漂亮的芮妮。」芮妮和小女孩坐在哈特利太太旁邊。「妳去逛街買東西吧，」她說，「我帶著黛博拉，幾個鐘頭沒問題的。」

「啊，我還拿不定主意。」哈利太太說。

「她跟我在一起絕對安全的，」芮妮說，「我帶她去我的公寓，五點鐘你來接她。不需要讓坦尼森先生和他太太知道。」

「嗯，好像是可以。」哈利太太說。就這樣，哈利太太援例，開始她每星期給自己幾個小時的自由時間。

那個星期天過了十點半芮妮還沒出現，哈利太太知道她不會來了，相當失望，那天早上她一心想要上教堂。她惦記著拉丁禱文和教堂的鐘聲，惦記著跪禱之後全身清淨舒暢的感覺。所以，想到芮妮賴在床上，想到因為芮妮的懶惰害她不能去做禱告，令她非常生氣。時間一分一秒的過去，公園裡小孩子愈來愈多，她繼續在擁擠的人群中尋找黛博拉的黃外套。

暖和的太陽讓小女孩好興奮。她跟幾個同年齡的小孩奔跑著。他們繞著沙堆跳著唱著轉著，孩子們的目的沒別的，就是消耗體力。黛博拉比其他小孩稍微落後，她的協調能力還不太能控制，常常會因為衝過頭而跌倒。哈利太太大聲召喚她，她聽話的跑到老女人跟前，靠著她的膝蓋，講一些獅子和男孩的故事。哈利太太問她想不想去看芮妮。「我想，我想跟芮妮在一起，」小女孩說。哈利太太牽起她的手，兩人爬上台階離開遊戲場，走向芮妮住的公寓房子。哈利太太衝著對講機呼叫，等了好一會兒芮妮才應門，聽起來一副還沒睡醒的口氣。她說很樂意照顧這孩子一個小時，只要哈利太太把孩子帶上樓。哈利太太帶著黛博拉上到十五樓，跟她說了再見。芮妮穿著鑲了羽毛邊的長睡衣，她的屋子裡很暗。

芮妮關上門，抱起小女孩。黛博拉的皮膚和頭髮好柔好香，芮妮親她，呵她癢，對著她的脖子吹氣，逗得小女孩笑到幾乎要窒息了。芮妮把百葉窗簾拉起來，讓房間透進一些光線。整間屋子很髒，空氣裡有一股酸味。好多威士忌酒杯和滿到溢出來的菸灰缸，一只髒兮兮的銀碗裡有幾朵枯死的玫瑰。

芮妮中午有個飯局，她向黛博拉解釋。「我要去廣場吃午餐，」她說。「我現在要洗澡換衣服，你要乖哦。」她把首飾盒給黛博拉玩，一面在澡缸裡放洗澡水。黛博拉安靜的坐在梳妝台邊上，給自己戴上項鍊和髮夾。芮妮正在擦乾身子，門鈴響了，她披了件晨袍就走到客廳。黛博拉跟著她。有個男人站在那兒。

「我現在要開車去奧爾巴尼，」他對芮妮說。「你簡單收拾一下跟我走吧？星期三我就送你回來。」

「我很想，親愛的，」芮妮說，「可是不行。我今天和海倫．福斯約了吃中飯。她說或許可以給我找份工作。」

「去把午餐取消了吧，」男人說。「去啊。」

「不行，親愛的，」芮妮說。「我星期三再跟你見面。」

「誰的孩子？」男人問。

「坦尼森家的小女孩。保母上教堂，我代為照顧一下。」男人狠狠的摟住芮妮，吻她，約定好星期三再見之後就走了。

「那是你很有錢的噁心叔叔。」芮妮告訴小女孩。

「我有一個朋友，她的名字叫瑪莎。」小女孩說。

「對，我知道你有個朋友叫瑪莎，」芮妮說。她忽然發現孩子繃著臉，眼睛裡含著淚水。「怎麼了，親愛的？」她問。「怎麼了？來，來，坐到沙發上，聽聽收音機。我得化妝了。」她走進臥室梳頭化妝。

幾分鐘後門鈴又響了。這次是哈利太太。「禮拜做完了？」芮妮問。「我來幫黛博拉穿上外套。」她去找孩子的帽子和外套。它們不在她原來放的位子上，孩子也不在客廳。她的心狂跳。她走進臥室。「上教堂對我的靈魂太有好處了，」她聽見哈利太太說。芮妮驚恐的想到了開著的窗子。臥室的窗子開著。她往外看，看得到十五層樓底下的人行道，遮雨篷，在街口吹哨子攔計程車的門房，一個牽著哈巴狗的金髮女郎。芮妮奔回客廳。

「黛博拉呢？」哈利太太問。

「我在換衣服，」芮妮說。「一分鐘前她還在這裡。一定是溜出去了。很可能是她自己開的門。」

「你是說你把那小孩搞丟啦！」哈利太太大叫。

「拜託別這樣激動，」芮妮說。「她絕對不可能走遠的。唯一下樓的方法就是電梯。」她走出廚房門口按鈴叫電梯管理員。她注意到那道危險的公務用樓梯。梯子是用烙鐵和水泥打造的，漆著難看的鐵灰色，從十五樓一路通到地上一樓。她用心傾聽樓梯間的聲音，只聽到炒菜的刺擦聲和底下不知哪一樓的人在唱著：

我是個士兵，在耶和華的軍隊裡，
我是個士兵，
在耶和華的……

公務電梯堆滿了臭薰薰的垃圾。「我房裡有個小女孩，」芮妮對搭乘公務電梯上來的男人說。「她不見了。你幫忙找一下好嗎？」接著她衝到前廳按了乘客電梯。「啊，是的，」那人說。「十分鐘前，我帶一個小女孩下樓。她穿了一件黃色外套。」芮妮聞到他一股威士忌的酒味。她先給哈利太太打了電話，再回房間拿菸。「我不要一個人待在這裡，」哈利太太說。芮妮把她往椅子上一推。她關上門，搭電梯下樓。「我當時就覺得奇怪，她一個人下樓，」電梯服務員說。「我還以為她也許要在大廳跟什麼人見面呢。」他說話的時候，芮妮又聞到了那股子酒味。「你老在喝酒，」她說。「要是你沒喝酒，就不會出這事了。你應該知道這麼小的孩子不可能沒人帶著。上班的時候你不應該喝酒啊。」

到達了一樓，他猛的煞住電梯，砰的把門拉開。芮妮奔進大廳。那些鏡子，電蠟燭，還有門房骯髒的領帶，令她噁心得想吐。「是的，」門房說。「我好像是看到有個小女孩走出去。我沒怎麼注意。我在外面，在叫計程車。」芮妮奔到大街上。孩子不在那兒。她一路奔到看得見大河了。她覺得整個人癱軟，無助又無力，彷彿她在這個住了十五年的城市裡突然迷失了方向。街上車來人往。她站在街口，兩手圈在嘴巴上尖叫，「黛博拉！黛博拉！」

那天下午坦尼森夫婦要外出，他們在打扮時電話鈴響了。勞勃接聽。凱瑟琳聽得出是芮妮的聲音。「……我知道這是件很嚴重很可怕的事，勞勃，我知道我不應該那樣，我不該那麼做。」

「你是說哈利太太把她交給妳？」

「是啊，是啊。我知道這是一件很嚴重很可怕的事。我到處找了。哈利太太就在這裡。你要不要她過來？」

「不要。」

「我報警好嗎？」

「不，」勞勃說。「我來報警。告訴我她穿什麼衣服。」勞勃跟芮妮通完電話，立刻報警。「我等你們過來，」他說。「請你們盡快。」

凱瑟琳站在浴室門口。她走上前，他把她摟在懷裡。他牢牢的摟著她，她開始哭泣。然後她離開他的懷抱，坐到床上。他走到窗口，往下看，街上有一輛舒適地毯公司的卡車在油漆車頂。過一條街有幾座網球場，不少人在打網球。網球場周邊是一圈水蠟樹籬，一個老婦人拿著刀子正在割其中一棵樹。她戴著一頂圓帽，穿著一件長到腳踝的厚大衣。他發現她是要偷水蠟樹。她鬼鬼祟祟的，不停的側過頭注意著有沒有人在看她。等到割下一大綑綠色的枝幹之後，她就把它們塞進一只袋子，急匆匆的走了。

門鈴響起。來了一個警官和一名便衣，他們摘下帽子。「對女士們來說，這是最難受的事情，」警官說。「好，方便把事實再告訴我們一遍嗎，坦尼森先生。我們已經派人在找她了。你說她自己搭電梯下樓。那大約是一個小時前。」他跟勞勃核對了所有的細節。「我不是想驚嚇兩位，」他說，「會不會有什麼人可能有綁架這個孩子的理由？各種可能性我們都要列入考慮。」

「沒錯，」凱瑟琳突然語氣堅定地說，她起身在房間裡來來回回的走。「也許不合理，可是至少值得考慮。她或許真的被綁架了。這個星期我在附近看到那個女人兩次，我直覺她在跟蹤我。當時我沒認真想太多。那封信是她寫給我的。我說得太含糊了。是這樣的，我們找哈利太太照顧黛博拉之前，曾經雇用過一個叫作愛默生太太的女人。我和她為了黛博拉起過爭執，在我們吵架的時候，她對我說——我從沒告訴過你這些，親愛的，因為我不想讓你煩心，我也不認為那是什麼了不得的大事——反正在我們兩個吵架的時候，她對我說，她說總有一天我會失去這個孩子的。我盡量不去想，盡量忘掉這些話，我認為她就是古怪。現在的都市裡多得是這樣奇怪的女人。然後，這個星期，我在街上看見她兩次，我的直覺她是在跟蹤我。她住在王子飯店。在西區。至少，以前她一直住在那兒。」

「我過去看看，」勞勃說。「我去開車。」

「我載你過去，坦尼森先生，」警官說。

「你要不要一起？」勞勃問凱瑟琳。

「不用了，親愛的，」凱瑟琳說。「我沒事的。」

勞勃戴上帽子就和警官離開了。電梯服務員問候勞勃。「我很難過，坦尼森先生，」他說。「這兒的住戶都好喜歡她。我打電話告訴我太太，她馬上去聖約翰教堂為孩子點了祈福燈。」

警車停在大樓前面，勞勃和警官上了車便往西邊駛去。勞勃不斷左左右右的轉著頭，藉此消除眼前出現孩子遭遇不測的影像。他彷彿看到「安全駕駛」海報上那些老掉牙的車禍意外，畫得粗糙，色彩也慘不忍睹。他看見一個陌生人吃力的把身子從計程車的擋泥板上移開；他看見一張從來不知恐怖為何物的可愛臉蛋流露著驚恐；他聽見了喇叭聲，尖銳的煞車聲；他看見了一輛車子在隆起的土丘上四腳朝天。他用力強迫自己的視線從這些畫面轉移到光明燦爛的大街上。

天熱起來了。幾朵低矮的浮雲給都市帶來些許陰影，他瞧見這些許的陰影一條街接著一條街的快速遊走。每條街都很擁擠。他眼裡的都市處處暗藏致命的危險。每個人孔蓋、每個窟窿、每層階梯都比光亮燦爛的事物更加顯眼，就如同負片一樣相反。他覺得街頭的人群、中央公園裡的綠樹看起來都好低俗。王子飯店位在西七十區的一條骯髒街道上。飯店大廳瀰漫著臭味。櫃台人員看見警察顯得很不自在。他找出愛默生太太的房間鑰匙說她在屋裡，因為她房裡沒電話，他們直接上去就是。

兩人乘鍍金的鐵格子籠電梯上樓，電梯服務員是個老頭。他們敲了敲門，愛默生太太叫他們進去。勞勃完全不認識這個女人。只看過她站在嬰兒室的門口，和帶黛博拉進來時說晚安。他想起來，她是英國人，聲音不難聽，就是有些緊張。「啊，坦尼森先生。」她認出他了。警官突如其來地問她早上去過哪裡。

「沒關係的，愛默生太太，」勞勃說。他擔心她會因為歇斯底里而什麼也不說。「黛博拉今天早上跑掉了。我們想或許你知道這件事。坦尼森太太說你寫過一封信給她。」

「啊，黛博拉怎麼會這樣，我太難過了。」她說。輕輕巧巧，很淑女的聲音。「是的，是的。我確實寫了一封信給坦尼森太太。我做了個夢，你們會失去這個小女孩，你們一定要特別留意。我是專業的，你知道吧。我會解夢。我臨走的時候告訴坦尼森太太，得要非常細心照顧好這個小女孩。畢竟，她是在新發現的那顆行星——冥王星底下出生的。他們發現這顆星的那年，一九三八，我在里維埃拉。當時我們就知道會有很不好的事情發生。

「我非常愛這個孩子，我很後悔跟坦尼森太太意見不合，」她繼續說：「這小女孩是火人——屬於火象的。我仔細研究過她的掌紋。當然，我們常常有機會單獨在一起。她有很長的生命線，身心平衡，頭腦很好，也有一些魯莽衝動的徵兆，不過這多半取決於你們。我在那上面看到很深的水，某種很大的危險，很嚴重的意外。所以我寫信給坦尼森太太。對於這些專業的服務，我從未向坦尼森太太收取過任何費用。」

「你跟坦尼森太太為了什麼爭吵？」警官問。

「我們是在浪費時間，」勞勃說：「我們浪費太多時間了。走吧。」他站起來走出房間，警官跟著他。開車回家的路上花了好多時間。每個路口滿滿的都是星期天上街的人潮。便衣刑警等在大樓前面。「你快上去看看你太太吧，」他告訴勞勃。門房和電梯服務員都不再跟他寒暄。他踏進公寓，叫喚著凱瑟琳。她在臥室裡，坐在窗前。她腿上有一本黑皮書。他看出來是聖經。基甸會的版本，那是他們一個喝醉酒的朋友從飯店裡偷拿的。他們在查經的時候用過一兩次。開著的窗口望得見大河，如同一道寬闊、閃亮的金鍊。房間裡一片死寂。

「愛默生太太怎麼說？」凱瑟琳問。

「是個誤會。以為她會傷害孩子的事是個誤會。」

「芮妮又來過電話。她帶哈利太太回來了。她要我們一找到黛博拉就打電話給她。我再也不要看見芮妮了。」

「我知道。」

「要是黛博拉出了什麼事，」凱瑟琳說，「我永遠不能原諒自己。永遠不能。我覺得我們是故意把她犧牲掉了。我在讀亞伯拉罕。」她打開聖經開始朗讀。「神說，你帶著你的兒子，就是你獨生的兒子，你所愛的以撒，往摩利亞地去；在我所要指示你的山上，把他獻為燔祭。亞伯拉罕清早起來，備上驢，帶著兩個僕人和他兒子以撒，也劈好了燔祭的柴，就起身前往神所指示的地方去了。」[5]她闔上聖經。「我真怕我要發瘋了。我不斷不斷重複念著我們家的地址和電話號碼。很不對勁，是吧？」

勞勃用手按了一下她的額頭，順勢摸著她的頭髮。她的黑髮簡單的側分著，像個孩子。

「我怕我就要發瘋了，」凱瑟琳說：「你知道你剛才留下我一個人的時候，我第一個衝動是什麼嗎？我想要拿把刀，一把鋒利的刀，去衣櫃裡把我的衣服統統毀掉。我想把它們割得粉碎。因為那些衣服太昂貴了。這很不理性，對吧？可是我當然不是瘋子。我非常理性。

「我有個弟弟，已經死了。他的名字叫查理——查理二世。是取自我爸爸的名字。他兩歲半的時候生病死的，差不多跟黛博拉一樣大。當然那對爸媽來說非常難過，可是不像這件事這麼糟。我覺得孩子對我們的意義遠超過當年我們父母的感覺。我想的就是這個。我覺得那是因為我們的信仰沒那麼重，因為我們生活的方式讓我們脆弱得不堪一擊。我覺得自己罪孽好重。我覺得自己是個很爛的母親很爛的妻子，我覺得這件事就是報應。每一個誓言每一個承諾我都沒能遵守，我違反了所有好的承諾。小時候，我總是對著新月、對著降下來的第一場雪許下好多諾言。我把美好的一切全毀了。啊呀，看我說得好像我們已經真的失去她了，我們還沒有失去她，對吧？他們會找到她的，警察說他們會找到她的。」

「他們會找到她。」勞勃說。

5 神試驗亞伯拉罕。舊約《創世紀》第二十二章第二節。

房間愈來愈暗。低矮的雲層快要碰觸到這座城市了。他們聽到雨聲，落在這棟大樓和所有的窗戶上。

「她現在在雨裡，躺在雨裡啊！」凱瑟琳喊著。她在椅子上不停扭動，摀著臉。「她躺在雨裡啊。」

「他們會找到她的，」勞勃說：「很多孩子走失，我在報紙上常常看到這類新聞。凡是有孩子的人都會碰到這種事情。我姐姐的小女兒摔下樓梯，頭蓋骨摔裂了，他們都以為她沒救了。」

「別人真的常常會碰到這類事情，對吧？」凱瑟琳問。她轉身看著丈夫。雨忽然間停了。空氣裡有一股很濃烈的氣味，就像是把阿摩尼亞潑到街上似的。勞勃看見雨雲暗沉了那一條原本明亮的大河。「我是說，生病和意外的事情到處都會有，」凱瑟琳說，「我們一直都很幸運。你知道吧，黛博拉還沒吃午飯。她一定餓壞了。早餐之後她就沒吃過一點東西。」

「我知道。」

「親愛的，你出去吧，」凱瑟琳說：「出去會比待在這裡舒服一些。」

「那你要做什麼呢？」

「我要打掃客廳。昨晚窗子沒關，所有的東西都蒙上了煙灰。你出去吧。我沒事的。」她微笑著，但臉已經哭腫了。「你出去吧。出去你會舒坦些，我要打掃客廳。」

勞勃再度下樓。警車仍舊停在大樓前面。一名警察走上來跟勞勃談了一會。「我準備再到附近周圍找找看，」警察說，「你要不要一起。」勞勃說願意。他注意到警察帶了手電筒。

公寓附近有一座在禁酒期間被廢置的破酒廠。人行道全被附近的野狗接收，到處都是牠們的便溺。地下室附近一間車庫的窗子都破了，警察對著一個窗框打亮手電筒。勞勃吃驚地看著一些骯髒的稻草和一張黃色的紙。那是黛博拉外套的顏色。他什麼話也沒說，兩個人繼續走。遠方，他聽見午後都市裡各種嘈雜的聲音。

一個老婦人坐在旁邊一棟屋子的門廊上，狐疑的看著他們探頭探腦地張望著地下室的樓梯。「你們別想在那兒找到我的吉米，」她尖聲喊叫，「你們——你們——」有人砰的打開窗戶叫她閉嘴。勞勃看出她喝醉了。警察不理會她。他有條不紊地檢查每一棟屋子的地下室。他們轉過街角——這兒，一棟公寓的正面有一排店鋪。這兒沒有樓梯也沒有走道。

勞勃聽見警車的聲音。他停下，警察跟著他停下。一輛警車開到路口，在他們站的街沿煞住。「上車，坦尼森先生，」駕駛說：「我們找到她了。她在派出所。」他打開警報器，在繁亂的車陣中左閃右躲地往東邊開去。「我們在第三大道找到她的，」警察說，「她坐在一間古董店門口，在吃麵包。八成是人家給的。她沒有挨餓。」

她在派出所等他。他兩手按在她身上，跪在她面前，放聲大笑。他的眼睛像火在燒。「你去了哪裡，黛博拉？誰給的麵包？你去了哪裡？你去了哪裡啊？」

「那個女士給的麵包，」她說，「我去找瑪莎了。」

「哪個女士給的麵包，黛博拉？你去了哪裡啊？誰是瑪莎？你去了哪裡？」他知道她不會告訴他，他知道有生之年，他肯定都不會知道，他的掌心感受得到她的心臟跳得堅強有力，可是他還是繼續不斷追問，「你去了哪裡？誰給你麵包？誰是瑪莎？」

夏日農夫

狂風號是鐵路局的人對於奇妙的火車旅程一時有感而想出來的名字。回憶往往比事實來得吸引人，一個長時間搭火車的旅客在進入中央車站看到所謂的三日豪大雨時，多半不會去注意車站裡的嘈雜和髒亂。最起碼，保羅・何利斯就是一個典型的例子，每到夏天，他幾乎每週四或週五的晚上就會搭上狂風號。他是個大塊頭，所有普爾曼式的臥鋪[6]都令他痛苦萬分，但是再怎麼痛苦都比不上這一次。按照慣例，他總是在餐車待到十點，啜著蘇格蘭威士忌。威士忌一般都能讓他一路熟睡到半夜，睡到列車開進熱鬧的春田市。過了春田市再往北，火車的速度就慢下來，成了走走停停的慢車，保羅半夢半醒的躺在臥鋪上，就像一個被局部麻醉的病人。這樣的折磨要到早餐後，他在交界村下了狂風號，見到溫柔的、前來迎接他的老婆才告結束。這就是傳說中的旅程：讓人對地面上距離的感受特別清楚，它把炎熱的都市和村子裡綠意悠閒的街弄完全隔開了。

從交界村開車到漢姆斯北邊自家農莊的路上，保羅和維吉妮亞・何利斯談的只是一些家常，甚至有些刻意的避重就輕，彷彿這時候提到金錢出入或是戰爭方面的問題，就會毀了一個和煦的早晨和這輛敞篷車似的。維吉妮亞告訴保羅說，七月有一天樓下沖澡的排水管漏水了，她姐姐愛倫喝酒喝得太兇，馬斯登夫婦來家裡吃過一次午飯，孩子們應該可以養寵物了。最後這個話題她顯然花了一點心思。秋天回去的時候，她說，鄉下的狗在紐約公寓裡待不久的，貓又惹人厭，她的結論是兔子最合適。路邊有棟屋子的草坪上就有兔子籠，這天早上他們順路過去買一對吧，當作保羅送給孩子們的禮物，這樣再好不過了。買兔子這件事肯定會讓這個週末變得很特別，這跟他們移植聖誕蕨的那個週末，或是把枯死的杜松拔除的那個週末，肯定大不相同。兔子可以養在舊的鴨舍裡，維吉妮亞說，等到秋天他們回去都市之後，就讓卡夏克煮了吃。卡夏克是他們雇的長工。

車子開始爬高。只要從交界村向北走，爬坡的感覺非常明顯。重重的山丘擋住了新罕布夏的美景，好在拜梅利馬克河的恩賜，每隔幾哩路就會出現一個開闊的山谷，那兒有榆樹、農莊和石牆。「就這附近。」維吉妮亞說。保羅一時間不明白她的意思，她提醒他兔子的事。「稍微開慢一點……到了，保羅，到了。」他把車子一顛一簸在路肩煞住。只見一棟被糖楓樹的林蔭遮蔽著的白色屋子，很乾淨，兔子籠就在屋子的草坪上。「嗨，」保羅嚷著：「哈囉！」一個穿著工作服的男人從側門走出來，嘴裡不停的咀嚼著，像是正在用餐。白色的兔子兩塊錢，他說。褐色和灰色一塊半。他吞下咀嚼的東西，用拳頭擦了擦嘴巴。他說話不大自在，好像不太想跟人交易似的，保羅選了一隻褐色一隻灰色，他趕緊跑去倉庫拿盒子。車子重新開上路的時候，他們聽見後面有一聲撕心裂肺的喊叫。一個男孩從屋子裡飛奔向兔籠，他們終於明白那農夫不自在的原因了。

現貨市場，古董店，南北戰爭時期的大砲，漢姆斯的郵局，隨著車速一一落在他們身後，終於避開了村子裡狹窄的街道，迎向湖面的清風，保羅開心的加快了車速。道路帶引著他們，先是經過

6　美國普爾曼公司在一八六七至一九六八年間建造的火車臥鋪。

老式的或者說是聚落式的大湖區，然後隨著車子往北走，房舍漸漸稀少，取而代之的是松樹林和空曠的田野。回家——回到這個他度過一輩子夏天的地方——保羅的感覺是那麼的強烈，回憶的腳步和車速間的差異令他心煩意亂，一直到他們離開道路轉向草地上那兩道車輪印痕，一直到他看到在路的盡頭他們的農莊為止。

一朵淡淡的雲影飄過何利斯家的屋宇。草坪邊緣，有一張翻倒的涼椅，那是在一次大雷雨時丟棄的，好像從保羅小時候就晾在那兒了。光和熱都開始增強，移動的雲影飄過穀倉和曬衣場，消失在樹林裡。「嗨，弟弟。」保羅的姐姐愛倫在一扇開著的窗口喊他。他走下車，西裝搭在肩上，一副神氣活現的模樣，因為這個地方在對他說，他比現在年輕十歲——這裡的楓樹、房子、青山都在對他這麼說。他兩個年幼的孩子從穀倉邊衝出來巴著他的腿。長高了，曬黑了，健康多了，更好看，更聰明伶俐了——每個週末跟他們團聚似乎就為這些事情。楓樹上一根枯枝吸住了他的目光。應該剪掉它。他彎下腰抱起一對兒女，這份愛的衝動竟令他不知所措又……似乎毫無防備。

鴨舍，已經空了好些年，不過籠子和遮風擋雨的棚子還在，很管用，那天早上他們就把兩隻兔子安置在那裡。「好了，這兩隻就是你們的寵物，是你們的兔子了。」保羅對兩個孩子說。他的嚴厲嚇到他們了，小男孩開始吮他的大拇指。「由你們來負責照顧，如果照顧得好，等下次回紐約的時候，說不定就可以養狗了。你們要負責餵牠們吃，清理牠們的屋子。」他對兩個孩子的愛和想要跟他們親近的渴望，即便有那麼一點，似乎已被下意識中的責任感減低到了某種程度。「我不要你們老是指望有人來幫助你們，」他說：「一天要給牠們喝兩次水。牠們喜歡吃萵苣和胡蘿蔔。現在把牠們放進去吧。爸爸得去工作了。」

保羅．何利斯是標準的夏日農夫。他鋤草，耕作，殺價買飼料，但只要勞動節[7]的風聲一起，他就把大鐮刀掛在後面放煤油的走廊任它生鏽，然後快活地把興趣轉移到溫暖如春的紐約公寓去了。那天——就是買兔子的那天——他訓過兩個孩子之後進臥室，換上工作服，那衣服上還淡淡印著他的名字、職別和編號。他換裝的時候，維吉妮亞坐在床沿，談起他的姐姐愛倫，愛倫要跟他們住一個月。愛倫需要休養；愛倫酒喝得太兇。只是維吉妮亞言談中並沒有任何建設性的糾正或改變的想法，保羅看著妻子，心想著她是多麼的寬容善良。這房間很老舊很溫馨——過去是他父母的房間——從樹葉間透射進來的光好美。他們的話題繞著愛倫和兩個孩子，品味著生活中的小喜小樂，但閒話家常的時間並不久。保羅打算幫卡夏克到高地割草，維吉妮亞想去摘一些鮮花。

何利斯家的產業都在高地上，保羅死去的父親把這片高高在上的牧場稱為「極樂世界」，因為那兒的寧靜是世間少有。這片牧場每隔幾年就會除一次草，防止滋生矮樹叢。那天上午保羅到達牧場，卡夏克已經在那兒，依保羅判斷，他起碼工作了有三個多小時；卡夏克拿的是時薪。兩個男人簡單寒暄兩句——一個是受雇的，一個是度假的——兩個人碰巧有緣聚在一起工作。保羅在卡夏克的右下方除草。他鐮刀操作得相當熟練，但即使距離再遠，也絕不會把卡夏克勤奮的身影和保羅的身形攪混看錯。

卡夏克祖籍俄國。這是他們幹活的時候保羅從他口中得知的。在波士頓上岸之後，卡夏克在一

7 美國的勞動節是在九月的第一個星期一。

家鞋廠打工，晚上學英文，租房子住，最後買下了這個農莊，就在何利斯家下面一點的地方。他們做了二十年的鄰居。今年是頭一次上來替何利斯家打工。在這以前，他一直是他們景觀上一個堅忍不拔的形象。他讓他耳聾的老婆穿著鹽布袋和裝馬鈴薯的袋子。他吝嗇小氣，一臉苦相。即使在夏天的早上，他還是一副悶悶不樂的嘴臉。他的樹林維護得很整齊，儲存乾草的時間拿捏得很好，他的田地、園子、堆肥，還有他一塵不染的廚房裡酸奶的味道，在在都顯示出當家主事者的智慧和能力。他鋤草也好，走路也好，都像一個在監獄裡放風的囚犯。從他到穀倉的時間（黎明前一小時），到一天工作結束，不管在他的腦子裡或腳步上，絕對沒有一絲一毫的猶豫。這種無懈可擊的工作效率，部分源自於他年輕時期在俄國養成的責任感和自我要求；他深信，唯有如此，才能殺出一條血路，誕生一個公平正義的世界。

保羅把卡夏克是共產黨的事告訴維吉妮亞，她覺得很有趣。這件事是卡夏克親口跟保羅說的。他過來幫忙打工兩個星期之後，就從一份共產黨的報紙上剪了社論拿給保羅，或是從廚房門縫底下塞進來給他。保羅認為卡夏克講究的是合理性，他喜歡思考。有兩次，在飼料店裡，卡夏克的政治理念引起爭議，保羅為卡夏克辯護，認為他有權勾畫他自認為的未來藍圖，而且在兩個人的談話中，他也會輕鬆問起他打算哪時候起義革命。

收割乾草的好天氣到最後泡湯了。快到中午的時候，他們聽見悶悶的雷聲。附近颳起了風，不過他們都沒吭聲。卡夏克一身濃濃的香茅油加醋的味道，兩個大男人都被蒼蠅整慘了。他們不讓雷雨改變割草的速度。完成這件工作對他們來說，就好像具有某種心照不宣的意義。很快地，帶著濕氣的風攀上了他們後面的小山頭，保羅鬆開握鐮刀的手，直起背。在他們拚命幹活的時候，烏雲已經從地平線一路黑到他的頭頂，感覺上這塊土地彷彿公平分成兩半，一半的光影是災難一半是恬靜。暴風雨的影子就像一個行走的人，快速的在野地裡穿梭，但是沒沾到風雨的乾草還是黃澄澄的。他前方的天空、白雲，甚至觸目所及的那一片綠色樹林，連一絲風雨的徵兆都看不見，只是風雨讓綠意變得更濃了。忽然他覺得肌膚起了一陣不屬於這天氣該有的涼意，於是他聽見背後樹林間的雨聲。

保羅奔向樹林。卡夏克慢慢跟在後面，暴風雨亦步亦趨地追著他。兩人並肩坐在濃蔭遮雨的石頭上，看著移動的雨幕。卡夏克摘下了帽子——就保羅所知，這可是那個夏天裡的頭一遭。他的頭髮和前額都是灰色的，高顴骨上泛起的潮紅，順著下巴和脖子蔓延下來變成了暗褐色。

「如果借你的馬耕園子裡的地，你算我多少錢？」保羅問。

「四塊錢。」卡夏克聲音不大，嘩啦啦的雨聲太吵，保羅聽不見。

「多少？」

「四塊錢。」

「要是天晴了，明天早上來試試看。行嗎？」

「你得起早。下午對牠太熱了。」

「六點。」

「你要起得那麼早嗎？」卡夏克分明是在挖苦保羅．何利斯，取笑他們一家人毫無規律的生活習慣。閃電打著樹林，距離近到可以聞著電擊的味道，剎那間一陣響雷，彷彿要毀掉整個鄉野似的。前奏的疾風暴雨過去，風停了，滂沱的大雨包圍著他們，帶著秋天的肅殺。

「你最近有家裡的消息嗎，卡夏克？」保羅問。

「兩年了——還不止哦。」

「想回去嗎？」

「想啊，想。」他臉上有了亮光。「我父親的農場，有大片的田地。我兄弟他們還在那邊。我想開飛機過去。我要把飛機降落在那些田裡，他們會趕過來看，然後就看到我了。」

「你不喜歡這兒，對吧？」

「這是個資本主義的國家。」

「那你為什麼來呢？」

「我不知道。我想是因為他們操我操得太厲害。在那邊，我們都在晚上割麥子，那個時間空氣裡稍微有些濕氣。我十二歲那年他們要我去田裡幹活。我們早上三點鐘就起床割麥子。我兩隻手都流血，腫脹，沒辦法睡覺。我父親打我像打罪犯。在俄國，他們習慣鞭打罪犯。他用馬鞭抽我，抽到我背上全是血。」卡夏克摸摸背後，彷彿那鞭痕還在淌血。「那以後，我決定出走。我等了六年。這個，我想大概就是我來的理由——他們太早叫我下田幹活了。」

「你打算哪時候革命，卡夏克？」

「等到資本主義再發動一次戰爭。」

「我以後會怎樣呢，卡夏克？像我這類的人又會怎樣呢？」

「看情形吧。要是你在農場或者工廠裡工作，我想大概還好。他們只會除掉那些沒有用處的人。」

「那好，卡夏克，」保羅誠心的說，「我就為你幹活，」他朝那農夫背上拍了一記，皺著眉頭望著雨。「看樣子我該下去吃中飯了，」他說。「我們今天大概沒辦法再鋤草了，對吧？」他衝下山跑進穀倉。過了幾分鐘卡夏克也跟來了，只是他沒跑。他進了穀倉就開始整修苗床，彷彿這場雷雨來得正是時候，完全在他的計畫之內。

那天，保羅的姐姐愛倫在晚餐前喝了太多酒。她很晚才上桌。保羅進配膳間拿湯匙的時候，看見她在那裡就著銀質的雞尾酒調杯猛灌。她坐在餐桌邊，處在琴酒的亢奮當中，用批判的眼光瞧著她弟弟和弟媳，回想著年輕時候的那些委屈和不公平，那些過往有的是真，有的或許只是憑空想像，親人之間總會有一些解不開的結。愛倫是個臉大、五官鮮明的女人，她總是刻意把那對藍色的大眼睛瞇起來。那年春天她離了第二次婚。那晚她頭上裹了條鮮豔的絲巾，穿著一件在閣樓的舊皮箱裡找到的舊洋裝，也許這件褪色的舊衣服帶出了生命中某個簡單無憂的時光吧，她縱情的談論著過去，尤其是關於父親——父親這父親那的談個不停。這身舊衣服和她懷舊的情緒讓保羅感到不耐，他覺得父親死的那一夜，可能在愛倫心中奇妙地出現了一道巨大的裂縫。

西北風把雷雨趕走了，留下徹骨的寒意，晚餐後他們登上迴廊觀賞落日，西邊浮雲朵朵——有金色的，有銀色的，有的像骨頭，有的像火種，有的像床底下的汙垢。「來這裡對我很好，」愛倫說：「對我太好了。」她面向著天光坐在欄杆上，保羅看不見她的臉。「我找不到父親的望遠鏡，」她繼續說著，「他的高爾夫球桿也不見了。」孩子們的房間窗子開著，保羅聽見他女兒在唱歌，「到巴比倫有多遠？有一輩子那麼遠。我們乘著燭光到得了嗎？……」他聽著從窗口傳出來的歌聲，沉浸在無限溫柔和滿足的感覺裡。

這裡對大家都太好了，就如愛倫說的；對他們每一個人都太好了。就因為在迴廊上的這一句話，他的記憶也活絡了起來。愛倫是這個完美黃昏的汙點。不知道哪裡不對勁，在她對這田園美景的讚譽聲中，暗藏著某種曖昧不明的惡質——他認為，那是她的缺點，也是他自己的。

「進去喝杯白蘭地吧。」愛倫說。於是大家進屋子去喝白蘭地。在客廳裡，為了喝什麼酒大家又討論了半天——白蘭地，薄荷酒，橙酒，威士忌。保羅去廚房，把杯子酒瓶放到托盤上。廚房的紗門好像被什麼東西震動著——風吧，他猜想，直到敲打的力量一再重複，他才看見卡夏克站在暗地裡。他會請他喝一杯。他會讓他坐在高背椅上，扮演度假的人和工人之間平起平坐的假象，這也算是綠夏中的一個資本主義式的幻想。「這個你應該看一下。」沒等保羅開口，卡夏克就說。他遞給他一張剪報。保羅認得出報紙上的字體，這是從印第安那寄來給卡夏克的一份共產黨報紙。大標題寫著「奢華生活削弱美國」，內容以反動的激情報導那些吃苦耐操的俄國大兵。保羅氣到滿臉發熱，他氣卡夏克，他氣這種衝動極端的大民族意識。「就這個事？」他的聲音冷到極點。卡夏克點點頭。「明天早上六點見。」保羅說，以主人對下人的口氣，然後扣上紗門，背轉身去。

保羅原以為對這人的耐心永無止境——因為，卡夏克相信的不只是巴枯寧[8]，他也相信石頭會長大，牛奶會被雷聲凝固。跟卡夏克的交往，他總是不自覺的犧牲一些立場。為了第二天早上六點去園子幹活，他五點就起床。他給自己弄了些早餐，五點半，他聽見路上響起咕嚕咕嚕的馬車聲。賭氣式的美德與勤勞的較勁開始了。卡夏克的二輪馬車出現的時候，保羅已經在園子裡。卡夏克相當失望。

保羅只在牧場上見過這匹母馬，先不管需要花費他四塊錢的代價，他對這個動物實在好奇，因為卡夏克的家人就是由一頭牛、一個老婆，還有一個「她」所組成的。他看到她的皮毛上都是灰塵；她的肚子脹得很大，蹄子沒有釘馬蹄鐵，也沒有修剪，碎得像紙片。「她叫什麼名字？」他問。卡夏克不答話。他把馬兒扣在犁具上，她嘆了口氣開始上山。保羅牽著籠頭，卡夏克把著犁具。

進入園子走沒幾步，一塊石頭擋著道，把石頭移開之後，卡夏克對馬兒喊著「嘀——」。她不動。「嘀——」他再喊。口氣雖然很粗，卻粗中帶細、有那麼一點點的溫柔。「嘀——走啊，走啊，走啊。」他拿韁繩輕輕拍打她身子兩側。一面焦急地看著保羅，彷彿覺得很丟臉，不該讓保羅看到這馬兒異常的舉止，而誤判了他心愛的這一匹牲畜。保羅建議他不妨試試鞭子，卡夏克說不。「嘀——走，走，走！」他再喊，母馬還是沒反應，他拿韁繩敲她的屁股。保羅也稍微出力拽她。他們就這樣又拽又吼，原地不動站了十分鐘，人生似乎全耗在這匹母馬身上了。忽然，就在他們聲嘶力竭的時候，她吸足一口風，動了。她的身體像個風箱，鼻孔呼呼咻咻的吹氣，就像神話中把風袋給了尤利西斯的風神埃俄羅斯，她身子裡裝滿了狂風。她把頭上的一群蒼蠅甩開，拖著犁具往前走了幾呎。

這個拖延拉長了工作的時間，等到忙完，太陽已經火熱。他們倆領著弱不禁風的母馬回到推車

8 巴枯寧（Mikhail Alexandrovich Bakunin, 1814-1876），俄國思想家，革命家，有近代無政府主義教父之稱。

旁邊，保羅聽見屋子裡傳出說話的聲音，他看見他的兩個孩子，仍舊穿著睡衣，在小小的萵苣田裡餵兔子。卡夏克把馬兒套上挽具，保羅再次問他馬的名字。

「她沒有名字。」卡夏克說。

「我從來沒聽說農場上的馬沒取名字的。」

「給畜牲取名字是資產階級的矯情。」卡夏克說，他駕著馬車走了。

保羅哈哈大笑。

「你絕對不會再回來了！」卡夏克側過頭大聲說。這是最方便的一句刻薄話；他明知道保羅多麼愛這座山丘。他的臉色陰沉。「你明年絕對不會再回來。等著瞧吧。」

星期天的清晨會有那麼一段時間，夏日的腳步似乎轉變成了一列不靠站的夜快車。你游泳，你打網球，你打打盹，或者散散步，不管做什麼都沒差。午餐後，保羅忽然意識到就要面對難捨的離別了。這個感覺如此強烈，不禁令他回想起休假當時強烈的焦慮感。六點鐘，他穿上合身的西裝，跟維吉妮亞在廚房裡喝酒。她叮囑他在紐約幫她買剪刀和糖果。就在這時候，他聽見了生活中最怕聽到的聲音──兩個天真乖巧的孩子痛苦至極的尖叫聲。

他一把推開紗門衝出去，反彈回來的紗門砰地幾乎打到維吉妮亞的臉上。他趕緊回頭幫她把門撐住，她衝出來跟他一起跑上小山丘。兩個孩子在樹蔭底下走著。他們淚眼模糊，傷心得不得了，東倒西歪的投向母親的懷抱，把小腦袋貼靠在母親的黑裙子上。兩個孩子嚎啕大哭。還好，並不是太嚴重的事。原來他們的兔子死了。

「好了，好了，沒事，沒事……」維吉妮亞牽著孩子走回屋裡。保羅繼續往上走，他發現兩隻兔子軟趴趴的倒在籠子裡。他把兔子提到園子邊緣挖了一個洞。卡夏克走過來，提著給雞群喝的水，他看了看情況，口氣頗為哀傷。「你幹嘛挖墳？」他問。「今天晚上臭鼬就會把牠們挖出來。就算把牠們扔在凱威斯的牧場，還是會被挖出來……」他邊說邊往雞舍走。保羅用腳踩了踩洞穴，泥土都跑進了鞋子裡。他走回兔子待的棚子，看能不能查出是什麼東西把兔子給弄死的——結果在飼料槽裡，在孩子們連根拔起來、已經枯萎掉的一些蔬菜底下，他看到了毒性很強的結晶體，就是冬天他們常用來毒老鼠的一種毒藥。

保羅認真的想，難道是他留下來的毒藥。棚裡悶熱無比，他臉上汗水流個不停。有可能是卡夏克做的嗎？卡夏克會這麼卑鄙、這麼變態嗎？難道他，這個相信秋夜裡山上的營火會招來有志之士，把權力從那票喝著馬丁尼的人手上奪過來的人，有可能惡毒到對保羅視為唯一希望的寶貝們下手嗎？

卡夏克待在雞舍裡。黑暗逐漸籠罩地面，那些快樂又單純的雞隻在睡覺。「你毒死了那兩隻兔子，卡夏克？」保羅大聲說。「是嗎？是嗎？」他的聲音驚動了那些家禽。牠們展開笨重的翅膀呱呱的叫著。「是你嗎，卡夏克？」卡夏克不說話。保羅兩手按著這人的肩膀拚命搖晃。「你難道不知道那毒藥有多強嗎？你難道不知道兩個孩子有可能不小心吃下去嗎？你難道不知道那會害死他們嗎？」那些雞張揚的喧鬧起來。這是從雞舍轉到院子裡去的訊號；雞隻們爭先恐後地在通道上推擠，猛拍著翅膀。彷彿卡夏克的人生一直都藏在深到骨子裡的暴力後面，他沒有任何反抗，保羅搖得他骨節吱嘎作響。「是你嗎，卡夏克？」保羅吼著。「是嗎？啊，卡夏克，如果你敢碰我的孩子，如果你敢傷到他們一根寒毛——一根寒毛——我就叫你腦袋開花。」他用力把這人推開，以至於害他癱倒在地上。

保羅回到廚房，廚房沒人，他灌了兩大杯水。他聽見兩個哀傷的孩子待在客廳裡。他姐姐愛倫沒有孩子，正在非常努力講她以前養貓的事情讓兩個孩子分神。維吉妮亞走進廚房，把門關上。她問兔子是不是被毒死的，他說是。她坐在廚房餐桌旁的椅子上。「是我放在那兒的，」她說：「我去年秋天放在那兒的。我從沒想到我們還會利用那間房，我是想趕走那些老鼠。我忘了。我從沒想到我們還會利用那間房。我完全忘記了。」

這話一點不假，就算最優秀的人也不能否認，如果有一個旁觀者能夠捕捉到我們這些在小站上等著上火車的凡人，如果他注意到我們的臉，各有各執著的焦慮；如果他來評估我們的行李、衣物、從窗口看著由誰開車把我們送到車站；如果他願意傾聽我們的說話，跟家人之間說的那些有的沒的，或者注意看著我們把手提箱放上行李架，檢查小錢包、鑰匙圈放在哪裡，還有，擦拭後腦勺汗水的模樣；如果他能夠客觀判斷我們看待自己的方式，是自大、自卑還是憂傷，那麼，他對於我們的人生肯定要比身在其中的我們看得更寬更透。

星期天當晚，保羅心不甘情不願地上了火車。他登上車廂的高階梯時，氣喘得厲害。他的鞋子上還殘留著幾根在雞舍暴力之後的稻草。到車站的這段路程並沒讓他的火氣完全降溫，他還是紅著一張臉。還好沒有人受傷，他想著。「沒有一個人受傷。」他兀自說著，把手提箱甩上了行李架——一個四十歲的男人，已經有了死亡的訊號，右手不斷的抖顫，眉頭陳年深鎖著；一個滿手老繭、滿臉曬斑、肩膀垮塌的夏日農夫。這段時間，一些原則的崩壞令他明顯的心緒不寧，甚至連通道對面的一個陌生人都看得出來。

悲歌

傑克．羅瑞在紐約認識瓊安．哈里斯幾年以後，對她開始有了寡婦的看法。她總是穿黑衣，加上她公寓裡那份無法形容的凌亂，總給他一種殯葬業者剛走的感覺。這種印象並非他刻意的惡毒，因為他很喜歡瓊安。他們來自俄亥俄州的同一個城市，也都在三十五、六歲左右到達紐約。兩個人同年，在這個城市的第一個夏天，他們總是在下班後去布雷弗或是查爾斯之類的地方一起喝杯馬丁尼，再到拉法耶吃晚餐和下棋。

瓊安在紐約安頓好了住處，就去一所模特兒訓練學校上課，後來發現她總是拍出很糟的照片，便花了六星期時間學習如何在頭上頂著一本書走路。但後來，她又跑去隆尚餐廳[9]找了份服務生的差事。那年夏天剩下的時間，她就站在衣帽架旁邊，籠罩在絢麗的粉紅色燈光和令人神傷的弦樂聲中，晃著一頭黑髮和黑裙在店裡迎客。當時的她高大健美，聲音悅耳，她的臉，她整個人，似乎總是對周遭的一切，不管任何事物，都興致勃勃。她為人隨和，喜歡熱鬧，只要有人打電話叫她出來喝一杯，就算凌晨三點她也會起床出門，傑克就經常找她。那年秋天，她在一家百貨公司當起了小主管。他們見面機會愈來愈少，之後有好一陣子沒再見面。傑克跟一個在派對上認識的女孩同居了，從此就沒再想過瓊安的事。

傑克的女友在賓州有一些朋友，第二年的春天和夏天，他都跟她一起去那兒度週末。所有這一切——格林威治村的共住式公寓，不正常的男女關係，搭星期五夜車去鄉村別墅——所有這一切正是他夢寐以求的紐約生活，他快活得不得了。星期天晚上他和女友搭乘李海線（Lehigh line）回紐約。列車緩慢的通過紐澤西，把數以千計的都市人運回紐約，這些人看起來都像經歷過一場狂熱的、超大型野宴之後的災民，個個面孔發燒，全身無力。傑克和他的女友，也和大多數乘客一樣，承受了太多的素食和鮮花。賓州車站到了，他們隨著人群走上月台，走向電扶梯。就在經過鐵路快餐明亮寬闊的窗子時，傑克一轉頭看見了瓊安。這是感恩節或聖誕節之後，他首次看見她。確切的日期他記不得了。

瓊安跟一個男的一起，那人顯然已經醉到不省人事。他趴在桌上，頭埋在臂彎裡，手肘旁有一只翻倒的高腳杯。瓊安輕輕搖著他的肩膀，跟他說著話。她似乎有點煩，又有點樂。服務生已經收拾完別張桌子，現在站在瓊安旁邊等著她弄醒她的男伴。傑克在這種情況下看見這個令他想起故鄉的樹和草的女孩，覺得挺尷尬的，他完全幫不上忙。瓊安繼續搖晃著男人的肩膀，人潮一波波的推擠著傑克，走過餐廳的窗子，走過臭薰薰的廚房，走上電扶梯。

過後，在那個夏天，他又再度見到瓊安，當時他正在格林威治村一家餐廳晚餐。他帶著新女友，一個南方人。那年紐約特別多南方女孩。傑克和他的女友晃進這家餐廳是因為方便，雖然東西很難吃，但店裡點著燭光。飯吃到一半，傑克發現瓊安在餐廳的另一邊，他吃完飯，走過去跟她說

---

9 隆尚餐廳（Longchamps），一九一九年開始營業，曼哈頓著名的連鎖餐廳。

話。她跟一個戴著單片眼鏡的高個子一起。他站起來，僵硬的微微一躬身，對傑克說，「很高興見到你。」接著他說聲抱歉，就去洗手間了。「他是個伯爵，瑞典的伯爵，」瓊安說。「他在電台上節目，每星期五下午四點十五分。好厲害對不對？」她對那個伯爵還有那家可怕的餐館似乎都好滿意。

第二年冬天，傑克從格林威治村搬到東三十街的一棟公寓。有天早上他穿過公園大道去上班的途中，在人群裡看見一個他曾在瓊安的公寓遇到過幾次的女人。他跟她打招呼，並向她問起他的朋友。「你都沒聽說嗎？」她說。她拉長了臉。「我跟你說實話吧。或許你可以幫得上忙。」她和傑克就在麥迪遜大道一家藥妝店停下來，她邊吃早餐，邊說出了整個事情的始末。

那個伯爵有一個叫作「峽灣之歌」什麼的廣播節目，他唱瑞典民謠。大家都懷疑他是個冒牌貨，可是瓊安不在乎這些。他在一次派對上認識她，大概一拍即合吧，第二晚就搬來跟她同居。一星期後，他抱怨背痛，說必須吃一點嗎啡。之後他一天到晚就離不開嗎啡了。要是沒有，他就暴力相向。瓊安開始跟一些兜售毒品的藥劑師打交道，後來他們不供應了，她就轉到地下交易。她的朋友都擔心她會不會哪天早晨被人發現塞在水溝裡。這期間她懷孕了，又墮胎了。伯爵離開她，搬去時報廣場附近一家小旅館，可是她對他的無助非常不捨，好擔心沒有了她，他會死掉，於是她跟著他過去，住在一起，繼續幫他買毒品。他再度拋棄她，瓊安還等了他一個星期，希望他回來，之後她才回去格林威治村，回到她那些朋友身邊。

傑克太震驚了，想著這一個從俄亥俄州來的純真女孩居然跟一個殘暴的毒蟲同居，還跟那些罪犯交易，那天早上他一到公司，就打電話給她，約她晚上一起吃飯。他跟她約在查爾斯見面。她走進酒吧，看起來依舊健康平靜。她的聲音甜美無比，讓他想起榆樹、草地，想起那些掛在前門廊，在夏天的風中叮咚作響的玻璃小玩意。她把伯爵的事告訴了他。她的語氣寬容，聽不出一絲苦澀，就像她的聲音、她的性情，除了最簡單的喜愛和快樂之外，再也不會有其他情緒。她走在他前面先入座，她走路的樣子還是那麼優雅輕盈。她吃了很多，熱情有勁的談論著她現在的工作。他們一起去看了場電影，在她的公寓門前道別。

那個冬天，傑克遇到了他想娶的女孩。他們在一月宣布訂婚，計畫七月結婚。春天，在公司的信函中，他接到一張雞尾酒會的請帖，地點是瓊安的家。那是一個星期六，他的未婚妻剛好要去麻州探望她的父母，他沒其他事情可做，就搭了巴士前往格林威治。瓊安住在原來的地方。那是一棟沒有電梯的公寓，先得在通道上按信箱上方的門鈴，然後門鎖就會發出像卡痰似的應門聲音。瓊安住在三樓。她的名片插在信箱的卡匣裡，在她的名字上面還寫著另外一個名字：休·巴斯康。

傑克爬上兩層鋪著地毯的樓梯，到達瓊安的公寓房間，她已經站在門口，穿著一身黑色洋裝。她跟傑克打過招呼，挽著他的手臂帶他進屋裡。「傑克，我要你見見休。」她說。

休是個大塊頭，有張紅臉，和淡藍的眼睛。他彬彬有禮，兩隻眼睛亮著酒意。傑克和他寒暄了幾句，就去跟站在壁爐旁邊的一個熟人說話。這時候，也是第一次，他才注意到瓊安家裡那份無法形容的凌亂。書都在書架上，家具也都是好家具，可是，不知怎麼的，這地方就是不對勁。就好像所有的東西都沒經過思考，或者根本沒什麼興趣，就這麼隨便擺著——這也是第一次他有了這種印象，這裡最近有過喪事。

傑克在屋裡轉了一圈，那十來個客人好像在別的聚會上也遇到過。一個戴花俏帽子的女業務主管，一個會模仿羅斯福總統的男人，一對在進行彩排準備演戲的夫婦，還有一個不斷轉電台找播報西班牙內戰新聞的記者。傑克喝著馬丁尼，跟戴花俏帽子的女人閒聊著。他望著窗外，看著後面的院子和香椿樹叢，聽著從遠處傳來，哈德遜河斷崖上爆響的雷聲。

休．巴斯康喝得酩酊大醉。他開始灑酒，就好像喝酒在他是一種開心的廝殺，他享受流血和混亂的樂趣。他把威士忌從酒瓶裡灑出來，把整杯酒往自己的襯衫上潑，又把別人的酒撞翻。派對鬧烘烘的，可是休沙啞的聲音卻淩駕在其他人之上。他攻擊一個坐在角落的攝影師，那人正在向一個平實的女人解說攝影技巧。「你如果只是坐在這裡盯著自己的鞋子，何必來參加派對啊？」休咆哮著。「你是為啥來的？你幹嘛不待在家裡啊？」

攝影師不知道該說什麼。他並沒有盯著自己的鞋子。瓊安輕巧地走到休的身邊。「不要鬧事，親愛的，」她說：「今天下午不要這樣。」

「閉嘴，」他說：「少來煩我。不用你管。」他失去了平衡，在拚命想要穩住自己的時候又撞翻了一盞檯燈。

「啊呀，你的漂亮檯燈，瓊安。」一個女的在嘆氣。

「什麼檯燈！」休吼著。他舉起兩條胳臂在頭頂上亂揮，彷彿想要敲爛自己的腦袋。「什麼檯燈。什麼酒杯。什麼菸盒。什麼碗盤。要我的命啊。它們要我的命啊，老天爺。我們上山去吧，去打獵去釣魚，活得像個人啊，老天爺。」

彷彿屋子裡突然下起雨來了，大家在同一時間散開。事實上，外頭真的開始下雨了。有人說願意順便送傑克回市區，他立刻把握機會。瓊安站在門邊，向她那些潰散的朋友一一道別。她的聲音依舊溫柔，她的態度，不像那些在面對災難時就會激起新生的正面能量、強自鎮定的基督教女信徒，她還是一派單純自然。她似乎完全忘了背後那一位盛怒的酒鬼，還在房間裡踱來踱去，把玻璃輾進地毯裡，對著其中一個派對的殘餘分子吹噓，大談他——休・巴斯康，曾經有過三個禮拜不吃東西的紀錄。

七月，傑克在達克斯伯里小城的一座果園舉行了婚禮，他和妻子去西查普住了幾個星期。回到小城，他們的公寓裡堆滿了禮物，其中包括瓊安送的一打晚宴用的咖啡杯。他的妻子簽了回條，如此而已。

夏天快過完的時候，瓊安打電話到傑克上班的地方，問說願不願意帶他太太一起跟她碰個面；她提議下星期的某個晚上。他因為一直沒給她電話覺得歉疚，便接受了邀約。這讓他太太非常生氣。她是個企圖心很強的女孩，喜歡有互動互惠的社交，因此她很不甘願地跟他去了瓊安住的公寓。

信箱上，瓊安的名字上頭有一個叫作法蘭茲・丹佐的名字。傑克和他太太爬上樓，瓊安在門口迎接。他們一進入屋裡就困在一大堆人中間，這些人傑克一個也不認識。

法蘭茲・丹佐是個中年德國人。他揪著一張臉，不知道是痛苦還是有病。他上前招呼傑克和他太太，過分周到的歡迎方式讓客人有一種自己來的時間不大對，不是過早就是太晚的感覺。他堅持傑克一定要坐在他坐著的那張椅子上，他自己改坐在電暖器上。屋子裡還坐著五個德國人，喝著咖啡。角落裡有一對美國夫婦，看起來相當不自在。瓊安遞給傑克和他太太一人一小杯加了發泡奶的咖啡。「這些杯子是法蘭茲母親的，」她說：「很漂亮吧？這是他逃離納粹時唯一從德國帶出來的東西。」

法蘭茲轉向傑克說，「在美國的教育制度方面，或許，你會給我們一些你的看法。你到的時候我們正在討論這個議題。」

傑克還沒來得及回話，有個德國客人就開始大肆抨擊美國的教育制度。另外幾個德國人也加了進來，就這個議題大談美國生活中令他們倒胃口的每件事物，拿德國和美國的文化做一般性的比較。他們不斷熱烈的交相發問，在美國能找到米托帕那麼好的餐飲列車嗎？美國有黑森林山脈嗎？美國有慕尼黑的攝影展嗎？美國有世界聞名的貝魯伊特音樂節嗎？法蘭茲和他那些朋友開始講德語。傑克和他太太、瓊安三個人統統聽不懂德語，而另一對美國夫婦自介紹之後就沒開過口。瓊安開心地在屋子裡轉來轉去，為大家倒咖啡，彷彿這美妙的外國話就足夠令她開心一整晚。

傑克喝了五杯咖啡。他不自在到了極點。德國人在大聲說笑的時候，瓊安進去廚房，他希望她拿些飲料出來，可是她端出來的是一盤冰淇淋和桑椹。

「好開心啊，對吧？」法蘭茲問，他再度說英文了。

瓊安收起咖啡杯正準備帶進廚房，法蘭茲叫住她。

「是不是有個杯子上有缺口？」

「沒有，親愛的，」瓊安說。「我從來不讓女傭碰這些杯子。都是由我親自洗的。」

「這是什麼？」他指著一只杯子的杯緣。

「那是本來就有的缺口，親愛的。你在打開包裹的時候就裂了。當時你也看到的。」

「這些東西運到這個國家來的時候完完整整，毫無瑕疵。」他說。

瓊安走進廚房，他跟著進去。

傑克試著跟那幾個德國人交談。這時從廚房傳來毆打和哭聲。一會兒後，法蘭茲回到座位上狼吞虎嚥地吃著桑椹，瓊安則端著一小碟冰淇淋過來。她的聲氣很溫柔。她的淚水，就算曾經哭過，也像小孩子一樣很快就收乾了。傑克和他太太吃完冰淇淋立刻閃人。這個浪費時間又煎熬的晚上，徹底惹惱了傑克的太太，他想他應該不會再跟瓊安見面了。

傑克的太太在初秋懷孕，所有準媽媽該有的特權她全抓住了。睡好長的午覺，半夜吃罐裝蜜桃，老是談一些腎功能方面的話題。她只跟一些懷孕的夫婦來往，她和傑克參加的聚會場合都是不喝酒的。肚子裡的嬰兒是個男孩，在五月出生，傑克驕傲又高興。她復元之後，他帶她參加的第一個宴會，是一個女生的婚禮，這女孩的家人是傑克在俄亥俄州的舊識。

婚禮在聖詹姆斯大教堂舉行，結束後在大河俱樂部有一場盛大的婚宴。有穿著像匈牙利人的弦樂團，好多好多的香檳和威士忌。接近黃昏的時候，傑克走在一條昏暗的走廊上，他聽見瓊安的聲音。「別這樣，親愛的。」她在說。「我的胳膊都要斷了。拜託不要啊，親愛的。」她被一個男人壓制在牆上，那人好像在擰她的手臂。他們倆一看到傑克，掙扎的動作立刻停止。三個人都很尷尬。瓊安的臉上有淚光，她努力對傑克擠出一個微笑。他說了聲哈囉便毫不停頓的走開了。等他再回頭時，她和那個男人已經不見蹤影。

傑克的兒子還不到兩歲時，他太太就帶著孩子飛到內華達辦離婚。傑克把公寓和所有的裝潢家具全給了她，自己在中央車站附近一家飯店租了間套房住。他太太很快獲得判決，這整件事還上了報。幾天後傑克接到瓊安的電話。

「聽到你離婚的事我真的很難過，傑克，」她說：「她看上去是個和善的女孩。不過我打這通電話並不是為了這個。我需要你幫忙，不知道你能不能到我這兒來一趟，今天晚上六點左右。這事我不想在電話裡談。」

當晚他依約前往格林威治村，爬上她家的樓梯。她的公寓房間還是一團亂。照片倒著，窗簾垂著，書都在盒子裡。「你要搬家啊，瓊安？」他問。

「這就是我要跟你談的，傑克。我先給你弄一杯喝的。」她調了兩杯老式雞尾酒，「我被人家退租了，傑克，」她說：「趕我走的理由是：我是個不正經的女人。樓下房東夫婦——很可愛的兩個人，我一直這麼覺得——他們告訴房仲說我是個酒鬼、妓女之類的。不是很奇妙嗎？那個仲介一直對我很好，我以為他不會信他們，可是他真的解除了我的租約，要是我敢找麻煩，他就威脅說要把事情抖出來讓店裡知道，我不想丟了工作。這個本來很好的仲介現在連話都不跟我說了。我去他們公司，接待員斜眼看我，就好像我是什麼可怕的女人似的。是沒錯，這裡常會有很多男人，有時候我們確實很吵，可是我不可能每天晚上十點鐘就上床睡覺啊。是吧？負責這棟樓的仲介肯定告訴了附近周圍所有的仲介，說我是個酗酒又不正經的女人，他們誰也不肯讓我租房。後來我跟一個男的談了一下——看起來是個很和善的老紳士——他向我提出一個好下流的建議。很奇妙吧？我必須在星期四搬離開這裡，到時候我真要流落街頭了。」

瓊安還是一派自在天真，即便是在描述那些仲介和鄰居的惡行。傑克仔細地聽，想要從她的敘述當中聽出一絲憤慨、或者酸苦、或者急迫，結果沒有，一點也沒有。他想起了一首悲情的戀歌，想起瑪麗安．哈利絲[10]唱的那些抒情悲歌，她唱的不是他，也不是她，而是在為他們年長的兄弟姐妹而唱。瓊安似乎就是這樣，她只是在唱歌，唱出她的是是與非非。

「他們讓我的人生變得很悲慘，」她繼續安靜的往下說：「只要我十點以後還開著收音機，他們早上就打電話給仲介，告訴他說我又在飲酒作樂。有天晚上菲力普——你大概沒見過菲力普。他在皇家空軍，人已經回英國了——有天晚上菲力普和其他幾個人在這裡，他們報了警。警察衝進來跟我說話的樣子，就好像我是個連自己都不知道該怎麼說的東西，接著他們檢查我的臥室。他們以為我這裡半夜都會有男人，他們就打電話過來說各種不三不四的話。當然，我可以把家具寄放到倉庫，去住旅館，可是我想或許你會知道哪裡有屋子出租。我想——」

想到這個光鮮亮麗的大女孩被鄰居們如此糟蹋，傑克生氣了，他說他會盡一切努力。他還邀她共進晚餐，她卻說她忙，沒空。

沒事可做的情況下，傑克決定走回自己的旅館。這是個很炎熱的夜晚，天空烏雲密布。路上，他在鄰近麥迪遜廣場的暗巷裡看見一支遊行隊伍。附近一帶的樓房都黑漆漆的，黑得根本看不見遊行的人手裡拿的標語牌，直到一盞街燈出現。標語上寫著主張美國參戰，每一支小隊代表一個被軸心國[11]征服的國家。他看著隊伍遊行到百老匯，沒有音樂，沒有聲音，只有踏在粗糙的卵石子路上

10 瑪麗安．哈利絲（Marion Harris, 1896-1944），二〇年代美國著名的爵士與藍調的白人歌手。

11 二戰時期以德、義、日三國為中心的戰爭聯盟。

的腳步聲。遊行的成員大都是年長的男女——波蘭人、挪威人、丹麥人、猶太人、中國人。也有一些像他一樣的閒人，站在兩邊的人行道上，看著懷有戰俘意識的遊行隊伍從他們中間走過去。隊伍中也有穿著考究的孩童，他們上過新聞，帶著茶葉、陳情書、抗議書、憲法、支票，甚至兩張車票去見市長。他們蹣跚穿過周圍的黑暗，就如同喪家犬一般，慢慢走向格里利廣場。

第二天早上，傑克把為瓊安找房子的事交代給他的祕書。她開始撥電話找房屋仲介，下午便找到西二十區有兩三間合適的公寓套房。瓊安第二天打電話告訴傑克，她已經租了其中一間，並謝謝他。

那以後一直到第二年夏天，傑克才又跟瓊安見到面。那是一個星期天的黃昏；他參加完華盛頓廣場一棟公寓舉行的雞尾酒派對，決定走過幾個路口到第五大道再搭巴士。走過布雷弗的時候，瓊安叫住他。她跟一個男的坐在人行道的露天座位上，看起來很酷很精神，那個男的挺有派頭的。他的名字叫作彼得．布里斯托。他邀請傑克坐下來一起慶賀。那個週末德國入侵蘇俄，瓊安和彼得喝香檳慶祝蘇俄改變了立場。三個人喝香檳喝到天黑。他們一起吃晚餐，邊吃邊喝。飯後又喝了好多香檳，再去拉法耶和其他兩三個地方續攤。瓊安不會疲累，永遠一副雲淡風輕的模樣。她最痛恨夜晚結束得太快，所以等到傑克踉蹌回到家時已經過了凌晨三點。第二天早上他醒來時全身無力，一臉病容，像得了失憶症，完全想不起前一晚最後幾小時到底發生了什麼。他的西裝髒得不得了，帽子也不見了。他到十一點才進辦公室。瓊安已來過兩次電話，他剛到公司她又打來。她的聲音絲毫沒有嘶啞。她說她必須見他，他答應中午在五十街區的一家海鮮餐館跟她碰面。

他站在吧台邊。她輕快無比地進來了，感覺好像昨天那災難似的夜晚與她毫不相干。她要問的是關於出售珠寶的事。她的祖母留給她幾件首飾，她希望把它們變現，只是不知道門路。她從小包包裡拿出一些戒指和手鐲給傑克看。他說他對珠寶首飾一竅不通，不過可以借錢給她。「啊，我不可以跟你借錢，傑克，」她說：「你知道吧，我是籌錢給彼得。我要幫他。他想開一家廣告公司，他需要大筆的資金。」傑克並沒有強迫她接受貸款的建議，這個案子在午餐時段也沒再提過。

往後再聽見瓊安是從他們共同的一個朋友那兒，他是個年輕醫生。「你最近見過瓊安嗎？」有天晚上醫生問傑克，他們倆在一塊兒吃晚餐。他說沒有。「上星期我給她做了檢查，」醫生說，「以她經歷過那麼多的滄桑，換成一般人早死了——你大概不知道她經歷過了些什麼——可她還是擁有一副健康無比的體魄。你有沒有聽說過最後那位？她變賣珠寶首飾幫他開業的那一位，結果他一拿到錢，就離開她，去找另一個女孩，那女的有輛車子——敞篷車。」

一九四二年春天傑克被徵召入伍。他在迪克斯堡待了將近一個月，這段時間只要准了假，他晚上就會去紐約。那些個夜晚對他來說有一種強烈的釋放感，坐在從川登開往紐約的火車上，當那些女人拿著翻爛的《生活》雜誌和吃到只剩半盒的巧克力擠過來貼著他時，這種感覺特別強烈，就好像他身上的褐色軍服根本不是軍服，而是裹屍布。有天晚上他在賓州車站打電話給瓊安。「快過來，傑克，」她說：「快過來。我要你認識勞夫。」

她住在西二十區，就是之前傑克幫她找的地方。那附近是個貧民窟。大垃圾桶全都杵在她那棟屋子前面，一個老婦在那裡撿拾破爛塞進一台嬰兒車裡。瓊安住的那棟樓位置很差，可是公寓本身還是很熟悉。家具沒變。瓊安沒變，還是原來那個修長、隨和的女孩。「我好高興你來電話，」她說：「看到你真好。我來給你調一杯酒。我也在喝。勞夫就快到了。他答應帶我去吃晚餐。」傑克提議請她去卡瓦那餐館，可是她說怕出去的時候勞夫會來。「要是他九點還不來，我就做三明治。反正我也不太餓。」

傑克談著軍中的事。她談著店鋪的事。她一直在原來的地方工作——做了多久了？他不知道。他從沒看過她上班的樣子，他無從想像她的工作情況。「真的很可惜勞夫不在，」她說：「我相信你一定會喜歡他。他不是年輕人。他是一個很愛拉提琴的心臟專家。」她打開幾盞燈，夏日的天空漸漸暗了。「他可怕的老婆就住在他河邊的家裡，還有四個很不肖的子女。他——」

空襲警報的聲音，悲嗆痛苦到要跳起來的感覺，似乎這座城市裡所有的苦難、所有的猶豫都化成了這個聲音——這聲音打斷了她的話。遠處，又響起另外一陣警報聲，遠遠近近，直到暗夜的空氣裡裝滿了這些噪音。「趁關燈前再給你調一杯酒吧，」瓊安說著拿起他的杯子。把酒遞給他之後她把燈關了。他們走到窗口，就像孩子們在看雷雨那樣，看著一片黑暗的城市。附近所有的燈火都滅了，只有一盞還亮著。保防人員在街上吹起警哨。遠遠的傳來壓著嗓子的嘶吼聲。「把燈關掉，你們這些法西斯分子！」一個女人尖叫。「把燈關掉，你們這些德國納粹法西斯的傢伙。關燈。關燈。」最後一盞燈滅了。他們離開窗口，在黑暗的房間裡坐著。

在黑暗中，瓊安開始談起她那些分手的情人，從她的敘述裡，傑克知道了他們的結局都很不好。尼爾斯，那個身分不明的伯爵，已經死了。休．巴斯康，那個酒鬼，加入商務船業公會，後來在北大西洋失蹤了。法蘭茲，那個德國人，納粹轟炸華沙的那晚他服毒自盡了。「我們在聽新聞播報，」瓊安說，「然後他回到旅館，就服毒自盡了。第二天早上女傭發現他死在浴室裡。」傑克問起準備開廣告公司的那個人，一開始她似乎忘記他了。「噢，彼得，」她頓了一會說。「他總是病慵慵的，你知道吧。他應該要去薩拉納克，可是他一直拖，一直拖一直——」她停住不說，他聽見上樓的腳步聲，他猜想她希望那是勞夫，結果，不管來的是誰，腳步聲轉過樓梯間繼續往上走了。「我真希望勞夫會來。」她嘆了口氣說。「我好希望你認識他。」傑克再次邀她出去，她還是拒絕，等到警報解除，他就告別了。

傑克經由海路從迪克斯堡前往卡羅萊納的步兵訓練營，再由那兒到駐紮在喬治亞的一個步兵師。他在喬治亞待了三個月，跟一個奧古斯塔私校的貴族女孩結了婚。一年多以後，他搭慢車橫越北美，忽然覺得這個國家他最終想看到的地方是像巴斯多那樣的沙漠城市，他最終想聽到的是海灣大橋上的電車鈴聲。他被分派到太平洋戰區，二十個月之後回到美國，毫髮無傷，樣子也沒任何改變。一獲得休假，他立刻趕去奧古斯塔。他帶著太平洋島嶼上的紀念品送給太太，見面後，跟她和她的家人起了劇烈爭吵，於是，他把該為她做的事全部安排妥當，在阿肯色州辦妥離婚手續之後，啟程前往紐約。

幾個月後，傑克在東部一個軍營退役。先度個假再回去工作，回到一九四二年離開時的那個職位。他的人生似乎銜接得很不錯，被戰爭打斷的生活又無縫接軌了。所有的一切看起來，感覺上都是老樣子。老朋友差不多都見著了。他認識的人裡頭只有兩個死於戰爭。他沒有打電話給瓊安，卻在一個冬日的下午，在市內巴士上遇到了她。

她的氣色很好，黑色的衣裳、溫柔的聲音頃刻間摧毀了他的感受——不管之前是不是真有這種感受——自從最後一次見面，三四年前吧，事情肯定有所改變，有所變化。她邀他去她那兒喝雞尾酒，他在下一個週末的午後去了她的公寓。她的房間，她的賓客，使他想起她初到紐約時舉辦的那些派對。有戴著花俏帽子的女人，有年長的醫生，有挨著收音機聆聽巴爾幹半島新聞的男人。傑克不知道哪個男人真正屬於瓊安，應該是那個從袖子裡抽出手帕，摀著嘴不停咳嗽的男人吧。傑克猜對了。「史蒂芬很棒對不對？」稍後，他們兩個人待在角落時，瓊安問他。「他對玻里尼西亞人比全世界任何人都懂得多。」

傑克不僅回到原來的職位，也回復原來的薪水。由於生活費比從前加倍，由於他要付給兩任妻子的贍養費，他不得不動用積蓄。他換了工作，薪水較高，但是做不久，他失業了。這事他一點都不煩心，因為銀行裡還有存款，況且向朋友借個錢也很容易。他的不在乎並不是疲憊或無望的結果，而是因為信心滿滿。他覺得他才剛剛從俄亥俄州回到紐約。對於自己的年輕，對於前途的美好感覺，就像一個他躲不掉也不想躲開的幻想。在這世上他有的是時間。他住旅館住飯店，每隔五天換一家。

春天，傑克搬到了中央公園西側的邊區。他的錢快用完了。當他開始覺得急切需要找一份工作的時候，人卻病了。起初，他只像是重感冒，可是一直好不了，然後開始發燒、咳血。高燒令他整日昏昏沉沉，但他還是偶爾勉強自己起來，到簡餐店吃頓飯。他相信沒有一個朋友知道他現在人在哪，這是好事。只是他沒想到瓊安。

有一天上午，近中午時，他聽見她在門廳跟女房東說話。一會兒之後，她敲他的門。他躺在床上，穿一條褲子和一件髒兮兮的睡衣，他沒去應門。她再敲一次，就直接進來了。「我到處找你，傑克，」她的口氣溫婉，「我發現你住在這樣的地方，我想你要不是破產就是病了。我去銀行提了些錢，萬一你有急用。我還給你帶了威士忌。我想喝點小酒對你沒有壞處。要不要喝一點？」

瓊安穿著一身黑，聲音低沉安詳。她坐在他床邊的椅子上，一副每天都來照護他的模樣。他想著，她的面貌變得粗糙了些，但臉上還是沒什麼皺紋。不過她變壯了，幾乎算是很胖，手上還戴了黑色的棉布手套。她找了兩個杯子，倒了些威士忌。他貪婪的喝著。「昨晚我到三點還沒睡。」她說。過去她的聲音曾經讓他想起一首溫柔頹廢的歌，現在，或許因為他在生病吧，她的溫婉，她穿的喪服似的顏色，她輕手輕腳的優雅，竟讓他感到很不舒服。「記得有一個夜晚，」她說：「我們去看電影。後來有個人邀我們去他家。我不知道他是誰。那地方很奇怪。有一些食蟲植物，還收藏著中國的鼻煙壺。為什麼會有人收藏中國的鼻煙壺呢？我還記得我們在一個燈罩上頭簽名，其他就記不得了。」

傑克努力坐起來，像是有必要做一些防衛似的，結果又倒了下去，靠在枕頭上。「妳怎麼找到我的，瓊安？」他問。

「很簡單，」她說。「我打電話給旅館。你最後住的那家。他們就給我這個地址。我的祕書找到了電話號碼。再喝一點。」

「你知道的，你之前從沒來過我住的地方——從來沒有過，」他說：「為什麼現在會跑來？」

「我為什麼會跑來，親愛的？」她問。「這問得真妙啊！我認識你三十年了。你是我在紐約最老最老的一個朋友。記得那晚在格林威治村，下著大雪，我們一夜沒睡到天亮，喝威士忌沙瓦當早餐嗎？那都十二年前的事了。那晚——」

「我不喜歡在這種地方見到你。」他認真地說，一邊摸著自己的臉，感覺著自己的鬍子。

「那晚全都是些愛模仿羅斯福的人。」她說，彷彿完全沒聽見他說話，彷彿她是聾子。「還有一次在史坦登島，亨利有車，我們天天外出吃晚餐。可憐的亨利。他在康乃狄克州買了一個宅院，有個週末他自己一個人回去那兒。抽著菸睡著了，那房子、倉庫，全部付之一炬。愛莎帶著兩個孩子去了加州。」她在他的杯子裡添了些威士忌遞給他，然後點了根菸送到他唇上。這種親密的舉動，感覺上不只好像他已經病得不輕，更像是她的情人，這令他很困擾。

「等我好些，」他說，「我就會換一家好旅館住。到時候我再打給你。謝謝你來。」

「啊，別對這裡覺得丟臉，傑克，」她說：「房間好壞我從不在乎。我在哪都無所謂。史丹利在查爾西的屋子髒得不像樣。那是別人對我說的，別人說它不像樣。我從來沒注意。老鼠經常吃我帶去給他的食物。他老是得把吃的東西吊在天花板，用鍊子吊著。」

「等我好些就會給你打電話，」傑克說：「我現在很想睡覺。我好像很需要睡眠。」

「你是真的病了，親愛的，」她說：「你一定在發燒。」她坐上床沿，一隻手搭在他的額頭上。

「那個英國人好嗎，瓊安？」他問。「你還常跟他見面嗎？」

「什麼英國人？」她說。

「你知道的。我在你屋裡見過他。他袖子裡塞著手帕。他一直咳嗽。你知道我說的這個人。」

「你八成想到另外一個人了，」她說：「從開戰以後，我那兒從來沒有過英國人。當然，我不可能記得每一個人。」她轉身，握起他的一隻手，把她的手指跟他的扣在一起。

「他死了，對吧？」傑克說。「那個英國人死了。」他推她下床，自己站起來。「出去，」他說。

「你生病了，親愛的，」她說：「我不能把你一個人留在這兒。」

「出去。」他再說一遍。但她不動，於是他大吼，「你怎麼那麼下流，你老是乘人之危？」

「你這個小可憐。」

「你是不是等著看人死會讓自己覺得年輕？所以你才穿得像隻烏鴉？啊，我知道我說什麼都沒辦法傷到你。我知道那些齷齪墮落野蠻卑鄙的方式都在別人身上試過，可是這次你錯了。我還沒到時候。我的人生還沒結束。我的人生才要開始。我前面還有好長的美好歲月，等到過完了，時間到了，我會再打給你。到那時候，以老朋友的身分，我會打給你，給你快活觀賞瀕死的機會，不過在那以前，別拿你和你那些醜惡變態的方式來煩我。」

她喝完酒，看看手錶。「我看我得去公司露面了，」她說：「晚點再來看你。今天晚上我會來。到時候你會好很多，小可憐。」她關上門，他聽見她輕盈的腳步聲踩在樓梯上。

傑克在水槽裡把威士忌酒瓶出空。他開始穿上衣服，把所有的髒衣物都塞進一只袋子。他全身發抖，一邊哭了起來，因為病因為害怕。他看得見窗外蔚藍的天空，在害怕中，天空似乎更加藍得不可思議，那白雲讓他想起雪，從外面的人行道上他聽見孩子們尖銳刺耳的叫聲，「我是高山之王，我是高山之王，我是高山之王。」他把菸灰缸裡的指甲屑和菸蒂都倒進馬桶裡，用一件襯衫把地板撢乾淨，在那個搜尋死亡樣貌的邪靈今晚來找他的時候，不留下一絲他生活上、身體上的痕跡。

聚寶盆

要說勞夫和蘿拉・惠特莫一味的追求財富是他們的缺點和特性，並不太恰當，不過，要說金錢的光閃、氣味、力量，和它帶來的希望，對於他們的人生具有一種無形的影響力，這倒是很實在。他們始終在財富的門檻上；似乎總是差那麼一步。勞夫是個正派的年輕人，永遠抱持一份獲利營收的夢想，對於做生意成功的遐思和法門有著堅定的信仰，縱然他現有的工作毫不起眼，只是跟隨著一個成衣製造商，但這對他來說，不過是個起點。

惠特莫夫婦不固執也不傲慢，他們有著中產階級謹守本分的堅持。蘿拉是個長得不錯的好女孩，她來自威斯康辛；勞夫是從伊利諾，兩個人到達紐約的時間不相上下，只是前前後後過了兩年時間才相識——那是在一個午後，在第五大道南邊一棟辦公大樓的大廳裡。勞夫對她一見傾心，蘿拉發亮的秀髮，漂亮又落寞的臉孔，令他迷到不能自已。他跟隨她出了大廳，擠過人群，可是她既沒掉東西，又沒其他正當的藉口，他只好追在她後面大喊，「露易絲！露易絲！露易絲！」他猴急的口氣令她停下了腳步。他說他認錯人了，很抱歉。他說她很像一個叫露易絲・海契的女孩。在這一月的晚上，空氣裡有煙火的味道，因為她多愁善感，因為她寂寞，她同意讓他請客喝一杯。

那是三〇年代，他們的戀愛速戰速決。三個月後就結婚了。蘿拉把她的家當全部搬進麥迪遜大道一棟沒電梯的公寓，勞夫就住這裡，樓下是燙衣店和花店。她擔任祕書的工作，她的薪水，加上他從成衣廠帶回來的錢，生活勉強過得去。他們都在藥妝店吃晚餐。她會拿父母留給她的一點小錢買幅梵谷的複製畫「向日葵」掛在沙發上方。那些姑姑叔叔來城裡玩的時候——他們倆的父母都已過世——他們會去麗池吃晚餐和看電影。她還會親手縫製窗簾，幫他擦鞋，星期天兩人會睡到中午才起床。他們似乎就站在富足的門檻上；蘿拉時常跟人說，她對勞夫策畫的工作興奮極了。

婚後的第一年，勞夫晚上都在忙一個企畫案，這個案子保證他會在德州獲得一份高薪的差事，結果這個保證泡了湯，雖然問題不是出在他身上。一年後雪城有個職缺，結果錄用的是一個上了年紀的人。在這兩次失去的中間還有許多類似的、很有賺頭但都搞不定的職缺和方案。婚後第三年，有一家規模、性質都和勞夫原來上班地方相仿的公司，在進行改組、更換負責人，對方來挖角，問勞夫有沒有興趣加入這家徹底大改造的公司。他現有的職位薪水微薄，升遷又慢，他當然很高興有脫離的機會。於是他見了新雇主，他們對他相當熱誠，準備讓他負責一個部門，薪水是他現有的兩倍。這個安排密而不宣的維持了一兩個月，終於談定了，他們熱烈握手，為合作舉杯。那天晚上勞夫帶著蘿拉去一家價位昂貴的餐廳用餐。

他們隔著桌子面對面坐著，討論該找一間比較大的公寓，然後生孩子，再買一輛二手車。他們從容淡定的面對即將來臨的好運，這是他們長久以來的期盼。這個城市在他們眼裡是一個慷慨大方的地方，這裡的人要不是突然走運發達了（就像現在的他），要不就是官司纏身；事業大起大落，充滿著意想不到的風險、橫財和僥倖。晚餐後，他們倆走在月光下的中央公園裡，勞夫抽了一根雪茄。之後，蘿拉睡了，他穿著睡衣坐在臥室的窗口。

城市的氣息在午夜之後換了班，城市的生命落入了守夜人和酒鬼的手裡，這種特別的興奮感覺，總是令他十分愉悅。他熟悉深夜街道上的各種聲音：巴士的煞車，遠方的警號，往上衝高的水柱——這是轉動水車的水流聲——還有很多很多他聽不出名堂的回響。現在這些聲音更加的強烈，因為這個夜晚似乎哪裡不太對勁。

他二十八歲；貧窮與青春在他的經驗中是密不可分的，不過這兩者都相繼要結束了。他們即將要脫離的生活其實也不算太苦，他感傷的想起了節慶時候，他們經常光顧的那家義大利餐館裡沾著汙漬的桌布，想起了某個雨夜，蘿拉神采飛揚的從地鐵跑到巴士站。這一切都將遠離了。百貨公司地下樓的襯衫大拍賣，排隊買肉品和淡酒，春天他在地鐵站給她買的玫瑰花，因為當季的玫瑰便宜——這些都是不會磨滅的貧窮紀念品，雖然這一切在他心中十分美好，不久都將成為回憶，但他還是很開心。

蘿拉懷孕之後辭掉了工作。不過，公司改組和勞夫的新職位延宕了，但他們兩個跟朋友聊起來還是氣定神閒。「我們對這件事的進展非常滿意，」蘿拉說。「現在要的就是耐心。」愈來愈多的延遲擱置，他們懷著等候審判的耐心苦苦捱著。後來，到了非買衣服不可的時候了，有天晚上勞夫建議他們應該動用一些積蓄。蘿拉不肯。他一提起這個話題，她就不答腔，當作沒聽見。他於是提高音量，發火了。他大聲怒吼。她則大聲痛哭。他想念起當年所有那些可以論及婚嫁的女孩子——那個暗金色頭髮的，那個虔誠的古巴妞，那個右眼有一塊白斑的富家美女。此刻所有的欲望似乎都已不在這間由蘿拉打理的小公寓裡面。第二天早上兩個人仍舊不講話。他為了穩住職位，給兩位準雇主打了通電話。祕書告訴他說他們倆外出了。這令他有些擔心起來。他在辦公大樓的公用電話亭打了好幾次電話，得到的答案都是他們在忙，他們外出，他們跟律師在開會，或者在講長途電話。各式各樣的藉口著實嚇到了他。那天晚上他什麼也沒跟蘿拉說，第二天他再試。到了下午，經過許多次的再試，其中一位接了電話。「我們把職位給了另外一個人，小老弟，」就像個憂傷不已的父親，他啞著嗓子溫柔說著：「別再打電話過來。我們除了接電話，還有好多正事要做。那個人更適合這個位子，小老弟。我的話到此為止，別再打電話過來了。」

那晚勞夫從公司走路回家，他希望藉這幾哩路擺脫一些失望的重量。他完全沒有心理準備承受這樣的打擊，他整個人昏眩著，一腳高一腳低地走著，彷彿這路面是坑人的流沙。他站在住家的公寓大樓前面，想著該怎麼婉轉的對蘿拉描述這場大災難，結果一進門，他就直接說了出來。「噢，我好難過，親愛的。」她輕柔的說著，一面親吻他。「非常難過。」她離開他身邊，走過去整理沙發墊。他的挫敗感是那麼的強烈，他像個困在計畫與期盼中的囚犯，而她竟能如此平靜地面對失敗，這令他驚訝極了。沒什麼好擔心的，她說。她父母留給她的錢，現在銀行裡還剩幾百塊。沒什麼好擔心的。

孩子出生了，是個女孩，他們給她取名字叫瑞秋。生完孩子一個星期之後，蘿拉回到麥迪遜大道那棟沒電梯的老公寓。她悉心照顧小孩，繼續燒菜煮飯，做所有的家事。

勞夫的幻想依舊樂觀豐盛，只是欠缺的時間和本錢一直跟不上他的計畫。他和蘿拉，就像常見的那種貧賤夫妻，過著簡簡單單的生活。他們仍然和來訪的親戚去看電影，偶爾參加一些派對，不過蘿拉不放棄五光十色的花花世界是一種補償心態，另外也是因為她在中央公園認識的一個朋友。

剛生完瑞秋的那幾年，她下午的時間幾乎都耗在公園的長椅上。這是一種蠻橫也是一種快樂。她痛恨束縛，喜歡戶外的天空和新鮮的空氣。一個冬日的下午，天快要黑了，蘿拉和其他母親正在收拾一些填充玩具，準備帶孩子們回家，這女人穿過遊戲場過來招呼她，蘿拉認出曾在一次派對上見過她。她說她叫愛麗絲・霍林雪。她們曾經在高爾文家見過一面。她長得很美也很友善，她陪著蘿拉一起走到公園的邊緣。她有一個年齡跟瑞秋相仿的男孩。隔天兩個女人又碰面了。她們變成了朋友。

霍林雪太太比蘿拉年長些，但是看起來很年輕很漂亮。她的頭髮、眼睛是黑色的，白皙的橢圓形臉蛋化著精緻的淡妝，聲音清脆悅耳。她手裡拿著史托克俱樂部[12]的火柴點菸，嘴裡說著帶一個小孩住旅館的麻煩和不方便。如果蘿拉對於自己的人生有任何怨嘆，大概都因為這份友誼吧，都因為和這位經常進出高檔商店和飯館的美女做朋友的緣故吧。

這份友誼，除了在高爾文家的那次，似乎只侷限在中央公園裡。兩個女人聊的主要是她們的老公，這是阮囊羞澀的蘿拉唯一玩得起的遊戲。有意無意的，兩個女人也會吹噓自己的老公多麼有能耐。她們帶著各自的孩子坐在黑糊糊的暮色中，城市南邊烙得就像貝斯麥的煉鋼爐，空氣裡淨是煤炭的味道，潮濕的卵石亮得像燒熔的爐渣，而這座公園就像位在煤炭城邊緣的一條帶狀林地。這時霍林雪太太又想起她快要來不及了——她總是有好多神祕又精彩的事等著她——於是兩個女人一起走出這片林地。這個移情式的接觸令蘿拉感到欣慰，這份欣慰一路伴隨她推著嬰兒車走上麥迪遜大道，直到回家做晚餐，又再聽見樓下燙衣店裡蒸汽熨斗的聲音，聞到洗潔精的味道。

瑞秋兩歲大的時候，一天夜裡，勞夫因為找不出可以讓家庭生活安逸的好方法，沮喪到睡不著。他非常需要睡眠，卻怎麼也求不到，他乾脆下床坐在黑暗裡。午夜的魅力和興奮對他來說已經不再。麥迪遜大道上一輛巴士緊急的煞車聲驚得他整個人跳了起來。他關上窗，車流的噪音仍不斷地從窗外傳進來。他有了一個想法，這些穿透性的聲音對於城市居民的寶貴性命具有致命的影響，應該想辦法把它擋住。

他想到百葉窗簾的外層可以多加一道能夠反彈或是吸收聲浪的物質。有了那樣的窗簾，春天的晚上朋友們在互通電話的時候，就不必用吼的來蓋過街上卡車的噪音了。在臥室裡也可以耳根清靜了——臥室，特別重要，在他來說，睡眠是都市人求之不得的東西。暮色中街上一張張無精打采、渴望睡覺的臉孔，甚至連那些美女也不例外。夜總會裡的歌手、捧場的客人，雨夜裡站在華爾道夫飯店前面等計程車的人、警察、收銀員、窗戶清潔工——睡眠躲著他們，躲得遠遠的。

第二天晚上他跟蘿拉談起百葉窗簾的構想，她覺得很有道理。他買了一副合他們臥室窗戶尺寸的百葉簾，然後拿各種混合塗料做試驗。最後在偶然間他發現一種乾了之後像毛氈，上面還會有很多氣孔的塗料。這種塗料氣味難聞，整間公寓都是這個怪味，他花了四天時間每天在葉片塗一遍。等到塗料乾透了，他把簾子裝上，他們打開窗戶測試。好安靜——對比之下安靜多了——他們的耳朵好舒服。他寫下配方，午餐時候帶去找一位專利律師。這位律師花了好幾個禮拜的時間，查出類似的配方幾年前就提出過申請。獲得專利的，是個名叫費洛斯的人，他有留下紐約的住址，律師建

---

12 史托克俱樂部（Stork Club, 1929-1965），紐約曼哈頓最高級的俱樂部，影劇名人、富商名流的最愛。

議勞夫快去跟這個人聯繫，想辦法和他達成協議。

一天黃昏，勞夫下班之後開始他尋找費洛斯先生的行程，最先他到了哈德遜街一戶出租公寓的閣樓，房東太太還拿出費洛斯先生搬走後留下的一雙襪子給勞夫看。勞夫再往南走，到另一戶出租公寓，之後再往西，到專門供船具商和船員寄宿的民房。夜間尋訪的行程持續了一個星期。他跟著費洛斯先生的行蹤走，先往南到包厘街然後再到上西城。他上樓下樓，經過正在教西班牙舞的教室，經過妓女戶，經過在練習彈奏〈皇帝〉協奏曲的女人，有天晚上他終於在一間閣樓的小房間裡找到了費洛斯先生，只見他坐在床沿，拿著一塊浸過汽油的抹布在擦拭領帶上的污漬。

費洛斯先生很貪。他要求先拿一百塊現金，外加百分之五十的權利金。勞夫跟他討價還價以百分之二十的權利金達成協議，但是現金部分一毛都不能少。律師擬定合約，界定勞夫和費洛斯先生兩人的利益，過了幾個晚上，勞夫到布魯克林找到一間製造百葉窗簾的工廠。晚上工廠大門關了，但辦公室的燈還亮著。經理同意按勞夫指定的規格製作一些，只是訂單不得低於一百塊錢。勞夫接受這個條件，同時提供百葉窗外層的混合塗料。這些開銷花掉了他們夫婦全部資金的四分之三——現在是錢的問題之外，還加上時間的緊迫性。他們在報紙上登了一則小廣告，徵求家庭用品的推銷員；接下來一個星期，每天晚飯後，他就在客廳面試來應徵的人。最後，他選中了一個即刻準備前往中西部的年輕人。他要求先拿五十塊錢，並且告訴他們說匹茲堡和芝加哥的嘈雜情況跟紐約一樣。在這同時，一家專門替百貨業討債的公司威脅說要上索賠法庭告他們。他們已經到了經不起一丁點風險的地步。那個推銷員答應他們最多一個星期就會從芝加哥寫信過來，他們盼著好消息，可是芝加哥方面全無音信。勞夫發兩次電報給推銷員，電報肯定傳到了，因為他從匹茲堡來了回信：

「無法推銷。樣品退回。」他們再登廣告找人，這次選中了第一個上門應徵的人，一個在鈕釦眼裡插了朵矢車菊的老紳士。各種銷售他都在行——鏡面垃圾桶，柳橙榨汁機——他說全曼哈頓家庭用品的買主他都很熟。他能言善道，可還是推銷不成，最後他回到惠特莫家，跟他們仔細討論這個產品，講了一堆又褒又貶的廢話。

勞夫必須借錢了，問題是他的薪水和他的專利都不合乎貸款的要件，只能申請破產稅率。一天，在辦公室，他收到一份討債公司寄來的存證信函。他趕去布魯克林，主動提出願意把所有的百葉窗簾回售給製造商。那人把原價一百塊的貨品殺到六十塊成交，勞夫總算償還了討債公司。他們把剩下的樣品掛在自家的窗子上，決定忘掉這一場冒險。

現在他們更窮了，每個星期一他們吃扁豆當晚餐，有時候星期二也吃這個。吃過晚餐，勞夫讀故事書給瑞秋聽，蘿拉洗碗。等孩子睡著了，他就在客廳的書桌上研究各種方案。總是會有一些新點子和新發現。達拉斯有職缺，祕魯那邊也有；還有塑膠鞋底、冰箱門自動關閉裝置、私人遊艇設計圖、低價位錢包……這些賺錢的點子都可以列入考慮。有一整個月，他準備到紐約上州買幾塊休耕地種聖誕樹，後來又跟一個朋友策畫了一項龐大的郵購業務，結果因為得不到資助而作罷。惠特莫夫婦在麗池跟喬治叔叔和海倫嬸嬸碰面的時候，表現得相當樂觀。蘿拉說，巴黎一個經銷商本來願意資助勞夫，他們太興奮了，可是後來那個人反悔了，因為戰爭的威脅。

大戰期間，惠特莫夫婦分開了兩年。蘿拉找了一份工作。早上她走路送瑞秋上學，放學時候再去接她。靠著工作存錢，蘿拉有能力給自己和瑞秋買了些衣服。戰爭結束勞夫回來了，一切步入正軌。勞夫記取教訓，重拾舊業，把這份工作當成擋風的錨，有恃無恐的王牌，他不再談什麼職缺機會，包括那些在委內瑞拉或是伊朗的職缺機會。他們恢復節儉的生活，但還是窮。

蘿拉辭了工作，回到每天下午陪瑞秋去中央公園的習慣。愛麗絲．霍林雪還在那兒。她們的話題也還跟以前一樣。霍林雪一家住在飯店裡。霍林雪先生在一間新開的飲料廠當副總，但是霍林雪太太每天穿的，還是戰前蘿拉認識她時的那身衣裳。她的兒子很瘦，脾氣很壞。他穿著嗶嘰呢料的衣服，像個英國小學生，可是那呢料跟他母親的衣裳一樣，看起來陳舊又不合身。一天下午霍林雪太太和兒子到公園來，小男生在哭。「我做了一件很糟糕的事，」霍林雪太太對蘿拉說：「我們去看醫生，我居然忘記帶錢，不知道妳可不可以借我幾塊錢，讓我叫計程車回飯店一趟。」蘿拉說沒問題。她身上只有五塊錢，全數給了霍林雪太太。小男生繼續的哭，他母親拽著他走向第五大道。從此蘿拉再也沒有在公園裡見過他們。

勞夫的人生始終受期盼和等待控制著。戰爭剛結束的那幾年，這個城市充滿了一種特別有錢、遍地黃金的氣氛，然而那年冬天，惠特莫夫婦卻睡在破大衣底下取暖，這欣欣向榮的喜樂離他們似乎只有一步之遙，只要有那麼一點點的耐心、資源和運氣就有了。星期天的時候，只要是好天氣，他們會跟著一大堆滿懷希望的人群走在第五大道上。在勞夫的心裡，他相信再過一個月，或者頂多再過一年吧，他就會找到令他們欣欣向榮的那把鑰匙。他們在第五大道一直晃到近黃昏才回家，吃豆子罐頭當晚餐，為了營養均衡起見，再來一顆蘋果當甜點。

有一個星期天，他們照常散步回家。當他們爬上樓梯，一進門時，電話就響了。勞夫趕緊接起來。

是喬治叔叔，一個還活在對於距離很敏感的那一代老人，他聲音之大就像是從外海的船上打過來似的。「我是喬治叔叔啊，勞夫！」他吼著。勞夫以為他和海倫嬸嬸又要臨時來拜訪了，接著他才發覺叔叔是從伊利諾打過來的。「你聽得見嗎？」喬治叔叔吼著。「你聽得見嗎，勞夫？……我打這個電話是要跟你說有一份工作，勞夫。要是你剛好想要找份工作的話。保羅．哈達姆路過——你聽得見我嗎，勞夫？——保羅．哈達姆上星期去東部路過這兒，他順便來看我。他賺了好多錢，勞夫——他發啦——他在西部創業，製造人造羊毛。你聽得見我嗎，勞夫？……我跟他提起你，他現在住在華爾道夫，你可以去看他。我曾經救過他的命。我把他從伊利湖裡拉上來。你明天就去看他，在華爾道夫，勞夫。你知道那兒吧？華爾道夫飯店……等等，海倫嬸嬸過來了。她要跟你說話。」

現在換成了女人的聲音，他聽不大清楚。他的堂兄弟姐妹都在家裡吃晚飯，她告訴他，他們正在吃火雞，孫子也都來了，他們都很乖。吃完飯，喬治要帶大夥兒一起去散步。天很熱，不過他們坐在前門廊，倒也不覺得熱。她這番星期天的報導被她老公打斷——他八成是用搶的，直接把電話從她手裡拿走，又繼續重複明天去華爾道夫看哈達姆先生的事。「你明天就去看他，勞夫——十九樓——華爾道夫。他在等你。你聽得見嗎？……華爾道夫飯店。他是個百萬富翁。現在我要說再見了。」

哈達姆先生在華爾道夫飯店的房間有一間會客室和一間臥室，第二天傍晚，勞夫下班之後去見他，哈達姆先生一個人在房裡。在勞夫眼裡他實在太老了，但是很酷，從他握手、拉耳垂、伸懶腰、掰著O形腿在會客室裡繞圈子的樣子，勞夫發現他自有一種不服輸、獨立、機警靈敏的精神在。他給勞夫倒了一杯烈酒，自己只喝淡的。他在西岸開人造羊毛製造廠。喬治叔叔跟他提過勞夫的名字，他也需要一個像勞夫這樣有經驗的人手。他會給惠特莫全家一棟舒服的房子，搬遷的車馬費，勞夫的起薪是一萬五千塊美金。這份高薪立刻讓勞夫明白，這個位子顯然是出於哈達姆先生為報答他叔叔的救命之恩，老人家似乎也感應到了他的感覺。「這個跟你叔叔救過我的性命毫無關係，」他老實不客氣的說：「我確實很感謝他——有誰不會呢？——可是這跟你叔叔毫無關係，如果說你有這個想法。等你到了我的年紀也跟我一樣有錢的時候，只怕很難再認識什麼人了。我的老朋友全都死了——全部，除了喬治。我身邊一堆同事下屬，還有那些不知道在想些什麼的親戚，要不是喬治偶爾給我幾個名字，我根本沒機會見到新的面孔。去年，我出了一次車禍。錯在我。我是個很爛的駕駛。我撞到一個小夥子的車子，我馬上下車過去做自我介紹。我們待了大約二十分鐘等拖吊車來，這段時間我們隨便聊了一會兒。哪，他現在就在我那兒工作，他是我最要好的朋友之一，如果當時我沒撞到他，那就根本不會認識他。有一天你一定會跟我一樣老，到時候你想認識人也只有靠這種法子——車禍、失火之類的。」

他坐直身子嘗了一口酒。他的房間高高在上，遠離嘈雜的交通，十分安靜。哈達姆先生的呼吸聲很大很穩，不時還會停頓一下，很像有的人睡著時發出來的鼾聲。「我不會催你，」他說：「我後天回去西岸。你好好考慮，我會給你電話。」他拿出記事本記下勞夫的姓名電話。「我星期二晚上打給你，二十七日，晚上九點左右——你們這邊的九點。喬治說你有個好太太，可惜我沒有時間跟她碰面。到西岸以後再見她吧。」他開始談棒球，談了一會兒，又把話題拉回到喬治叔叔身上。「他救過我的命。我那艘船翻了，船身先是豎起來，然後就直接沉了下去。到現在我還能感受到它在我腳底下往下沉的感覺。我不會游泳。現在還是不會。好了，再見。」他們握手道別，房門才關上，勞夫就聽見哈達姆先生開始咳嗽。那是一種賭氣式的老人咳，充滿著怨憤和不平，勞夫在走廊上等候電梯的時候，這聲音一直不斷地衝擊著他。

回家的路上，勞夫覺得世事真的難料，他叔叔在伊利湖救了一個朋友，這樣一條看似不相干的鍊子，現在居然救了他們命。就他的經驗，這事不無可能。他認為這是一個老人家的執念，哈達姆先生對他叔叔懷著報恩的心——這份心意隨著年齡日益加深。他回到家把面談的情形，他對哈達姆先生的看法，全部告訴了蘿拉，令他有些驚訝的是，蘿拉說這叫天賜鴻運。他們倆力持鎮定，思考著即將面臨的大改變。他們完全不提慶祝的事，他幫忙她清洗碗盤。後來，他在一本地圖書上查到哈達姆先生的工廠位置，舊金山北海岸的那個西班牙地名，似乎讓他們看到了生命中最真實的滿足。

從面談到來電通知之間隔著八天的時間，在下星期二之前，他知道一切都還說不準，他知道各種可能都會有：哈達姆老先生有可能受到長途旅行的影響，有可能心臟不舒服；或許因為吃魚肉三明治中毒，在芝加哥被抬下火車，死在當地的一所醫院裡；在舊金山迎接他的可能是他的律師，帶來的可能是破產的消息；也可能是他老婆跟人跑了。到最後勞夫再也想不出別的災難事件，也沒辦法叫自己相信這些他妄想出來的狀況。

這種老是往壞處想的心態，充分顯示出他個性上的弱點。他沒有一天不感受到金錢的力量，可是每當承諾只是虛晃一招的時候，金錢的力道就更加強到無可抗拒，他發現多年來盡心竭力的自我克制，換來的不是堅忍，而是更加厲害地受制於金錢的誘惑。現在，他們的生活改變與否還在於那一通電話，所以他盡可能不談——甚至不想——他們以後在加州的情景。他頂多會說想買兩件白襯衫，但不會提到他是在磨練自己的克制力和智慧；他也開始相信各種關於招財進寶的迷信，雖然想要讓「擁有幾件白襯衫的願望」成為一種回憶，但他不能說出口，因為財神很會嫉妒，也很容易受騙。他過去從來不是一個迷信的人，可是星期二那天當他在茶几上撿到鈔票，在浴室的窗檻上看見一隻瓢蟲的時候，他樂極了。他不記得聽說過小蟲子和鈔票有什麼關聯，可是其他那些他自以為的、控制他一舉一動的徵兆，他同樣也無法解釋。

蘿拉看著她老公這種既期待又怕受傷害的微妙變化，她什麼也沒法說。他完全不提哈達姆先生或是加州。他非常安靜；對瑞秋非常溫柔；他的臉色也愈來愈蒼白。星期三他把頭髮理了，穿上最好的一套西裝。星期六，他又去理髮，連指甲也修剪了。他甚至一天洗兩次澡，換上乾淨的襯衫吃晚餐，還不時跑進浴室洗手、刷牙，用水壓平翹起來的頭髮。他對身體和容貌這種過分的關照，讓她想起了青春期第一次談戀愛的樣子。

星期一晚上惠特莫夫婦應邀參加一個派對，蘿拉堅持應該去。參加派對的都是經過十年離散存活下來的人，如果有人想要點名，想要把這次聚會當成一場撤兵儀式，那麼「失聯……失聯……失聯」就是當年威徹斯特小組成員的回應；凡是隊上有離婚、酗酒、精神異常、死亡或受傷的人員，給的都是這個說法「失聯……失聯……失聯」。蘿拉抱著事不關己的態度，她清楚失聯的意思。

到達聚會的地方不到一小時，她聽見有人進來，她側過頭看，看見來的是愛麗絲．霍林雪和她的先生。這裡人多又擠，她一時沒來得及去跟愛麗絲說話。過了很久，她去上洗手間，洗手間出來就是臥室，她發現愛麗絲坐在床上。她似乎是專程在等蘿拉。蘿拉坐到梳妝台前整理頭髮，從鏡子裡看著她的朋友。

「我聽說你要去加州。」愛麗絲說。

「希望啦。去不去，我們明天才會知道。」

「勞夫的叔叔真的救過他的性命嗎？」

「真的。」

「你們運氣真好。」

「大概吧。」

「你們確實是運氣好，沒錯。」愛麗絲站起來走過去關上房門，再坐回到床上。蘿拉看著鏡子裡的她，她卻沒在看蘿拉。她彎著腰，似乎很緊張。「你們很幸運，」她說：「你們真的很幸運。你知道你們有多幸運嗎？我現在講一塊肥皂的事情給你聽。」她說。「我有這麼一塊肥皂。我的意思是我曾經有過這麼一塊肥皂。很好的肥皂。我結婚的時候，十五年前，人家給我的。我忘了是誰。不知道是哪個女傭，還是哪個音樂老師之類的。很好的一塊肥皂，英國的肥皂，是我很喜歡的一種，我決定留著等到賴瑞賺大錢的日子，等他帶我去百慕達的時候，再拿出來用。最初，我打算在他去紐澤西州邦德布魯克上班的時候用，之後我想等他去華盛頓的時候該用得上了，再來就是現在這份工作，我以為這次應該沒錯了——這次是時候了，我把孩子從那所爛學校裡接出來，把帳單繳了，一次又一次搬離我們住的那些蹩腳旅館。十五年，我一直打算要用那塊肥皂。上個星期，我翻找梳妝台抽屜，看見了那塊肥皂。全裂開了。我把它扔了。我扔了它是因為我知道自己永遠都不會有機會用到它了。你明白那意思嗎？你知道那感覺嗎？整整十五年的時間就在為一些承諾、一些期盼和老是換旅館賒欠度日的情況下生活著，沒有一天不欠債，可還是要假裝，還是要懷著每一年、每一個冬天、每一份職業、每一次聚會都有可能就中了的感覺。這樣的日子過了整整十五年，到頭來才發現其實是永無止境。你知道這種感覺嗎？」她站起來走向梳妝台，站在蘿拉面前。淚水湧入了她的大眼睛，她的聲音大到刺耳。「我永遠去不了百慕達，」她說：「也永遠去不了佛羅里達。我永遠都離不開這個鬼籠子，永遠，永遠，永遠。我知道我永遠都不會有一個像樣的家，我擁有的那些破爛、一無是處的東西就是永遠。我知道我下半輩子，我的下輩子，都會一直穿著破拖鞋，破睡衣，破內衣和夾腳的破鞋。我知道我的下半輩子不會有任何人上門來對我說，我該有件漂亮像樣的衣裳，因為我根本就買不起。我知道在我的下輩子裡，這個城裡的每一個計程車司機、門房、領班，一眼就看得出我那個假麂皮的、擦了又擦、擦了又擦、提了十年的黑皮包裡連五塊錢都沒有。你怎麼說？你怎麼看？你的運氣怎麼這麼好呢？」她的手指順著蘿拉裸露的手臂往下滑。她的衣服有汽油味。「我可以把你的運氣移轉嗎？會不會轉到我身上？我對天發誓，只要我認為那可以給我們帶來財運，殺人的事我都幹。我會掐斷那個人的脖子——無論你的或任何人的——我對天發誓我一定會——」

有人在敲門。愛麗絲走到門口，打開門，走了出去。一個女人進來，是進來找廁所的陌生女人。蘿拉點起一根菸，在臥室裡待了大約十分鐘才回到會場。霍林雪夫婦已經走了。她拿了一杯酒坐下來，試著聊天，可是她心不在焉，不知道自己在說些什麼。

獵取和追尋財富這件事在當初對她來說極其自然，親切而且美好，現在卻似乎像是一段危險又不正當、類似海盜行徑的旅程。稍早她想著他們口中的失聯；現在她又想到了失聯這兩個字。他們之中過半數的人都遭受到磨難和失敗，彷彿在這一室的溫馨愜意底下正醞釀著一場激烈無比的競賽，這場賽事裡輸家的損失慘重到了極點。蘿拉覺得好冷。她用手指夾起酒裡的冰塊放進花瓶裡，但是威士忌沒能給她溫暖。她要勞夫帶她回家。

星期二晚餐後，蘿拉洗碗，勞夫把碗盤擦乾。他看報，她做一些針線活。八點一刻，臥室的電話響了，他鎮定的過去接聽，有個人推銷兩張過期的戲票。電話沒再響過，九點半他跟蘿拉說他要打電話到加州。電話很快就接通了，是哈達姆先生的電話號碼，跟他說話的是一個年輕女性。「啊是的，惠特莫先生，」她說：「剛才我們打過電話，你在忙線中。」

「我可以跟哈達姆先生說話嗎？」

「不行，惠特莫先生。我是哈達姆先生的祕書。我知道他要打電話給你，他記在行事曆上。哈達姆太太要我盡可能不要驚動太多人，凡是他行事曆上的電話和約會現在都由我處理。哈達姆先生星期天中風了，大概已沒辦法康復。我猜想他曾經給過你某種承諾，只是現在恐怕不能履行了。」

「真是遺憾。」勞夫說。他掛上了電話。

在女祕書說話的時候蘿拉已經進來臥室。「噢，親愛的！」她說。她把針線盒放在矮櫃上，走向衣櫥，然後又走回來在針線盒裡一陣亂翻，再把盒子放在梳妝台上。接著她脫掉鞋子，光著腳把洋裝從頭上退下來，整齊地掛好。她又走到矮櫃，找針線盒，發現盒子在梳妝台上，她把它放進衣櫥的架子上，然後拿起刷子和梳子進浴室，放水洗澡。

挫敗感像鞭笞，痛得他不知所措。他坐在電話旁邊，不知道坐了多久，直到聽見蘿拉走出浴室。他聽見她說話，便轉過身子。

「我為哈達姆老先生感到非常難過，」她說：「但願我們還能做些什麼。」她穿著睡袍，坐到梳妝台邊，就像一個坐在織布機前技巧純熟、耐心十足的女人，她不假思索的把那些別針、瓶子、梳子、刷子拿起放下，拿起放下，一副經驗老到的織工模樣，彷彿她耗在這裡完全是理所當然的一個作業程序。「這真像是寶藏……」

這兩個字令他吃驚，一時間他似乎看到了噴火龍，聚寶盆，金羊毛，埋在彩虹光影裡的金銀財寶，尋寶的原力衝擊著他。拿著銳利的鐵鍬和手工打造的魔杖，翻山越嶺，歷經雨雪乾旱，按照著藏寶圖到處挖寶。死松樹往東走六步，圖書館門上第五塊框板，在吱嘎作響的階梯底下，在梨樹根裡，在葡萄藤下面，就藏著那個裝滿金銀財寶的水煮豆罐子。

她在椅子上轉過身，一如往常，向他伸出兩條細瘦的胳膊。她已不再年輕，甚至還會更加憔悴、消瘦——如果他始終找不到解除她焦慮和艱困的財寶。此時，她的笑容、她裸露的肩膀興起了一種難以言喻的意象，欲望的試金石亂了套，檯燈的光似乎點燃了熱力，散發出莫名的得意與寬容，就像在困乏和失望中出現的春陽。對她興起的欲望令他歡喜也令他困惑。是了，是了，此刻在他眼裡，那燦爛的黃金似乎就在她伸出來的臂彎裡。

巴別塔裡的克蘭西

詹姆士和娜拉・克蘭西來自新堡附近一個小鎮的農莊。新堡在利莫瑞克附近。他們在愛爾蘭很窮，來到新的國家過得也不算好，不過他們倒是規矩的好人。他們家鄉是克勤克儉的地方，一直由這個家族的人世代傳承著，克蘭西家族非常喜歡傳統之美。純樸的鄉下作風根深柢固，在美國二十年完全不受這個新世界的影響。娜拉總是挽著草編的籃子上市場，就像一個去自家菜園子裡的女人，克蘭西的臉上映著簡單生活的愉悅。他們只有一個小孩，是兒子，名叫約翰，他們的平和知足也同樣傳給了他。生活範圍脫不開這幾條大街上的他們，總會虔誠地跪在地板上讚頌著「萬福瑪利亞」；週六晚上，三個人則輪流在廚房的浴缸裡洗澡。

詹姆士・克蘭西在四十多歲正值盛年之時，從工廠樓梯摔了下來，摔傷了屁股，將近一年的時間沒有工作。這段時間雖然有補償費，還是不如工資，他和家人過得相當拮据。詹姆士・克蘭西康復之後，一條腿跛了，花了好長時間才找到另外一份工作：他每天上教堂，最後是由代禱的牧師幫忙找到的，在東區一幢大公寓裡擔任電梯服務員。克蘭西禮貌周到，乾淨、開朗、愉快的面孔贏得住戶好感，靠著薪水和人家給的小費，清還債務，養家活口，綽綽有餘。

公寓大樓離詹姆士和娜拉住的貧民窟——他們自結婚以後就一直住在那兒——並不太遠，但是就物質和精神層面來看就天差地別了。克蘭西最初看見那裡的住戶時，還以為他們是金子打造出來的：女士們穿戴的大衣珠寶首飾，克蘭西就算窮盡一輩子的努力也買不起，每天晚上回家，他就像一個遊歷歸來的旅人似的，把所見所聞統統告訴娜拉。那些小哈巴狗，那些雞尾酒會，那些小孩子和帶小孩子的保母，樣樣都令他感到興趣，他告訴娜拉，那兒就像一座巴別塔[13]。

克蘭西費了不少時間記牢所有住戶的樓層號碼，誰跟誰是夫妻，哪家有哪些孩子，還有那些僕人（他們搭乘的是後面的電梯），哪個在哪家做事……最後總算背熟了，他很開心，一切都沒問題了。他的人格特質當中有一種真切的忠誠度，他每每說起這棟大樓的時候，就好像那是一所學校或者一個協會，反正就是一個有血有肉的社會。「啊，我絕不會做出任何傷害這棟大樓的事。」他常常這麼說。他的舉止謙恭有禮，但也不是沒有幽默感，當十一樓A的住戶拿燕尾服叫他送洗的時候，克蘭西就穿上它，在後廳來來回回地遊行展示。克蘭西對待住戶多半不分高低一視同仁，只除了少數幾個例外。有一個是打老婆的酒鬼。這人在克蘭西的眼裡是個大塊頭、走路外八字的爛人，他不該屬於這棟大樓。另外一個是十一樓B的美女，每天晚上跟一個娘娘腔的男人出去——克蘭西認得出他，因為他的下巴有個凹窩。克蘭西提醒過那女孩，她卻把他的忠告當耳邊風。不過這些人裡面，克蘭西最關注的是盧安崔先生。

盧安崔先生住在四樓A，是個光棍。克蘭西剛到這兒上班的時候，他人在歐洲，直到冬天才回到紐約。當時盧安崔先生給克蘭西的印象是個相貌堂堂的灰髮紳士，長時間的旅行令他十分疲憊。克蘭西盼望他能在這個大都市裡慢慢康復起來，和親朋好友重新開始電話聯絡或書信來往，他更希望盧安崔先生也能像這裡大多數的住戶那樣，開始辦一些聯誼派對。

上班一段時間之後，克蘭西發現這兒的房客並非都是有錢人，他們只是受這棟大樓的保護，靠朋友、愛人、小狗、小鳥、債務、遺產、信託、職位在這裡避風頭，與外面的世界隔開，所以他等著盧安崔先生開始行動。然而什麼也沒發生。盧安崔先生每天上午十點外出工作，六點回家；沒有任何訪客。一個月過去，他連一個到訪的客人都沒有。偶爾他會在晚上出去，回來的時候也總是一個人，就克蘭西的認知，他很可能是在拐角的電影院裡繼續維持他的孤獨狀態。這人孤僻的程度令克蘭西從詫異變成了煩惱。有一天晚上，輪他值夜班，盧安崔先生一個人下樓，克蘭西停住電梯。

「您出去用餐嗎，盧安崔先生？」他問。

「是的。」那人說。

「啊，您要是在這附近吃飯，盧安崔先生，」克蘭西說，「比爾的蛤子酒吧算是最好的了。我在這附近住了二十年，餐館看得不少。別家餐館燈光好價錢貴，可是能讓你吮指回味的就只有比爾的蛤子酒吧了。」

「謝謝你，克蘭西，」盧安崔先生說：「我會記住的。」

「這個，盧安崔先生，」克蘭西說，「我不是想探聽什麼，只是您介不介意告訴我您在哪高就吧？」

「我在第三大道有一間店面，」盧安崔先生說：「改天過來看看嘛。」

13 意指通天塔。來自舊約聖經中的故事：一群說同種語言的人準備興建一座通天高塔，鞏固並傳揚自己的名聲，但上帝不讓他們為所欲為，打亂了他們的語言，把他們分散到各地。

「我非常樂意，」克蘭西說：「還有這個，盧安崔先生，我覺得您應該跟朋友一起吃吃飯，不要老是一個人。」克蘭西知道這是在干涉別人的私事，但是他真心以為面前這個男人可能很需要幫助。「像您這樣俊美的男人肯定有很多朋友，」他說，「我覺得你可以跟他們一起用餐。」

「我是去跟一個朋友吃晚餐，克蘭西。」盧安崔先生說。

這個答案令克蘭西舒坦多了，他暫時不再把心思放在這個人身上。聖派翠克節[14]那天，大樓放他一天假，讓他參加遊行，遊行隊伍解散之後他走路回家，路上他決定去找找那間店。盧安崔先生把位置說得很清楚。店鋪有兩個門進出，用一扇好大的玻璃櫥窗隔開來。克蘭西透過玻璃櫥窗看，他以為會看到盧安崔先生在忙著接待顧客，但裡面一個人也沒有。在進去之前，他先看了看櫥窗裡的東西。他有些失望，這不是服飾店，也不是賣冷凍食品的店，看起來很像博物館。有很多玻璃製品和蠟燭台，還有桌子椅子，所有的東西都很老舊。他推開門。附在門上的鈴鐺響起來，克蘭西抬頭看，只見繩子上串著一個老式的鈴鐺。盧安崔先生從紗門後面走出來，親切地歡迎他。

克蘭西不喜歡這個地方。他覺得盧安崔先生根本是浪費時間。他無法想像一個男人居然把一天的精力都耗在這樣的一個地方。一條狹窄的通道，經過飯桌書桌，土甕雕像，一路深入店鋪，然後分岔成好幾個不同的方向。克蘭西從來沒見過這麼多的垃圾廢物。他說不出也想像不出這些東西是在哪個國家製造的，只能猜測它們來自四面八方。克蘭西覺得收集這些東西擺在第三大道上這麼一間灰暗的店鋪裡，簡直是浪費時間。不過煩擾他的不只是混亂和浪費，而是感覺；感覺他被這所有沮喪挫敗的徵象環繞，感覺所有這些金包銀的青年男女對於愛情的態度都是苦澀的——也許因為他的快樂人生都是在陋室中度過，美好和醜陋是可以相伴相連的。

他小心翼翼盡量不說任何冒犯盧安崔先生的話。「您有店員幫忙做事嗎？」他問。

「有的，」盧安崔先生說：「杰姆斯小姐差不多都會在。我們是合夥人。」

這就對了，克蘭西想。杰姆斯小姐。這就是他每天晚上常去的地方。可是為什麼──他念頭一轉，這位杰姆斯小姐不嫁給他呢？難道他已經結婚了？或許是命運多舛，他太太發瘋了，或是帶著孩子離開他了。

「您有杰姆斯小姐的照片嗎？」克蘭西問。

「沒有。」盧安崔先生說。

「啊，我很高興參觀您的店，非常謝謝您。」克蘭西先生說。這趟行程很值得，因為他從這間晦暗的店鋪裡得到了一個鮮明的影像──杰姆斯小姐。這姓氏很好，愛爾蘭的姓，往後盧安崔先生晚上外出的時候，克蘭西可以向他問候杰姆斯小姐了。

克蘭西的兒子，約翰，是個高中生。他是籃球隊長，學校裡的風雲人物，那年春天，他參加芝加哥一家廠商主辦的作文比賽，寫的是關於民主。參加的人有上百萬，但是約翰拔了頭籌，獲得搭飛機去芝加哥參訪一個星期的殊榮，而且全程免費。男孩為了這個好運興奮得不得了，他母親也跟他一樣，克蘭西的表現更像是他自己中了大獎似的。他告訴大樓裡的每一個住戶，請問他們芝加哥是怎樣的一個城市，搭飛機去安不安全。他會在半夜起床走進約翰的房間，看著這個熟睡中的好孩

14　三月十七日，愛爾蘭主保聖人派翠克的忌日。

子。這孩子的腦袋裡擠滿了知識，克蘭西想著，感到一顆心溫暖又強壯。克蘭西知道，把永生的聖靈和世俗的愛混為一談是一種罪過，可是當他體會到約翰是他的血肉，這個小夥子的臉是他的優化版；當他體會到他自己──克蘭西，死了之後，他的某些習性品味還會繼續存活在這個小夥子身上時，他忽然覺得死亡一點都不痛苦了。

約翰搭星期六下午的班機飛往芝加哥。他先做完告解再去公寓大樓向父親道別。克蘭西捨不得他走，盡可能地留他在大廳裡多待一些時間，還把他介紹給每一位經過大廳的住戶。電梯服務的事暫時交給門房，克蘭西送約翰到街口。大齋日[15]的晴朗午後，天空萬里無雲。男孩穿著他最好的一套西裝，看起來就像個百萬金童。他們在路口握手再見後，克蘭西一拐一拐地回到大樓。電梯上下的速度很慢，他站在大門口，看著人行道上來來往往的人，大都穿戴著上好的服飾準備去享受人生。克蘭西為他們致上深深的祝福。在街的盡頭，他遠遠望見了盧安崔先生的頭和肩膀，看見他跟一個年輕男人一起。克蘭西等候著為他們開門。

「哈囉，克蘭西，」盧安崔先生說：「我來介紹一下，這是我朋友鮑比。他現在會住在這兒。」

克蘭西嗯了一聲。這個年輕人其實不年輕。他的頭髮理得很短，穿著鵝黃色的毛衣和棉襯裡的外套，年紀不比盧安崔先生輕，幾乎和克蘭西一樣老。所有年輕人該有的一些特質和氛圍，在他身上都看不見。他的眼睛是靠眼藥撐亮的，身上有很濃的香水味，盧安崔先生挽著他的手臂侍候他進門，就彷彿他是個漂亮的小妞。克蘭西一看情況不對，當下便做了決定。他站在門口不動。盧安崔先生和他的朋友穿過大廳走向電梯，兩人伸手準備按電梯鈴。

「我不會讓你們上我的電梯！」克蘭西在大廳裡吼。

「過來，克蘭西。」盧安崔先生說。

「我不會讓那個人上我的電梯。」克蘭西說。

「再這樣我會把你開除。」盧安崔先生說。

「我完全不在乎，」克蘭西說：「我就是不讓你們上我的電梯。」

「過來，克蘭西。」盧安崔先生說。克蘭西不回應。盧安崔先生一根手指按著電梯鈴不放開。

克蘭西兀自不動。他聽見盧安崔先生和他的朋友在說話。過了一會兒，他聽見他們走上樓梯。他想到自己對盧安崔先生全心全意的關懷，想著他跟杰姆斯小姐在中央公園散步的情景，現在這一切就像他的錢全被詐騙光了似的。他傷心至極，想著大樓裡來了鮑比這種人令他痛苦到無法承受，他覺得這似乎是在跟他單純的生活觀唱反調。這一天他對每個人都心不在焉，敷衍了事，甚至對小孩子說話都很嚴厲。他在地下室脫制服的時候，樓管柯立芝先生叫他到辦公室。

「就這一個小時，盧安崔不斷說要把你開除掉，吉姆，」他說：「他說你不肯讓他搭電梯。我不會開除你，因為你人好，很沉穩，不過我要警告你。他認識許多有錢有勢的人物，如果你再多管閒事，他會毫不留情地把你踢走。」柯立芝先生的周圍全都是他從後廳垃圾桶裡撿回來的各種寶物——破檯燈，破花瓶，只剩三個輪子的嬰兒車。

「可是他——」克蘭西開口說。

「那不干你的事，詹姆士，」柯立芝先生說：「他從歐洲回來以後非常低調。你是個很沉穩的

15　Lent，意即春天，天主教大齋節期。

好人，克蘭西，我不想開除你，可是你必須記住，你並不是這裡的老闆。」

第二天是棕櫚日[16]，託上帝的福，克蘭西沒有看到盧安崔先生。星期一，克蘭西還是很難過，因為他還是得住在這個罪惡之城索多瑪[17]，他覺得只有在各各他山[18]才能解決這一切。天氣陰沉，整個都市陰霾重重，不時還會下一陣雨。十點鐘，克蘭西的電梯載著盧安崔先生下樓。他不說一句話，只是不屑地瞟了他一眼。中午時分，大樓裡的女士們外出午餐，盧安崔先生的朋友鮑比也出門了。

兩點半左右，其中一位女士午餐回來，帶著一身酒味。她做了一件很怪的事。她進電梯之後，立刻面壁似的站著，所以克蘭西看不見她的臉。他本來不是那種別人躲著他，他還非要看對方臉的人，可是這次他很生氣。他把電梯停住。「轉過來，」他說：「轉過來。我真為你感到羞愧，一個已經有三個孩子的女人，還像個愛哭小鬼似地面壁站著。」她轉過來了，也確實在哭。克蘭西再次啟動電梯。「你應該齋戒，」他咕噥著：「在大齋期[19]你應該不抽菸不吃肉。這段時間好好地做反省。」她出了電梯後，一樓有人按電梯鈴。是盧安崔先生。他載他上樓。然後再帶第保羅太太上九樓。她是個很和氣的女人，他跟她說起約翰要去芝加哥的事。電梯往下的時候，他聞到瓦斯味。

對於一個一輩子都住在公寓的人來說，瓦斯是冬天的味道，是生病、是危難、是死亡的味道。克蘭西到了盧安崔先生的樓層。就在這裡。他有萬能鑰匙，他開了門，踏進那難聞至極的氣味。屋子裡很暗。他聽見廚房的瓦斯閥發出嘶嘶的聲音。他拿一塊小地毯抵住門，不讓它關上，再把玄關的一扇窗子打開。伸出頭吸了些新鮮空氣。然後，一面害怕自已可能會被炸死，一面禱告咒罵，他瞇起眼睛生怕那毒氣會毒瞎了他似的，再走向廚房，狠狠地往門框上撞，這一撞痛得他全身發冷。

他東倒西歪地進了廚房，關掉瓦斯，打開門窗。盧安崔先生跪在地上，他的腦袋鑽在爐子裡。這時他坐起來，大聲哭喊：「鮑比走了，克蘭西，」他說：「鮑比走了。」

克蘭西開始反胃，他喉嚨裡滿滿的全是酸水。「天啊！」他喊著。「我的天啊！」他跌跌撞撞衝出了公寓，全身發抖。他搭電梯下樓大聲叫來門房，把整個情形說給他聽。

門房搭上電梯，克蘭西進去更衣間坐著。不知道過了多久，門房回來後說，又聞到更濃的瓦斯味。克蘭西再度上去盧安崔先生的公寓。房門關著。他把門打開，在玄關就聽見瓦斯閥的聲音。「把你的混帳腦袋從爐子上移開，盧安崔先生！」他吼著，然後走進廚房，關掉瓦斯。盧安崔先生坐在地板上。「我不會再這樣了，克蘭西，」他說：「我保證，我保證。」

克蘭西下樓找來柯立芝先生，兩人一起到地下室，關了盧安崔先生那一戶的瓦斯。他再度上樓，房門又關著。他打開門，聽見瓦斯的聲音。他把這人的腦袋從爐子裡拽出來。「你這是在白白浪費時間啊，盧安崔先生！」他吼。「我們已經把你的瓦斯總開關關掉了！你這是在白白浪費時間啊！」盧安崔先生從地上爬起來，衝出了廚房。克蘭西聽見他在屋子裡亂竄，用力甩著門。他跟在他後面，看著他進了浴室，把一個瓶子裡的藥丸倒進嘴裡。克蘭西先把他手上的藥瓶打掉，再把他撂倒。然後用盧安崔先生的電話打給派出所。他就待在那裡，一直等到警察、醫生和牧師趕過來。

---

16 復活節前的星期日。
17 聖經中的罪惡之城。
18 聖經中耶穌被釘上十字架受難的地方。
19 復活節前的四十天。

五點鐘，克蘭西走路回家。天整個黑了。下著煤灰和黑煙的雨。索多瑪，他心裡想著，這是一座不值得寬恕的城市，一個無可救贖的地方，他抬眼望著天空落下來的雨水和灰煙，他為同類感到絕望。他們已失去了悲憫，環繞著他的這座城市沒有變化，有的只是自我毀滅和罪惡。他渴望愛爾蘭，渴望天主之城的簡單生活，但現在他已經被那瓦斯的臭味汙染了。

他把發生的一切告訴了娜拉，她拚命安慰他。約翰沒有來信也沒有卡片。晚上，柯立芝先生來電話。他說事關盧安崔先生。

「他住進精神病院了嗎？」克蘭西問。

「沒有，」柯立芝先生說：「他的朋友回來了，兩個人一起出去了。不過他又威脅說要把你攆走。他稍微好了一點，就說要把你趕走。我不想辭掉你，可是你得小心，你得非常小心才是。」這是什麼個情況，克蘭西真的搞不懂，他覺得很不舒服。他請柯立芝先生去公會找一個人過來代班一兩天，說完倒頭就睡。

第二天上午克蘭西沒下床。他身體發冷，病得更重了。娜拉在床邊生了火，可是他抖得就像心臟和骨頭全結凍了似的。他把兩個膝蓋勾到胸口，拿幾條毯子緊緊把自己圍住，可還是不夠暖。娜拉最後只好請醫生來家裡。這醫生是從利莫瑞克來的，所以到的時候已經十點多了。他說克蘭西應該趕緊去醫院。醫生先行離開，去安排一些住院的事，娜拉則拿出最好的衣服幫克蘭西穿上。那件長內衣上頭還掛著價格標籤，襯衫上的大頭針也還沒拿掉。到了醫院，他們在他病床四周拉起簾子，再把他身上的衣物遞交給娜拉。他就這麼癱在病床上，娜拉親了他一下就走了。

他哼哼唉唉的呻吟了好一會兒，發著燒睡著了。往後幾天他不知道也不在乎自己究竟在哪裡。大部分時間他都在睡。後來，約翰從芝加哥回來了，兒子上班的公司還有路上的一些經過，讓克蘭西的精神稍微振作一些。娜拉每天都來看他，有一天，大約是克蘭西住院兩三個星期之後，她帶了大樓的門房法蘭克・昆恩過來看他。法蘭克交給克蘭西一個小信封袋，克蘭西一面打開，一面虛弱地問說這是什麼，結果他看到信封袋裡裝滿了現金。

「這是住戶們的心意，克蘭西。」法蘭克說。

「他們幹嘛這樣啊？」克蘭西說。他又驚又喜，眼裡滿是淚水，連錢也沒法數了。「他們這是幹嘛呀？」他有氣無力的說。「給他們惹這麻煩幹嘛呀？我不過只是一個看電梯的。」

「差不多有兩百塊，」法蘭克說。

「是誰發起的？」克蘭西說。「你嗎，法蘭克？」

「是一位住戶。」法蘭克說。

「是第保羅太太，」克蘭西說：「我敢說肯定是第保羅太太。」

「是一位住戶。」法蘭克說。

「是你，法蘭克，」克蘭西親切地說：「發起捐款的人就是你。」

「是盧安崔先生。」法蘭克傷心地說道。他低下頭。

「你不會把這些錢退回去吧，詹姆士？」娜拉問。

「我才不是大笨蛋呢！」克蘭西大聲說。「我要是在街上撿到一塊錢，我可不是那種會跑到失物招領站去的好人！」

「沒有人會籌到這麼多錢的，詹姆士，」法蘭克說：「他一樓一樓的跑。他們說他一直哭個不停。」

克蘭西似乎看到了一個景象。他從神壇前面，他自己那個打開的棺材蓋子看見教堂。教堂的主持只點了幾盞凡士林色的油燈，因為弔喪的就那麼幾個人，全都是些老弱貧民，他們都是從利莫瑞克跟克蘭西一起坐船過來的人。他聽見牧師年輕的聲音混雜著稀稀疏疏的鈴聲。在教堂最後面，他瞧見了盧安崔先生和鮑比。他們倆一直哭一直哭，哭得比娜拉還厲害。他看見他們的肩膀一起一伏，聽見他們的嘆息。

「他以為我要死了嗎，法蘭克？」克蘭西問。

「是的，詹姆士。他是『以為』。」

「他以為我要死了啊，」克蘭西生氣地說：「他就是那種沒腦子的糊塗蛋。哼，我還沒死。我還用不著他來哭喪。我很快就要離開這兒了。」他爬下床，娜拉和法蘭克拉不住他。法蘭克奔出去找護士。護士用一根手指指著克蘭西，命令他趕快回去病床，可是他已經穿上長褲準備綁鞋帶了。她走出來找別的護士，兩個年輕的護士試圖把他壓制住，但他輕而易舉地把她們甩開。第一個護士立刻去找醫生。跟著護士過來的醫生是個年輕人，個子比克蘭西小得多。他說克蘭西可以出院回家了。法蘭克和娜拉帶他坐計程車回家，他一進家門，立刻撥電話給柯立芝先生，說明天早上回去上班。有熟悉的家的味道和燈光圍繞著他，他覺得舒服多了。娜拉為他煮了一頓好吃的晚餐，他就在廚房裡用餐。

晚餐後，他穿了一件單薄的襯衫坐在窗前。心裡想的是回工作崗位，想著那個下巴有個凹渦的人，那個打老婆的傢伙；想著盧安崔先生和鮑比。好好一個男人怎麼會愛上一個怪物？好好一個男人為什麼想自殺？怎麼會有人拚命想要開除一個人，卻又含著眼淚到處去為他籌錢，等到後來，或許，過一個星期之後吧，又會想盡辦法要把他趕走？他不會把錢退回去，他也不會謝謝盧安崔先生，只是他不知道對這種變態到底要怎麼做評斷。他開始設想碰見盧安崔先生的時候該說些什麼。「這是我個人的建議，盧安崔先生，」他會這麼說，「下一次您再想要自殺，最好用繩子或者手槍。這是我個人的建議，盧安崔先生，」他會這麼說，「您最好去找個好醫生檢查一下您的腦袋。」

春日的風，城南吹來的，聞起來有水溝的味道。克蘭西的窗子望得見一大片曬衣繩和香椿樹、用來堆放垃圾的院子，還有公寓背後那些光溜溜的牆面，上頭還嵌著幾扇窗戶，有的亮著燈，有的沒開燈。這份和諧，這份令克蘭西無比動容的和諧和真實，彷彿激發了他內心一些美好的東西。建造這些房子的人想必跟他有著同樣的心意。娜拉給他拿了一瓶啤酒過來，然後靠著窗子坐下。他一手攬著她的腰。她只穿著一件襯裙，因為天太熱。她的頭髮用髮針箍著。在克蘭西眼裡，她是他此生中最耀眼的美女之一，不過，一個不明就裡的陌生人──他心裡想著，或許會注意到她的襯裙有裂縫，她的身體顯得佝僂粗重。牆上掛著一張約翰的照片。克蘭西為他兒子聰明堅毅的面孔讚嘆不已，不過，一個不明就裡的陌生人或許只會注意到這孩子戴著眼鏡，氣色不好。想著娜拉，想著約翰，想著這一份完全出於自私的、半盲目的愛意，他決定對盧安崔先生什麼都不必說了。若是兩人碰了面就默默地擦肩而過吧。

對窮人來說，聖誕節是個悲傷的節日

聖誕節是個悲傷的節日。鬧鐘把查理叫醒之後，他立刻想到了這句話；其實在前一天他已經想東想西，難受了一整個晚上。窗外天色漆黑，他坐在床上，拉著垂在鼻子前面的燈鍊。聖誕節是一年之中非常悲哀的日子，他心裡想著，紐約幾百萬的人，我可說是唯一必須在聖誕節又冷又黑的清晨六點起床的一個，我可說是唯一的一個。

他穿好衣服，從他分租公寓的頂樓小隔間走下樓，一路走來只聽見睡覺的打呼聲；僅有的亮光是幾盞夜裡忘記關掉的燈火。查理在二十四小時營業的餐車吃了些早餐，搭上進城的高架列車，再從第三大道徒步走到蘇頓街區。附近一帶都很黑暗。街燈的光影裡，櫛比鱗次的屋宇就像嵌著黑窗的城牆。千百萬的人還在沉睡著，這樣集體式的沒有意識和知覺給人一種被遺棄的感覺，彷彿這就是城市的末日，世界的末日。他打開公寓大樓的強化玻璃大門——他在這裡已經做了六個月的電梯服務員——然後穿過高雅的大廳走到後面的更衣間，換上有銅鈕釦的條紋背心、假領帶，以及縫邊上有淺綠條紋的長褲，和一件大衣外套。值夜的電梯服務生在電梯裡的小板凳上打盹。查理叫醒他。服務生口齒不清地告訴他當白天班的門房生病了，不會來上班。門房這一病，查理連吃午餐的時間都沒了，因為太多人在等著他吹哨子叫計程車。

查理上班不到幾分鐘，十四樓的電梯鈴響了——是休恩太太，就他所知，這位太太不太正經。休恩太太到這時候還沒睡覺，她進了電梯，皮草大衣裡面穿著一件長禮服。她身子後面跟著兩隻長相滑稽的狗。他載她下樓，看著她帶那兩隻狗走上街邊，步入黑暗。她在屋外只待了幾分鐘就回來了，他再載她上十四樓。走出電梯，她說，「聖誕快樂，查理。」

「啊，對我來說這不是什麼好日子，休恩太太，」他說：「我覺得聖誕節是一年裡非常悲傷的節日。並不是這裡的人不夠大方——其實，我拿到很多小費——只是，我的意思是，我一個人住在附帶家具的小房間裡，沒有一個家人，聖誕節對我來說實在不是什麼假期。」

「很難過啊，查理，」休恩太太說：「我也沒有任何家人。孤單一個人的時候是很悲哀的，對吧？」她叫喚著那兩隻狗，跟著牠們走進了她住的公寓房間。他下樓了。

周遭很安靜，查理點起一根菸。這段時間，地下室裡供應全樓的暖氣系統總是深沉規律地震動著——這個悶沉沉的、放送熱氣的聲音慢慢的蔓延開來，先傳到大廳，然後在整個十六層樓上下迴盪；而這個機械化的聲響，對他的寂寞心情一點幫助都沒有。玻璃門外的黑逐漸轉變成藍，這藍色的光線似乎毫無來由，就這麼懸宕在半空中。那是叫人落淚的光線，照著空蕩蕩的街道，令他想哭。一輛計程車駛過來，下車的是瓦瑟夫婦，穿著晚宴服，人醉醺醺的，他載他們上去閣樓。瓦瑟夫婦更讓他想到兩種截然不同的人生：他住的是附帶簡陋家具的廉價公寓，而這些人住的是空中樓閣。天差地別啊。

現在早起上教堂禮拜的人開始按鈴了，不過這天早上只有三個人。大樓裡只有少數幾個在八點上教堂，絕大多數人都還處在不省人事的階段，雖然培根和咖啡的味道已經在電梯間裡飄蕩。

九點剛過，一名保母帶著孩子下樓。保母和小孩都曬得很黑，他知道，他們剛剛從百慕達回來。他從沒去過百慕達。他，查理，基本上是一個囚犯，一天八小時都關在一個六呎高八呎寬的電梯籠子裡，在十六層樓之間上上下下。不同的大樓，換湯不換藥，電梯服務員的工作他已經幹了十年。他估計平均的行程大約是八分之一哩，算下來他已經旅行了上萬哩路，要是開車的話，大概可以從霧濛濛的加勒比海開到百慕達的珊瑚礁了，他把這個狹隘的旅程歸咎於這些乘客，彷彿這狹隘不是因為電梯，而是這些乘客，是他們的壓力約束了他，彷彿是他們把他的翅膀剪掉了。

就在他胡思亂想的時候，九樓第保羅家的鈴響了。他們祝賀他聖誕快樂。

「謝謝你們想到我，」他們下樓時他說：「不過我沒什麼過節的感覺。對於窮人來說，聖誕節是個很悲傷的節日。我一個人住在廉價公寓裡。沒有親人。」

「你跟誰一起吃聖誕大餐呢，查理？」第保羅太太問。

「我沒有什麼聖誕大餐，」查理說。「我就吃一個三明治。」

「噢，查理！」第保羅太太是個很容易衝動的壯碩女人，查理的悲嘆大大的打擊了她過節的心情，就好像突然淋了一場大雨似的。「我真希望我們能夠跟你共享聖誕大餐，你知道吧，」她說：「我從佛蒙特來的，你知道吧，我小時候，你知道吧，我們的餐桌上總是有好多好多人。郵差，你知道吧，學校老師，還有凡是沒有家沒有親人的那些人，你知道吧，我真希望我們能像從前那樣跟你一起享用大餐，你知道吧，我實在不明白為什麼現在不可以。我們真的沒法子請你上桌，你知道吧，因為你不可以離開電梯——你可以嗎？——不過只要第保羅先生切好了大鵝，我就給你按鈴，我就給你排上一個餐盤，你知道吧，我要你上來，最起碼跟我們分享一點點聖誕大餐。」

查理謝謝他們，他們的慷慨著實令他非常驚喜，可是他有些懷疑，等到他們的親朋好友到來的時候，不知道還會不會記得這件善事。

接著賈希爾老太太按鈴了，她也向他祝賀聖誕快樂，他垂下頭。

「我沒什麼過節的感覺，賈希爾太太，」他說。「對窮人來說，聖誕節是個很悲傷的節日。我沒有任何家人。我一個人住在廉價公寓裡。」

「我也沒有任何家人，查理。」賈希爾老太太說。她說起話來輕描淡寫，只是那份優雅似乎是裝出來的。「我的意思是，現在沒有一個孩子在我身邊。我有三個孩子，七個孫兒，可是他們都沒辦法趕來東部跟我過聖誕節。當然，我了解他們的苦衷。我知道在假期帶著一堆孩子旅行有多麻煩，雖然我在他們那個年紀總是會想辦法回家一趟，可是現在大家想法不同了，我們搞不懂的事情不好隨便怪罪他們。我知道你的感受，查理。我也沒有任何家人。我跟你一樣孤單啊。」

賈希爾老太太的一番話並沒有令他感動。或許她是孤單，可是她有一棟十個房間的公寓，三個傭人，數不清的鈔票和鑽石，有多少貧民窟的窮孩子要是能吃到她廚子扔掉的那些美食，該會有多麼快樂。於是他想到了那些窮孩子。他就坐在大廳的一張椅子上，想著他們。

這是他們最不好受的一段時間。從秋天開始，就全是聖誕節的歡騰，就全是要怎麼過快樂聖誕。感恩節之後，他們想錯過這一天也難。到處是花環綴飾、響叮噹的鈴聲，而公園裡的樹、街口的聖誕老人、報紙雜誌，家家戶戶牆上窗上的圖片，都在告訴他們只要是乖孩子，想要什麼就會有什麼。就算不識字的人，也看得懂，更不會錯過。就連瞎子都能看到。窮孩子從空氣裡就能呼吸到；只要走幾步路，就能看見櫥窗裡淨是那些貴得不得了的玩具，他們會寫信給聖誕老人，他們的父母也會向他們保證一定幫忙把信寄出去，可是等到孩子們睡了，做父母的就把信扔進爐子裡燒掉。到了聖誕節的早上，該怎麼向孩子們解釋呢，你怎麼能告訴孩子說，聖誕老人只去拜訪那些有錢人，怎麼跟孩子說他不知道誰乖誰好呢？你該如何面對他們，說你只能給他們一顆氣球一支棒棒糖呢？

幾天前，晚上下班回家的路上，查理看見一個女人和一個小女孩在五十九街上走著。小女孩在哭。他猜想她在哭，他知道她在哭，因為櫥窗裡的玩具她全都看見了，她不明白為什麼沒有一樣可以是她的。她的母親忙著家務，他猜想，也或許是個餐館的服務生，他似乎看見她們走回像他那樣的小房間，四面是綠色的牆，沒有暖氣，在聖誕夜裡吃著罐頭湯。他似乎看見小女孩把一支破長襪掛起來之後再去睡覺，他似乎看見那個母親在小包包裡翻來翻去找一樣可以塞進長襪子裡的東西——這些幻覺被十一樓的鈴聲打斷了。他上樓，福勒先生和太太在電梯口等著。他們祝賀他聖誕快樂，他說，「我沒什麼過節的感覺，福勒太太。對窮人來說，聖誕節是個很悲傷的節日。」

「你有孩子嗎，查理？」福勒太太問。

「四個活著，」他說：「兩個進墳墓了。」他這個謊話可是扯大了。「我老婆，里瑞太太，是個跛子。」他又加上一句。

「啊呀，太難過了，查理，」福勒太太說。大廳到了，她走出電梯，又轉身。「我要給你的孩子一些小禮物，查理，」她說：「我和福勒先生現在要去看個朋友，等我們回來，我要給你的孩子一些小禮物。」

他向她道謝。這時四樓的鈴響了，他上樓去接韋斯頓夫婦。

「我沒什麼過節的感覺，」他們向他賀節的時候，他說：「對窮人來說，聖誕節是個很悲傷的節日。你們不知道，我是一個人住在廉價公寓裡。」

「可憐的查理，」韋斯頓太太說：「我明白你的感受。大戰期間，韋斯頓先生不在身邊，聖誕節的時候就我一個人。沒有聖誕大餐，沒有聖誕樹，什麼也沒有。我只炒了幾個蛋，一個人坐著哭。」韋斯頓先生這會兒已經走進大廳，不耐煩的喚著他的太太。「我明白你的感受，查理。」韋斯頓太太說。

到了中午，電梯間的風向改變了，從培根咖啡的味道變成了山珍海味，這一整棟屋子，就像一個錯綜複雜的大家族，正忙碌準備著家庭大餐。孩子們和保母們從公園回來了。老祖母和姑姑阿姨們坐著豪華轎車前來。穿過大廳的人幾乎個個都帶著彩紙包裝的禮盒，身上穿著上好的皮草和新衣。查理繼續對那些祝他聖誕快樂的住戶們訴苦，他編的理由不外乎孤單寂寞的光棍和窮困可憐的父親，隨著心情、隨他高興，變過來換過去，只是這些情緒化的宣泄和引發出來的同情心，並沒有讓他覺得比較好過。

下午一點半，九樓鈴聲響了，他按鈕上樓，第保羅先生站在自家公寓的門口，握著調雞尾酒的罐子和一只酒杯。「來，查理，為聖誕節喝一杯。」他說著為查理倒了一杯酒。就在這時候，一名女僕端著一個蓋著罩子的托盤出現了，第保羅太太也從客廳走出來。「聖誕快樂，查理，」她說：「我叫第保羅先生早一點把鵝肉切好，好分給你一些，你知道吧，我喜歡把甜點放在托盤上，怕會融化掉，你知道吧，所以等到上甜點的時候，我們會叫你。」

「還有，聖誕節怎麼可以沒有禮物呢？」第保羅先生說，他從玄關拿起一個扁平的大盒子擺在托盤上頭。

「您們真的讓我有過聖誕的感覺啊！」查理說著，淚水湧進他的眼裡。「謝謝，謝謝您。」

「聖誕快樂！聖誕快樂！」他們大聲喊著，看著他帶著屬於他的大餐和禮物進入電梯。他把托盤和禮物盒帶進更衣間。托盤上，有一碗湯，一些奶油鮮魚和一份鵝肉。鈴聲又響了，他暫時不回應，先拆開第保羅夫婦送的禮物盒，他看到的是一件浴袍。他們的慷慨和雞尾酒確實在他腦子起了些作用，他得意洋洋地上到十二樓。賈希爾太太的女傭端著托盤站在門口，賈希爾太太站在她後面。「聖誕快樂，查理！」她說。他謝謝她，淚水又湧進他的眼裡。電梯下樓的途中，他喝著賈希爾太太托盤上的雪莉酒。賈希爾太太奉獻的是什錦烤肉。他直接用手拿起羊排來吃。電梯鈴又響了，他用紙巾擦擦臉，上去十一樓。「聖誕快樂，查理。」福勒太太說。她抱著一大包裹著銀紙的包裹站在門口，那模樣像極了廣告上的照片，福勒先生站在她身旁，一手攬著她，兩個人的表情都像要哭出來似的。「這些是我給你那幾個孩子的東西，」福勒太太說：「這個是給里瑞太太的，這是給你的。你先把這些東西放在電梯裡吧，你的晚餐很快就準備好了。」他把禮物包裹放進電梯，再回頭來拿餐盤。「聖誕快樂，查理！」他關上電梯門的時候，福勒夫婦異口同聲的對他說。他把他們送的餐和禮物全部帶進更衣間，撕開那個寫著他名字的禮盒，裡面是個鱷魚皮的錢包，皮夾邊角有福勒先生姓名的縮寫字。他們的大餐也是鵝肉，他用手捏起一片鵝肉配著雞尾酒吃喝的時候，電梯鈴響了。他再上樓。這次是韋斯頓夫婦。「聖誕快樂，查理！」他們說，夫婦倆送給他一杯蛋酒，一份火雞餐和一份禮物。他們的禮物也是浴袍。接著七樓鈴響，他上樓，又是一份大餐和一些玩具。再來是十四樓，他到達的時候，休恩太太站在門廳，穿著家常服，一手拎著一雙馬靴，一手拿著幾條領帶。她邊哭邊喝著酒。「聖誕快樂啊，查理。」她極其溫柔地說。「我一直想送你一些東西，一整個早上我都在想著你，我翻遍了公寓，這是唯一幾樣適合送給男人的東西。這些是布魯先生留下來的。我猜想你應該用不上這雙馬靴，領帶還可以吧？」查理接受了領帶，謝過她就趕緊回電梯，因為電梯鈴又已經響了三次。

到了下午三點，查理更衣間的桌上地上已經攤了十四道大餐，而電梯的鈴聲還在響個不停。每當他準備動手吃的時候，就又得上樓去拿別的禮物；像現在，他正吃著帕森夫婦送的烤牛排，就又得趕上樓去拿第保羅夫婦為他準備的甜點了。他把更衣間的門關得很緊，因為他知道善心是獨一無二的，如果他這些朋友發現他們並非是獨一無二的解憂善人，一定會感到非常失望。現在，這裡有肥鵝、火雞、飼料雞、野雞、松雞、鴿子，還有鱒魚、鮭魚、焗烤的扇貝和牡蠣、龍蝦、蟹肉、丁香魚、蛤蜊，還有梅子布丁、餡餅、慕斯蛋糕、蛋捲冰淇淋、夾心蛋糕、水果蛋糕、閃電泡芙、兩塊巴伐利亞鮮奶酪。禮物還包括睡袍、領帶、袖釦、襪子、手帕，以及一位住戶問了他的頸圍，專程送他的三件綠色襯衫。還有一只裝滿花茶的玻璃茶壺、標籤上寫著蜂蜜茉莉花茶，以及四瓶刮鬍水、幾個雪花石的書擋、一打牛排刀。這一大堆雪崩式的慈善物資塞滿了整個更衣間，竟讓他猶豫起來，彷彿他觸動了女人心中的某種機關，硬是要把他活埋在這些食物和浴袍堆裡。這些食物他幾乎連碰都不想碰，因為分量實在太大了，彷彿孤單寂寞就都靠大胃口來解決似的。他也沒打開那些贈送給他捏造出來的孩子們的禮物，倒是把他們送來的美酒全都喝了；圍繞在他四周的有喝剩的馬丁尼，曼哈頓什錦酒，老式雞尾酒，香檳覆盆子果汁雞尾酒，蛋酒，布朗克斯雞尾酒和賽德卡雞尾酒。

他滿臉發亮。他愛這個世界，這個世界也愛他。他回想自己的一生，那對他似乎是一種神奇的光彩，充滿驚奇的經驗和一些與眾不同的朋友。他以為他的工作就是一個電梯服務員——不斷上上下下在這幾百呎的危險空間裡——他要的就是一個鳥人[20]的膽量和智慧。此時，所有生活上的束縛和壓力——他房間裡的綠色牆壁和那些失業的歲月——都消失了。現在沒有人在按鈴，他卻自己走進電梯，全速地從一樓升到頂樓，再從頂樓降到一樓，上下，上下，不斷測試他對這個空間的主控力。

就在他這樣上下暢遊的時候，十二樓的鈴響了，他停下電梯，等了好久才接到賈希爾太太。電梯開始往下，他突然放開雙手大聲嚷嚷，「綁緊您的安全帶，賈希爾太太！我們要來一段翻筋斗的旅程啦！」賈希爾太太尖叫。忽然，不知什麼原因，她坐在電梯的地板上了。她的臉為什麼這麼蒼白呢？他覺得好奇怪，她為什麼要坐在地上呢？她又開始尖叫。於是，他輕緩、靈巧地，讓電梯降到地面——他自認為如此——然後打開門。「抱歉嚇著您了，賈希爾太太，」他溫柔的說：「我只是開個小玩笑。」她又開始尖叫。一路奔進大廳，一路尖叫著奔向樓管。

大樓管理員開除了查理，親自接手開電梯的職務。開除的消息著實令查理錯愕了一陣子。這是那天他首度接觸到人性的卑鄙。他坐在更衣間裡，啃著小雞腿。喝下去的那些雞尾酒慢慢讓他鬆垮下來了，酒力還沒完全發揮作用的時候，他忽然興起一種狼狽的感覺。超量的食物和禮物讓他有種罪惡和受之有愧的感覺。他非常後悔，後悔他撒謊說自己有孩子。他其實就是一個單身漢，一個無所求的單身漢。他濫用了樓上那些住戶的善心。他太不應該了。

就在這一連串帶著酒意的思潮中，浮現出他房東太太的影像，她和她三個骨瘦如柴的孩子。他想到他們坐在地下室的房間裡。聖誕的歡樂氣氛就這樣從他們身邊走過。這番景象使他站了起來。他覺得現在的他是處在施予的位置，他應該輕而易舉的就能把歡樂帶給一些人，這個念頭讓他整個人清醒了。他拿了一只很大的粗麻布袋，這袋子原本是用來裝垃圾，他開始把東西塞進去，首先是人家送給他的禮物，接著是送給他那幾個假想孩子的禮物。他動作急切得就像個趕火車的人，迫不及待地想要看到他進門時那一張張發光發亮的臉孔。他換好衣服，也不知道從哪裡生出來的力氣，他像個聖誕老人似的，把大袋子往肩膀上一甩，從後門走出去，叫了一輛計程車直奔下東區。

房東太太和她的三個孩子剛剛吃完一隻火雞，那是由當地的民間團體送給他們的，查理大力敲門的時候，他們一家子已經吃撐了。查理邊敲門邊喊著：「聖誕快樂！」然後他拖著大麻布袋，把禮物全都倒出來攤在地板上。有洋娃娃、音樂盒、積木、針線盒、印第安服飾，還有一台小織布機。他一心期望，他的到來可以把地下室裡的陰鬱一掃而空。等到大半的禮物都拆開之後，他再送一件浴袍給房東太太，這才上樓回房間去查看自己的剩餘物資。

事實上，在查理到來之前，房東太太的三個孩子已經收到了許多禮物，那禮物已經多到把他們都搞糊塗了，好在房東太太仍舊感受到這份慈悲的美意，她讓孩子們當著查理的面打開了其中一部

20　引申為笑罵由人的阿Q精神。

分的禮物，等到他一離開，她立刻站在孩子們和原封未動的那些禮物中間。「孩子們，你們今天拿得夠多了。」她說。「每個人都有份。看看你們手邊的東西。啊呀，你們根本連一半都玩不了。瑪麗安，消防隊送的那個洋娃娃你連看都沒看它一眼。好吧，現在最好的辦法就是把這些多出來的東西拿去送給哈德遜街上的窮人吧——像戴克他們家。他們什麼都沒有。」想著她也有了施捨的能力，她的臉上露出天使般的光彩，她居然可以把歡樂帶給別人，她可以向比她更窮苦的人伸出療癒的手，就像第保羅太太、韋斯頓太太，就像查理，就像戴克太太——因為戴克太太之後也會有相同的想法，她會想到可憐的香儂家——最先的出發點是愛，然後是慈悲，再然後是一股驅動的力量。「來，孩子們，來幫我把這些東西收集起來。快點，快點，快點。」她說，因為天黑了，她知道這是大家的事，一個接著一個，這樣放肆的善行總共就只有這一天的時間，而這一天差不多就要過完了。她很累，可是她不能休息，還不能休息。

離婚季節

我太太愛莎有一頭褐色的頭髮，黑眼睛，溫柔的心性。就因為她的好性情，我有時候總覺得她把孩子們寵壞了。她對他們言聽計從，什麼都不拒絕。他們總是黏著她，予取予求。我和愛莎結婚十年。我們倆都來自紐澤西的毛利斯鎮，我甚至已經忘了當時是怎麼認識她的。我們的婚姻稱得上幸福美滿，一家人就住在東五十街一帶沒電梯的老公寓裡。我們的兒子卡爾，今年六歲，上很好的私立小學；我們的女兒四歲，明年才要上學。我們常常覺得受教育其實沒多大用處，可是似乎又都得照著相同的舊途徑去培養我們的孩子；等到以後，我猜他們還是會進去我們當年讀的小學中學和大學。

愛莎畢業於東部的一所女子學院，後來去法國的葛勒諾柏大學讀了一年。她從法國回來之後，在紐約工作一年，我們就結婚了。她一度把文憑掛在廚房的水槽上，不過這個笑話我們很快就不提了，就連這張文憑現在丟去哪裡都不知道了。愛莎的樂觀隨和一如她的溫柔，我們倆都來自中產階級的家庭，這個階級的特色是總喜歡回憶美好時光。如今，缺錢既然成了我們生活中的一部分，我也會常常想起移民，想起一群熱情有勁、出走異鄉，卻無時無刻不懷念故鄉海岸的人。由於我們的生活受限於我微薄的薪水，愛莎每天的生活幾乎一成不變，沒有差別。

她每天早上七點起床打開收音機，換好衣服，一面叫醒孩子，一面做早餐。我們兒子必須在八點出門去搭校車。愛莎送完兒子回來，幫凱洛綁辮子。我八點半出門，但即便不在家，我也知道愛莎一天的活動，總是離不開家務，烹飪、採購和孩子們的各種需求。我知道每個星期二和星期四上午十一點到中午的這段時間，她都會在「愛批」大賣場；好天氣的午後，她一定會坐在小操場的長板凳上，從三點坐到五點，每星期一、三、五打掃屋子，下雨天就在家裡擦拭銀器。我六點回家，她通常都在洗菜或是準備晚餐。等到餵飽了孩子幫他們洗完澡，就可以吃晚餐了——她會在客廳的餐桌上排好食物和瓷盤，然後站在房間正中央，好像迷失了又好像忘記什麼了，在這段失神的時間裡，就算我跟她說話，或者孩子們喊她，她也聽不見。等到這段時間一過，她就在銀燭台上點起四根白蠟燭，我們才坐下來吃炒牛肉丁或是其他簡單的菜式。

我們一週外出一兩次，大約一個月應酬一次。因為現實的考量，我們來往的多半是附近的街坊鄰居。我們常常去路口參加紐薩姆夫婦辦的派對；這對夫婦很慷慨，派對辦得很大很誇張，不管認不認識的人都能毫無拘束地參加。

有一晚我們在紐薩姆家的派對上結交了一對夫妻，川契爾醫生和他太太，到底出自什麼原因，我始終不明白。現在想想，我覺得這份友誼是川契爾太太主動積極的成分較多，我們第一次見面認識之後，她就給愛莎打了三四次電話。我們去他們家吃晚餐，他們也來我們家；有時候在傍晚，川契爾醫生帶著他們的老臘腸狗出來溜達，就會順道來家裡坐一會。感覺上他是一個挺有趣的人。我聽其他醫師說他是個很好的醫生。川契爾夫婦約莫三十歲左右；男的應該是這個歲數，而女的稍微大些。

老實說，川契爾太太很平常，真的沒有什麼特色。她個子很小，身材不錯，五官端正，我想這個所謂平常的印象，是來自於她給人的一種由內而外的謙遜、過分小心謹慎的感覺。川契爾醫生不菸不酒，我不知道是不是因為這種關係，他清瘦的臉孔氣色很好，兩頰白裡透紅，藍眼睛清澈有神。他具有一種屬於醫生特有的樂觀——認為死亡只是運氣不好，肉體（有形）的世界只是一個供人佔領的區塊。就這方面來看，相形之下，他的太太顯得單純平常，而他看起來比她還年輕。

川契爾夫婦住在我們附近一棟舒適、低調的私宅裡。屋子很老式：客廳起居室都很大，門廳走廊都很暗，川契爾夫婦似乎也無意讓這個地方變得溫馨宜人，因此到了晚上，有時候會給人一種空房間特別多的感覺。川契爾太太十分鍾愛她所有的寶物——她的衣服、她的珠寶、她買回家的各種飾品——還有「妞妞」，那隻老臘腸狗。她總是偷偷摸摸把餐桌上的食物碎屑餵給妞妞吃，彷彿這是個被禁止的不當行為。晚餐後她坐上沙發，妞妞就躺在她身旁。電視螢幕上的綠光閃在她憔悴的臉上，她纖細的雙手撫摸著妞妞——那晚，川契爾太太給我的感覺，就像一位悲憫的幽魂。

之後川契爾太太開始在早上打電話給愛莎，聊個天或是邀她一起午餐或者看場電影。愛莎白天沒辦法出門，她也明白表示不喜歡講太久的電話。她抱怨川契爾太太是個多話的長舌婦。不久之後，一天下午四五點左右，愛莎帶著兩個孩子在小操場玩耍的時候，川契爾醫生出現了。他散步經過，看到了她，就過來跟她一起坐著，一直坐到她要帶孩子回家的時候。幾天後他又來了——他在小操場和愛莎見面的這件事，愛莎有告訴我，後來就變成了常態。愛莎心想或許他的病人不多，或許因為閒著無聊想找個人說說話。然後，有一天晚上我們正在清洗碗盤，愛莎若有所思地說，川契爾對她的態度好像有些奇怪。「他盯著我看，」她說：「他嘆著氣盯著我看。」我知道我太太在小操場上是什麼德性。她總是穿著舊舊的花呢大衣、包鞋，戴著軍用皮手套，下巴底下綁著一條圍巾。那小操場是塊鋪了水泥、有圍籬的空地，位於一個貧民窟和大河之間。一想到那位穿著體面、皮膚白裡透紅的醫生，在這種狀況下傾心於愛莎的畫面，實在讓人很難當真。往後幾天她沒有再提起他，我猜想他已經不去看她了。愛莎的生日在這個月底，我忘記了，可是那天晚上我回到家，客廳裡有好多玫瑰花。她告訴我，是川契爾送的生日禮物，我很氣自己怎麼忘了她的生日，川契爾送的玫瑰更叫我生氣。我問她最近是不是常跟他見面。

「噢，是啊，」她說：「他還是幾乎每天下午都會來小操場。我沒告訴你嗎？他告白了。他愛我，沒有我他活不下去。為了聽我的聲音，就算赴湯蹈火他也要來。」她笑得好開心。「他就是這麼說的。」

「什麼時候說的？」

「在小操場上。陪我走回家的路上……就昨天。」

「他什麼時候知道你的生日？」

「這一點特別有趣，」她說：「在那晚紐薩姆他們辦派對之前他就知道了。在那次派對之前的三個星期，他看見我在等市區公車。那是他第一次見到我，他說一看到我，他就知道了——當然，他在胡說。」

那夜我好疲憊，為那些稅款和帳單操煩，我可以把川契爾的告白當成是一個玩笑。我覺得他是一個被金錢和感情困住的俘虜，就像其他那些男人，總是同樣的手段：他在轉角隨便愛上一個陌生女子，總比在法屬圭亞那的街上或是用個假名在芝加哥重起爐灶來得容易。他的告白，小操場的場景，對我來說，這種情節是大都市生活的一部分，可能性很大。一個瞎子請你幫忙帶他過馬路，等你要離開的時候，他抓住你的胳膊，跟你大吐苦水，訴說他那幾個無情無義的孩子；或者電梯服務員送你上樓去參加派對時，突然轉身對你說，他的孫子得了小兒麻痺。這個大都市充滿了各色各樣的意外關係，半真半假的求救，交淺言深，爭取同情的陌生人……在我看來，川契爾就像過馬路的瞎子或者操作電梯的服務員。他的告白跟我們生活中的這些小插曲沒什麼差別。

後來，川契爾太太不打電話來聊天了，我們也不去拜訪他們了，不過有些早上我上班時間稍微遲了些，就會在市區公車上見到他。每次看見我，他似乎都很尷尬，這是可以理解的，不過那個時間的公車特別擁擠，若要避免遇見也不是什麼難事。再者，差不多就在那段時間，我在業務上出了一些差錯，讓公司損失了好幾千塊美金。丟掉工作當然不至於，但是我心裡總是背負著這種可能性；在這種情況下，在這種只想如何才能賺更多錢的壓力下，對於這個醫生的怪異行徑，我自然就不予理會了。三個星期過去，愛莎都沒提起他，然後，一天晚上，我正在看書，忽然注意到愛莎站在窗前看著底下的街道。

「他真的在那裡。」她說。

「誰？」

「川契爾。你來看。」

我走到窗口。對街人行道上只有三個人。光線很暗，很難辨認出人的臉，但其中一個，牽著一條拴著狗鍊的臘腸狗，朝著轉角走的人，八成就是川契爾。

「嗯，那有什麼？」我說。「他只是在遛狗啊。」

「我剛剛看窗外的時候，他沒在遛狗。他只是站在那兒，看著這棟公寓。他就是這麼說的。他說他都會過來，望著我們亮著燈的窗子。」

「他什麼時候說的？」

「在小操場上。」

「我以為你去別的小操場了。」

「啊，是啊，我是啊，可是他跟著我。他很瘋狂，親愛的。我知道他很瘋狂，我替他感到難過。他說他一夜又一夜地仰望著我們的窗子。他說他眼裡看到的都是我——我的後腦勺，我的眉毛——聽到的都是我的聲音。他說他生命中從來沒有妥協兩個字，對於這件事他也不會妥協。我替他感到難過，親愛的。我情不自禁地替他感到難過。」

這是頭一次，我覺得情況嚴重了，他的茫然無助，我知道，可能觸動了像愛莎這樣的女人心中最珍貴最任性的那份熱情——一種拒絕不了求救、拒絕不了可憐的無力感。這是沒有理性的熱情，我甚至寧可她對他有欲望也別可憐他。那夜我們準備上床就寢時，電話響了，我接起來說哈囉，沒有回應。十五分鐘後，電話又響了，這次又沒有聲音，我開始咆哮，大罵川契爾，他沒有答話——甚至連掛斷電話時候喀達一聲也沒有——我覺得自己像個笨蛋。因為我覺得自己像個笨蛋，我就怪罪愛莎不該誘導他，不該鼓勵他，可是這些怪罪一點也沒影響到她。我罵完之後，感覺更糟，因為我知道她是無辜的，因為她必須外出、必須上街購物、必須讓孩子出去透透氣，也沒有任何一條法律不准川契爾在那裡等候她，或者不准他仰望我們家的窗子。

第二個星期的一天晚上我們去紐薩姆家，剛剛脫下大衣，我就聽見川契爾的聲音。我們到達後不久，他就離開了，不過他的態度──他給愛莎那憂傷的一瞥；他故意避開我的樣子；或是紐薩姆夫婦邀他再多留一會兒時，他婉拒的悲傷語氣；還有，他對待他那可憐老婆過分地殷勤……這些都太令我生氣了。更何況我忽然注意到愛莎，看見她神采奕奕，兩眼發光，她正在誇讚紐薩姆太太的新鞋，但心思卻根本不在她的嘴上。那晚我們一回到家，照看孩子的臨時保母氣惱地跟我們告狀，說兩個孩子都不肯睡。愛莎量了一下他們的體溫，凱洛沒事，兒子卻燒到四十度。那一夜我們倆都沒睡好，早上愛莎打電話到公司告訴我卡爾得了支氣管炎。三天後，他妹妹也跟進了。

接下來的兩個星期，兩個生病的孩子霸佔了我們絕大部分的時間。每天晚上十一點和凌晨三點必須餵他們吃藥，我們睡眠少得可憐。也不可能出去透透氣或是打掃屋子，每天冒著寒冷從車站走回來，一進門聞到的就是咳嗽藥水、菸草、吃剩的果核和病床的氣味。到處都是毯子、枕頭、菸灰缸、藥杯。我們分工合作，每晚輪流起床，可是白天我就忍不住在辦公桌上打瞌睡，晚餐後，愛莎總會在客廳的椅子上睡著。疲乏對於大人和小孩的不同，只在於大人說得出理由，多半不會沒來由地發生，但就算知道為了什麼，一樣躲不過，在這種時候我們會毫無理性、暴怒，成為超級沮喪情緒下的受害人。那一晚，最壞的病況已經過去，我回到家，發現客廳有一些玫瑰花。愛莎說川契爾帶來的，她沒讓他進來，並且當他的面就把門甩上。我拿起玫瑰扔了出去。我們沒有吵架。孩子們九點睡覺，九點多我也上床睡了。大概過了一會吧，好像有什麼動靜，我醒了。

走廊亮著燈。我起床，發現孩子的房間和客廳都很黑，愛莎卻坐在廚房的餐桌旁喝咖啡。

「我煮了些咖啡，」她說：「凱洛又喘又咳，我給她吸了些蒸氣。現在兩個人都睡了。」

「你起來多久了？」

「十二點半到現在，」她說：「現在幾點？」

「兩點。」

我給自己倒了一杯咖啡坐下來。她起身又去倒了杯咖啡，看著鏡子，靠在水槽上。夜裡起風了。我們樓下某間公寓裡有隻狗在哀嚎，一根鬆脫的收音機天線不斷刷著廚房的窗子。

「好像樹枝的聲音。」她說。

在廚房亮白的燈光下，為著削馬鈴薯皮和洗碗盤忙碌的她顯得非常疲乏。

「明天孩子們可以出去走走嗎？」

「噢，希望可以，」她說：「你知道我已經兩個多禮拜沒走出過這間公寓了嗎？」她狠勁十足的說，令我大感錯愕。

「不到兩個禮拜吧。」

「超過兩個禮拜了。」她說。

「呃，我們來算一下，」我說：「兩個孩子是星期六晚上生病的。那天是四號。今天是——」

「停，停，」她說：「我知道多久了。這兩個多禮拜我沒穿過鞋子。」

「你講的好像不得了的慘狀。」

「本來就是。我沒有穿上過一件像樣的衣服，也沒做過頭髮。」

「這哪能算最慘的事。」

「我媽家的廚子過得都比我好。」

「我懷疑。」

「我媽家的廚子過得都比我好！」她聲音好大。

「你會吵醒孩子。」

「我媽家的廚子過得都比我好。他們都有很舒服的房間。沒他們的允許，誰也不能隨便進去廚房。」她把咖啡渣拍進垃圾桶裡，開始洗咖啡壺。

「川契爾今天下午在這裡待了多久？」

「一分鐘。我告訴過你了。」

「我不相信。他進來了。」

「他沒有。我不讓他進來。我不讓他進來是因為我的樣子太難看了。我不想給他這麼壞的印象。」

「為什麼？」

「我不知道。他也許是個傻子，也許是個瘋子，可是他跟我說的那些話讓我感覺很棒，他讓我感覺很棒。」

「你想走嗎？」

「走？走去哪裡？」她伸手拿起擱在廚房裡方便付零錢的那個小錢包，數了兩塊三毛五出來。

「奧西寧？蒙特克雷？」

「我是說跟川契爾走。」

「我不知道，我不知道，」她說：「不過有誰說我不可以？我走了有什麼壞處？我走了有什麼好處？誰知道。我愛兩個孩子，可是這樣不夠，光是愛他們兩個是不夠的。我不會傷害他們，可要是我離開你，會不會因此傷害到他們？離婚真有那麼可怕嗎，維持一個婚姻所做的一切有多少是好的呢？」她在餐桌邊坐了下來。

「在葛勒諾柏的時候，」她說：「我用法文寫了一篇很長的關於查爾斯．史都亞特[21]的論文。芝加哥大學一位教授還寫了封信給我。現在我沒有字典就沒辦法看懂法文報紙，我根本沒時間看什麼報紙，我為自己的不知長進感到羞愧，我為自己現在的模樣感到羞愧。噢，我想我是愛你的，我真的很愛兩個孩子，可我也愛自己，我愛我的人生，我的人生應該有些價值有些前途。川契爾送的玫瑰花讓我覺得漸漸在失去，失去了自己的尊嚴。你明白我的意思嗎？你懂我的意思嗎？」

「他瘋了。」我說。

「你明白我的意思嗎？你懂我的意思嗎？」

「不懂，」我說：「不懂。」

這時卡爾醒了，在叫媽媽。我要愛莎去睡覺。然後，我關了廚房的燈，走進孩子的房間。

第二天兩個孩子都好多了，因為是星期天，我帶他們出去走走。下午的太陽溫暖開朗，只有一些凝重的陰影使我想起現在仍是隆冬，郵輪快要回航了，再過一個星期，水仙花一束就要賣到兩毛五了。走上萊辛頓大道的時候，我們聽見從天空傳來教堂裡沉悶單調的風琴聲，我們和其他一些走在人行道上的人都抬起頭虔誠又困惑地往上看，就像在參加一場虔誠又愚蠢的宗教聚會，我們看見一組重型轟炸機群向著大海的方向飛過去。時間晚了，變冷了，晴朗寂靜，在這份靜止的寂靜中，沿著東河岸一帶的煙囪散放出來的廢氣似乎變成了有形有款的文字，就像百事可樂的宣傳飛機，全是完整的字句啊。平安幸福。災難不幸。這些字偏偏又讓人看不太清楚。似乎這一年的好日子到今天為止了——今天是一個得腸胃炎、鼻竇炎和氣管炎的壞日子，不吉利——它讓我想起以前的那些冬天，這些過往的印記叫我相信這真的就是離婚的季節了。這是一個漫長的下午，在天黑前我帶孩子們回家。

我想，這一天的沉重感影響到了兩個孩子，他們回到家以後，非常安靜。這份肅穆的沉重繼續不斷地衝擊我，我感覺到這份改變，就像一種速度感，影響的不只是我們的碼錶，還有我們的心。我試著回憶當初在大戰時期，愛莎心甘情願地跟隨我的軍團，從西維吉尼亞到卡羅萊納和奧克拉荷馬，那段日子她住過的房間車屋，還有在舊金山，在我離家去他鄉之前，我向她道別，我沒有辦法用言語表達這一切，我們兩個人始終也沒說一句話。天黑之後，孩子們洗過澡上床睡覺，我們坐下吃晚餐。九點鐘，門鈴響了，我去應門，認出對講機傳上來的是川契爾的聲音，我請他上來。

他出現的時候，整個人似乎很錯亂又很興奮。他在地毯邊緣絆了一跤。「我知道我在這裡不受歡迎。」他聲音大到刺耳，彷彿我是個聾子。「我知道你不喜歡我來。我尊重你的感受。這是你的家。我尊重對於自己的家的感受。我通常不會隨便去一個男人的家，除非他邀請我。我尊重你的

---

21 查爾斯．史都亞特（Charles Edward Stuart, 1720-1788），在不列顛被稱為小王位覬覦者，或英俊王子查理，曾參與法國入侵不列顛的計畫，並未成功。

家。我尊重你的婚姻。我尊重你的孩子。我想所有的一切應該正大光明的攤開來說。我來是為了告訴你，我愛你的妻子。」

「滾出去。」我說。

「你必須聽我說，」他說：「我愛你的妻子。沒有她我活不下去。我努力試過，但沒有辦法。我甚至想過離開——搬去西岸——但是我知道根本沒有差別。我要娶她。我並不浪漫。我是講究實際的人。非常實際。我知道你有兩個孩子，我知道你沒什麼錢。我知道有很多問題，監護權、財產之類的事情都需要好好處理。我並不浪漫。我很理智。這一切我都跟川契爾太太討論過，她同意跟我離婚。我不偷偷摸摸的做暗事。你太太可以證明。我了解所有必須考慮到的現實面——監護權、財產等等。我有錢，有很多。我可以給愛莎她要的一切，只是有孩子的問題。這個必須你們兩個人自己做決定。我帶了一張支票。是開給愛莎的。我要她帶著這張支票到內華達。我是個很實際的人，我了解在她離婚之前一切都是未定數。」

「滾出去！」我說。「你他媽的給我滾出去！」

他往門口走。壁爐台上有一盆天竺葵，我直接朝他扔了過去。盆栽擊中他的後腰，差點把他擊倒。盆子摔在地板上碎了。愛莎尖叫。川契爾繼續往外走。我跟在他後面，拿起一個燭台瞄準他的腦袋，可惜沒中，撞到牆壁掉下來。「你他媽的給我滾！」我吼著，他用力砰的甩上門。我返回客廳。愛莎臉色慘白，但沒有哭。暖氣爐管有好大的拍打聲，想必是樓上的人要求安靜識相的訊號——這急促的拍打聲是有用意的，就像監牢裡利用水管互通消息的囚犯——然後，一切靜止了。

我們睡了，夜裡我忽然醒過來。因為看不見梳妝台上的鐘，不知道幾點。兩個孩子的房裡沒有半點聲音。街坊鄰居也安靜得很。沒一扇窗亮著燈。這時我忽然明白是愛莎把我吵醒的。她躺在她睡的那一側。她在哭。

「你為什麼哭?」我問。

「我為什麼哭?」她說。「我為什麼哭?」聽到我的聲音，聽到我說的話，她又發作了，拚命的啜泣。她坐起來，手臂往袖管裡一套，順著桌沿摸索著菸。她點菸的時候我看見她的臉。我聽見她在黑暗中走動。

「你哭什麼?」

「我哭什麼?我哭什麼?」她極不耐煩地反問著。「我哭，是因為我在第三大道看見一個老女人打一個小男孩。她喝醉了。我一直忘不掉這件事。」她把棉被從床腳扯下來，拖著它往房門口走。「我哭，是因為我爸死的時候我才十二歲，因為我媽嫁給一個我討厭的、或者說我認為我很討厭的男人。我哭，是因為在二十年前，我只能穿一件很醜的洋裝——又舊又醜的一件洋裝——去參加舞會，我不開心到了極點。我哭，是因為還有好多已經記不得的不開心的事情。我哭，是因為我好累——我好累可是我睡不著。」我聽見她把自己安頓在沙發上，然後一切都安靜了。

我希望川契爾夫婦搬走，我也當他們已經搬走，但每逢我上班遲到的日子，還是會在市區巴士上看見川契爾。我也會看見他太太，在她牽著妞妞進去附近的圖書館借書的時候。她看起來很老。我並不善於判斷人的年紀，但如果說川契爾太太比她先生大上十五歲，我一點也不意外。現在我每晚回家，愛莎仍舊坐在水槽邊的板凳上洗菜。我跟她一起走進孩子們的房間。房間裡的燈光很明亮。兩個孩子利用一個橘子簍做了一樣東西，很可笑卻很有創意；他們的可愛，他們的努力，這個明亮耀眼的燈光完美無比地映在愛莎的臉上。然後她餵他們吃飯，幫他們洗完澡，排好飯桌，在房間中央站一會兒，彷彿用心在跟白天和黑夜做某種聯繫。等到做完了這件事。她點上四根蠟燭，我們一起坐下來吃我們兩人的晚餐。

貞潔的克萊瑞莎

駛往文雅港的晚班渡輪載滿了貨。過一會兒，警哨聲就會把綿羊和山羊分別出來了[22]——這是巴克斯特自創的想法——就是把島民和在伍茲霍爾逛大街的觀光客分隔開來。他的車，跟其他所有買票等著開上渡輪的車子一樣，停在碼頭附近。他坐在保險桿前面，抽著菸。小碼頭上的一舉一動都顯示著春天結束了，西查普的海岸，越過文雅港，就是夏天的海岸了，但時間也好旅程也好，對巴克斯特來說沒有任何感覺。延誤令他煩躁。有人在叫他的名字，他站起來鬆了口氣。

是賴恩老太太。她在布滿塵土的休旅車上叫他，他走過去跟她說話。「我就知道我會在這兒碰見聖哥佛來的人。我打心底就有這個預感。我們早上九點就上路，卻在沃賽斯特外面車子拋錨了。這下子我開始擔心塔伯特太太有沒有把那邊的屋子打掃乾淨。去年夏天她要七十五塊美金才肯開工，我告訴她以後不會再給那麼多了，就算她把我的信全給扔了，我也無所謂。啊，我最討厭最後在髒亂的屋子裡結束旅程，不過最壞最壞的情況，大不了就是我們自己來打掃吧。你說是不是，克

22 新約馬太福音二十五章三十二節：萬民都要聚集在他面前，他要把他們分別出來，好像牧羊人分別綿羊和山羊一般。

萊瑞莎？」她轉向坐在她旁邊的一個年輕女性。「啊，對不起，巴克斯特！」她叫起來。「你還沒見過克萊瑞莎吧？她是鮑勃的太太，克萊瑞莎．賴恩。」

巴克斯特第一個想法是，像這樣的一個女孩不該坐在一輛灰頭土臉的休旅車裡；她值得更好的。她很年輕。他猜她二十五歲左右。紅髮，豐胸，苗條，慵懶，她似乎跟賴恩老太太和她那大骨架、直性子的女兒是不同種的人。「鱈魚角的女孩子，全都沒有梳子。她們是用鱈魚骨頭梳頭的。」他一直這麼認為，可是克萊瑞莎的頭髮梳得平順極了。她裸露的手臂白皙完美。伍茲霍爾這地方和碼頭上的亂象似乎令她很厭煩，對萊恩太太的家常閒話也毫無興趣。她點起一根菸。

老太太的獨白稍微暫停，巴克斯特把握時間對這位媳婦說話了。「鮑勃什麼時候過來，賴恩太太？」他問。

「他根本不會來，」美麗的克萊瑞莎說：「他在法國。他——」

「他去替政府辦事，」賴恩老太太岔斷了她的話，好像她媳婦連這麼簡單的事也說不清楚似的。「他在進行一件非常有趣的計畫。最快要到秋天才回來。我自己一個人出國。我讓克萊瑞莎留下來。當然，」她特別強調，「我希望她會愛上這個小島。沒有人不愛的呀。我希望她不要老是閒著。我希望她——」

渡輪的警號聲打斷了她的話。巴克斯特說聲再見。車子一輛接著一輛開了上去，渡輪離開淺水岸開往度假勝地。巴克斯特在客艙喝了一杯啤酒，看著克萊瑞莎和賴恩老太太，她們坐在甲板上。他之前從沒見過克萊瑞莎，所以猜想鮑勃．賴恩八成是去年冬天才和她結婚的。他不明白這個美女怎麼會嫁到賴恩家。這一家人熱中於地質學和觀察鳥類。「我們全家都愛死了鳥類和各種岩石。」

每逢介紹認識陌生人的時候，他們都會這麼說。他們的別墅離別戶人家總有兩三哩的路程，就如賴恩老太太常說的，「我們是一九二二那年被人家從倉庫裡攆出來的。」他們揚帆出海，健行，游泳衝浪，組團結伴去卡蒂杭克島和塔保林灣探險。他們是最注重身心和諧的人，巴克斯特想著，他們不應該讓克萊瑞莎一個人留在別墅才對。海風把一縷紅髮吹過她的臉頰。那兩條修長的腿交疊著。渡輪進了港口，她站起來走到甲板上迎著帶有淡淡鹹味的海風，巴克斯特本來對於回到小島沒什麼感覺，現在他覺得夏天真的來了。

巴克斯特知道想要打聽克萊瑞莎．賴恩的來歷必須非常小心。他在聖哥佛是熟客，因為他每個夏天都在那兒度過。他很風趣，長相好看，只是離過兩次婚，花心，小氣，還有他拉丁人的膚色留給鄰居們一個不太可靠的感覺。他打聽到克萊瑞莎在十一月和鮑勃．賴恩結的婚，她是芝加哥人。人家說她很漂亮很笨。他打聽到的就這麼多了。

他在網球場和海灘遍尋克萊瑞莎，沒有看到她。好幾次，他走到最靠近賴恩家別墅的海灘，她也沒出現。到達島上不久，他就接到賴恩老太太寄來的茶會邀請函。一般他不大接受這種聚會，可是那天下午他熱切地開車去了賴恩家的別墅。他來晚了。賴恩老太太家的空地上已經停了好多朋友和鄰居的車子。嘈雜的聲音從敞開的窗戶飄進花園，賴恩老太太種的攀藤薔薇盛放著。「歡迎歡迎！」他穿過門廊的時候，萊恩老太太大聲喊著。「這是惜別派對。我要去挪威了。」她把他引進擁擠的屋裡。

克萊瑞莎坐在一堆茶杯後面，背後是一座靠牆擺著賴恩家各種地質標本的玻璃櫃。她的手臂裸露著。她倒茶的時候，巴克斯特盯著看。「熱的？冷的？檸檬？奶精？」她好像只會說這些，但是她的紅髮、她白皙的手臂已經操控了屋子的這一整個角落。巴克斯特吃了一個三明治，但一直賴在桌子旁邊不走。

「你以前來過島上嗎，克萊瑞莎？」他問。

「來過。」

「你常在聖哥佛海邊游泳嗎？」

「太遠了。」

「等你婆婆離開之後，」巴克斯特說，「你讓我開車帶你去吧。我會每天早上十一點到。」

「謝謝你。」克萊瑞莎垂下一雙碧眼，似乎很不自在。巴克斯特強烈認為她可能芳心大亂。

「呃，謝謝你，」她重複地說，「不過我自己有車──呃，我不知道，我不──」

「你們倆在談什麼啊？」賴恩老太太走過來擠在他們中間問，誇張的笑容似乎是在努力隱藏她的不當干擾。「我知道不會是談地質學，」她繼續說，「我知道也不是在談鳥類，當然也不可能是在談書或者音樂，因為這些都不是克萊瑞莎喜歡的東西，對吧，克萊瑞莎？來，跟我來，巴克斯特，」她把他帶到房間另一邊，跟他聊著飼養綿羊的話題。談話結束，茶會也到了尾聲。克萊瑞莎的椅子空了，她已不在屋裡。巴克斯特在門口向賴恩老太太道謝道別，並且說希望她別那麼急著去歐洲。

「啊，這可不行啊，」賴恩太太說，「我搭六點的渡輪，明天中午從波士頓上船出發。」

第二天上午十點半，巴克斯特開車去了賴恩家的別墅。塔伯特太太，那個在賴恩家幫傭的本地女人出來應門。她說少奶奶在家，就讓他進去了。克萊瑞莎從樓上下來。她看上去更美了，雖然看見他的時候似乎有些不悅，但最後她還是接受了去游泳的邀約，只是不太熱誠。「噢，好吧，」她說。

她再度下樓，她在泳衣外面披了一件浴袍，戴了一頂寬邊帽。駛往聖哥佛的路上，他問起她這個夏天有什麼計畫，她不置可否。她似乎心事重重，不大願意說話。停好車，他們並肩走上海邊的沙丘，她閉上眼躺在沙灘上。有幾個巴克斯特的朋友和鄰居過來寒暄兩句，巴克斯特注意到，他們很快就走了。克萊瑞莎的冷淡態度讓人聊不下去。他不在意。

他下水游泳。克萊瑞莎留在沙灘上，全身裹得緊緊的。他游完泳上岸來在她附近躺下，看著那些鄰居朋友和他們的小孩。天氣很好，那些女人一個個都曬出健康的膚色；全都是已婚的女人，都帶著孩子（不像克萊瑞莎），婚姻和小孩的牽絆反而讓她們顯得很美，很有活力，很滿足。就在他欣賞讚嘆的時候，克萊瑞莎站起來脫下了浴袍。

這一招厲害了，他驚絕到透不過氣來。在白皙的皮膚底下，她的美有一種攝魂的力量，不像別的女人，穿著泳衣自在輕鬆，克萊瑞莎對於自己穿得這麼少，似乎覺得很丟臉、很羞恥。她走向海水的樣子彷彿是赤身露體一般。當她一接觸到海水的時候，稍微停了一下，這，又不像其他人，別人都像海鷗似地繞著小碼頭戲水，克萊瑞莎明顯不喜歡水的寒冷。就在這裸露和寒冷交叉的瞬間，克萊瑞莎探入水中游了幾呎，然後走出海水，急促的裹上浴袍，躺平在沙灘上。忽然，她說話了——巴克斯特幾乎意識到，這是這個上午她第一次開口——她的口氣很溫暖很有感情。

「你知道嗎，岬灣的石頭比我上次來的時候長大了許多。」她說。

「什麼？」巴克斯特說。

「在岬灣上的那些石頭，」克萊瑞莎說，「它們長大了許多。」

「石頭不會長大的。」巴克斯特說。

「啊它們會的，」克萊瑞莎說：「你不知道嗎？石頭會長的。媽媽的玫瑰園裡有一塊石頭在過去幾年裡長大了一呎。」

「我真的不知道石頭會長大。」巴克斯特說。

「嗯，它們會。」克萊瑞莎說。她打了個哈欠，閉上眼睛，似乎就這麼睡著了。等她再度睜開眼睛的時候，她問巴克斯特現在幾點。

「十二點。」他說。

「我得回去了，」她說：「我有客人要來。」

巴克斯特沒有堅持的餘地。他開車送她回家。一路上她極度冷淡，他問她下次可不可以再帶她去海濱，她說不。天氣晴朗炎熱，島上大多數人家都開著大門，但是克萊瑞莎向巴克斯特說了聲再見，就當著他的面把門關上了。

第二天，巴克斯特從郵局領到了克萊瑞莎的信和報紙。不過後來他登門拜訪，塔伯特太太卻說小賴恩太太在忙。那個星期他參加過兩次大型派對，他以為她應該會出席，結果沒有。到了星期六晚上，在一場穀倉舞會——當時已晚了，大家正在跳〈湖中女妖〉——他看見了克萊瑞莎，靠牆坐著。

她是一朵令人驚豔的壁花。她比場子裡任何一個女人都漂亮，可是她的漂亮似乎令男人生畏。巴克斯特逮到空檔走向她。她坐在一個裝貨的箱子上。這是她抱怨的第一件事。「連個像樣的可以坐的東西都沒有。」她說。

「你不跳舞嗎？」巴克斯特問。

「噢，我愛跳舞，」她說：「我可以跳上一整晚，可是我不認為『那樣』叫做跳舞。」她朝小提琴和鋼琴皺皺眉頭。「我跟霍頓夫婦來的。他們只告訴我說有個舞會。他們沒告訴我是這樣子的舞會。我不喜歡這樣蹦蹦跳跳的。」

「你的客人都走了嗎？」巴克斯特問。

「什麼客人？」克萊瑞莎問。

「星期二那天你對我說你有客人要來。我們在海邊的時候。」

「我沒說他們星期二要來吧，有嗎？」克萊瑞莎問。「他們明天來。」

「我可以送你回去嗎？」巴克斯特問。

「好。」

他把車開過來，打開收音機。她上了車，勁道十足的把車門甩上。他循原路開回去，到了賴恩家的別墅前，他關掉車燈。他看著她的兩隻手。她的手交疊在小包包上。「呃，非常感謝你，」她說：「我玩得很不開心，你救了我。我想我只是很不了解這個地方吧。我從來都是有很多很多舞伴的，可是我坐在那兒幾乎一整個小時，連一個過來跟我說話的人都沒有。你救了我。」

「你很可愛，克萊瑞莎。」巴克斯特說。

「嗯，」克萊瑞莎說著嘆了口氣：「那只是外表。沒有人知道真正的我。」

中了，巴克斯特想著，他只要再說上兩句中聽的好話，她所有的顧慮就會解除了。她是不是把自己當成女演員，他想，一個海峽長泳選手，一個富有的繼承人？從她身上散發出來的情欲暗示，在這個夏夜是如此的強烈，這般強烈的暗示讓巴克斯特更加相信這個女人的貞潔度已經氣若游絲。

「我想我知道真正的你。」巴克斯特說。

「噢你不知道的，」克萊瑞莎說：「沒人知道。」

收音機播送著波士頓一家飯店傳過來的苦情戀歌。從日曆上看，現在還只是初夏，然而從這些暗沉靜止的層層樹影來看，似乎已經是仲夏了。巴克斯特把克萊瑞莎抱入懷裡，一個吻印上了她的唇。

她兇猛地推開他，伸手搆向車門。「啊，這下你把一切都毀了，」她一面下車一面說：「這下你把一切都毀了。我知道你在想什麼。我知道你一直都在想什麼了。」她甩上門隔著車窗對他說。「好，你不必再來這裡了，巴克斯特，」她說：「我的女朋友們明天上午就會從紐約過來，這個夏天我會很忙，沒時間再見你了。晚安。」

巴克斯特知道要怪也只能怪自己；他太躁進，太不應該了。抱著又怨又悔的心情上床睡覺，當然睡不好。醒來時他很沮喪，而從東北邊颳過來、惱人的海洋雨，更加深了他的沮喪。他躺在床上聽著雨聲和濤聲。暴風雨會徹底改變整座小島的樣貌。海灘會變得空蕩蕩的。游泳褲也派不上用場了。他立刻下床，拿起電話，打到機場。紐約的班機沒辦法降落，機場人員告訴他，這一天不可能有任何班機。這場暴風雨似乎是天意。中午，他開車到村子裡，買了一份星期天的報紙和一盒糖果。糖果是給克萊瑞莎的，不過他不急著給她。

她可能已經安排好冰箱裡的食物，準備了毛巾，打算去野餐，現在該來的朋友勢必要延期了，她滿心期待的快樂假日會變成無聊的雨天。當然，趕走失望的方法有很多，只是就穀倉舞會的跡象來看，他覺得丈夫婆婆都不在身邊的她似乎亂了頭緒，而且島上也沒有誰會去拜訪她或是邀她喝酒小聚。她現在也只能聽聽收音機和雨聲打發時間吧，到最後，無論誰來，她大概都會歡迎，包括巴克斯特在內。寂寞和無聊如影隨形，巴克斯特知道，等待對他來說實在太折磨人了。在天黑之前過去是最好的時機，他等著。然後，他帶著糖果開車去了。窗子亮著燈光，克萊瑞莎開了門。

「我來向你的朋友表示歡迎之意，」巴克斯特說：「我——」

「她們沒來，」克萊瑞莎說：「飛機不能降落。她們飛回紐約了。她們來過電話。我早都計畫好，現在一切都改變了。」

「真是遺憾，克萊瑞莎，」巴克斯特說：「我給你帶了禮物。」

「噢！」她接過糖果盒。「好漂亮的盒子！好可愛的禮物！好——」在這瞬間，她的臉、她的聲音如此純真自然，緊接著他看到那一股抗拒的力量讓這份真誠完全改觀。「你用不著這樣的。」她說。

「我可以進來嗎？」巴克斯特問。

「呃，我不知道，」她說：「要是你沒什麼事，那就不要進來了。」

「我們可以玩牌。」巴克斯特說。

「我不會玩。」她說。

「我教你。」巴克斯特說。

「不，」她說：「不要，巴克斯特，你走吧。你不了解我是什麼樣的女人。我花了一整天的時間給鮑勃寫了一封信。我寫信告訴他說你昨天晚上吻我。我不能讓你進來。」她把門關上。

從克萊瑞莎看到那盒糖果時的表情，巴克斯特斷定她很喜歡收到禮物。他相信一條便宜的金手鍊，甚至一束鮮花就能搞定，但巴克斯特是個非常小氣的人，他明明看出禮物有用，卻不肯去買。他決定再等等。

星期一、星期二，連著兩天的暴風雨。到星期二夜裡雨停了，星期三下午網球場地乾了，巴克斯特去打球，打到很晚。回來洗過澡換了衣服，去一個雞尾酒派對打個轉，喝上一杯。坐在他旁邊的是他一個鄰居，這女人已婚，有四個孩子，他們聊著夫妻間情愛方面的話題。

這個話題巴克斯特已談過許多次，加上眉來眼去的各種暗示，他多少也明白其中的意思。這個鄰居是巴克斯特在海邊相當心儀的一位漂亮媽媽。她有一頭褐色長髮。手膀細細的，曬出健康的黑色；一口牙齒整齊好看——怪的是，他專注聽她談論愛情時，克萊瑞莎白皙的影像就浮上他的心頭，他只好唐突地結束談話，離開派對，直接開車去賴恩家。

遠遠的就看見別墅門扉緊閉。整棟屋子和花園一片寂靜。他敲敲門再按鈴。克萊瑞莎從樓上一扇窗子跟他說話。

「啊，嗨，巴克斯特。」她說。

「我來向你道別，克萊瑞莎。」巴克斯特說。他想不出更好的藉口。

「噢，啊呀，」克萊瑞莎說：「你等一會兒。我下來。」

「我要走了，克萊瑞莎，」她開了門，巴克斯特就說：「我來說聲再見。」

「你要去哪裡？」

「我不知道。」他黯然回答。

「那，進來吧，」她的口氣有些猶豫。「進來坐一下吧。這應該是最後一次見到你了，對吧？家裡有點亂請別介意。塔伯特先生星期一生病了，塔伯特太太必須帶他過海去醫院，我沒有其他幫手。這裡就我一個人。」

他跟隨她走進客廳坐下。她看起來愈來愈美麗了。她談著因為塔伯特太太不在而產生的各種問題。燒熱水的爐灶沒生火。廚房裡有一隻老鼠。浴缸的排水口也塞住了。她連車子都發不動。

在安靜的屋子裡，巴克斯特聽見水龍頭滴滴答答的漏水聲和鐘擺的聲音。賴恩家收藏地質標本的玻璃框映著窗戶外黯淡無光的天空。別墅離海很近，他卻聽不見濤聲。他平心靜氣地聽著這些無關緊要的瑣碎事情。克萊瑞莎說完了塔伯特太太的事，他停了好一會才開口。

「太陽在你的頭髮上。」他說。

「什麼？」

「太陽在你的頭髮上。好美的顏色。」

「哦，沒有從前那麼美了，」她說：「我的髮色變暗了。不過我不打算染它。我不認為女人要染髮。」

「你好聰明。」他喃喃的說。

「你不是真心的吧？」

「真心什麼？」

「真心說我聰明。」

「喔，是真心的，」他說：「你聰明、美麗。我永遠記得在渡輪上遇見你的那晚。我本來不想來島上。我本來計畫去西部。」

「我不可能聰明，」克萊瑞莎憂傷地說：「我一定很笨。賴恩媽媽說我很笨，鮑勃說我很笨，甚至連塔伯特太太也說我很笨，還有——」她哭了起來，之後走到鏡子前面擦乾眼淚。巴克斯特跟著她。他伸出手臂環抱著她。「不要抱我，」她的口氣絕望多過生氣，「在摟我抱我之前，沒有一個人認真的對待我。」她再度坐下，巴克斯特坐得離她很近。「你不笨啊，克萊瑞莎，」他說。「你有很棒的智慧，很棒的心思。一直以來我都這麼認為。我一直覺得你肯定有許許多多非常有趣的想法。」

「哦，真好玩，」她說：「因為我真的有好多好多想法。當然，我從來不敢對任何人說，鮑勃和賴恩媽媽從來不讓我說。他們總是打斷我的話，好像覺得我很丟臉似的。可是我真的有這些想法啊。我要說的是，我認為我們就像輪子裡的榫頭。我敢肯定我們就像輪子裡的榫頭。你說我們是不是像輪子裡的榫頭？」

「啊，是，」他說：「啊，是啊，當然是！」

「我認為我們像輪子裡的榫頭，」她說。「舉個例子，你認為女人應不應該工作？我在這個問題上面想了好多。我的想法是我不認為結了婚的女人應該工作。我要說的是，除非他們有很多錢，當然，不過就算那樣，我認為還是應該專心一意的照顧好一個男人。或者你是認為女人應該要工作？」

「你的想法是什麼？」他問。「我對於知道你的想法特別有興趣。」

「呃，我的想法是，」她怯生生的說：「你只要管好自己的事情。我不認為工作或者去教會就會改變一切，或者吃特定的飲食之類，也沒用的。我不太講究吃養生的東西。我們有個朋友每餐都吃四分之一磅的肉類。他就在餐桌上放了一個磅秤，每次都把肉放上去磅過。那餐桌看起來好可怕，我看不出那樣對他有什麼好處。我買合理的的東西。如果火腿合理，我就買火腿。如果羊肉合理，我就買羊肉。你不覺得這才是聰明嗎？」

「我覺得這非常聰明。」

「還有新式的教育，」她說：「我對新式的教育沒什麼好感。我們去霍華家吃飯，那些小孩子騎著腳踏車一直不停的繞著桌子打轉，我的看法，這都是那些新式教育的學校教出來的，教小孩就該告訴他們，什麼是好的什麼是不好的。」

照亮她頭髮的陽光不見了，不過在她發表高見的時候，房裡的光線仍舊可以讓巴克斯特看見她滿臉紅光，眼珠子瞪得好大。巴克斯特耐心地聽著，現在他終於知道了，她只是希望人家不要把她看成什麼也不是——這個可憐的女孩是真的迷失了。「你非常聰明，」他不時這麼說：「你太聰明了。」

原來就是如此。

療癒

事情發生在夏天。我記得天氣非常熱，在紐約我們住的郊區房子，我和老婆瑞秋吵了一架，她就帶著孩子開著休旅車走了。那個人當時沒出現——也或者我根本還沒意識到——一直到他們走了快兩個禮拜，他才出現，她的出走和他的到來似乎有著相關性。瑞秋的出走意味著決裂。之前她離開過我兩次——第二次，我們們辦了離婚，後來又再結婚——每次看著她走，我都有一種感覺，不是快樂，而是一種自尊、一種勇氣的復活，就好像是接受了這樣一個痛苦事實的賞賜。如我所說，那是夏天，她選在這個時候吵架，在某種程度上我還挺開心的；這省得我們去面對辦理正式分居的急迫性。我們住在一起——斷斷續續的——也有十三年了：我們有三個孩子和一些糾結的財務問題。我猜想她就跟我一樣，很滿意能夠這樣把一切順其自然地拖到九月、十月。

我很高興我們在夏天分手，一方面因為每年這時候我的工作最吃重，每天晚上幾乎都累到沒辦法想其他的事，再者，我一直覺得夏天是一年當中最容易一個人過日子的季節。同時我也希望等我們的事情搞定之後，由瑞秋拿到這棟房子——我很喜歡我們的房子，當時我還以為我在這個家住不久了，因為這期間屋裡發生過幾件失序的徵兆：先是狗跑掉，接著貓也跑了。後來有一晚我回家發現女傭瑪琳喝得爛醉，她告訴我她丈夫隨佔領軍團遠赴德國，在那兒愛上了一個女人。她泣不成聲，跪倒在地上。這個場景，就我們兩個人待在女人孩子都不在的空屋子裡，而且在那樣一個夏夜裡，真是怪極了——這種怪，我知道，這種怪是有可能摧毀決斷一切的。我給她泡了杯咖啡，給了她兩個星期的工資，然後開車送她回家；我們說再見的時候，她似乎很泰然也很清醒，我以為這種怪怪的感覺可以忘掉。不過在那以後，我列出了一個簡單的、希望可以遵行到秋天的時間表。

既然要靠自己戒除這一段愛恨交加、五味雜陳的婚姻，我下定決心，就要像一個接受療程的癮君子，必須小心謹慎，步步為營。我決心不接電話，因為我知道瑞秋會後悔，我知道，生活上累積的點點滴滴都有可能再把我們圈在一起。如果連下五天雨，如果其中一個孩子忽然發燒，如果她在信上看到什麼傷心的消息——任何一丁點像這一類的事情，都有可能讓她打電話過來，我實在不想再被勾回去重拾我們原來的關係。這段期間的頭幾個月，就像在接受治療，但我認為，我把療程時間都排得好好的。每天早上我搭八點十分的火車進城，六點三十分回家。夏日黃昏最好別回到空蕩蕩的房子裡，這點我很清楚，所以我從車站停車場直接把車開到奧菲歐，一家很棒的餐館。在這兒我總是碰得到可以聊天的人，我會喝一兩杯馬丁尼，吃個牛排，之後再開車到石溪露天戲院，連看兩齣電影。所有這一切——馬丁尼、牛排、電影——都是為了達到麻醉的目的，而且確實有效。出了辦公室，我不想見任何人。

只是我在一張空蕩蕩的床上睡得很不好，目前要處理的就是失眠問題。看完電影回家，我可以熟睡，但只睡兩三個小時。我想盡辦法對付失眠。如果天下雨，我就聽雨聲和雷聲。如果不下雨，我就聽高速公路上遠遠的卡車聲，聽到這聲音就會想起我在路上開車的那段經濟大蕭條的日子。那些在公路上猛催油門的貨卡——一輛輛滿載著肉雞、罐頭食品、肥皂粉和家具。這聲音對我意味著黑暗，黑暗和車燈——還有青春，這對我來說似乎是一種愉悅的聲音。有些時候，那雨聲或車聲之類的確實能讓我分散注意力，於是我睡著了，但是有一晚不管什麼都沒用，到凌晨三點，我決定下樓看書。

我開了客廳的燈，看著瑞秋的那些書。我選了由一個名叫林語堂的作者寫的書，坐到檯燈下的沙發上。我們的客廳很舒適。這本書也很有趣。我們這一帶的街坊大都前門不上鎖，夏夜的街頭特別安靜。這裡的動物全都是馴養的家畜。入夜後唯一聽見過的鳥啼聲就是鐵道邊的那幾隻貓頭鷹。這裡真的非常安靜。我聽見巴斯托家的狗吠了一聲，彷彿是被噩夢嚇醒，吠聲很快停了。萬籟又恢復寂靜。這時我聽見，離我很近，有腳步聲和一聲咳嗽。

我全身僵硬——你知道那種感覺——我繼續看書沒抬頭，但是我感覺得到有人在監看我。直覺不會錯，不過只要我不理睬，只要我的眼睛別離開書，那感覺就好很多，我知道我不但被人監看，而且是從客廳盡頭的景觀窗那邊看著我——被一個有心偷窺、有心侵犯我隱私的人看著。坐在明亮的檯燈下，四周一片黑暗，這使我感覺毫無防禦的力量。我翻了一頁書，假裝繼續看著。一種恐懼感——要比恐懼站在窗外的那個笨蛋更嚴重的恐懼感——令我整個錯亂起來。我好怕那咳嗽聲腳步聲，還有，被人窺看的感覺會不會都是出自我的幻想。我抬起頭。

我看見了他，沒錯，我想他正是要我這樣；他咧著嘴在笑。我關了燈，可是外面太黑，我的眼睛又太習慣剛才的光亮，根本分辨不出玻璃窗上的人影。我衝進玄關，打開幾盞前門口的壁燈（燈光不很亮，但足以讓我看清楚有誰在草坪上走動）。等我再回到窗前，草坪上空空如也，我看得很清楚，原先他站著的那個位置沒有人。當然他有很多地方可以躲。步道盡頭有一大叢紫丁香，藏一個人絕對沒問題，還有丁香花和梣葉楓。我不打算帶著那把舊的武士刀去追他，那不是我的作風。於是我關掉壁燈，站在黑暗中疑惑著那會是誰。

我跟那些所謂的夜遊神從來不搭軋，雖然我知道他們確實存在，但我猜想那人很可能是鐵道旁那排違章建築裡的老頭，或許因為我的決心——也有這必要——在面對任何事情的時候應該往好處想。或者最起碼，應該要鎮定。我甚至慈悲想著這個風燭殘年的老人逼不得已離開家，深夜在這個陌生的地區徘徊，飽受狗群和警察的驚嚇，最後總算看到了一個在閱讀林語堂的男人，或者是個餵生病小孩吃藥的女人，或者是個正在從冰箱拿出墨西哥辣味牛肉出來吃的人。我摸黑上樓，聽見了雷聲，下一秒鐘大雨就傾盆而下，我想著那個可憐的夜遊神，想著他在暴風雨中踏上漫長的回家路。

時間已經過了四點，我躺在黑暗中，聽著雨聲和行駛中的早班列車。列車一早從水牛城、芝加哥、大西部開過來，穿過奧爾巴尼經過大河，有一段時間我也經常搭車，躺在黑暗中想著普爾曼臥車廂裡的寒意、睡衣上的氣味、餐車裡的濕氣味；想著在克里夫蘭或是芝加哥的一天結束，又一天要在紐約開始的感覺，特別是在你離開了兩三年之後，特別是在夏天。我躺在黑暗中想像著行駛在雨中的黑暗列車，想像著擺好了早餐的桌子，還有那些味道。

第二天我非常睏，不過我還是把工作完成了，在回家的車上猛打瞌睡。這下可以好睡了，我還是不敢大意，循慣例先去奧菲歐，再去看兩部電影。結果電影難看到了極點，看得我好累，我確實一上床就睡著了，可惜電話吵醒了我。當時是兩點鐘。我躺著不動，等著鈴聲停止。此時，我知道自己已經完全清醒了，現在無論什麼聲音——風聲或是車聲——都沒辦法教我入睡了。於是我走下樓，沒去想偷窺者還會不會來的事，只是看書的燈光在周遭的黑暗中特別顯眼，所以我把門邊的壁燈也打開，再坐下來繼續看林語堂寫的書。我聽見巴斯托家的狗在吠，我放下書，盯著景觀窗，我要讓自己安心，我要確定偷窺者沒有來，或者，就算他來了，也能搶先看到他。

然而我什麼也沒看見，什麼也沒有，但過了幾分鐘，那種可怕的僵硬感覺又上身了，我確定我又被人監看了。我再度拿起書，不是我真的要看，而是做給他看，但我不把他當回事。當然，屋子裡不只這一扇窗子，我不知道今天晚上他選的是哪扇窗。忽然我明白了，他在我後面，就在我背後，恐懼加上憤怒，於是我沒關燈，直接跳起來，在鋼琴上方的那扇窄窗看見了他的臉。「滾開！」我吼。「她走啦！瑞秋不在啦！沒什麼可看的啦！滾開，別來煩我！」我跑到窗口，他已經不見了。我在一棟空屋子裡這樣撕心裂肺的喊叫，我想，恐怕我快要發瘋了吧。我又想，窗子上的人臉會不會只是我的幻想，我拿了手電筒走到屋外。

窄窗底下有一朵花。我打著手電筒看著這朵花，他確實來過，沒錯。泥地上有腳印，他踩到花了。我跟隨他的腳印走出花圃來到草坪邊緣，發現一隻男用的漆皮拖鞋，在臥室裡穿的那種。拖鞋有點裂有點舊，我想它的主人應該是個老頭，但絕對不會是個傭人。我猜想這個偷窺者應該是我的一個鄰居。我把拖鞋扔過樹籬，拋到巴斯托家的堆肥上，然後返回屋子關燈上樓。

第二天，我考慮過一兩次想要報警，卻又拿不定主意。那晚站在奧菲歐的吧台邊等著他們為我做牛排的時候，我又在考慮。這個情況表面上看起來很可笑，這我知道，可是在窗子上二度看見他的臉，我心裡害怕的程度是真實而且累進的，我沒有忍耐下去的理由啊，尤其是在我努力修正我整個生活方式的一個時間點。外面天漸漸黑了。我走向公用電話撥給警方。史丹利・麥迪生——有時候也會在火車站附近指揮交通——接了電話。我告訴他說我要舉報一個偷窺的人，他說了一聲「喔」，就問我瑞秋在不在家。接著，他說這裡自從一九一六年建村以來，從來沒聽過這樣的舉報。他的口氣有一種不言自喻的驕傲，這是附近一帶大家慣用的口氣。我以為沒戲唱了，可是史丹利說得一副好像我是刻意在貶損這兒的房地產值似的。他說五個人的警力實在不夠用，他說他們薪水少又過勞，他說要是我想要一個警衛在自家附近守望，我就該在下次里民大會上推動擴增警力。他生怕他的態度不夠友善，最後還以問候瑞秋和孩子們作為結束，可是當我一離開電話亭，我就覺得自己錯了。

那晚，電影看到一半響起大雷，大雨一直下到早上。我想這場暴雨可把窺視狂困住了，因為這夜我既沒看到也沒聽到他的動靜。不料第二晚他又來了。我聽見他來的時候大約三點鐘，一個小時後離開，這次我沒從書本上抬起頭。我想他大概只是一個無害的無聊人士，我要是能知道他是誰——要是能知道他的名字——他激怒我的能力就會消失，我就能心平氣和地重新開始我的療程。然而最後，我仍舊抱著他是誰的問號上樓。我十分確定他就住在這附近，只是不知道我有哪個朋友或是鄰居家裡來了一個過暑假的瘋子親友。我把我認識的人的名字全部想了一遍，試圖聯想其中有誰會有這麼一個不正常的叔叔或是祖父之類的人。我想如果我能夠擺脫這名在夜裡、在暗地裡出沒的陌生人，一切就解決了。

早上，我走去車站，在月台的人群中搜尋可能的嫌疑怪客。縱然我對他的臉看得不是太清楚，但我想我認得出來。就在這個時候，我看見我要找的人了。就這麼簡單。他跟大家一起站在月台等八點十分的車子，他不是什麼陌生人。

他是賀伯．馬斯頓，就住在布倫荷洛路那棟黃色的大房子裡。如果說我心中還有任何疑問，只要從他看見我認出他的那副表情便得到答案了。他顯得害怕又愧疚。我走過去準備跟他說話。「我不介意你晚上在我窗口窺探，馬斯頓先生，」我準備這麼說，想要讓音量大到令他無地自容，「不過我希望你不要踐踏我太太的花。」但我忽然停住了，因為我看見他不是一個人，而是帶著太太和女兒。我走到他們後面，站在候車室的角落，注視著這一家人。

馬斯頓的臉上沒什麼變化，或者說——在他看出我準備放他一馬的時候——他的態度上沒什麼變化。他有一頭灰髮，中等以上的身高，那張瘦削的臉孔年輕時候應該挺英俊的，完全看不出一般因麻痺、痙攣和其他一些病症導致的心理不正常的跡象。這天早上我在他臉上遍尋不著。他看起來手頭寬裕，有為有德，安閒自在——要比老是在找工作的恰克．艾文，或是兒子得小兒麻痺的賴瑞．史班瑟，或是月台上其他任何一個在等火車的人都好太多了。我再看他的女兒莉蒂亞。莉蒂亞是我們附近這一帶最漂亮的女孩之一。我曾經有一兩次跟她搭同班車，我知道她在紅十字會做志工。這天早上她穿著一件藍色洋裝，露著手臂，看起來甜美又精神，我怎麼也不忍心做出任何令她尷尬或是傷害她的事情。我再看馬斯頓太太，如果說要有什麼跡象，那就在「她的」臉上了，雖然我不了解她何必要替丈夫的行為不檢受苦。天氣非常熱，馬斯頓太太卻穿著褐色套裝，披著一條舊皮草披肩。她臉色蠟黃難看，在等車的這段時間，臉上始終掛著一副僵硬的笑容。這張臉在過去，在很久以前，應該是有喜怒哀樂的。只是經過多年的祈求和壓抑，把原來的熱情磨成了無情，我想著，在無以為報的情況下，馬斯頓太太剩下的只有眼角嘴邊幾道醜陋的紋路，和這副比哭還難看的笑容。我想著，在他穿著浴袍在別人家的後院到處晃蕩的時候，她肯定為他祈禱過。我一直想知道窺視者是誰，現在知道了，我的感覺卻沒有變好。這個灰頭髮的男人和這個漂亮的女孩還有這個女人站在一起，反而讓我的感覺更糟。

這天晚上，我決定待在城裡參加一個雞尾酒會。宴會地點在一棟豪華大飯店的套房裡，在很高的樓層。我一到那兒，就走上陽台東張西望，想找個可以帶出去吃飯的人。我要找一個穿著亮麗的小美女，但看樣子小美女們都沒來，只有一個灰頭髮的婦人和一個戴著軟邊帽子的女人，還有葛麗絲．海瑞——這個女演員我見過幾次。葛麗絲．海瑞是個美女，只是美人遲暮，我們從沒聊過天，但這一晚她對我的笑容十分親切，親切中還帶著十分哀傷，我想到的第一件事就是，她八成聽說瑞秋離開我的事了。我禮貌地笑了笑就走去吧台，然後在那裡看到哈利．普塞爾。我喝了幾杯，跟他閒聊著，並朝屋子裡瞄了幾次，每次都看到葛麗絲．海瑞用那種好哀傷、好哀傷的眼光望著我。我不知道到底怎麼了，我想她可能認錯人了，把我看成了別的人。很多這一類有著紫羅蘭色眼眸的凍齡美女都像半個瞎子，老是看錯人，我知道，我想隔這麼遠她或許是看不清楚。時間不早了，我反正沒什麼事，便繼續喝著酒。哈利去上洗手間，我一個人在吧台邊站了兩三分鐘。不應該站這麼久的。葛麗絲．海瑞原本跟一些人在房間的另一頭，現在朝我走過來了。她直接走到我面前，雪白的手搭在我的手臂上。「可憐的孩子，」她低聲嘟囔著，「可憐的孩子。」

我不是孩子，我也不可憐，我真希望她立刻走開。她的臉聰明可人，這一晚我卻覺得這張臉上有著極大的哀傷和極大的怨懟。「我看見你脖子上繞著一條繩子，」她憂傷的說。然後她抬起搭在我衣袖上的手，走出了房間，我猜想她應該是回去了，因為我沒再看到她。後來哈利回來了，我沒有把剛才的事告訴他，我盡量不讓自己多想。我在宴會裡待了很久，才搭末班車回家。

我記得我洗完澡，換了睡衣躺上床。一閉上眼，就看到那根繩子。繩子末端有一個絞環，其實我很明白葛麗絲・海瑞在說什麼：她有預感，我會上吊。這繩子似乎慢慢落到我的意識裡。我張開眼，想著明早必須完成的工作，可是當我再閉上眼，出現瞬間的空白，在空白中那繩子甩過橫梁——垂下來，在半空中晃著。我睜開眼，再想一些辦公室的事情，可是一閉上眼，繩子又來了，仍舊在晃。這一夜我硬是不能閉上眼不能睡覺，感覺上好像睡眠有著無以名狀的痛苦。只要肉眼能見的世界一消失，就沒有任何東西能夠阻擋那根霸道的繩子過來佔領黑暗了。我下床，走下樓，打開那本林語堂；才看了幾分鐘，就聽見馬斯頓先生在花園裡。我終於明白了，明白他在等什麼，在等著看什麼。這一想嚇著了我。我立刻關燈站起來。窗外很黑，我看不見他。我不知道屋子裡是不是有繩子。忽然，我想起地下室我兒子的小舢舨上的纜繩。我走進地下室。那艘平底小船擱在鋸木架上，船上果然有一條長長的纜繩，長度足夠一個人用來上吊。我上樓進廚房，拿了一把刀，把小船上的纜繩亂刀砍斷。再找些報紙塞進爐子裡，打開隔板，把纜繩燒掉，然後上樓就寢。我覺得安全了。

我不知道有多久沒這麼好睡過了。第二天早上我覺得暈暈的，雖然從窗口看出去是個晴朗的好天氣，我卻很沒精神。天空、光線以及其他的一切，似乎很模糊又很遙遠，彷彿我是從很遠很遠的地方在看這裡似的。想到又會碰見馬斯頓一家人便令我反胃，所以我避開八點十分，改搭下一班車。繩子的影像仍然在我心底，在路上我還看見過它一兩次。上午過完了，中午離開辦公室的時候，我跟祕書說下午不進來了。我跟納森・謝伊約了在大學俱樂部午餐。我提前到，先在吧台喝了一杯馬丁尼。我站在一位老紳士旁邊，他正在跟一個朋友談他的作息和習慣，我忽然有一股強烈的衝動，很想把一碗爆米花砸到他頭上，不過我還是繼續喝我的酒，盯著酒保的手錶看，那手錶掛在一支長頸的白薄荷酒瓶上。謝伊進來了，我跟他又喝了兩杯。靠著酒精的麻醉，我才成功地吃完午餐。

我們倆在公園大道道別。剛才那幾杯馬丁尼離我而去，我又看到了那根繩子。時間是下午兩點，陽光燦爛，在我心頭卻是一片黑暗。我去柯恩匯兌銀行，兌現了一張五百元的支票。轉到布魯克斯兄弟公司買了幾條領帶和一盒雪茄，再上樓看西裝。店裡只有幾個顧客，我注意到其中一個女孩，可能算輕熟女吧，似乎是單獨一個人。我猜她是在替丈夫找服飾。她有一頭淡金色的秀髮，白皙的皮膚吹彈可破。天氣非常熱，她看起來卻很清涼，彷彿她有保鮮的能力，不管是從雷伊或是格林威治搭火車過來，照樣保持著她沐浴後的清新味。她的手臂和腿都美極了，但臉上的表情卻很老成、很逗趣，甚至很像個當家的大嬸，這份老成持重更突出了她的美臂和美腿。她走過去揿了電梯鈴。我也走過去站在她旁邊。我們一起下樓，我跟隨她走出店門走上麥迪遜大道。人行道上很擁擠，我走在她旁邊。這中間她看了我一下，知道我在跟蹤她，不過我斷定她不是那種會隨便呼救的女人。她站在街口等紅綠燈。我也站在她旁邊等著。我不開口不行了，於是我盡量把聲音放柔，非常低，非常柔地對她說，「這位女士，請讓我握一下你的腳踝好嗎？我只有這個要求，女士。這可以救我的命。」她並沒有朝四周張望，但我看得出來她很害怕。她穿過馬路，我繼續跟在她身邊，一路上我腦子裡的那個聲音不斷在懇求，「請讓我握一下你的腳踝好嗎？這可以救我的命。我只想要握一下你的腳踝而已。我情願付你錢。」我取出皮夾，抽出幾張鈔票。就在這時候，我聽見後面有人在喊我的名字。這個熱情有勁的聲音我認得，是時常進出我們辦公室的一個廣告業務。我把皮夾放回口袋，穿過馬路，努力讓自己消失在人群中。

我由公園大道走到萊辛頓大道，走進一家電影院。空調機送出一陣發霉的冷風吹到我身上，就像普爾曼臥車裡的氣味（當年每天早上我都聽著它的聲音，從芝加哥和大西部一路開過來，穿過哈德遜河）。休息大廳空無一人，感覺好像踏進了一座皇宮或是大教堂。我順著一道狹窄的樓梯往上走，突然一個轉彎之後，眼前景象完全跟剛才的豪華大不相同。樓梯間的平台很髒，四面牆壁光禿禿的。這個樓梯間把我引進了包廂，我坐在黑暗中，心想著現在沒有任何東西可以救我了，現在再也不可能巧遇任何光鮮亮麗的美女了。

我搭火車回家，整個人好累，累到沒辦法再去奧菲歐，再去看電影。我從車站直接開車回家，把車停入車庫。我在車庫聽見電話鈴聲，於是又到花園裡等著鈴聲停止。等我一踏進客廳，我看到牆上一些骯髒的手印，那是他們離開前孩子們的傑作。那些手印比踢腳板高不了多少，我得蹲下去才吻得到它們。

我在客廳裡坐了很久。我睡著了，醒來已經很晚；別家的屋子都黑漆漆的。於是我開了一盞燈。我想著，這時候那位窺視者應該穿上拖鞋和浴袍，又要開始偷偷摸摸的在這些後院和花園中晃蕩了；馬斯頓太太又會跪在那裡，不斷禱告。我取下那本林語堂，開始閱讀。我聽見巴斯托家的狗在吠。電話鈴又響了。

「噢，親愛的！」一聽見瑞秋的聲音，我大喊：「噢，親愛的！我親愛的！」她在哭。她人在海豹港。那兒已經連續下了一個星期的雨，托比高燒到四十度。「我現在就出門，」我說：「我連夜開車過去。明天就會到。明天早上就會到。噢，我親愛的！」

好了。一切都過去了。我收拾好行李袋，關掉冰箱電源，連夜開車上路。我們從頭到尾都很幸福快樂。我現在知道了，馬斯頓先生壓根兒就沒在黑暗中站在我們屋子外面過，雖然我時常在車站月台和鄉村俱樂部見到他。他的女兒莉蒂亞下個月就要出嫁了，他的黃臉婆太太因為善行，最近受到一個國家慈善機構褒獎。這裡每個人都好得很。

大樓管理員

早上六點警鈴響了，在公寓一樓的房間聽起來並不很清楚。這個房間算是給大樓管理員契斯特·庫里奇的薪資津貼。不過，這隱約的警鈴聲立刻把他驚醒了，因為在下意識裡，他就是和整棟大樓的機器聲睡在一起，彷彿這些震動和噪音跟他的生活已經密不可分。他摸黑迅速地穿上衣服，穿過大廳，奔到後面樓梯，通路被一只桃簍子擋住了，簍子裡淨是枯死的玫瑰和康乃馨。他把簍子踢開，敏捷的從鐵扶梯下到地下室，沿著兩邊砌著磚牆的走廊往前走，牆面上塗滿了顏料，感覺就像一條墓穴裡的通道。他愈接近抽水馬達的機房，鈴聲愈大。警鈴聲意味著屋頂的貯水槽快要空了，調度打水的機組出了毛病。進入抽水機房，契斯特打開輔助的手動抽水閥。

地下室寂靜無聲。可以聽見最後面的升降機在一樓一樓地往下降，伴隨著電梯裡牛奶瓶的碰撞聲。自動抽水閥需要一個小時才能把屋頂水槽注滿，契斯特決定由自己負責監測，讓雜役工人繼續睡覺。他再度上樓，趁太太做早餐的時間盥洗刮鬍子。今天是搬遷日[23]，他坐下來吃早餐之前，看見溫度計上的氣溫下降了，往窗外看，十八層樓上的天空是黑的。契斯特喜歡搬遷日有個乾爽的好天氣，過去，每逢十月一日的搬遷日，天氣都很好，一切都很順利；可是現在好像愈來愈糟了，大家得在下雪下雨的天氣裡搬進搬出。貝司威克家（九樓E）今天遷出，尼格斯家（一樓A）要搬到樓上。就這兩家。契斯特喝著他這一天的第一杯咖啡，他太太談起貝司威克家，她對他們的搬遷頗有感觸，好的壞的都有。契斯特不回應她的問題，她也不期待他會在一大清早回應她什麼。她東拉西扯地說著，就像自言自語，只聽見她自己的聲音。

庫里奇太太二十多年前和丈夫從麻省來到這裡。遷居是她的主意。多病加上沒有小孩，她相信搬到大城市要比在紐貝福快樂得多。能夠住進東五十街一棟有管理員的公寓大樓，她滿意極了。她每天看電影院逛商店，甚至親眼目睹了伊朗國王。大都市生活唯一困擾她的一點就是，她慷慨大度的本性受到了壓抑。

「那個可憐的貝司威克太太，」她說。「啊呀，那個可憐的女人！你說他們現在把孩子都送去奶奶家住，對不對，一直要住到他們把家搬好？我真希望能夠幫上一點忙，哎，這要是在紐貝福，我們肯定會請她過來吃飯，或是把飯菜放在籃子裡幫她送過去。你知道吧，她讓我想起紐貝福那邊的人——芬納家。就是那兩姐妹。她們戴的鑽石大得像榛果，就跟貝司威克太太的一樣，家裡卻沒電。她們老是得走到喬琪娜·巴勒家去洗澡。」

契斯特不看太太，可是她真實的存在感是令人歡喜又美妙的，他認定她是一個非凡出眾的女人。他覺得她在烹飪方面有天分，做家務有天分，記憶力也很有天分，他覺得周圍的世界一到了她手裡，就全都印上了「天分」兩個字。早餐她做了玉米餅，他懷著近乎崇敬的心情歡喜地吃著。他知道這世上不會再有誰能做出像他太太做的這麼好吃的玉米餅，他敢肯定全曼哈頓絕對沒有人會在

23 moving day，公寓住戶傳統的搬遷日，五月一日或十月一日。

這個早上做這道玉米餅。

他吃完早餐，點上一根雪茄，坐在位子上想著貝司威克那一家人。這棟公寓大樓裡搬進搬出的人，契斯特看得多了。從一九四三年起，他就開始把住戶分成兩大族群：「永久型」和「有期限型」。增加租金是由房屋管理部門決定的，他知道這是剔除很多「有期限型」住戶的方法。貝司威克他們是第一家受這個條件制約的人，他跟他太太想法一致，他也為他們的遷出感到難過。貝司威克先生在紐約市區工作。貝司威克太太是一位認真負責的好市民，她為紅十字會、生育缺陷（小兒麻痺）基金會、女童軍會培訓人才。不管貝司威克先生做到怎樣的位置，感覺就是不夠——不夠附近這一帶人的分量。酒店知道，屠夫知道，門房、洗窗戶的清潔工知道，甚至中小企銀、柯恩匯兌銀行也都知道。貝司威克夫婦成了這一帶最後必須面對現實的人。貝司威克總是戴呢料高頂禮帽，穿有腰身的西裝外套、緊身長褲，外加一件白色的風衣。每天早上八點鐘，他穿著那雙似乎有些夾腳的英國皮鞋，趴達趴達地走去上班。貝司威克夫婦過去比現在有錢，貝司威克太太的花呢套裝雖然舊了，但她那些鑽石——庫里奇太太注意到了——還是大得像榛果。貝司威克夫婦有兩個女兒，從來不會給契斯特夫婦惹麻煩。

大約一個月前，貝司威克太太有天下午打電話給契斯特，問他有沒有空上樓一趟。她說不急，口氣很愉快，還說要是沒什麼不方便，她很想跟他見個面。她以一貫優雅得體的態度請他進去。她非常苗條——一位有著傲人胸部的苗條淑女，舉手投足都十分優雅。那天下午他跟隨她走進客廳，有一位年紀較大的女人坐在沙發上。「契斯特，這是我母親道伯戴太太，」貝司威克太太說，「媽，這是契斯特・庫里奇，我們的管理員。」道伯戴太太說很高興認識他，契斯特接受她的邀請坐了下來。契斯特聽見貝司威克家的大女兒在一間臥室裡唱歌。「跟著恰賓上，跟著史班下，」她唱著：「把海薇小姐吊在後院的籬笆。」

契斯特對整棟樓裡每一戶人家的客廳都很清楚，以他的標準，貝司威克家的客廳舒適宜人。以他個人的感覺，這棟大樓裡所有公寓房間都很醜很不方便。看著那些自大狂妄的住戶在大廳穿梭，有時候他甚至認為他們都是一群可憐的窮光蛋。空間小，光線暗，隔音差，睡不好，隱私藏不住——這樣一個不像樣的地方就是他們的家，他們的城堡。他知道他們要花多少力氣來克服這些缺陷：比方說風扇，利用風扇驅走廚房的氣味。在這棟一層有六間住戶的公寓裡，雖然彼此都隔開了，但要是你在這一頭煮洋蔥，另外一頭有可能也聞得到。好在他們全都裝了排油煙機，保持排氣暢通——但大家似乎以為，只要裝上排油煙機，就可以讓整棟公寓聞起來像是蓋在樹林裡的房子。所有的客廳，以他的看法，天花板都太高，空間太窄，太吵，太暗，他知道主婦們得多麼辛苦地耗費精神和金錢在家具店裡打轉，想著要換什麼樣的地毯，什麼樣的桌椅，什麼樣的檯燈，才能使整個地方看起來比較順眼，像個安全堅固的家。貝司威克太太做得比絕大多數人家都來得好，他想著，也或許是「愛烏及屋」吧，他喜歡她的人所以也喜歡她的房間。

「你知道新的房租費用嗎，契斯特？」貝司威克太太說。

「我對房租或是租約一概不知啊，」契斯特沒說實話：「這些事都是管理處那邊負責的。」

「我們的房租調高了，」貝司威克太太說：「我們真的不想繳納這麼多錢。我想或許你會知道這棟樓裡有沒有比較便宜的房間空著。」

「對不起，貝司威克太太，」契斯特說。「完全沒有。」

「我知道了，」貝司威克太太說。

他看出她還有話想要說；說不定她希望他肯出面去跟管理處說情，說服他們貝司威克家是很理想的老住戶，應該通融一下，讓他們維持現有的租金。但是顯然她不想開口請他幫忙，那會令她自己太過尷尬，而他也不想告訴她自己實在愛莫能助。

「這棟大樓不是由馬歇爾．卡維斯夫婦負責管理嗎？」道伯戴太太問。

「是的。」契斯特說。

「我跟卡維斯太太一起去過法明頓，」道伯戴太太對她女兒說。「你看如果我去跟她談談有用嗎？」

「卡維斯太太不常來這裡，」契斯特說：「我在這裡工作十五年了，從來沒看過他們兩個出現過。」

「可是這棟大樓是由他們在管理的不是嗎？」道伯戴太太對他說。

「是由馬歇爾卡維斯公司經營管理的。」契斯特說。

「茉德．卡維斯和班頓．陶勒訂婚了。」道伯戴太太說。

「我覺得他們不大管事，」契斯特說：「我不知道，我還聽說他們根本不住在紐約。」

「非常感謝你，契斯特，」貝司威克太太說：「我只是想會不會剛好有空出來的房間。」

警鈴再次響起，這次的鈴聲表示屋頂水槽已經滿了，契斯特趕緊穿過大廳走下鐵扶梯，關掉幫浦。雜役工史丹利這時候也醒了，在房間裡打轉，契斯特告訴他說，屋頂抽水幫浦的浮控開關大概壞了，叫他留意量表。地下室一天的工作正式開始。牛奶和報紙已經送妥；工友狄雷尼已經把後廳的垃圾桶全部出清；外宿的廚子女傭也陸續來上班了。契斯特聽見他們在跟後廳電梯的服務員費拉里打招呼，那一聲聲清脆的「早安」更加強了他的信念，地下室裡人與人之間的親切度遠比樓上大廳裡來得高。

九點不到，契斯特打電話給大樓管理處。接電話的是一個他不熟悉的祕書。「水槽的浮控開關壞了，」他對她說，「我們現在改用手動操作。你跟維修組說一聲，請他們今天早上過來一趟。」

「維修組現在在別棟大樓，」不熟悉的聲音說，「大概四點以後才會回來。」

「這是緊急事件，搞什麼啊！」契斯特吼著。「我這兒有兩百多間的浴室。這棟大樓跟公園大道上的那些大樓同樣重要啊。要是我這兒的浴室沒水了，你就過來自己跟他們說吧。今天是搬遷日，我和雜役工忙得不得了，哪有時間一天到晚坐在開關旁邊。」他的臉脹得通紅。他的吼聲震盪著整個地下室。他掛斷電話，心裡很不舒坦，雪茄燙到了他的嘴。就在這時候費拉里來了，他帶來一個不太好的消息：貝司威克家可能要延後遷出的時間。他們安排了一家小搬家公司過來幫忙，把所有的家當搬去佩勒姆，這輛卡車晚上在從波士頓運貨過來的路上拋錨了。

費拉里帶著契斯特搭員工電梯上到九樓E。貝司威克太太最近雇的廉價計時女傭拿圖釘在後門上釘了一塊牌子。「敬啟者，」她在牌子上寫著：「我現在不玩樂透，我將來不玩樂透，我從來不玩樂透。」契斯特把這塊牌子丟在垃圾桶裡，按了後門鈴。貝司威克太太來開門。她手裡握著一大杯咖啡，杯子是破的，契斯特看見她的手在抖。「卡車的事我真的很抱歉，契斯特，」她說：「我不知道該怎麼辦。一切都準備好了，」她朝著幾乎塞滿一廚房的瓷器桶比了個手勢。她帶引契斯特穿過通道走進客廳，客廳裡就剩下牆壁，窗子和地板。「一切都準備好了，」她重複著。「貝司威克先生已經先去佩勒姆等我了。我母親也把兩個孩子接走了。」

「搬家公司的事，你如果先問我一下就好了，」契斯特說：「倒不是我會殺價什麼的，而是我可以幫你找一家可靠、價錢也公道的搬家公司。一般人為了省錢，都會去找收費便宜的搬家公司，最後什麼也沒省到。尼格斯太太——住在一樓A的那位——她今天上午就要把東西搬進來了。」

貝司威克太太不吭聲。「啊，我會很想念你的，貝司威克太太，」契斯特說，他覺得他剛才說話的口氣太重了。「這是毫無疑問的。我會想念你和貝司威克先生還有兩位千金。你們真的是很好的房客。你們住在這裡八年的時間，我沒聽過你們抱怨。可惜世事多變化，貝司威克太太。情況不一樣了。生活費用愈來愈高。啊，我還記得有一段時間，這兒大部分的住戶都很一般，不是很有錢也不是很窮。現在不一樣了，只剩下有錢的了。唉呀，貝司威克太太，他們抱怨的事，你聽了都不會相信。前天，七樓F的那個離了婚的女人，你知道她抱怨什麼嗎？她說公寓的馬桶座墊不夠大。」

他的笑話沒讓貝司威克太太開懷大笑。她只微微露出一絲笑容，似乎整個心思都在想著別的。

「這樣吧，我下樓去告訴尼格斯太太，要他們稍微延後一些時間。」契斯特說。

這位取代貝司威克太太的尼格斯太太在上鋼琴課。她的公寓和大廳的出入口是分開的，每天下午都聽得到她在練琴。鋼琴對她來說是很困難的一種樂器，她只會叮叮咚咚的彈幾個音符而已。鋼琴課是尼格斯太太的新寵。當初大戰期間，她剛住進這棟大樓，原本的名字叫作瑪麗．湯姆斯，那時候她跟賴瑟太太和杜卜利太太同住。契斯特一直懷疑賴瑟太太和杜卜利太太是不正經的女人，瑪麗．湯姆斯跟她們在一起，契斯特很替她擔心，因為她那麼年輕又那麼好看。其實，他的擔心是多餘的——她們的不正經完全沒有影響或是汙染她。她來的時候是一個穿粗布外套的窮孩子，等到那年年底，她身上的皮草比誰都多，她快樂得像隻小雲雀。第二年冬天，尼格斯先生開始造訪。契斯特認為，他當初來這裡純屬偶然，結果卻改變了他的一生。他是個長相粗獷的中年人，契斯特對他印象深刻，因為他每次穿過大廳走向一樓A的時候，習慣把鼻子埋在大衣領子裡，把帽沿拉低到遮住眼睛。

尼格斯先生的到訪成了常態，她立刻把其他朋友全部排除。其中一個法國海軍軍官還來鬧場，最後由門房和一名警察把他攆了出去。之後，尼格斯先生又直接叫賴瑟太太和杜卜利太太搬走。他這麼做不是針對瑪麗．湯姆斯，因為她很努力的幫這兩位室友在同棟大樓裡另外找了間房子。可是尼格斯先生很固執，這兩個老女人只好收拾行囊，搬到西五十八街的一棟公寓去住。她們走了之後，室內裝潢師就來大事翻修。緊接而來的就是大鋼琴、貴賓狗、加入每月讀書俱樂部會員，和不苟言笑的愛爾蘭女傭。那年冬天，瑪麗和尼格斯先生去了邁阿密，在那邊完婚，即便婚後，尼格斯走過大廳的時候仍舊躲躲閃閃，彷彿這是有失身分的一件事。現在尼格斯夫婦馬上就要把所有的一切全部搬去九樓E。契斯特對這件事並不在乎，只是他認為這次搬遷並不代表永久。尼格斯太太好動，沒有定性。在九樓E住一兩年之後，他猜她很可能又會想要再往上升，搬去住閣樓了。然後，她大概會飛出去，飛去第五大道上某一棟更高檔的大樓吧。

早上契斯特去按門鈴，尼格斯太太延他進屋。她仍舊美得像一幅圖畫。「嗨，契斯特，」她說：「快進來。我想你該不會要我拖到十一點才搬吧。」

「呃，也許要晚一點，」契斯特說。「那位女士雇的卡車還沒到。」

「我得把這些東西搬上樓啊，契斯特。」

「呃，如果搬家工人十一點來不了，」契斯特說，「我會叫麥斯和狄雷尼上去把東西搬下來。」

「嗨，契斯特，」尼格斯先生說。

「你褲子後面那是什麼呀，親愛的？」尼格斯太太說。

「我褲子上沒什麼，」尼格斯先生說。

「有，真的有，」尼格斯太太說，「你褲子上有一塊汙點。」

「跟你說，」尼格斯先生說，「這條褲子剛剛才從乾洗店拿回來。」

「要是早餐你吃了果醬，」尼格斯太太說，「那很可能就坐到了。我是說，你可能沾到果醬了。」

「我沒吃果醬。」他說。

「那就是牛油了，」她說：「太明顯了。」

「我會打電話給你們。」契斯特說。

「你快點把她的東西清走，契斯特，」尼格斯太太說，「我會給你十塊錢。從半夜開始那就是我的公寓了。我要把我的東西搬進去。」說完她便轉過身，拿餐巾擦拭丈夫的褲子。契斯特識趣的自動離開。

地下室契斯特的辦公室裡，電話鈴響著。他接起話筒，一個女傭對他說五樓A的浴室鬧水災了。他在辦公室的這段時間，電話鈴沒停過，他記下那些個女傭和住戶抱怨的事項，多半是機械設備方面的故障——窗子打不開，門卡住了，水龍頭漏水，排水管不通。契斯特拎起工具箱，全部由自己動手修繕。絕大多數的住戶都很客氣，只有七樓F的住戶，他們把他叫進餐廳，說話的口氣很差。

「你是工友嗎？」她問。

「我是管理員，」契斯特說：「修理師傅正在忙。」

「好，我要跟你討論後廳的走廊，」她說。「我認為這棟大樓沒有想像中的乾淨。傭人說她在廚房看見蟑螂。我們從來沒有蟑螂。」

「這棟大樓很乾淨，」契斯特說。「這裡是紐約市最乾淨的幾棟大樓之一。狄雷尼兩天清洗一次後面的樓梯，而且只要一有機會，我們就叫人來油漆。改天您要是有空，不妨來看看我的地下室。我對地下室的維護就跟對大廳一樣。」

「我沒在跟你說地下室，」那女人說。「我在跟你說後廳的走廊。」

契斯特趕在怒氣發作之前回到辦公室。費拉里告訴他維修小組來了，現在已經和史丹利上去屋頂。契斯特希望他們凡事先向他報告一聲，好歹他也是大樓管理員，這個地方的大小事務都由他全權負責，他覺得他們在他的管區工作，理應事先知會他。他上到閣樓F，從後面走廊的樓梯爬上屋頂。一陣北風呼呼的颳著電視天線，屋頂和露台還殘留著一些積雪。露天桌椅全都罩著防水布，有個露台的牆上掛著一頂結滿了冰霜的大草帽。契斯特走向水槽，看見兩個穿工作服的男人攀在鐵扶梯上修理開關。史丹利站在他們底下幾階，幫他們傳遞工具。契斯特爬上鐵梯，給他們一些指點。他們畢恭畢敬地聽著，可是就在他下扶梯的時候，聽見其中一個維修員問史丹利，「那誰啊——工友嗎？」

這是這一天的第二次受傷，契斯特走到屋頂邊緣，眺望著整個都市。他右手邊是大河。河上有艘船，是一艘破浪行駛的貨輪，甲板上的燈光和船上那份寧靜看在契斯特眼裡，有如草原上的一棟農舍，溫暖包容。契斯特想著，一艘小船跟他這塊地盤根本沒得比。在他腳下，上萬條冒著熱氣的管線；上千間的廁所，綿延幾哩的排水管，隨便一份旅客名單就超過一百人，隨便一分鐘裡就可能有某個人在企圖自殺、偷竊、縱火或施暴，這是怎樣的重責大任哪！契斯特憐憫的想著，相對於一個駕著小貨輪出海的船長，那責任未免太輕了。

他回到地下室，尼格斯太太來電話問他貝司威克太太走了沒。他說了一句「一會兒再給她回覆」就掛上電話。尼格斯太太的十塊錢擺明了是叫契斯特去趕人，可是他真的不想加重貝司威克太太的煩惱，他難過地想著她是多麼好的一位房客。陰沉沉的天，想著貝司威克太太，想著那些個叫他工友的人，契斯特覺得有必要讓自己開心起來，他決定把皮鞋擦亮。

這天早上擦鞋鋪靜悄悄的沒客人，擦鞋師傅布隆可滿臉愁容的擦著契斯特的鞋。「我今年六十二啦，契斯特，」布隆可說，「我老是想入非非。你以為那是因為我成天繞著這些鞋子打轉？你以為是跟這些鞋油的氣味有關？」他在契斯特的鞋子上抹了鞋油，拿一支粗毛刷子把它刷亮。「我那個老太婆就是這麼想的，」布隆可說：「她以為這肯定跟我整天都在跟鞋子打交道有關。可我心裡想的是，」布隆可哀傷的說，「愛，愛，愛。真噁心啊。我在報上看見一對年輕夫婦在吃晚餐的照片。從照片上看起來，他們就是一對心思純潔的年輕男女，可我就有不同的想法。一位女士拿著高跟鞋進來。『是的，夫人。不是，夫人。你明天就可以來拿，夫人。』我嘴裡這麼對她說，可我心裡想什麼我哪好意思對你說啊。如果真是因為成天對著這些鞋子的關係，我又能怎麼辦？這是我唯一賺錢餬口的法子。以你的工作來說，你得做木匠、油漆匠、說客、保母。啊，你的工作可真不賴啊，契斯特！一扇窗子卡住了，一根保險絲燒壞了。他們就叫你上去修。那屋子的女主人來開門。她一個人在家，只穿著睡衣。她——」布隆可突然不說了，拿擦鞋布死命的擦著鞋子。

契斯特回到大樓，貝司威克太太叫的卡車還沒來，他直接上九樓E，按後門鈴，沒人應門，也沒半點聲音。他再按，再按，然後他用萬能鑰匙開了門，就在開門的同時，貝司威克太太走進了廚房。「我沒聽見鈴聲，」她說：「真不好意思耽擱這麼久才來開門，我沒聽見鈴聲。我在另外一個房間。」她在廚房餐桌邊坐下，看起來蒼白焦慮。

「開心一點，貝司威克太太，」契斯特說：「你會喜歡佩勒姆的。你們是不是搬去佩勒姆？那兒有樹林、鳥叫。孩子們會變得白白胖胖。你們會有一棟很漂亮很好的大房子。」

「是一棟很小的房子，契斯特。」貝司威克太太說。

「好吧，我去叫門房上來把這些雜物——東西——搬走，放在巷子裡，」契斯特說：「那邊很安全，要是下雨了，我會把它們遮好，不會淋濕的。你為什麼不趁現在先去佩勒姆呢，貝司威克太太？」他問。「這裡的事交給我就行了。你直接搭火車去佩勒姆不是很好嗎？」

「我想我還是等等吧，謝謝你，契斯特。」貝司威克太太說。

遠處一間工廠響起哨音，中午十二點了。契斯特下樓查看大廳。地氈和地板都很乾淨，狩獵圖的玻璃擦得晶亮。他在遮雨篷底下站了很久，仔細查看銅柱有沒有擦亮，門口的踏墊有沒有刷乾淨，他的遮雨篷特別好，不像別的雨篷，經得住冬天的狂風暴雨。「早安，」有人優雅地對他說。「早安，華茲沃斯太太，」說完才發現那是凱蒂．謝伊，華茲沃斯太太的老女傭。這個錯誤有理，因為凱蒂穿戴的帽子和外套都是華茲沃斯太太不要的，她還沾了幾滴華茲沃斯太太的香水。在晦暗的光線下，這個老女人看起來真像她雇主的分身。

這時一輛搬家公司的貨卡——貝司威克太太叫的卡車——在路邊停了下來。這下子契斯特心情大好，他胃口全開地進去吃午餐了。

庫里奇太太沒跟契斯特一起坐下來用餐，她穿著紫色洋裝，契斯特猜想她又要去看電影了。

「今天七樓F那個女人問我是不是工友。」契斯特說。

「別為這種小事生氣，契斯特，」庫里奇太太說：「每次我想到你心裡記掛的那些事情——你必須去做的那些事——我總覺得你做的事比別人多太多了。啊呀，這個地方說不定哪天半夜裡失火了，這裡除了你和史丹利，誰也不知道消防水管在哪裡。還有電梯機房、電線、瓦斯、鍋爐。你說去年冬天鍋爐燒了多少油料，契斯特？」

「超過十萬加侖。」契斯特說。

「你看吧。」庫里奇太太說。

契斯特再度下樓的時候，搬家進度一切正常順利。搬運工告訴他說，貝司威克太太還待在公寓裡。他點上一根雪茄，坐在自己的辦公桌旁，聽見有人在唱歌，「你可曾看過夢在漫步？」歌聲夾雜著笑聲和拍手聲從地下室的盡頭傳過來，契斯特跟著聲音走過暗沉的通道，走到洗衣房。洗衣房燈光明亮，瀰漫著一股乾洗劑的味道。幾張燙衣板上全是香蕉皮和三明治包裝紙，六名洗衣女工沒一個在工作。房間中央，有一個女工穿著人家拿來送洗的睡袍，和另外一個穿著桌布的女工在跳華爾滋。其他幾個在拍手大笑。契斯特正想著該不該出面制止，他辦公室裡的電話又響了。是尼格斯太太。「快叫那個賤人滾出去，契斯特。」她說。「從半夜開始那裡就是我的公寓。我現在就要上去。」

契斯特請尼格斯太太在大廳等他。他看見她穿著皮草短大衣戴著墨鏡。他們一起上去九樓E，他撳了貝司威克太太的前門鈴。他為兩個女人做了介紹，尼格斯太太不理會他的介紹，她的注意力全在走出去的搬運工捧著的一件家具。

「這東西好可愛。」她說。

「謝謝。」貝司威克太太說。

「你不想把它賣掉嗎？」尼格斯太太說。

「恐怕不行，」貝司威克太太說：「很抱歉我把這地方弄得一團亂，」她繼續說。「實在沒時間找人來打掃。」

「啊，這沒關係，」尼格斯太太說：「反正我要重新粉刷裝潢。我只是要把我的東西全部搬進來。」

「你為什麼還不去佩勒姆呢，貝司威克太太？」契斯特說。「你叫的卡車來了，搬運的事我會關照的。」

「我馬上就要走了，契斯特。」貝司威克太太說。

「你這些寶石挺可愛的。」尼格斯太太盯著貝司威克太太的幾枚戒指說。

「謝謝。」貝司威克太太說。

「那，你就跟我下去吧，貝司威克太太，」契斯特說，「我幫你叫計程車，我會負責看好所有搬運的東西。」

貝司威克太太穿戴好大衣和帽子。「對於這間公寓，有些事我想我應該交代一下，」她對尼格斯太太說，「可是我好像一件也記不起來了。很高興認識你。我希望你跟我們一樣很喜歡這間公寓。」契斯特開了門，她率先步入走廊。「等一下，契斯特，」她說：「請等一下。」契斯特真擔心她會哭，幸好她只是打開包包，仔細的把小包包裡的東西翻了一遍。

契斯特知道，在那一刻她的不快樂，不是因為離開一個看似熟悉卻變陌生的地方，而是痛苦——痛苦要離開這一個曾經因為她的口音、她的容貌、她的衣著、她的戒指而博得尊敬和青睞的地方；痛苦要離開這個層級而去到另外一個；更痛苦的是因為離開並不能使一切更好。儘管在佩勒姆，她還是會碰上曾經去過法明代爾那些地方的鄰居；還是會交到鑽石大得像榛果、手套上有洞洞的朋友。

在門廳，她向電梯服務員和門房道別。契斯特陪她走出去，他以為她會在遮雨篷底下跟他說再見，他也準備像往常對住戶那樣，對她說幾句恭維話——沒想到，她竟一句話也沒說，轉身快步走到街口。她的輕忽令他驚訝也令他受傷，他氣惱地看著她的背影，忽然她轉過身，走了回來。「我忘記跟你道別了，契斯特，是吧？」她說。「再見，謝謝你，代我向庫里奇太太說聲再見。代我問候庫里奇太太。」然後，她就走了。

「看起來這天氣是要放晴了吧？」幾分鐘後凱蒂．謝伊走出門外。她拎著滿滿一紙袋的穀粒。

凱蒂一過馬路，棲息在昆士伯羅橋上的鴿子就認出她了，她卻連頭也沒抬——起碼有一百隻鴿子，離開了棲息的位置，在半空中兜大圈，彷彿是乘風來的。她聽見牠們的翅膀飛過頭頂，也看見牠們的影子遮暗了馬路上的小水潭，不過她似乎沒什麼感覺。她的步伐堅定溫柔，就像在帶領一群頑皮小孩的保母，鴿群停在人行道上，聚攏在她的腳邊，她由著牠們等著。過了一會，她開始散布黃色的穀粒，先是散給那些老的病的，被擠在一邊的，然後再散給其餘的。

一個在街口走下公車的工人看見了鴿群和老婦，他打開便當盒，把飯菜的碎屑扔在人行道上。凱蒂立刻走到他身邊。「你別給我餵！」她厲聲說道：「我不要你來餵牠們。你知道吧，我就住在那棟屋子裡，我會照顧的，該給的該吃的，牠們一點都不缺。我一天餵牠們兩次新鮮穀子。冬天餵玉米。一個月我得花掉九塊錢。我把牠們照顧得好好的，我不喜歡陌生人來餵牠們。」她一面說，一面把陌生人撒的碎屑踢進水溝裡。「我一天給牠們換兩次水，冬天我會留意水面上結的冰敲碎了沒。我就是不想陌生人來餵牠們。我想你應該懂的。」她背過身子，把袋子裡最後一點穀粒全數倒出來。她真是怪，契斯特想著，怪得就像聽不懂的中國話。可是，究竟誰比較怪呢？是餵鳥的她，還是盯著她看的他呢？

凱蒂說天氣轉好還真說對了。雲層飄走了，契斯特看到了天光。白晝漸漸長了，天光也拖長了。契斯特從雨篷底下走出來。他兩手握在背後，上下左右四處望著。自小，他就聽人說雲層是上帝之城的障眼法，他對低矮的雲層仍懷有孩子似的興奮，總以為那兒是聖徒和先知住的地方。然而事實遠遠超過他孩提時候習慣的念想，白晝根本講不出什麼道理，天空也只是天空罷了。

為什麼會講不出道理呢？為什麼沒有回應呢？為什麼布隆可、貝司威克夫婦、尼格斯夫婦、七樓F的住戶，還有凱蒂·謝伊和那個陌生人，都沒什麼道理呢？是因為貝司威克、尼格斯、契斯特、布隆可他們不能互相扶持嗎；是因為那老女傭不許陌生人幫忙她餵鴿子嗎？是這樣嗎？契斯特問著，望著藍天，彷彿期盼答案會寫在虛無之上。但是上天只告訴他說，這是一個漫長的冬日，冬天快過完了，時間不早，該返回屋裡去了。

孩子們

海瑟立先生有許多老式的癖好。他穿高筒的黃皮靴，在曼哈頓的盧喬餐廳吃晚餐聽音樂，還會穿毛巾睡衣睡覺。在事業上，他一直渴望找到一個能夠充當後裔的年輕人，說白了，這也是他諸多的老式癖好之一。海瑟立先生挑中了一個傳承衣缽的年輕移民，名字叫作維克多．麥肯錫，好像是從英格蘭或者蘇格蘭橫渡海峽來的——而且是在冬天游過來的——在他十六七歲的時候。這冬天橫渡海峽的說法只是一種猜測。他有可能是想別的辦法或是借了坐船的旅費，再或者是靠這邊的一些關係幫忙，只是這些全都不為人知。他為人知的一面是在跟著海瑟立先生工作開始。身為一個移民，維克多或許對這位美國商人的老式作風特別珍愛。對於海瑟立先生的老式作風也有人仔細追究過。海瑟立先生的發跡令人費解，大家都知道，他很有錢，說他富可敵國也不為過。在生意上他是一個不講原則的悍將。他非常矮——接近侏儒的程度。兩條腿極細，超大的肚子把脊椎拉扯得變了形；光禿的頭頂上，他把僅剩的幾根灰髮梳攏了當作裝飾，還常佩戴著一塊祖母綠的懷錶。維克多則是個高個子，長得英俊，但沒什麼內涵。他的方下巴和勻稱的五官乍看之下會以為這人氣宇不凡，到最後才會發現他頂多就是有趣、愛現，外加一點點的天真。多年以來，這個老怪物和這個小移民始終一搭一唱，同進同出，彷彿是天造地設的一對。

當然，這份默契也費了很長一段時間，很多很多年的時間。剛開始維克多只是一個穿著破襪子的小工友，就像早期的那些移民，初來乍到的時間裡，他幾乎釋出了全部的精力和純真。他白天快樂的工作，晚上快樂地布置著候客室裡的擺飾櫃，一副無家可歸的樣子。他的熱忱令海瑟立先生愉悅想起他當學徒的年輕日子。一般來說，在生意上從來沒什麼事可以令他想起從前。他讓維克多留在公司做了一兩年，對這個年輕人從不假以辭色。然後慢慢地，他用專橫霸道的方式將維克多納入了繼承者的角色。維克多接受了六個月的培訓。培訓結束，他就去羅德島的廠房工作。他花三個月在廣告部門，又花三個月在業務部門。他在事業上沒太大表現，可是在海瑟立先生的眼裡評價好到驚人。海瑟立先生對於自己的怪相很敏感，他一個人哪裡都不想去。維克多在他手下做了幾年之後接到指令，每天早上八點到第五大道的公寓陪老先生一起走路上班。一路上兩個人不大說話，海瑟立也不會對他嘮叨什麼。下班的時候，維克多會叫計程車或是陪老先生走路回家。要是老先生去巴港的時候忘了戴眼鏡，維克多就得在半夜起床，搭早班飛機把眼鏡送去。老先生要送一份結婚賀禮的時候，也是由維克多負責去買。老先生病了，由維克多帶他去看診拿藥。在業界的流言八卦裡，維克多的位置當然是個笑柄，是批判和妒忌的標靶。很多批判其實並不公平，因為他只不過是個有野心的年輕人，他給海瑟立先生看病餵藥正是他的生意頭腦。他一切的順從都為施展他的抱負，給自己爭取名氣和身分。他等著，他要等到他覺得有了申訴的籌碼再說話。在海瑟立先生的掌控下工作了八年之後，他直截了當對老人家說他覺得自己的薪水不太合適。老人家的感受五味雜陳，是受傷，也是錯愕、心疼。他把維克多帶到他的裁縫師傅那兒給他訂做了四套西裝。幾個月後，維克多又抱怨了——這次是針對他在公司裡曖昧不明的位置。老人家說他太躁進，不知分寸。過一兩個星期，在開董事會之前這件事就做出了決定。這可是大出維克多的意料之外，他太滿意了。他真的很感恩。這就是美國！他感恩圖報，加倍努力。他為老人家大聲朗讀，海瑟立先生指點他聲音哪時候該高，哪時候該低，眼光該盯著誰，避開誰，哪時候該拍桌子，哪時候該給他倒杯水；他們還商量著他該怎麼穿著打扮。然而，董事會開始的前五分鐘，海瑟立先生抓起文件，當著維克多的面把門砰的關上，畢竟出場開會的還是得由他一個人去。

對維克多來說，這是難堪的一天。當這天快結束時，他被叫進海瑟立的辦公室。時間已經過了六點，祕書們早把茶杯收拾好下班回家了。「對於今天的場面我很抱歉，」老人家咕噥著。他的聲音很吃力。緊接著維克多看見他在哭泣。老人家從辦公桌的高腳椅子上滑下來（這椅子是為了增加他的高度），在大辦公室裡走了一圈。這個舉動是一種親密和信賴的表示。「其實我想要說的並不是這個，」他說：「我要說的是我的家庭。唉，再沒有比家庭不和睦更糟糕的事了！我太太——」他用一種厭惡的口氣說：「是個蠢貨。我跟孩子們的親子歡樂時光用五根手指頭都數得出來。那也許是我的錯吧。」他這句話說得沒半點誠意。「我現在要你做的是幫我帶我的孩子，朱尼爾。自小我就教他要看重金錢，想要的每一分錢都得自食其力——我就這樣一直教到他十六歲，所以他對金錢沒概念那不是我的錯，是他自己。我實在沒時間再去處理他那些爛帳了。我是個大忙人。你最清楚。我要你做的就是當朱尼爾的業務顧問。我要你幫他付房租，付贍養費，付女傭的薪水，付各項家用開支，每隔一個星期給他一筆生活津貼。」

無論如何，這一刻，維克多似乎感受到了一股強大的陰謀論。他被人徹底騙了，在那天下午，不但被騙還被收買了。眼淚可以是偽裝的，虛假的。而這個要求的背後，其實是一整天把他侷限在一棟人氣全無、沒半點聲氣的樓房裡，一天裡面只有窗外那一點點黯淡的光線讓他稍微清醒——結果他發現，他的一切都被玩弄於這個老傢伙的股掌之中。但是，即便有所質疑，海瑟立對他的掌控仍舊是全面性的。「海瑟立先生要我告訴你。」維克多經常把這句話掛在嘴邊。「我是海瑟立先生那邊的。」似乎少了「海瑟立先生」這幾個字，他自己的聲音就沒有威勢了。那種有靠山的得意感全部是由海瑟立先生給的。海瑟立先生介紹他進入第七兵團。海瑟立先生是他唯一的身分證明，一旦跟這個權力的能源分開了，必死無疑。所以，他沒有答腔。

「對於今天的事我很抱歉，」老人家又重複一次。「等明年吧。我保證。」他聳了一下肩膀表示準備換話題。「明天下午兩點在首都俱樂部見，」他輕鬆地說：「午餐的時候，我得把沃登的事情搞定。不會太久。我希望他把律師帶著。明天早上給他律師打個電話，確定他把那些文件都備好了。替我撂幾句狠話。你知道該怎麼做。你把朱尼爾照管好，就是幫了我的大忙，」他的口氣充滿感情，「你也要好好照顧自己，維克多。你是我的全部。」

第二天午餐後，老人家的律師在首都俱樂部跟他們碰面，一起前往公寓，朱尼爾在那邊等著。他是個五短身材的胖子，比維克多大上十歲，他似乎是那種有多少花多少的人。他叫海瑟立先生一聲「爸」，苦著臉，遞給他父親一大疊未付帳單。海瑟立先生、維克多和律師三個人一起，計算著朱尼爾的收入和支出，審核應付的贍養費用，估算合理的家用支出和生活津貼。半個小時之後搞定，朱尼爾沒戲唱了。

他每星期一上午過來領生活津貼和遞交各種家用帳單給維克多。有時候他會待在辦公室裡談他的父親——談的時候很緊張很不自在，好像怕被人偷聽似的。海瑟立先生生活裡的點點滴滴——好比他一天會刮三次鬍子，擁有五十雙皮鞋之類的——維克多都很感興趣。縮短會面的時間是老人家的意思。「叫他進來拿錢走路，」老人家說：「這裡是辦公室。他始終搞不清這一點。」

在這同時，維克多遇見了泰瑞莎，他想結婚了。她的全名叫泰瑞莎．穆賽若；她的父母是法國人，她在美國出生。年紀輕輕，父母就死了，她的監護人把她送進一所四流的住宿學校。這種學校的情形人盡皆知。聖誕假期過後，校長辭職不幹，他的位置由體育老師接替。二月裡暖爐壞了，水管全都結了凍，這時候，那些關心子女的家長多半會讓孩子轉去別的學校，因此到了春天，全校只剩下十二三個住宿生。他們結伴在校園裡四處晃蕩殺時間，等開飯。他們覺得帕弗雷這間老學校就要完蛋了。不料在春天剛來到，天氣還沒什麼起色的時候，事情出現了新的變化。校長室裡傳出吵鬧的聲音，拉丁文老師要去告學校積欠薪資。廚房窗口又飄出來包心菜湯的味道。院子裡開了幾朵水仙花，那花色和新長出來的蕨草吸引著這些無所適從的孩子向前走、向前看，然而在他們心底卻有著疑慮，這些水仙、這些知更鳥，還有入夜的星星都在隱瞞一個瞞不住的事實——真正恐怖的時間到了。一輛車子呼嘯著在車道上出現。「我是休伯特．瓊斯太太，」一個女人大聲說：「我來接我的女兒……」而泰瑞莎永遠是最後一批被拯救的人選。這段時間似乎已經給她定了型，讓她認了命，以至於要是有人記得她想到她，反而會令她有一種莫名的哀傷，一種遠離孤單的淒涼，一種勉為其難的施捨。

那個冬天，維克多跟著海瑟立先生去了佛羅里達，為老先生撐遮陽傘，陪著玩拉密牌，也就在這時候，他說他想要結婚了。老人家大聲反對。維克多堅持到底。兩人回到紐約，有天晚上老人家請維克多帶泰瑞莎到他的寓所。他熱誠接待這位年輕女性，還把她介紹給海瑟立太太——一個瘦弱緊張、兩手隨時都按在嘴上的女人。老人家貼著牆壁來來回回地踱著，忽然就不見了蹤影。「沒事，」海瑟立太太小聲說：「他準備送你一樣禮物。」幾分鐘後他果然回來了，在泰瑞莎漂亮的脖子上掛上一條紫水晶鍊子。老人家接受了她，他似乎很滿意這樁婚事。婚禮的一切都由他打點，當然，包括告訴他們該去哪度蜜月。有一天，在中午飯局和搭機前往加州的中間，他為他們租了一間公寓，並請人裝潢。泰瑞莎，跟她丈夫一樣，似乎也很能適應老人家的種種干預。第一個孩子出生後，她給孩子取名紫羅蘭——這是她自己的主意——依從海瑟立先生已故母親的名字。

那些年，維克多．麥肯錫他們家裡要是辦派對，通常都是因為海瑟立先生的授意。他會在下班的時候把維克多叫進辦公室，告訴他該宴客了，連日期都一併訂好。酒類和食物由他點單，邀請的客人都是和麥肯錫在生意上有來往和利害關係的人。但海瑟立他自己絕不接受邀請，而且態度強硬，不過他會比所有客人都早到，帶著一束幾乎跟他一般高的鮮花。他要親眼看到泰瑞莎把這束花插在正確的花瓶裡，然後他會走進育兒室，讓紫羅蘭聽他那只掛錶的聲音。他會在公寓裡前前後後走一遍，這裡那裡地挪一挪檯燈或者菸灰缸，扯一扯窗簾。等客人陸續到達，海瑟立先生也毫無離開的意思。他是有身分地位的老人家，人人都喜歡跟他談話。他會在屋子裡兜上一圈，確定所有的酒杯全部斟滿了酒，如果維克多說了什麼奇聞軼事，那很可能是出自海瑟立先生的指點。上菜的時候，老人家對菜餚和僕人的服務態度同樣是關注備至。

他永遠是最後一個走的。等到所有賓客離去之後，他會坐下來，他們三個喝著牛奶，聊著這一整個晚上的熱鬧。這時候老人家顯得特別高興——那種快活的樣子，可是他的競爭對手們從來沒見過的。他會笑到淚流滿面，有時候還會脫掉靴子。這個小房間似乎是他唯一最滿意的地方，雖然在海瑟立先生的內心深處，他知道這兩個年輕人實質上跟他毫無關係，那全是因為他自己的骨肉太不爭氣，只好退而求其次，為自己找了這麼一個人造的虛擬位置。他終於起身要走了。泰瑞莎幫他把領帶結拉挺，刷掉他馬甲上的麵包屑，彎下腰讓他親親臉。維克多幫忙他穿上皮草大衣。三個人完全沉浸在離別親人的溫情裡。「你們要好好照顧自己，」老人家咕噥著：「你們是我的全部。」

有一天晚上，就在麥肯錫的家宴結束之後，海瑟立先生在睡夢中去世了。喪禮定在沃賽斯特，他的出生地。這一家人似乎有意避開維克多的各項安排，他發現這樣倒也方便，他只要和泰瑞莎一起去教堂和墓園就成了。年老的海瑟立太太和她那幾個不快樂的孩子聚集在墳墓邊，在觀看老人家下葬的時候，他們想必懷著矛盾的心情，這份矛盾太強了，根本無法從其他的情緒中抽離。「再會，再會。」海瑟立太太對著黃土，有口無心的叫喚著，她兩隻手按在嘴唇上——一個永遠改不掉的老習慣，即使老人家在生前一直想要剷除她這個惡習。如果說完整的悲傷是一種特權，那麼，這份特權現在就歸給麥肯錫夫婦了。他們倆徹底崩潰。泰瑞莎的父母死得早，她當時年紀太小，對他們的記憶有限，也無所謂悲傷。維克多的父母——不管他們究竟是誰——幾年前已經在英格蘭也或者是蘇格蘭去世了，此時站在海瑟立的墓前，她和維克多悲慟欲絕，感覺下葬的不只是一個老人的骨骸而已。而那幾位親生子女，最後也跟麥肯錫夫婦劃清界線了。

麥肯錫夫婦對於海瑟立先生遺囑中沒有被提到的事很淡然。喪禮過後一個多禮拜，董事們推選朱尼爾擔任公司總裁，他做的第一件事就是開除維克多。多年來，他一直被拿來跟這個刻苦耐勞的移民做比較，他怨恨深得理所當然。維克多找了另外一份差事，但是他跟海瑟立先生的親密關係在交易上成了絆腳石。老人家過去有一大票敵人，維克多全數接收。半年、八個月不到，他就丟了新差事，另外又找了一份他自認為是過渡性質的工作——讓他能夠暫時先應付每個月的帳單，再想辦法找更好的機會。結果毫無起色。他和泰瑞莎放棄了海瑟立先生為他們租的公寓，賣掉所有家具，居無定所地不斷搬家，所有這一切——房子愈住愈糟，維克多的工作一個接一個的換——根本不值得追究。簡單的說，麥肯錫他們過足了苦日子。後來，麥肯錫這一家人消失了。

場景轉到匹茲堡郊外，一場為美國女童軍募款的舞會上。這場正式舞會就在「索利斯伯里府」這幢大房子裡舉行，地點是由舞蹈協會挑選的，目的是希望人們在對這棟大宅的好奇心驅使下，購買二十五元一張的入場券。豪宅的擁有者——布朗里太太，是一位鋼鐵大王的遺孀。她的大房子沿著阿勒格尼山的山脊綿延長達半英里，就像座城堡——或者更恰當的說法，是城堡和豪宅的綜合體。這裡有塔樓、城牆、地窖，側門的樣式是仿蓋拉德堡的大門；入口大廳和槍械房的石材木料，都是從國外買回來的。它就像很多這類型房子一樣，在維護上出了很大問題：只要稍微摸一下軍械庫裡的鏈鎖，手上就會沾著烏黑的鐵鏽；舞廳裡複製的曼提尼亞壁畫上，全是可怕的水漬。不過這場派對辦得很成功，有百來對男女在樂隊演奏的倫巴舞曲之中暢快熱舞。麥肯錫夫婦也在裡面。

泰瑞莎在跳舞。她的金髮沒變——說不定現在是染過的——她的手臂肩膀仍舊漂亮，那份文靜、娟秀依然存在。維克多沒在舞池裡。他在橙園，那兒有飲料水酒出售。他買了四份水酒，沿著擁擠的舞池邊緣轉出去，穿過槍械房的時候，有個陌生人停下來向他請教一個問題。「啊，是的，」維克多客氣的說，「我也是剛巧知道。那是腓力二世加冕的信札。布朗里太太全部翻印了……」他繼續沿著另一條四分之一英里長的走道向前行，穿過大廳，來到一間小客廳，布朗里太太和幾個朋友坐在裡面。「維克多給我們拿飲料來啦！」她喊著。布朗里太太是一位老婦人，但仍塗脂抹粉，頭髮還染成驚人的粉紅色。她的手指和手腕上戴滿了戒指手鐲，她的鑽石項鍊更是有名。其他的珠寶首飾也一樣——絕大部分都是有名號的：塔福的祖母綠，伯托洛帝的紅寶石，黛蜜杜夫的珍珠……感覺上，看見品牌就該聯想到它的價錢。為了女童軍的利益，她豪邁地把它們全戴上了。「大家都玩得開心吧，維克多？」她問。「我想應該很開心的。我這房子好客的氣氛和豐富的藝術收藏是出了名的。坐下來，維克多，」她說：「坐下來，讓自己喘口氣歇會兒。要是沒有你和泰瑞莎，我真不知道該怎麼辦哪。」維克多沒有時間坐下來，他得趕去負責義賣的活動。他再度穿過大廳、威尼斯沙龍、槍械房，又回到舞廳。他爬上一張椅子，在震耳欲聾的音樂聲中說：「各位女士先生，請給我幾分鐘的時間……」他義賣出去一箱蘇格蘭威士忌，一箱波本威士忌，一台威力榨汁機，一台強力除草機。義賣結束，舞會重新開始，他走上陽台呼吸新鮮空氣，我們跟過去和他說話。

「維克多？」

「啊，好開心又見到你了，」他說：「你跑來匹茲堡幹什麼？」他的頭髮像挑染似地灰得好漂亮；他的牙齒肯定也下了一番工夫，笑起來又白又亮。我們的談話就像十年十五年沒見面的舊識——確實有這麼長時間了——我們說這說那，說到泰瑞莎，再說到紫羅蘭。一提到紫羅蘭，他似乎很難過。他把擴音喇叭擱在石砌的陽台上，靠著它。他低著頭。「嗯，紫羅蘭已經十六歲了，你知道吧，」他說。「她真令我擔心啊。一個半月前她被學校開除了。現在我把她送進康乃狄克州一所新的學校。費了好大的勁。」他吸了吸鼻子。

「你來匹茲堡多久了，維克多？」

「八年。」他說。他揚起喇叭筒，從筒口張望天上的星星。「其實應該是……九年。」他說。

「你現在幹哪行，維克多？」

「待業中。」他垂下擴音喇叭。

「你現在住哪，維克多？」

「這裡。」他說。

「我知道。我是問你在匹茲堡住哪裡？」

「這裡。」他說，然後大笑。「我們就住這裡。住在索利斯伯里府這個地方。舞蹈協會的頭頭來了，我要去做義賣報告，先告退了。再次見到你真的很高興。」

任何人——也就是說，任何一個只要不是拿刀叉吃豆子的正常人——索利斯伯里府統統歡迎，當初維克多．麥肯錫夫婦就是這麼來的。當時他們全家剛剛抵達匹茲堡，住在旅館裡。有一天跟幾個朋友一起開車來這裡度週末。派對大約有十四、五個賓客。普雷斯科．布朗里——老太太的長子——在晚餐前出了些麻煩：他在家附近一家小酒館喝醉了，酒保打電話給布朗里太太，叫她趕緊把他帶走，否則報警。老太太早已習慣了這種麻煩。這種事對她幾個孩子來說都是家常便飯，可是那天下午她偏偏找不到幫手。男傭尼爾斯討厭普雷斯科；園丁回家了；總管厄尼斯年紀太大——忽然，她記起了維克多的面孔，雖然她只在大廳裡見面介紹認識的時候瞥了一眼。於是她在大廳找到他，把他叫到一邊。他以為她召他去幫忙調雞尾酒，結果她提出了這個要求，他說很樂意幫忙。他開車到客棧，看見普雷斯科坐在一張桌子旁邊。有人把他鼻子打出血了，衣服上沾滿血汙，他還在那兒亂吼亂叫，維克多叫他回家，他作勢站起來。維克多出拳揍他。挨揍的普雷斯科哭著，東倒西歪地跟著他上了車。維克多由小路開回索利斯伯里府。他攙扶著連路都走不動的普雷斯科，把他扶進一扇側門，門裡面是槍械房。沒有人看見他們兩個。這間沒暖氣的房間特別冷。維克多推著這個不斷啜泣的醉鬼走在一堆皇家戰旗、三角彩旗底下，還走過一尊穿著全套盔甲騎在馬上的騎士雕像。他又拉著普雷斯科爬上大理石扶梯，才把他擺平在床上。接著，他先刷乾淨自己衣服上的碎屑，再下樓去大廳調雞尾酒。

這件事他沒跟任何人提起，連泰瑞莎也沒有。星期天下午，布朗里太太又把他叫過去，跟他道謝。「噢，你太好心了，麥肯錫先生！」她說。「你真是一個好人哪。昨天那個人打電話給我的時候，我真不知道該找誰去。」這時他們聽見有人從大廳過來。是普雷斯科。他刮了鬍子，包紮了傷口，也洗了頭，只是又醉醺醺的。「去紐約，」他向母親含糊地說著：「厄尼斯開車送我去機場。走了。」他轉身晃過圖書室，晃進威尼斯沙龍，就不見人影了。他母親咬牙切齒地看著他走開。忽然，她一把握住維克多的手，說，「我要你和你那可愛的太太過來住在我們索利斯伯里府。我知道你們住在旅館裡。可是我這房子好客的名氣就跟藝術寶藏的名氣一樣響亮——就算你幫我的忙吧——這樣對這房子來說，才是實至名歸啊。」

麥肯錫夫婦婉謝了她的好意，星期天晚上回到匹茲堡。幾天後，這位老太太聽說泰瑞莎臥病在床，送來鮮花和一張字條，重提邀請的事。當晚麥肯錫夫婦認真討論著。「我們就當這是業務上的安排吧，」維克多說：「我們就當是在回覆一個實際又現實的問題吧。」泰瑞莎身體一直很孱弱，住在鄉下對她有好處。這是他們想到的第一點。而維克多雖然在城裡有份差事，不過他可以通車，火車站離索利斯伯里府非常近。於是他們倆再度和布朗里太太商議，她終於答應接受他們支付的食宿費用，如此一來就不會有人情方面的問題了。就這樣，他們全家搬進了大廳樓上的一間套房。

一切進展得非常好。他們的房間又大又安靜，跟布朗里太太的關係也很和諧。即便有任何虧欠恩情的想法，他們知道只要靠各種幫忙女主人做事的招數就可以輕鬆破解。她最需要的就是身邊有個人手，還有誰會住在這裡呢？除了一些節日，大房子裡的房間多半都關閉著，也沒有多餘的人手打理地下室裡猖獗的老鼠。因此，泰瑞莎負責布朗里太太為數龐大的針線活；需要修補縫製的有八十六項之多。索利斯伯里府的網球場從大戰開始就荒廢了，維克多則利用每個週末的時間鋤草整地，使它煥然一新。他吸收資訊，充分了解布朗里太太的房子和她四分五裂的家人，當布朗里太太窮於應付來訪的賓客時，他總是興致勃勃的出面代勞。「這個廳堂，」他會向大家介紹，「是從這地方的教堂附近一棟都鐸式房子一塊板一塊石頭這樣拆卸過來的……這大理石地板是當年第一國民銀行大廳裡的一部分……威尼斯沙龍是布朗里先生送給布朗里太太的生日禮物，這四根結實的彩色瑪瑙柱子來自義大利的賀庫蘭妮姆古城。它們沿著伊利湖從水牛城到艾胥塔布拉……」維克多甚至能指出史班賽．布朗里當初開車撞上的那棵樹，樹上還留著撞車的痕跡；他也知道那座玫瑰園當年是為赫絲特．布朗里栽種的，當時她病得很重。就像這次為女童軍募款辦的慈善舞會，他的得力表現我們確實有目共睹。

他們住進來的時候，紫羅蘭都在學校住宿。「你們為什麼住這兒？」第一次來索利斯伯里府探望父母的時候，她問。「這是什麼爛地方啊！簡直就是垃圾堆嘛！」布朗里太太或許是聽到了紫羅蘭的嘲笑。總之，她對麥肯錫夫婦的獨生女極度厭惡。漸漸地，紫羅蘭不常來了，逗留的時間也很短。布朗里太太幾個孩子裡面最常回來的就是普雷斯科。有一天晚上，就在女童軍舞會後不久，布朗里太太接到女兒赫絲特的電報，她在歐洲待了十五年。她說她已經到了紐約，隔天就來匹茲堡。

布朗里太太在晚餐時把這好消息告訴了麥肯錫夫婦。她開心得不得了。「啊，你們一定會喜歡赫絲特的，」她說：「你們倆都會喜歡她的呀！她一直就像德勒斯登的瓷器，從小多病，我想這大概就是我特別愛她的原因吧。噢，我真希望她能留下來！我希望還來得及把她那幾間房油漆粉刷一下！你一定要想辦法勸她住下來，維克多，那我就太高興了。你要勸她留下來。我相信她會喜歡你的。」

布朗里太太說的話迴盪在這間大得像體育館的餐廳裡。這個餐廳空間，是麥肯錫夫婦規畫出來的：他們把小餐桌推到一扇窗子邊，用屏風和這個大空間其餘的部分隔開。麥肯錫夫婦很喜歡在這兒用餐。從窗子往下看，是草坪和通往一座荒廢大花園的階梯；往上看，則是殘破的溫室屋頂上的鐵框。不時能聽到噴水池裡嘩嘩的水聲，但那水池底板早已破裂不堪；用餐時間，還會聽到送飯菜上來的小升降機的喀答聲，而他們難吃的飯菜就是從地下室廚房做出來的，那兒也正是老鼠的窩……他們夫婦對這些可笑又可憐的景象，都報以無比的崇敬，彷彿這一切具有著某種真實的意義。這些東西曾經承受過多少往日的驕縱，或許它們更無法理解，為什麼這些繁華過去竟然無法在現有的歡樂中佔有一席之地。幾天前，泰瑞莎闖進三樓一間臥室，裡面塞滿了舊的旅遊提籃——鍍金的，套著層層舊彩帶的——這些東西全都是布朗里太太多次出遊後保存下來的。

布朗里太太那晚談起赫絲特的時候，她的眼睛不停朝著花園看，遠遠的，有個男人翻過一堵大理石牆。一個女孩把毯子、野餐盒和一只瓶子遞下來給他，然後整個人跳進他的懷裡。在那後面還有兩對男女。他們進了愛神殿，聚起了一堆破舊的網架，生起小火。

「把他們趕走，維克多。」布朗里太太說。

維克多站起來，穿過陽台，走向花園，叫那班人走開。

「我是布朗里太太的好朋友啊。」其中一個男的說。

「這是兩回事，」維克多說：「你們必須離開。」

「誰說的？」

「我說的。」

「你誰啊？」

維克多不回答。他把火滅了，把餘燼踩熄。他只有一個人，個頭也不大，萬一打起來，肯定會受傷，好在火滅了之後的煙氣把這些人逼出了神殿，維克多這下子佔了上風。他站上一層階梯，看了看手錶。「我給你們五分鐘的時間翻牆出去。」他說。

「我可是布朗里太太的朋友啊！」

「如果你真是布朗里太太的朋友，」維克多說，「那就該走前門。我給你們五分鐘時間。」他們幾個開始往圍牆那邊走，維克多等著，一直等到看見其中一個女孩——他們長得都很漂亮——翻過了圍牆之後，他才回到座位上吃晚餐。這段時間，布朗里太太繼續不斷談著她的小赫絲特。

第二天是星期六，維克多大部分時間都耗在匹茲堡找工作，直到四點才回到索利斯伯里府。他又熱又髒，一踏進大廳，就看見陽台上的門敞開著，花匠們正從一台載滿橘子樹盆栽的卡車上卸貨。一個女傭激動地朝他跑過來。「尼爾斯病了沒法開車！」她大聲說。「布朗里太太要你去車站接赫絲特小姐。你最好趕快。她搭的那班車四點十五分到。她不要你開自己的車。她要你開那輛勞斯萊斯。她說你有權開那輛勞斯萊斯。」

維克多趕到車站，四點十五分的列車早已經到了又開走了。赫絲特．布朗里站在候車室裡，四周圍全是行李。她是個中年婦人，保養得很好，遠看挺漂亮的。「你好啊，布朗里小姐？」維克多說。「我是維克多．麥肯錫。我——」

「我知道，」她說：「你的事我聽普雷斯科說過了。」她望著他肩膀後頭說。「你遲到了。」

「對不起，」維克多說，「可是令堂——」

「這些是我的行李，」她說完，便走向勞斯萊斯鑽進後座。

維克多點起一根菸用力吸了一口。他把行李全數搬上車，沿著一條小路開回索利斯伯里府。

「你走錯路了，」布朗里小姐喊著：「你連路都不認識？」

「我開的不是原來的那條路，」維克多耐著性子說，「幾年前他們在那條路上蓋了一間工廠，接近下班時間交通特別擁擠。這條路比較快。你會發現這附近的改變很大。布朗里小姐，你離開索利斯伯里府多久了？」他的提問不見任何答案，他以為或許是她沒聽見，他再問一次，「布朗里小姐，你離開索利斯伯里府多久了？」

在一片靜默中走完了剩下的路程。到了大宅，維克多把她的行李全部搬下來放在門邊。布朗里小姐大聲地數著。然後打開錢包遞給維克多兩毛五分的一枚硬幣。「啊，謝謝你啊！」維克多說。「真是太謝謝你啦！」他走進花園消化怒氣，決定不把這次的事情告訴泰瑞莎。終於，他上樓了。

泰瑞莎在縫補一張有繡墊的凳子。他們用來作為客廳的房間，現在堆滿了還沒修補好的繡墊。她溫柔的擁抱維克多，這是兩人分開一天之後的習慣。女傭敲門的時候，維克多已經穿戴整齊。「布朗里太太要見你，你們兩個，」她說：「她在辦公室。立刻去。」

泰瑞莎挽著維克多的手臂一起下樓。辦公室，就在電梯旁邊一間雜亂骯髒的房間，裡面燈光大亮。布朗里太太穿著隆重的禮服，坐在她丈夫的辦公桌旁邊。「你是壓垮駱駝背上的那根稻草——你們兩個都是。」他們一到，她就厲聲說道。「把門關上。我不要讓大家都聽見。十五年來小赫絲特第一次回家，她剛下火車你就給她難看。九年來，你一直擁有特權住在這棟漂亮的宅子裡——這可是世界知名的景觀——而你是怎麼報答我的？啊，居然是那根壓垮駱駝的稻草！普雷斯科早就對我說過你們沒什麼好，你們兩個都一樣，赫絲特也這麼認為，漸漸的我也親自體會到了。」

盛裝打扮的老夫人向麥肯錫夫婦揮舞著屬於天使級的威權。她一身銀亮的衣裳就像天使長聖馬可的戰袍，響雷閃電，死亡毀滅，都掌握在她的右手之中。「這些年來所有的人都在警告我，」她說：「也許你不是故意出錯——也許你只是運氣太壞——只是赫絲特注意到的第一件事情就是刺繡少了一半。你總是在修補我要坐的那張椅子。還有你，維克多——你說網球場修好了，當然，我不清楚，因為我不會打網球，可是上星期我請貝爾登他們過來打網球，他們跟我說，場地根本不適合打球，你可想而知我有多尷尬。昨晚你在花園趕走的那些人，原來是布朗里先生生前非常要好的朋友的小孩。還有，你的租金已經晚了兩個禮拜。」

「我會把租金奉上，」維克多說：「我們一定會。」

在會晤的過程中，泰瑞莎始終沒抽出挽著他的那隻手，他們一起離開了辦公室。天在下雨，卮尼斯拿出幾個桶子放在威尼斯沙龍裡，沙龍的圓頂天花板綳開了一道裂縫。「你可以幫我拿幾個手提箱嗎？」維克多問。老管家八成偷聽到了剛才的談話，因為他不做任何回應。

麥肯錫夫婦的房裡有很多紀念性的物件——照片、銀器等等。泰瑞莎趕緊開始收拾這些東西。維克多去地下室拿袋子。兩個人匆忙收拾打包——甚至連停下來抽一根菸的時間都沒有——但還是忙了大半個晚上。等到一切收拾停當，泰瑞莎把床單抽掉，把髒毛巾放進衣物籃裡，維克多則把袋子全部拎到樓下。他寫了一張明信片寄到紫羅蘭讀的學校，說明他的住址不再是索利斯伯里府了。他在前門等候泰瑞莎。「噢，親愛的，我們要去哪裡呢？」她跟他會合的時候嘟囔著。她在雨裡等候他把車開過來載她，他們就這樣走了，天知道這以後他們究竟該往哪兒去。

他們究竟去了哪，只有天知道，不過我們要說的是他們再次現身的時間，那是幾年後，在緬因州海岸一處叫「馬尾灘」的度假勝地。維克多在紐約有了一份工作，夫妻倆是到緬因州度假。紫羅蘭沒跟來。她結婚了，住在舊金山，還生了一個小孩。她不寫信給她的雙親，維克多知道她心裡怨恨著他，只是不知道原因。這個獨生女的任性令維克多和泰瑞莎很煩惱，他們盡量不觸及這個問題。海倫．傑克森——他們在馬尾灘的旅館老闆娘，年輕有活力。她離婚了，有四個孩子。她的屋子裡到處是海沙，家具也多半是破損的。麥肯錫夫婦在一個暴風雨的晚上抵達，北風呼呼地穿牆而入。老闆娘外出用餐了。他們一到，廚子就穿戴起帽子外套趕去看電影，留下他們照看那幾個孩子。他們跨過好幾件濕答答的泳衣把行李拎上樓，把四個孩子弄上床，再把自己安頓在冷颼颼的客房裡。

第二天早上，老闆娘問他們是否介意她開車去卡姆登洗頭。那天下午她為麥肯錫夫婦特別準備了雞尾酒會，雖然這天是廚子的休假日。她保證中午會回來，但等到一點她還沒回來，泰瑞莎只好自己動手做午餐。下午三點，老闆娘從卡姆登來電話說她剛剛離開美髮店，她問泰瑞莎可不可以先做一些迷你鮪魚吐司？泰瑞莎做了鮪魚吐司。她把客廳裡的沙子掃掉，把濕答答的泳衣撿起來。後來，海倫．傑克森終於從卡姆登回來了。五點鐘左右，賓客也陸續到來。天氣很冷，風雨交加。維克多穿著絲質的白西裝，冷得全身發抖。賓客大都很年輕，他們拒喝雞尾酒，只喝薑汁汽水，大夥圍著鋼琴唱歌。這不是麥肯錫心目中的好派對。海倫．傑克森沒能夠讓他們真正的融入，不論是笑容、寒喧或握手，這就像其他一般的派對一樣，很沒誠意。六點半賓客全走了，麥肯錫夫婦和老闆娘拿吃剩的鮪魚吐司充當晚餐。「你會不會很介意帶這幾個孩子去看場電影啊？」海倫．傑克森問維克多。「我答應他們說只要在派對上乖乖的，就可以去看電影，他們真的就像乖巧的小天使，我不想讓他們失望，可是我快累死了。」

第二天早上，仍舊下雨。維克多從他太太的臉上看得出來，這屋子這天氣令她無法忍受。大多數人碰上濕冷雨天，待在處處不方便的度假屋也能將就，可是泰瑞莎不行。鐵床架和紙窗簾對她造成的精神壓力大到一個極點，彷彿這些東西不只是醜，更壓迫到她對生活的基本認知。吃早餐的時候，老闆娘建議他們在雨中開車兜風。「我知道天氣很糟糕，」她說，「不過你們可以開去卡姆登，殺時間的方法呀，是不是，你們會經過好多可愛迷人的小村莊，到了卡姆登，你們可以上收費圖書館，借那本《聖杯》回來看。他們替我不知道保留了多久，我一直沒空去拿。那個收費圖書館是在埃斯椎拉巷。」結果，麥肯錫夫婦開車去了卡姆登，也借了那本《聖杯》。他們剛回到旅館，又有新的差事等著維克多：海倫．傑克森的車子電瓶用完了，他把電瓶帶去修車廠，換了一套租用電瓶裝上。然後，顧不得天氣如何，他試著去游泳，可是浪太大還夾雜著砂石，只下了一次水他就回旅館了。當他穿著濕淋淋的泳褲走進客房時，泰瑞莎揚起臉，他看見她臉上全是淚痕。「啊，親愛的，」她說，「我好想家。」

這句話，就連維克多都很難做解釋。當時他們唯一的家就是城裡那只有一個房間的公寓，那裡的小廚房，坐臥兩用沙發，對於祖父母級的人來說實在太小太簡陋了。泰瑞莎說的想家，應該是各種房子的綜合體吧。她說的話肯定是別的意思。

「那我們走吧，」他說。「明天一早就走。」看見她為他這句話開心的樣子，他又繼續說。「我們坐上車，一直開一直開，一直開到加拿大去。」

晚餐時，他們告訴海倫．傑克森明天一早就要走了，她似乎也鬆了一口氣。她拿出一張道路地圖，用鉛筆勾出經由山路到聖瑪麗和邊界的路線。晚餐後，麥肯錫夫婦收拾行囊，準備第二天一大早動身。啟程時，海倫走到車道上跟他們道別。她穿著睡袍，手裡提著一只銀咖啡壺。「有你們在真好，」她說，「雖然說天氣一直不好，很糟糕很掃興，既然你們決定要經過聖瑪麗，可不可以麻煩你們在那裡稍微停一下，幫我把這個銀咖啡壺還給毛莉姑姑？我幾年前借的，她不止寫信，還打電話來威脅我，你只要把它擱在台階上就可以了。她叫紹爾太太，那房子就在大路邊，很近。」她粗略地向麥肯錫夫婦指點了方向，親了親泰瑞莎，把咖啡壺交託給她。「有你們真是太好了！」他們上路的時候她喊著。

麥肯錫夫婦掉過頭背對大西洋的時候，馬尾灘的浪頭依舊很高，風很冷。海水的聲音和氣味褪散了。西風陣陣，陰沉的天空漸漸被光影取代。麥肯錫夫婦開上了一片山坡農地。這是他們從未見過的鄉下地方，撥雲見日的景致令泰瑞莎精神大振，彷彿置身在一棟地中海的小屋裡。她打開門打開窗。她從未見過這樣的屋子，只有在好多年前，在一張風景明信片上看過。土黃色的牆面一路延伸到湛藍的海水中，所有的門窗都緊閉著。現在由她一一地把它們打開。這是初夏。她開了所有的門，倚著最高的一扇窗子，迎向明亮的天光，她看見一艘帆船，船上載著邪惡的國王，正朝著非洲的方向慢慢消失。還有什麼比得上她此時此刻心滿意足的感覺？她坐在車子裡，習慣性地側身倚偎著她的丈夫。車子進入山區，空氣更加舒爽，那開門開窗的印象——有門檻的門，有護板的窗，有平開的窗，有吊著窗錘的窗，所有的窗都面向著大海——這一切都停留在她的腦子裡，直到下了山，在暮色中，他們來到聖瑪麗市一家位在河畔的小旅店。

「那個女人太過分了！」維克多說。紹爾太太的家其實不在海倫．傑克森說的地點。要不是咖啡壺看起來很貴重，他早就把它扔進溝裡開車上路了。他們轉上一條與河平行的沙土路，停在加油站前面，下車問路。「當然，當然，」那人說。「我知道紹爾家在哪裡。過馬路就是渡船碼頭，船夫一分鐘前剛到。」他拉開紗門圈起手掌大喊。「波利！有人要過去島上。」

「人家託我帶一樣東西。」維克多說。

「他會帶你過去的。這個時間最適合渡船。他反正沒事。大半天都在這兒跟我瞎扯淡。波利！波利！」

麥肯錫夫婦跟著他過街，一條歪歪扭扭的渡船台一路伸進海水裡。一個老人在一艘汽艇上擦銅器。「我會帶你們過去再送你們回來。」他說。

「我在這裡等。」泰瑞莎說。

岸邊的樹林一直延伸到河堤；有好幾處都已經觸到河水了。河流在這個地方很寬，這條河在群山中間彎繞，看得出上游綿延了好幾哩。寬闊的景觀令她十分愉悅，她幾乎聽不見維克多和船家的談話聲。「叫那位女士一起來。」老人說。

「泰瑞莎？」

她轉身，維克多扶她上了船。老人把一頂髒兮兮的船夫帽往頭上一戴，一船人開始往上游駛去。水流很急很強，小艇緩慢地逆流而上，起初他們分辨不出有什麼島嶼，漸漸地，他們看出河水和天光都被一大塊原先以為是半島的陸地隔了開來。他們穿過一些狹窄的峽谷，船身東搖西晃──這一切對他們來說既陌生又新鮮──最後到達一個小灣裡的渡船台。維克多順著渡船台下來的一條小徑走到一個老式的小棚子，棚子上的糖漿顏色已經斑剝不堪。連接屋子到花園的棚架是用杉木搭建的，一片片剝落的樹皮攤掛在玫瑰花叢裡。維克多按門鈴。一個老傭人開了門，引他穿過屋子走到前門廊，紹爾太太坐在那裡，腿上擱著一些針線活。她謝謝他特地把咖啡壺帶來，他臨走時，她問他是不是一個人來的。

「麥肯錫太太跟我一起來的，」維克多說。「我們要開車去魁北克。」

「啊，塔伯特常說，機緣湊巧，喝一杯正好，」老夫人說：「要是你和你太太願意待久一點陪我喝杯雞尾酒，那可真是好事一樁啊。真的。」

維克多找了等在棚子裡的泰瑞莎，帶她到前門廊。

「我知道你們這些孩子總是在趕時間，」老夫人說。「我知道你們肯順道過來一趟是多麼的好心，可是這個季節我和紹爾先生實在太寂寞了。我坐在這兒，縫縫廚房間的窗簾。無聊啊！」她舉了舉手上的針線活任它落下來。「既然你們那麼好心願意留下來喝一杯雞尾酒，那我還想請你們再幫我一個忙。我想請你們幫忙調雞尾酒。艾格妮絲，就是帶你們進來的那個，平常都是由她來調的，她在琴酒裡加了太多水，太淡了。配膳間裡什麼都有。只要穿過餐廳就到了。」

大客廳的地板上鋪滿了印第安氈子。壁爐煙囪是用卵石砌的，上面釘著的，想當然，就是一對鹿角。在大而無當的餐廳盡頭，維克多果然找到了配膳間。老傭人幫他拿了調酒器和瓶子。

「你們留下來我很高興，」她說：「我就知道她會要你們留下來。這一陣子她太寂寞了，我好擔心。她人很好——她人真的很好啊——可是她變了好多。每天早上十一點左右就開始喝酒。有時候更早。」調酒器是帆船賽的獎品。厚重的銀盤是紹爾先生的生意夥伴送的。

維克多回到門廊，泰瑞莎在縫窗簾的褶邊。「真好，總算又喝到了琴酒的味道，」紹爾太太大聲的說：「我真不明白艾格妮絲在想什麼，雞尾酒裡攙了那麼多的水。她是個忠心又能幹的傭人，我不能沒有她，可是她老啦，她老啦。有時候我真覺得她有點老糊塗了。她會把肥皂片藏在冰箱裡，晚上睡覺把斧頭塞在枕頭底下。」

「什麼好運有貴客臨門啊？」老先生加入了他們。他摘下園藝手套，把剪玫瑰的小剪子塞進格子外套的口袋裡。

「這兩個孩子多好啊，願意留下來陪我們喝一杯，你說是不是？」紹爾太太做完介紹。老先生對於她把麥肯錫夫婦叫成孩子這件事似乎沒什麼驚訝。「他們從馬尾灘過來，準備去魁北克。」

「我和紹爾太太對馬尾灘始終興趣缺缺，」老先生說，「你們打算什麼時候到魁北克？」

「今天晚上。」維克多說。

「今天晚上？」紹爾太太問。

「我很懷疑你們今天晚上到得了魁北克。」老先生說。

「我想你們可以的，」老太太說：「以你們這些孩子開車的速度，不過那還是會累得半死。留下來晚餐吧。留下來過夜吧。」

「真的留下來吃晚飯吧。」老先生說。

「你們會留下來的，會吧？」紹爾太太說。「我可不要聽一個不字！我年紀大有特權，如果你們說不，我就當我聾了，假裝沒聽見。現在你們既然決定留下來了，那就來調第二回合的美味雞尾酒，去告訴艾格妮絲，你們就住塔伯特的房間。跟她說得婉轉一點。她討厭客人。別忘了她很老啦。」

維克多拿著那個帆船賽的獎品返回屋子，儘管屋裡有許多大窗戶，在暮色中卻像個洞窟。「我和麥肯錫太太要在這兒晚餐和過夜，」他告訴艾格妮絲：「她說我們就住塔伯特的房間。」

「啊，太好了。這樣一來她會很開心。她的一生中有太多的傷心事，我想對她影響很大的。我就知道她會提出這個要求，我很高興你們肯留下來。我也開心啊。要多洗一些碗盤，多整理一些床鋪，但是這樣更——這樣更——」

「更快樂？」

「啊，對，對。」老傭人笑得打顫。「你有點讓我想起了塔伯特先生。他在調雞尾酒的時候總是會跟我說笑。上帝保佑他的靈魂。都過去了。」她憂傷地說。

穿過了像洞窟般的客廳，維克多聽見泰瑞莎和紹爾太太在討論著入夜的天氣，他這才注意到寒意漸漸從山上漫下來了，他在屋裡有感覺。黑暗中的某處有著花香，夜晚的空氣更加重了花香味和煙囪裡卵石子的味道，整個房間聞起來就像一個有著花香的洞窟。「大家都說這裡的景觀就像奧地利的薩爾斯堡，」紹爾太太說，「我是個愛國主義者，我看不慣把這兩個景觀拿來比較。不過，有了好的客人倒是增色不少。我們以前常常請客，現在——」

「是啊，是啊。」老先生嘆了口氣。他拔開香茅油的瓶蓋，揉著手腕和後頸。

「好了！」泰瑞莎說。「廚房窗簾完工了！」

「啊呀，我該怎麼謝你啊！」紹爾太太說。「看有誰好心幫我把眼鏡拿過來，我就可以好好欣賞你的針線活了。眼鏡就在壁爐台上。」

維克多找到了她的眼鏡——不是在壁爐台上，是在附近的茶几上。把眼鏡交給她之後，他在門廊上來來回回走了幾次。他打算向他們表白，他不再是意外的過客，他已決心成為這個家裡的成員。他坐在台階上，泰瑞莎也跟著坐過來。「你看他們，」老太太對丈夫說：「改變一下吧，看著這兩個相親相愛的年輕人，感覺多好……把落日信號槍收了吧。信號槍是我弟弟喬治為了遊艇俱樂部買的，那是他很驕傲很得意的一件事。今晚好安靜，對吧？」

紹爾太太誤以為他們倆溫柔的神態代表著純純的愛，其實，那只是兩個在夏天裡無家可歸的孩子找到了棲息地的姿態而已。對他們倆來說，這是多麼甜美、多麼寶貴的時刻啊！燈光又在另一座島嶼上亮了起來。溫室破屋頂上的鐵柱子烙印在暮色中。多麼可憐的兩隻小喜鵲，他們的外表是那麼單純；他們的身子是那麼單薄。事實上，他們是來冒充那個死去的人。走吧，走吧，風在林間草叢唱著，但是麥肯錫夫婦聽不見。他們倆轉過頭，聽到的只是紹爾老太太的聲音。「我要上去換衣服了，我要穿上我的絲絲絨，」她說，「你們兩個孩子要是不想換……」

那晚伺候進餐的艾格妮絲想著，她已經好久沒看到這麼歡樂的一頓晚餐了。餐後，她聽見他們在打撞球，撞球台是特地為過世的塔伯特買來的。外面下著小雨，但是，這雨不像馬尾灘，這是山上溫和散漫的小雨。十一點左右，紹爾太太打著哈欠，球戲結束了。他們在樓上的走廊裡，在塔伯特的全體船員、塔伯特的小馬和塔伯特同班同學的照片旁邊，互道晚安。「晚安，晚安。」紹爾太太大聲的說，忽然她臉色一變，強自鎮定的說，「我很高興你們答應留下來。我無法形容這對我的意義有多大。我——」淚水湧上了她的眼睛。

「來這裡真的好開心。」泰瑞莎說。

「晚安，孩子們。」紹爾太太說。

「晚安，晚安。」紹爾先生說。

「晚安。」維克多說。

「晚安，晚安。」泰瑞莎說。

「睡個好覺，」紹爾太太說：「做個好夢。」

十天後，紹爾夫婦準備接待新的客人——幾個姓威雀利的年輕遠親。他們從沒到過這裡。那天下午四五點的時候，他們走上屋子的小徑，維克多為他們開門。「我是維克多．麥肯錫，」他愉快的說。他穿著網球短褲和套頭衫，可是在彎腰提行李箱的時候，他的膝蓋骨喀喀地響得好大聲：「紹爾夫婦跟我太太開車出去了，」他解釋著：「他們六點就回來，剛好趕上喝一杯的時間。」幾個年輕人跟著他穿過大客廳走上樓。「紹爾太太讓你們住喬治舅舅的房間，」他說：「因為那裡景觀最好，熱水最方便。這是唯一多加出來的房間，打從紹爾先生的父親在一九〇三年打造這個地方以來……」

這幾個年輕的遠親不知道他究竟是什麼身分。他也是一個遠親嗎？也許是，某個叔叔？還是某個窮親戚？不過房子很舒服，天氣很好，至於維克多，他們不想追究了，他看起來怎樣就怎樣吧，而他看起來非常快樂。

琴酒的哀愁

星期天下午，艾咪在臥室聽見貝爾登夫婦到了，隔不了多久，法克森和帕敏特兩家人也來了。她繼續看《黑神駒》[24]，一直看到她確定他們開始在吃什麼好東西了，才把書闔上，走下樓。客廳門關著，她聽得見裡面談笑的聲音。他們肯定在聊八卦，有可能比八卦更惡劣，因為她一進去，他們立刻全部住口。

「嗨，艾咪。」法克森先生說。

「法克森先生在跟你說話，艾咪。」她父親說。

「哈囉，法克森先生。」她說。她先在外圍站了一會兒，等到這群人又開始聊起來的時候，她才偷偷溜過法克森太太身邊，對準堅果盤狠抓了一大把。

「艾咪！」勞登先生說。

「爸，對不起。」她邊說邊退出他們談話的圈子，朝著鋼琴走過去。

「把堅果放回去。」他說。

24《黑神駒》（*Black Beauty*），英國作家安娜・斯威爾（Anna Sewell）於一八七七年出版的暢銷小說。

「爸，我來把這個解決掉。」她說。

「好啦，幫忙把堅果盤遞給大家，親愛的，」她母親溫柔的說：「說不定有人也愛吃呀。」

艾咪先把剛才抓的一把堅果塞進嘴裡，再走回咖啡桌，把堅果盤遞給大家。

「謝謝你，艾咪。」他們拿了幾粒花生。

「你喜歡這所新的學校嗎，艾咪？」貝爾登太太問。

「喜歡。」艾咪說。「我喜歡私立學校，私立比公立的好。比較不像工廠。」

「你現在幾年級？」貝爾登先生問。

「四年級。」她說。

她父親拿起帕敏特先生的酒杯和他自己的，起身走進餐廳，再把杯子斟滿。她一屁股坐進他騰出來的空位。

「別坐你爸爸的椅子，艾咪。」她母親說，她母親哪裡知道她騎腳踏車的兩條腿有多累，哪像她父親一整天無所事事只管坐著。

她走向落地窗的時候，聽見母親談論起新來的廚子。這是一個可以聊開來的好話題。

「你最好去把腳踏車收進車庫，」她父親拿著斟好的酒回來說：「好像要下雨了。」

艾咪走上陽台望著天，天上沒什麼雲，不會下雨——他的訓示，就像所有那些他給的訓示，沒一句好話。而且總是針對她。「把腳踏車放好。」「幫奶奶把門打開，艾咪。」「去餵貓。」「去做功課。」「去遞一下堅果。」「去幫貝爾登太太拿包裹。」「艾咪，請你好好注意一下自己的外表。」

一會兒後，大家全都站起來了，她父親走到落地窗前叫她。「我們要去帕敏特家裡吃晚飯，」

他說：「有廚子在，所以你不會是一個人在家。記住八點上床睡覺，要像個好孩子。來跟我親一下說晚安。」

所有的車子都開走之後，艾咪穿過廚房晃到後面廚子的臥室，敲敲門。「進來。」房裡一個聲音說。艾咪進去了，她發現那廚子，名字叫茹絲瑪麗，她正穿著睡袍在讀聖經。茹絲瑪麗笑咪咪地看著艾咪。她的笑容好親切，老老的眼睛是藍色的。「你爸媽又出去了？」她問。艾咪說是，老婦人邀她坐下。「他們過得挺開心的，對吧？我來這兒四天了，他們每天晚上不是出去，就是有人來。」她把聖經面朝下地擱在腿上，笑了笑，並不是在對艾咪笑。「當然，喝酒什麼的都只是交際應酬，再說你爸媽做什麼也不關我的事，對吧？我對喝酒這件事比其他人擔心是因為我可憐的妹妹。我妹妹喝得太多。十年了，我每個星期天下午去看她，她多半都是神志不清。有時候她整個人蜷縮在地板上，旁邊擺著一兩支雪莉酒的空瓶子。有時候在陌生人看起來她似乎很清醒，可是一開口說話，我就知道她已經醉得不是她自己了。現在我可憐的妹妹已經走了，我再也沒有人可以探望了。」

「你妹妹怎麼會這樣？」艾咪問。

「她本來很可愛，皮膚白裡透紅，一頭金髮。」茹絲瑪麗說。「琴酒可以讓有些人很放鬆——又哭又笑的——但是對我妹妹，只會讓她鬱悶孤僻。她一喝酒，就把自己關起來，不跟人來往。喝酒使她變得好古怪。要是我說天氣很好，她就說我錯了。如果我說外面在下雨，她就說是晴天。我說什麼她都要糾正我，不管多小的事情。那年夏天她死在貝爾優醫院的時候，我正在緬因州工作。她是我唯一的家人。」

茹絲瑪麗的直率坦誠使艾咪有一種成長的感覺，她第一次覺得說兩句禮貌得體的話一點也不難。「你一定很想念你妹妹。」她說。

「我剛才就是在想她。她跟我一樣，也在幫傭，這是很寂寞的工作。你明明被一整個家庭的人圍繞著，可永遠都不會是其中的一分子。你的自尊常常會受傷。那些太太夫人個個都高高在上，不體諒人。我並不怪她們。主人和僕人的關係本來就是這樣。她們點了雞肉沙拉，你天沒亮就起床準備，等到剛剛把雞肉沙拉做好，她們又改了主意，想吃蟹肉湯了。」

「我媽一天到晚都在改變主意。」艾咪說。

「有時候，在鄉下地方根本沒有任何幫手。你累得不得了，可就算再累，還是會覺得寂寞。把鍋子盆子都清理完了，走到傭人待的後門廊，打算好好欣賞一下上帝創造的美景，前面的屋子看出去有山有水，風景很好，後面並沒有什麼風景可看。不過至少有天空有樹有星星有鳥叫，而且可以讓兩條腿歇息歇息。這時候你聽見前屋裡的談笑聲，他們的客人他們的兒女有說有笑。你要是新來的，那他們肯定會談論你。於是這一個晚上愉快的心情全沒了。」

「喔。」艾咪說。

「各種各樣的地方我都做過——有些地方有八、九個幫傭，有些地方我得自己燒垃圾，冬天的夜裡，我還得鏟雪。在那些雇了很多幫傭的家裡，那一堆人手裡面通常就會有一個惡魔——也許是老管家，也許是負責招呼客人的女傭——這個人從一開始就想盡辦法要整你。『夫人不喜歡這樣。』『夫人不喜歡那樣。』『我伺候夫人已經二十年了。』他們說的都是這類的話，要有外交官的本事才能相處。然後他們會給你一點機會，不過好事絕對輪不到你。這種時候，如果你帶來的手提箱裡剛好有一瓶酒，怎麼可能不拿出來喝一口提提神啊。所幸我的個性很強。但我可憐的妹妹就不同了。她常常在抱怨緊張焦慮，今天晚上我坐在這裡想著她，我想她可能真的有緊張焦慮的毛病。我想她始終沒能適應。我想她可能根本就不該做幫傭這一行。到最後，她唯一能找到的工作機會就是去鄉下，那裡沒有別人肯去，事實上她做不到一兩個星期。起初她喝一點琴酒，為了消除緊張焦慮，後來再喝一點，為了消除疲勞，等到她喝光了一整瓶又去偷的時候，前面屋子的主人也聽見了。每次鬧到最後，我可憐的妹妹就放話不做了。啊，我如果照我的意思說出來，他們一定會反駁的！我沒資格叫你去管你的父親，奪走他什麼，只是如果你能偶爾把他的琴酒——那個壞東西——倒進水槽裡，那我就太高興了！跟你說說話，我覺得舒服多了，親愛的，我比較不會那麼想念我可憐的妹妹了。現在我可以再讀一點聖經，然後給你做晚飯。」

勞登夫婦這一年老是跟廚子過不去——已經連換了五個。茹絲瑪麗的出現，讓梅西亞．勞登想起了一個似懂非懂的天道論；她吃盡了苦頭，現在總算有了回報。茹絲瑪麗乾淨、勤勞、開朗，她做的餐食——依照勞登夫婦的說法——就像香波堡的。星期三晚餐過後，她搭車去紐約，說好了坐星期四的夜車回來。星期四早上，梅西亞走進廚子的房間。房間很沒有看頭，防範的工作倒是做足了。房間裡看不見任何代表私人的東西——一包菸，一支筆，一個鬧鐘，一台收音機，任何一丁點能夠跟這個老女人綁上關係的東西——這讓她有一種很不舒服的感覺，被蒙蔽的感覺，就像被過去那些廚子蒙蔽一樣。她打開衣櫥，看到一件制服，就掛在櫥門上，衣櫥底板上放著茹絲瑪麗的舊手提箱和她在廚房穿的白鞋。手提箱鎖著，梅西亞提了提，感覺幾乎是空的。

星期四晚餐後，勞登先生和艾咪開車去車站接廚子。火車八點十六分到站。車子頂篷敞亮著，空氣清新，滿天星斗，再加上父親的陪伴，讓這個小女孩覺得世界變親切了。席地嶺車站很像她看過的那些老片子裡的車站，警探、間諜、壞人和受騙的好人，全都在這兒會合，然後前往偏遠隱祕的大莊園。艾咪喜歡車站，特別在快要天黑的時候。她幻想著，那些搭火車來的人真正的目的不在通車，而是為了更重要甚至更邪惡的任務。除了有濃霧或是暴風雪，父親開的這台敞篷車往後大概就是這麼一成不變、單調無趣地過下去了。在特定時間奔馳的列車，可是屬於一個完全不同的世界，那才是她想去生活的地方。

他們早到了幾分鐘，艾咪下車走到月台。她不明白車站兩頭的軌道上掛著流蘇似的東西是用來做什麼的，她不必問爸爸，她知道他肯定也說不出所以然。列車還沒出現，聲音就先到了，這聲音令她激動又興奮。火車進站停了下來，她透過燈光明亮的車窗找尋茹絲瑪麗，沒找著她。勞登先生也下車來和艾咪一起站到月台上。他們看見列車長對著一個座位上的人彎下身子，是那個廚子，她終於站了起來。列車長帶她走上月台，她緊緊靠著他，而她正在哭。「那麼的完美，」艾咪聽見她哽咽地說，「那麼可愛的一個人。」列車長攬著她的肩膀，溫柔地說著話，一邊攙扶她走下階梯。「你什麼都不要說了，勞登先生，」她說：「我不會回答的。」她拿出一個小紙袋，遞給艾咪。「給你的禮物，小女孩。」

「謝謝你，茹絲瑪麗。」艾咪說。她朝紙袋裡看，看見幾包日本的水蓮花。

昏暗的光線裡，茹絲瑪麗走路的樣子好奇怪，小心謹慎到像要避開什麼人似的。她身上有一股酸酸的味道。她穿的外套上面沾著汙泥，背後都扯破了。勞登先生叫艾咪坐到後座，讓廚子坐前座，就在他的旁邊。等她坐穩了，他氣呼呼地用力甩上車門，再繞到駕駛座，開車回家。茹絲瑪麗把手伸進提袋，取出一瓶塞著軟木塞的可口可樂，喝了一口。艾咪一聞著味道，就知道可樂瓶子裡裝的全是琴酒。

「茹絲瑪麗！」勞登先生說。

「我寂寞，」廚子說：「我寂寞，又害怕，我只剩下這個了。」

他一路上不再吭聲，直到開進自家的車道，轉到後門。「去拿你的行李箱，茹絲瑪麗，」他說：「我就在車上等著。」

廚子搖搖晃晃地走了進去，他立刻叫艾咪由前門進屋裡去。「快上樓回房間睡覺。」艾咪走進屋裡，她母親朝著樓下大聲問茹絲瑪麗回來了沒有。艾咪不回答。她走到吧台，拿起一瓶打開的琴酒，把瓶子裡的酒全部倒到配膳間的水槽裡。在客廳撞見她母親的時候，她幾乎要哭出來了，她說父親要把廚子送回車站。

第二天艾咪放學回家，發現有個黑頭髮的胖女人在打掃客廳。勞登先生平常開去車站的那輛車子送到車廠檢驗，所以由她和母親開車去車站接他。他從月台走過來，一臉面無血色的樣子，她知道他今天一定很累。他親吻她的母親，並且在艾咪額頭上親了一下便坐上駕駛座。

「你知道嗎，」她母親說，「客房的蓮蓬頭一塌糊塗。」

「真是的，梅西亞，」他說，「你可不可以不要老是一見面就跟我說這些壞消息！」

他刺耳的聲音令艾咪受不了，她玩起按鈕，把車窗一會兒升一會兒降。

「停，艾咪！」他說。

「喔，是啊，蓮蓬頭沒什麼要緊。」她母親說著，虛弱地嗯哼了一聲。

「上星期我從舊金山回來，」他說，「你迫不及待說我們需要一個新的火油爐。」

「對了，我找了一個兼差的廚子。這是好消息。」

「她是個酒鬼嗎？」她父親問。

「別那麼衝，親愛的。她會做晚飯，洗碗盤，搭公車回家。我們待會兒要去法克森家。」

「我實在太累了，哪都不想去。」他說。

「那誰照顧我？」艾咪問。

「你去法克森家就會開心了。」她母親說。

「好吧，我們早點走。」他說。

「那誰照顧我？」艾咪又問了一次。

「漢林太太。」她母親說。

回到家，艾咪去彈鋼琴。

她父親在門廳邊的盥洗室洗了手，然後轉到吧台。他拿著一支空的琴酒瓶走進客廳。「她叫什麼名字？」他問。

「露比。」她母親說。

「她真了不起，第一天上班就喝掉四分之一瓶的琴酒。」

「天哪！」她母親說。「這時候不要惹麻煩了。」

「所有的人都在喝我的琴酒，」她父親咆哮，「我真他媽的受夠了！」

「櫃子裡多得是，」她母親說：「再開一瓶就是了。」

「那個園丁，我們付他一小時三塊錢，他做了什麼？偷偷進來喝光我的威士忌。在漢林太太之前，我們用的那個保母，老是在我的波本裡頭攙水，那茹絲瑪麗更不必說了。茹絲瑪麗之前的那個廚子不只喝了酒櫃裡的每一種酒，而且還把蘭姆、櫻桃、雪莉甚至廚房燒菜的酒全喝了。再來，去年夏天那個波蘭女人。甚至那個洗衣服的老太婆。還有那些油漆工。我看他們肯定在我門上做了記號。我看仲介肯定當我是個好欺負的傢伙。」

「好啦，我們先吃飯，吃完飯你再跟她說。」

「去死吧！」他說。「我再也不要姑息這些人了。露比！」他吼她的名字吼了好幾次，她沒應聲。忽然，她出現在餐廳門口，穿戴著帽子和大衣。

「我病了。」她說。艾咪看得出她很害怕。

「我想也是。」她父親說。

「我病了，」廚子囁囁嚅嚅的說，「這裡沒事，我要回家了。」

「很好，」他說：「太好了！我用不著再付錢給進來偷喝酒的人了。」

廚子往外走，梅西亞．勞登跟著走到前廳付給她一些東西。艾咪坐在鋼琴座椅上把這一幕全看在眼裡——鋼琴的位置有點偏，可還是看得很清楚。她看見她父親又拿出一瓶琴酒，調配馬丁尼。他看起來非常不開心。

「好啦，」她母親返回屋裡說：「你看出來了，她沒喝醉。」

「拜託別跟我爭了，梅西亞。」她父親說。他倒了兩杯馬丁尼，「乾！」他說著，喝了一口。

「我們去奧菲歐吃飯吧。」他說。

「好啊，」她母親說。「我去給艾咪隨便弄些吃的。」她去了廚房，艾咪翻開〈秋思〉的樂譜。「注意拍子，」她的音樂老師寫著：「注意拍子，輕，輕……」艾咪開始彈奏。每次只要一出錯，她就會說「該死」，接著再重新來過。〈秋思〉彈到一半，她突然想起把那瓶琴酒倒空的人是她自己。她緊張到不知所措，只能停下來不彈了，慌亂的心思卻停不下來，她實在沒有力氣再彈下去了。她母親解救了她。「你的晚餐就放在廚房，親愛的，」她說：「你可以從冷凍庫拿一支冰棒當甜點。只能一支哦。」

梅西亞．勞登把空酒杯遞給丈夫，他為她斟滿。然後她上樓，勞登先生留在客廳。艾咪仔細觀察父親，發現他緊繃的表情漸漸緩和，不再像之前那麼不開心；她經過他身邊走去廚房的時候，他不但對她溫柔微笑，甚至還拍了拍她的頭頂。

艾咪吃完晚餐，也吃了冰棒，她好玩地把包裝袋拍扁之後，再回到鋼琴那邊練了一會兒琴，彈的是〈筷子〉。她父親穿了晚宴服下樓，把酒杯放在爐台上，走去落地窗那邊看陽台和花園。艾咪發現他臉上的變化更加明顯，五官顯得更加柔和；到後來，他好像非常快活。艾咪懷疑他是不是喝醉了，他走起路來不太穩當。不過，其他方面愈來愈穩當了。

她的父母從沒演出過像走鋼索的人那樣一搖一晃的走法，每年只要樂隊奏起〈告訴我回家的路〉，走鋼索的人就開始表演了，有時候她也會有樣學樣地模仿一下。她喜歡在草坪上不停的轉，轉，轉，一直轉到站不穩，轉到想吐，然後大聲嚷嚷，「我喝醉啦！我是酒鬼啊！」她就這樣在草地上東倒西歪，努力不讓自己倒下來。她發現看不清世界的那一剎那其實感覺滿好的，但是她從沒看見她的父母親有過這樣的狀況。她從沒看過他們又唱又轉地抱著街燈柱子，不過她看過他們直接倒下來。他們從來不會失態——愈醉愈客氣，愈醉愈有禮貌——只是有些時候，她父親站起來要為大家斟酒，他走路的樣子很正常，可鞋子卻常常會勾到地毯。還有些時候，他往餐廳的門走，總是會差上一兩呎——有一回，她看見他直接撞上牆，因為力道太猛，整個人倒在地板上，他手裡拿的酒杯幾乎全砸碎了。當時有一兩個人在笑，乾笑而已，大多數人則都裝作沒看見。而她父親立刻爬起來，若無其事地繼續走到吧台。艾咪也曾經看過法克森太太沒對準座椅，還差一呎的距離，砰地一聲坐到地板上——那次沒有一個人笑，大家都假裝沒這回事。他們看起來就像在學校演出的某齣戲裡的演員，萬一撞倒了道具樹，你就要趕緊趁人不注意的時候把它扶起來，這樣才不會毀了森林的假象——他們看見有人摔倒的時候，表現就是如此。

這會兒，她父親的腳步僵硬好笑，跟他早上在月台上來回踏步的樣子大不相同，她看得出來他在找東西。他在找他的酒。酒就在爐台上，他偏偏沒看那邊。他在客廳所有的茶几上找，然後走去陽台上找，然後又返回客廳，再找一遍所有的茶几。然後再上陽台，然後再回客廳，在同一個地方一連找了三次，然而每次她弄丟了運動鞋或是雨衣的時候，他總是叫她用腦筋找。「自己去找，艾咪，」他總是這句話，「想清楚你把它留在哪了。不能每次下雨我就得給你買新雨衣。」最後他終於放棄，再拿一只酒杯給自己斟上雞尾酒。「我要去接漢林太太。」他對艾咪說，彷彿這是一件了不得的大消息。

艾咪對漢林太太唯一的感覺就是沒興趣，她父親接了保母回來，艾咪想起那幾個晚上，甚至那幾個星期、那幾年，她單獨和漢林太太兩個人關在家裡的情形。漢林太太非常有禮貌，老是不斷對艾咪說淑女應該怎樣，不應該怎樣。漢林太太對於艾咪的父母去哪裡，參加什麼樣的派對都很想知道，這明明不干她的事。她老是坐在沙發上，好像她就是這裡的主人，並且總是大談那些根本沒介紹給她認識過的人，還叫艾咪幫她拿報紙，她哪有這個權力啊。

梅西亞．勞登下樓了，漢林太太向她問安。「祝你們玩得開心，」她跟在勞登夫婦背後大聲的說。等他們一出門，她就轉向艾咪。「爸媽去哪呀，小乖？」

「你一定知道的吧，小乖。戴上你的記憶帽子，用心想想。他們是不是去俱樂部？」

「不是。」艾咪說。

「不知道會不會是川契爾家，」漢林太太說：「我來的時候，看到川契爾家的燈光好亮。」

「他們不是去川契爾家，」艾咪說：「他們討厭川契爾。」

「那，他們會去哪呢，小乖？」漢林太太問。

「他們會去法克森家。」艾咪說。

「好了，我只要知道這個就行了，小乖。」漢林太太說：「去幫我拿報紙，交給我的時候要有禮貌。要有禮貌哦。」艾咪拿報紙給她時，她說：「為長輩做事如果沒禮貌，就沒什麼意義了。」她戴上老花眼鏡開始看報。

艾咪上樓回自己的房間。她桌上一個，杯子裡是茹絲瑪麗送她的日本水蓮花，在水裡開得快爛了，那粉紅的顏色是染料染的。艾咪由後樓梯下來穿過廚房走進餐廳。她父親調製雞尾酒的東西都攤在吧台上。她把瓶子裡的琴酒全部倒進配膳間的水槽，再把它放回原位。這個時間出去騎腳踏車太晚，上床睡覺又太早，她知道只要是她有興趣的電視節目，譬如兇殺事件，漢林太太就會叫她關掉。她忽然想起她父親去西部旅遊回來帶給她一本關於馬兒的書，她快活地跑上樓去看她的新書。

勞登夫婦回家時已經過了兩點。漢林太太在客廳的沙發上睡覺，正夢見一間滿是灰塵的閣樓，忽然被門廳的說話聲驚醒。梅西亞．勞登付給她酬勞，並且謝謝她，問她有沒有什麼人來電話，隨後就上樓了。勞登先生待在餐廳，不斷搖晃著那些酒瓶。漢林太太急著想回去爬上自己的床繼續睡覺，心裡祈禱著他別又像往常那樣，再倒一杯酒來喝。她幾乎夜夜都由喝醉酒的先生們開車送她回家。他站在餐廳門口，抓著一支空酒瓶。「你肯定爛醉了，漢林太太。」他說。

「唔，」她說。她不明白他的意思。

「你居然喝掉一夸脫的琴酒。」他說。

這個昏昏欲睡的老女人——在半夢半醒之間——集中精神，用力抓著自己的灰髮。她喜歡收養流浪貓，她可以把有趣的、值得保留的報紙一路堆高到浴室的天花板。她是個孤僻的人，老是自言自語；為了怕失火，她都穿著內衣睡覺；買熬湯的大骨頭也要討價還價。鄰里間盛傳她最後會死在自己的廢物堆裡，她的床墊上肯定堆滿了手冊目錄，枕頭套裡會塞滿百元大鈔。她為了表現真正的淑女而抵制所有的私欲和誘惑，現在竟落得一個小偷的罵名。她對他尖聲叫囂起來。

「把這句話收回去，勞登先生！你把剛才說的每一個字都給我收回去！我這輩子從來沒偷過任何東西，我全家沒有一個人偷過東西，我沒必要站在這裡受一個酒鬼的侮辱。說到酒，二十五年來我喝的酒還裝不滿一個洗眼鏡片的杯子。漢林先生在二十五年前帶我去過一個小吃店，我喝了兩小杯曼哈頓雞尾酒，害得我又吐又暈，從那以後我就不喜歡這玩意。你敢對我這樣說話！你竟然說我是賊，是女酒鬼！哈呀，你簡直令我作嘔——你可惡啊，你對我的苦處一無所知。你知道去年聖誕大餐我吃什麼嗎？我吃一個培根三明治。你這個混蛋！」她開始啜泣。「我真高興我說出來了！」她尖吼。「這是我這輩子頭一次飆髒話，我真高興我說出來了。你這個混蛋！」彷彿站在一艘大船的船頭，她全身有一股自由奔放的感覺。「我這輩子一直住在這一區。我還記得當初這裡全都是很好很善良的農民，河裡頭好多魚。我父親有四畝很肥美的牧草地，名聲好極了，我母親娘家是大戶人家，荷蘭的貴族。我母親長得好像荷蘭女王威廉明娜。你以為你侮辱了我就沒事了嗎，那你可是大錯特錯了。」她走過去拎起電話，對著話筒尖叫，「警察！警察！警察！我是漢林太太，我現在在勞登家裡。他喝醉了，他罵我侮辱我，我要你們馬上過來逮捕他！」

吵鬧的聲音驚醒了艾咪，她躺在床上，隱約感受到成人世界的可悲腐化；那麼粗魯那麼脆弱，就像一塊打了許多補釘的破麻布，那些愚蠢又錯誤百出的補釘既無用又難看，偏偏他們就是看不見它的無用，你要是指正他們，他們還會生氣。吵鬧的聲音繼續，她聽見叫喊「警察！警察！」的聲音，她害怕了。她不知道她會不會被捕，他們會在空酒瓶上採到她的指紋，不過令她害怕的不是她自身的安危，而是在半夜裡，她父親的房子要坍塌了。這一切都是她的錯，她聽見父親在書房用分機說話的時候，她更覺得愧疚到無地自容。她父親其實很努力要表現得和善親切——她想起他從西部給她買回來很貴的那本關於馬的繪本書，她咬緊牙根不讓自己哭出聲來。她拿枕頭蓋著頭，難過地想著她必須離家出走。他們過去住紐約的時候她有很多朋友，要不她也可以在中央公園過夜，或者躲在博物館裡。她必須離家出走。

「早，」她父親在早餐時說，「準備迎接美好的一天！」他心情愉快，因為天氣太好，因為處理漢林太太的鬧事得當，沒讓警察上門；再加上一夜好眠，想著可以去打高爾夫。勞登先生是有感而發，聽在艾咪的耳裡卻唐突又反感；父親的話壞了她的胃口，她低頭對著那碗麥片，拿湯匙不斷的攪和著。「不要這副怪樣，艾咪，」他說。她忽然想起了昨夜，那尖叫聲，還有出走的決定。他的開心刷新了她的記憶。她打定主意。十點鐘她有一節芭蕾舞課，她中午要和莉莉安・陶爾一起吃飯。之後她就可以出走了。

小孩子帶一把牙刷和一隻泰迪熊就可以乘船出海了；要是環遊世界，他們會有很多配備，不成雙的怪襪子、海螺殼、溫度計、書、石頭、孔雀毛、糖果棒、網球、用過的髒手帕和舊線團……這些都是他們認為外出旅行的必需品。那天下午，艾咪一鼓作氣把東西全部打包好了。午餐延後了她回家的時間，出走的計畫也要順延，她並不在意。她可以搭傍晚的那班火車——就是之前廚子搭的那班。她父親在打高爾夫球，母親不知道去哪裡。一個鐘點工人在打掃客廳。艾咪收拾好行李，走進父母的臥室，沖馬桶。趁著嘩嘩的水聲，她在母親的桌上拿了一張二十元的紙鈔。她下樓走出家門，繞過布蘭哈洛圓環，順著艾爾瓦巷走到車站。她心裡沒有任何後悔或是告別的想法。她把市區裡那些朋友的名字全部複習了一遍，萬一不想在博物館過夜時，可以派上用場。她推開候車室的門，站長弗蘭納甘先生在撥弄炭火。

「我要買一張去紐約的車票。」艾咪說。

「單程還是來回？」

「單程，謝謝。」

弗蘭納甘先生走進售票處，把玻璃窗往上推。「我這裡大概沒有半票，艾咪，」他說。「我得寫一張給你。」

「好的，」她說。她把二十元的紙鈔放在櫃台上。

「還要找錢，」他說，「那我得走到另外一邊。現在四點三十二分的班車進站了，不過你可以搭五點十分的那一班。」她不反對，乖乖坐到硬紙板做的手提箱旁邊，紙箱上印著歐洲的旅館和許多地名。那列火車到站又開走，弗蘭納甘先生關上售票窗口，穿過陸橋走到北月台打電話給勞登夫婦。勞登先生剛剛打完球進來，正在調雞尾酒。「你的女兒好像打算去旅行。」弗蘭納甘先生說。

勞登先生到達車站的時候天黑了。他隔著車站的窗子看見女兒。小女孩坐在長椅上，紙板做的手提箱上印著好多名字，他莫名感動起來，每當她無助或是病得很厲害的時候，就會有這種觸動他的魔力。無緣無故、突如其來的一陣冷顫！就像晚上一個人開車回家的路上，隨風飛舞的落葉忽然刷過車頭燈時，他全身起雞皮疙瘩的感覺。在那一瞬間，心中的渴望會令他渾身發抖，那個瞬間他似乎脫離了生活中一些刻板的符號——掉了釦子的襯衫，各式各樣的單據，銀行報表，訂貨單，空了的酒杯。他似乎在傾聽——只有上帝知道他在聽什麼。號令聲，鼓聲，烽火堆的劈啪聲，編鐘的樂聲（在高山的空氣中是多麼悅耳），山路上小酒店裡的歌聲，野雁的鳴叫聲——他似乎聞到了威尼斯教堂裡的潮濕味。忽然，就像那一陣落葉，她的形象，她觸動他的力量終止了；他的雞皮疙瘩消失了。他又是他了。唉呀，她為什麼要蹺家？旅行——有誰比一個每隔兩星期就得耗掉三天在路上旅行的人更清楚這件事——旅行是一個熱到發昏的機艙和一再反覆看著一些雜誌的世界，在這個世界裡甚至連咖啡、香檳嘗起來都有塑膠味。他要怎麼教她了解家，甜蜜溫馨的家，才是最好的一個地方呢？

噢，青春啊美貌啊！

每次在席地嶺郊區辦的週末夜大派對接近尾聲的時候，幾乎所有該在上午打高爾夫球的人在幾小時前都早早回了家，只剩十一、二個人還在拚命死撐，但是琴酒和威士忌快喝光了，因此，總會看見喝著牛奶陪著先生的女人；大家都已經沒了時間觀念，那些在家裡等候這些頑固分子的保母早已經躺平在沙發上睡著了，做著廚藝賽得獎、出海玩樂、談情說愛的美夢。而當不認輸的醉客、賭客、鋼琴手，還有希望落空的那些女人都原形畢露之時；當所有的提議——去法克森家吃早餐，去游泳，去叫醒湯森夫婦，去做這做那——統統引不起回應之時，崔斯．貝爾登就會開始數落凱許．班特利的年紀和愈來愈少的頭髮。接著，口水戰就會變成搬動客廳裡的家具。崔斯和凱許這兩個男人，會開始搬動桌子、椅子、沙發、壁爐擋、木箱、腳凳；等到搬完了，這地方也完全變了個樣。再如果主人有一把左輪，他肯定會被逼得拿出來。凱許會脫掉鞋子，彎身躲在沙發後面，崔斯則對著窗外開火。假如你是初來乍到的新人，完全不了解這些程序，你會以為遇到一場障礙賽跑。瞧！凱許翻越沙發、茶几、爐擋和木箱——但這又不能算是競賽，因為只有凱許一個人在跑，不過這位四十歲的男人能夠如此優雅地翻越過那麼多的障礙，實在是相當難得；而席地嶺的家具，也沒有一件因為他的跨越而翻倒過。障礙大賽在歡呼聲中結束，派對也隨著歡呼聲解散。

當然，凱許本來就是一個老牌的賽跑明星，只是他對於光鮮的過去不張揚也不怨懟。耗費青春讀完的大學有意聘他在校友會擔任一份支薪的工作，他拒絕了，他認為屬於他生命中的這個部分已經告一段落。凱許和他太太露易絲，有兩個小孩，全家住在艾爾瓦巷一棟中等價位的平房裡。他們是鄉村俱樂部的會員，但他們其實負擔不起這個會費，只因為他們是班特利夫婦，誰也不會說話，而且凱許・班特利是席地嶺最受敬重的人士之一。他身材仍舊修長——他對體重非常在意——每天早上走路去搭車，腳步輕快有力，標準運動員的架式。他的頭髮稀薄，早晨也有兩眼充血的時候，但這些都無損於他青春永駐的本質。

在事業方面，凱許經歷過不少顛簸和失意，班特利家在財務上問題頗多。他們經常遲繳稅金和抵押貸款，玄關茶几的抽屜裡塞滿了未繳付的帳單；班特利家跟銀行之間始終在拉鋸。露易絲在週末夜顯得特別漂亮，但實際上她的日子過得吃力又貧乏。她的套裝、外衣、裙裝口袋裡都是一些皺巴巴的小紙條，上面寫著：「乳瑪琳，冷凍菠菜，舒潔，狗餅乾，漢堡，胡椒，豬油……」早上還沒完全睡醒，就得燒水泡咖啡，解凍橘子汁，忙兩個孩子。她得趴在地上爬進梳妝台底下去找托比的一隻襪子，或躺在地上蹭進床底下（沾了一鼻子灰）找瑞秋的一隻鞋子。接著就是家事，洗衣，煮飯，還有孩子們的需求。似乎永遠都在穿鞋脫鞋，雪衣的拉鍊不斷地拉上拉下，擦屁股，擦眼淚，等到太陽西下（她從廚房的窗子看著它下山）就該煮晚飯了，就該幫他們洗澡，講床邊故事和做禱告。在黑暗的房間中，在大聲念誦天父的禱告詞中，孩子們的一天結束了，露易絲・班特利的一天卻離結束還早得很呢。她又得縫這個修那個，燙衣服，做了十六年的家務事，仍然連一樣也省不掉，甚至連睡著了都躲不過。雪衣、鞋子、洗澡、採購日用品，似乎已經滲透了她的潛意識。她經常會說夢話——聲音大到可以把先生吵醒的地步。「我買不起小牛排呀！」有天夜裡她說，然後無奈地嘆了口氣安靜下來。

依席地嶺的標準，班特利夫婦是幸福美滿的一對，只是婚姻生活中總有些起和落。凱許也有非常暴躁的時候。他在辦公室忙亂一整天之後回到家，發現露易絲——基於某種理由——居然沒做晚飯，他會變臉。「搞什麼東西！」然後自己去廚房把冷凍食品加熱。在這個煎熬的時刻，他會喝一點威士忌舒緩一下，其實這根本無效，他總是把鍋子底燒焦了，然後坐在滿是煙味的餐廳裡吃飯。到這個時候大吵一架只是遲早的問題。然後露易絲奔上樓，撲到床上啜泣，凱許則抓著威士忌酒瓶猛灌。這樣的爭吵，帶給凱許和露易絲——撇開兩個人耗費的精力不說——極大的痛苦。吵完架，凱許睡樓下的沙發，不過問題一旦開始了，睡覺根本無濟於事，第二天早上兩個人只要一碰面就繼續吵個沒完。等到凱許搭火車上班，把兩個孩子送去幼兒園之後，露易絲立刻穿上大衣穿過草地去貝爾登家。她喝著溫熱的咖啡哭著，向露西．貝爾登訴苦。婚姻的意義究竟是什麼？愛情的意義又是什麼？露西總是勸露易絲找份工作。工作可以給予她情感和經濟方面的獨立，露西說，這才是她真正最需要的東西。

第二天晚上，情況更糟。凱許連晚飯也不回來吃，一直到十一點左右才蹣跚地走進家門，整個爭吵的場面又重新來過，最後露易絲哭著上樓睡覺，凱許再度睡客廳的沙發。這樣連續幾天幾夜之後，露易絲確定她已經到了一個極限。她會痛下決心，去麻麻羅內克她結了婚的姐姐家住。通常她都選在星期六凱許在家的時候出發。她總是拎一只手提箱，帶著她的戰時公債券。常常在出發前，她洗完澡穿上最好的一件襯裙時，凱許會在臥室門口看著她。她的襯裙很透明，突然他完全後悔了，又充滿了無比的輕憐蜜愛。「喔，親愛的！」他渴切的呻吟著，大約過了一小時後，他們下樓來隨便吃點東西，兩個人會一面嘆氣一面眉來眼去的看著對方；這時他們又是全美國東部最幸福美滿的一對了。而露西．貝爾登經常會在這個時間點，帶來幫露易絲找到工作的好消息。露西撳了門鈴，穿著浴袍的凱許開門請她進去。當然，她還是會先跟凱許打個招呼，再趕緊走進餐廳，把好消息告訴可憐的露易絲。「啊，真的很感謝你那麼費心，」露易絲有氣無力的說，「可是我大概用不著出去工作了。我覺得凱許並不想要我出去工作，是吧，親愛的？」她眨著黑色的大眼睛望著凱許，那眼裡有著濃濃的迷霧。露西立刻抽身離開這個令人氣結的場面，但她並不是真的生氣，因為她已結婚十九年，婚姻裡的眉眉角角她太清楚了。不過她也不夠聰明；因為下一次當班特利夫妻吵架的時候，她又會熱心地去幫露易絲找工作。只是這些爭吵和復合，就像障礙賽，一再重複卻樂此不疲。

春天裡一個星期六的夜晚，法克森夫婦為班特利夫婦辦了一個結婚週年派對。十七年的週年紀念。星期六下午，露易絲．班特利做足了準備工作，費心盡力的就像在過每週一的大清洗日。她看著鐘，給自己一個小時的休息時間，把腳抬高伸到半空中，用吊帶提升下巴，用收斂水浸潤眼睛。敷臉，束腰帶，除毛，上髮捲，上妝，所有這一切就為了回春、凍齡。到最後她覺得效果並不如預期，她就繫了一塊面紗遮住眼睛——畢竟她還是一個挺好看的女人，而她塗抹的化妝品，就像面紗一樣，是透明的；面紗底下的臉孔那一份成熟的美麗、智慧和熱誠是遮掩不掉，也偽裝不來的。法克森家的派對很棒，班特利夫婦非常開心。唯一喝得過量的是崔斯．貝爾登。到後來，他開始笑話凱許愈來愈稀疏的頭髮，凱許耐著性子開始搬動家具。哈利．法克森有一把手槍，崔斯走上陽台對空開了一槍。凱許跨過沙發，跨過茶几，跨過扶手椅和爐擋——偏偏，矮櫃上的一件雕刻絆住了他，他像一噸磚塊似地倒了下來。

露易絲尖叫著奔過去。他前額劃開一道傷口，有人替他綁上繃帶止血。他試著站起來，結果又蹣跚地跌倒了，他臉色發青。哈利打電話找了帕敏特醫生、霍普威爾醫生、奧特曼醫生、巴恩斯泰伯醫生，問題是這是凌晨兩點，沒人接聽。最後，一位耶爾克醫生——完全不認識的——同意過來。耶爾克是個年輕人——太年輕了，實在不像一個醫生——他朝凌亂的房間和急切的同伴看了一圈，彷彿覺得這個場面十分詭異。他一開口就踩到了凱許的痛腳。「怎麼回事，老前輩？」他問。凱許一條腿骨折了。醫生用夾板把腿固定好，哈利和崔斯攙扶這位傷患上了醫生的車子。露易絲開自己的車跟著他們去醫院，看到凱許躺在病房裡。醫生給凱許注射了鎮靜劑，露易絲親吻他，在天快亮的時候才開車回家。

凱許在醫院待了兩個禮拜，他回家的時候拄著拐杖，骨折的腿裹著厚厚的石膏。再過十天，他才能一拐一拐地去車站搭早班車。「我再也不能跑障礙賽了，親愛的。」他傷心的告訴露易絲，她說那沒關係——對她來說是沒關係，但是對凱許很有關係。他住院期間體重減輕不少，精神也變差了。他似乎心有不甘。他不明白怎麼會這樣。他自己，甚至他周圍的一切，似乎都莫名其妙地變了樣，愈變愈壞。就連他對這個世界的感受也在作怪，多年來他對這個美好誠懇的世界是那麼的欣賞喜愛。有一天深夜，他走進廚房準備給自己做一個三明治，打開冰箱，聞到一股惡臭。他立刻把壞掉的肉扔進垃圾桶，那股臭味卻一直在他的鼻孔裡，揮之不去。幾天後，他在屋頂閣樓找尋他大學代表隊的隊服。閣樓上沒窗子，手電筒的光又很暗。他跪在地板上開箱子，嘴唇碰到一張蜘蛛網。他不耐煩的擦拭著，更有了一種嘴巴也被封住的感覺。幾天後，那晚下著雨，他走在紐約的一條暗巷裡，看見一個門口站著一名上了年紀的妓女。她淫穢醜陋，難看得就像漫畫裡的死神，在他還來不及做出任何批判之前——他的眼光接觸到了她扭曲的身形——他忽然嘴唇發脹，呼吸急促，他體驗到了一種另類的情欲衝動。幾天後的一個晚上，他在客廳看《時代》雜誌，注意到露易絲從花園摘來的玫瑰花謝了，散發出來的泥土味蓋過了所有其他味道。那是一種腐敗到無法忍受的怪味。他把玫瑰花丟進字紙簍——太遲了，這些玫瑰花已經讓他想起了那塊餿掉的肉、那個老妓女、還有那張蜘蛛網。

他又開始參加派對，但是少了障礙賽跑，派對裡的那些朋友鄰居在他看來似乎都走味了。聽著他們講的那些黃色笑話，他的怒氣明寫在臉上，絲毫難以遮掩。那些朋友臉上的表情也令他不樂，他攤在椅子上，盯著他們的皮膚、牙齒，那樣子就像個小他們很多的年輕人。

他那易怒的情緒也潑灑到露易絲身上了。她覺得他失去障礙賽的能量之後，連平衡感也一併失去了。朋友來家裡小酌的時候，他的態度變得粗魯無禮；和露易絲一起出門時，態度也很壞，很不開心。露易絲問他怎麼回事，他也只是嘟囔著「沒事，沒事，沒事」，一面再給自己倒些威士忌。五月六月就這樣過去，再來是七月初，他的狀況完全沒有改善。

一個夏夜，一個很美妙的夏夜。八點十五分那班列車上的乘客都看見了——只要是有心人都會看到——席地嶺沐浴在一片祥和的金光之中。火車行進的聲音被茂密的枝葉遮掩得斷斷續續，長長的車窗看起來就像一列燈影閃爍的水族箱。山頭上，女士們交頭接耳讚賞著，「你聞聞這草！你聞聞這樹！」法克森家又在開派對了，哈利在玫瑰棚架上掛了一塊牌子「威士忌峽谷」，他自己則穿戴著白色廚師帽和圍裙。賓客們正在喝酒。在這無風的夜晚，烤肉的煙燻味筆直竄進了樹林裡。

山上的俱樂部，首度為年輕人舉辦的正式舞會在九點左右開始。艾爾瓦巷的灑水器入夜還在持續的噴灑，可以清楚聞到水的味道。空氣一如夜色般的芬芳——是散步的好時光——艾爾瓦巷住家的窗戶大都開著。你要是剛巧走過，就可以看見貝爾登先生和貝爾登太太在看電視。喬．洛克伍德——住在拐角的那位年輕律師——正在他太太面前演練向陪審團演說的講稿。「我要在此告訴各位，」他說，「一個正直的人，一個享有誠實可靠名聲的人……」他邊說邊揮動著兩條光溜溜的手臂。他太太在編織東西。卡佛太太——哈利．法克森的岳母——抬眼望著天空問著，「這些星星都是從哪來的？」她又老又蠢，可是她說得沒錯：昨晚上星星好像進入了銀河系裡的一個新境界，像是在光影的薄膜裡滴落的一滴淚，晶瑩剔透，今晚的夜空一點都不黑了。鐵軌附近尚未售出的一些建築工地裡，有一隻畫眉鳥在唱歌。

班特利夫婦待在家裡。因為凱許脾氣太壞太掃興，法克森沒有邀他參加。他坐在沙發上露易絲的身邊，露易絲在給孩子們的襯褲縫鬆緊帶。窗戶開著，他聽得見夏夜裡歡樂的聲音。班特利家後面，在羅傑士家的花園裡，也有一個派對。舞會的音樂聲沿著山坡飄送。樂隊很簡約——只有薩克斯風、鼓和鋼琴——演奏的曲目全是二十來歲的人聽的曲子。樂隊奏著〈瓦倫西亞〉，凱許溫柔地望著露易絲，今晚的露易絲顯得無精打采。檯燈把她的灰髮照得特別清楚，她的圍裙褪色了，臉上也毫無血色。突然，凱許發狂似的隨著音樂拍打自己的腿。他跟著傳過來的薩克斯風咿咿呀呀胡亂的唱著——呀咿呀咿呀——然後嘆口氣走進了廚房。

黑暗中瀰漫著一股淡淡的食物臭酸味。從廚房的窗口，凱許看得到羅傑士家的派對。那是個年輕人的派對。羅傑士家的女孩約了些朋友過來吃飯跳舞，現在好像快散了。車子一輛輛開走。「我全身都是草漬，」一個女孩說。「希望那老頭記得買罐汽油。」一個男孩說，一個女孩哈哈大笑。他們除了想辦法排遣這些夏天的夜晚之外，其他什麼心事也沒有。什麼稅款啦、褲頭上的鬆緊帶啦——所有生活上那些令凱許透不過氣來的不美不好的真相，在那個花園裡完全沾不上邊。妒忌緊緊抓住他——如此蠻橫如此苦澀，他簡直難受到了極點。

他不明白，究竟是什麼東西把他跟隔壁花園裡那些孩子區分開來。他一直就是個年輕人哪。他一直就是個英雄啊。他一直受人崇拜，一直很快樂，一直衝勁十足，現在卻站在黑暗的廚房裡，失去了體力、衝勁、好看的容貌——失去所有在他不可或缺的東西。他覺得隔壁院子裡的那些人就是他當年參加的派對裡的觀眾，那裡有他的興趣和念想，然而現在都被無情的去除掉了。他覺得自己就像夏夜裡的幽魂。他心中充滿了渴望。就在這時，他聽見前面屋子裡有說話的聲音。露易絲開亮廚房的燈。「啊，你在這裡，」她說，「貝爾登他們來了。大概是來喝一杯吧。」

凱許走到前屋去打招呼。貝爾登夫婦準備上去俱樂部跳最後一支舞。他們瞥見凱許閒著沒事，就過來慫恿他們一起。露易絲找了人來陪伴兩個孩子，然後上樓換裝。

他們到了俱樂部，看到酒吧裡有幾個跟他們同年紀的朋友，凱許卻待不住。他似乎坐立難安，也或許是喝醉了，從酒吧休息室走到舞廳的路上撞到了一張桌子。他還硬搶別人的舞伴，是個年輕女孩。他使勁抱著她，一跳一蹦帶著她跳老掉牙的兩步舞，她急得向一個沒有舞伴的男孩打手勢求救。凱許被甩開了，他氣呼呼地離開舞池走上陽台。一推開紗門，有幾對相擁的年輕男女立刻分開來。他走到陽台盡頭，希望一個人靜靜——沒想到，竟然又有一對年輕人從草坪上站起來，原本大概是躺著的，這時卻摸黑朝著泳池走去。

露易絲跟貝爾登夫婦留在酒吧裡。「可憐的凱許太緊繃了。」過了一會兒，她說：「今天下午他說要油漆防風窗。他調好了油漆，洗好了刷子，換上舊工作服，走進地窖。五點鐘左右有電話找他，我下去叫他，你猜怎麼了？他就坐在黑暗裡，手上拿著一大杯雞尾酒。防風窗連碰也沒碰過。他就那樣坐在黑暗裡，喝著馬丁尼。」

「可憐的凱許。」崔斯說。

「所以你應該找份工作，」露西對露易絲說：「那可以給你感情和經濟上的獨立自主。」在她說話的時候，他們都聽見酒吧裡搬動桌椅的聲響。

「啊呀天哪！」露易絲說。「他又要跑障礙賽了。阻止他，崔斯，快阻止他！他會傷到自己。那會要他的命！」

他們到了酒吧門口探看。露易絲再次央求崔斯去阻止他，可是從凱許的臉上她看得出來，他根本是心意已決。有幾對男女離開了舞池，站在一旁看著這些開跑的準備動作。崔斯並沒有阻止凱許——反而還幫他。眼前沒有手槍，他就拿幾本書來代替，砰地用力一甩當作鳴槍開跑聲。

凱許翻過沙發，翻過茶几，翻過檯燈，翻過爐擋，翻過腳凳。他的優雅他的力量似乎都回來了。他把大沙發挪到房間盡頭，他跑到那兒非但沒有停止，反而重新再跑一遍。他繃著臉，張著嘴，脖子上的青筋整個暴凸。他又翻過腳凳、爐擋、檯燈、茶几，所有的人屏著氣看他衝向最後一張沙發——他越過了，平安落地。四周響起一些掌聲。但突然間，他呻吟著倒下了。露易絲奔到他身邊，看到他全身濕透，喘得很厲害。她跪在他身旁，把他的頭擱在自己的腿上，不斷撫摸著他稀疏的頭髮。

星期天凱許嚴重宿醉，露易絲讓他睡到將近上教堂的時間。十一點，一家人照慣例一起上教堂。凱許唱聖歌，跪下來禱告，但是他在教堂裡的感覺卻像是站在主恩浩蕩的領域之外，說實話，他現在就跟我家養的牛頭犬一樣，根本不再相信聖父聖子聖靈這一套了。一點鐘回到家，全家吃著一成不變的星期日午餐，煮過頭的肉和生硬的馬鈴薯。五點左右，帕敏特夫婦來電話，邀他們過去喝一杯。露易絲不想出門，凱許一個人去了。（啊，那些郊區的星期日夜晚，那些星期日夜晚的藍調！那些星期六告別的客人，那些走味的雞尾酒，那些半死不活的花朵，那些趕著去哈蒙看百碼錦標賽的行程，那些繁文縟節，那些難吃的晚餐！）天氣實在太悶熱了。一年中最熱的日子開始了。凱許跟帕敏特他們喝了一兩個小時的琴酒，又跑去湯森家喝。法克森來電話邀請湯森夫婦過去，順便帶凱許一起，於是大夥兒在法克森家又喝了不少酒、吃了些派對的剩菜。見到凱許似乎又找回了自己，法克森夫婦感到很開心。等到凱許回到家，時間已經過了十點半、快十一點了。露易絲在樓上，她在剪《生活》雜誌上那些會戕害小孩身心的暴力和災難性圖片。這是她的習慣。凱許上樓跟她說了幾句話又再下樓。過一會，她聽見他在搬動客廳的家具。接著他大聲喊她，她下樓，看他穿著襪子站在樓梯口，握著一把手槍遞給她。她從來沒開過槍，他教了她半天也沒用。

「快啊，」他說：「我忍了一整晚，等不及了。」

他忘了提手槍的保險桿，她扣下扳機，沒有任何動靜。

「就那個小小的桿子，」他說：「就按那個桿子。」就在這一刻，他不耐煩地翻過沙發。

槍開火了，露易絲打到跳在半空中的他。她打死他了。

豬掉進井裡的那天

每年夏天，諾德全家在阿迪隆戴克山區白灘營團聚的時候，總會有人在哪個晚上提出這一問，「還記得豬掉進井裡的那天嗎？」這彷彿給六重唱起了個頭，其餘的人立刻搶著參一腳，就像「吉伯特和沙利文劇場」[25]裡大合唱的那些家庭，這個回憶過往的說故事時間總可以持續一個多小時。那麼多美好的日子——成千上百的好日子——似乎都沒給他們留下半點記憶，可就是忘不了這一個小災難，彷彿這件事才是夏天的起源。

這隻出了名的豬是藍迪・諾德的，是他從藍契斯特的商展會裡贏來的獎品。他正打算給牠蓋個豬圈的時候，潘蜜拉・布雷斯代來了一通電話，他就把豬往工具房裡一放，開了那輛老凱迪拉克趕去布雷斯代家。當時，羅賽爾・楊正在和艾莎・諾德打網球。那年他們家的廚子是一個愛爾蘭女人，名叫娜拉・昆。諾德太太的姐姐——瑪莎阿姨，去了麥克比村子一個朋友那兒拿剪報，諾德先生準備午餐後，開汽艇到波勒渡口接她回家。這天有一位庫里奇小姐要來家裡吃晚餐，連帶度週末。她是諾德太太三十年前在瑞士讀書時候認識的同學；她寫信給諾德太太，說跟幾個朋友到了格蘭福斯，可不可以順道來拜訪一下老同學？諾德太太其實不太記得她，也不怎麼想見她，但還是回信邀她過來度週末。時序已經七月中，可是天亮的時候，一陣來勢洶洶的西北風居然把屋子裡每樣東西都吹翻了，像暴風似地在林間呼嘯。風雖然狂，你要是走出去，那太陽還是熱得很。

就在這多事的一天，豬掉進了井裡，這又牽扯到另外一個主角——羅賽爾．楊。這個人不是家裡的成員，他父親在麥克比開了一間五金行。楊家是很受尊敬的本地人，每年春天避暑的度假屋準備開放的時候，楊太太會做一個月的清潔工，不過她的地位可不是一般的僕役。羅賽爾．楊是因為諾德家的兩個男孩——哈特利和藍迪——才會認識他們的。他從小就常常去他們的營地，也因為他比諾德家的男孩大一兩歲，所以諾德太太挺放心把兩個兒子託給他照顧。羅賽爾和艾莎．諾德同年，比瓊安小一歲。艾莎．諾德在開始這段友誼之前，是個胖妞。瓊安就很漂亮，但大部分時間都花在照鏡子上。艾莎和瓊安都喜歡藍迪，她們會拿自己的零用錢給他買油漆，好為他那艘小船上漆。但他們的關係也僅止於此。哈特利．諾德卻很討厭兩個姐姐。「我昨天在浴室看見艾莎，全裸的喲，」他會大肆宣揚，「她肚子上一大圈一大圈的不知道是些什麼東西，簡直難看死了。」他還會說：「瓊安最髒了。你們該去看看她的房間。我真不明白怎麼會有人想要帶這麼髒的人去跳舞。」

再想起這些事的時候，他們都長大了。羅賽爾已經從本地高中畢業，去奧爾巴尼上大學，大一那年夏天，他在諾德家打工，做一些零碎的雜事。然而，打工拿工錢的事實並沒改變他和這家人的親密關係，他依舊跟藍迪和哈特利是好朋友。而且，在某種程度上，羅賽爾的性格和背景似乎很有帶頭作用，諾德家的男孩回紐約都帶著他的北部鄉下腔。另一方面，羅賽爾也會跟著他們上賀威特

25 吉伯特和沙利文（Gilbert and Sullivan），維多利亞時期的兩位幽默劇作家和作曲家，兩人合作無間，一八七一至一八九六這二十五年之間一共創作了十四部歌唱喜劇。

角野餐，跟著他們爬山釣魚，跟著他們去市政廳跳方塊舞，從跟隨當中，從諾德他們那裡見識到本地人從未見識過的暑期生活。他對於這樣真切愉悅的力量絲毫沒有疑慮和不安，他坐在那輛老凱迪拉克裡，跟著諾德他們翻山越嶺，和他們分享七八月的陽光給予身心靈的珍貴感受。諾德家的孩子絕不涉及羅賽爾和他們之間社會地位上的不同，即使他們覺得真有這方面的障礙，在夏天的這幾個月分裡也全都放下了——因為這個鄉間，這個天空，陽光照著山也照著湖，這是天堂，在這個季節裡強和弱、貧和富，都不分彼此的和平共存著。

豬掉進井裡的那個夏天，也是艾莎打網球和變得很瘦的那個夏天。艾莎進大學的時候超胖，在大一這一年裡，她開始艱巨的——就她來說非常成功的——朝著新的外觀、新的個性奮力邁進。她進行嚴格節食，一天打十二到十四局網球；她堅持運動的熱切態度沒有一刻鬆懈。那年夏天，羅賽爾是她的球伴；也是那年夏天，諾德太太又給羅賽爾一份工作機會，但他卻接了一個牛奶場的差事，替奶農送貨。諾德家的人認為他是想要自食其力，他們理解，也真心支持他的選擇和喜好；就像他們對於他以優等成績讀完大二，真心感到與有榮焉一樣。結果確實，送牛奶的工作並沒有引起任何變化。羅賽爾每天早上十點走完送牛奶的路線，暑假大部分時間仍舊是跟艾莎一起打網球，也常常留下來吃晚餐。

那天下午他們倆在打球，娜拉從花園奔過來告訴他們，豬跑出工具房，掉進井裡了。不知道誰把井蓋開著。羅賽爾和艾莎走到井邊，看見那畜生在六呎深的水裡游泳。羅賽爾用曬衣繩打了個活結，垂放下去釣那隻豬。在這同時，諾德太太在等候庫里奇小姐的到來，諾德先生和瑪莎阿姨正要從波勒渡口搭遊艇回家。湖上風浪很大，小艇上下左右亂晃，油槽裡一些沉澱的雜質晃了出來，堵住了油管。大風把這隻失能的小船颳上了海鷗岩，船頭破了個洞。諾德先生和瑪莎阿姨穿上救生衣，游了二十碼左右才上岸。

諾德先生在這段說故事的時間裡算是很克制的一個（因為瑪莎阿姨已經死了），總是要別人問了，他才會開口。「瑪莎阿姨真的有禱告嗎？」瓊安問他。他清了清喉嚨，態度鎮定，不慌不忙地說：「她真的有，瓊安。她念誦著主禱文。在那以前，她絕對不是虔誠的教徒，可是我確定，當時她的禱告聲連岸上的人都能聽見。」

「瑪莎阿姨真的有穿緊身內衣嗎？」瓊安繼續問。

「呃，應該說有的，瓊安，」諾德先生回答。「我和她走到門廊的時候，你母親和庫里奇小姐在喝茶，我們衣服上的水還是整桶整桶地在往下倒，瑪莎阿姨穿了什麼看得一清二楚。」

諾德先生繼承了他父親的羊毛廠，他總是穿著全套的羊毛西裝，就像廠商的活廣告。豬掉進井裡的那年，他整個夏天都待在鄉下——不是因為他不必照顧生意，而是他跟合夥人吵翻了。「我現在毫無意思回紐約，」他繼續說，「我要在這兒待到九月，給那票混蛋好好吃點苦頭。」那票合夥人的貪婪令諾德先生很受傷。「你明白吧，查理．瑞蒙簡直太沒原則了。」他無奈又無助的對諾德太太說，就好像明知道他太太根本不懂他的生意經，但又按捺不住內心想訴說的強烈慾望。「他連一點倫理道德都沒有，」他繼續往下說，「他一點倫理道德、一點規矩都沒有，他毫無原則，除了賺錢什麼都不顧。」諾德太太似乎很了解。依她的看法，這種人等於在自尋死路。她認識過一個像這樣的人。他沒日沒夜的就知道工作賺錢；他害了合夥人，背叛了朋友，也傷透了他太太和親愛的孩子們的心，在賺到幾百幾千萬的鈔票之後，一個星期天下午，他直接從辦公室的窗口跳了下去。

至於哈特利，在豬掉進井裡的那天，他全神貫注在捕到的那條大石斑身上，而藍迪是最後才露臉的一個。那年春天藍迪被學校開除了。他和六個朋友去聽一場社會主義的演講，其中一人朝演講者扔了一顆葡萄柚。藍迪和其餘的人都拒絕交出扔葡萄柚者的姓名。諾德先生和諾德太太對這件事相當懊惱，不過他們對於藍迪的作為很滿意。最後，這次的經驗使藍迪有一種名人顯耀的感覺，讓他原本就很雄厚的自尊心更上層樓——被學校開除了，秋天要到波士頓工作，這兩件事更令他覺得自己高人一等。

整個故事一開始沒什麼大不了，直到豬事件發生一年之後才起了變化，在這一段很短的時間裡，改變已然成形。艾莎因為羅賽爾而改變。她會隨時打斷別人說話而稱讚羅賽爾。「你太棒了，羅賽爾。你怎麼學會打活結的啊？天哪，要不是羅賽爾，那隻豬到現在還待在井裡哪。」前一年，艾莎和羅賽爾曾經接吻過好幾次，他們都認為即便兩人相愛也不可能結婚。他不願意離開麥克比，她又不願意住在那裡——這個結論是在艾莎的網球夏天，在她全心全意的親吻中得到的。第二年的夏天，就像當初急於丟掉她的體重那樣，她急切地想要丟掉她的童真——羅賽爾永遠想不透，也不知道冬天究竟發生了什麼，艾莎忽然對於自己沒有這方面的經驗感到羞恥。

他們單獨在一起的時候，她談到了性。羅賽爾知道她的童真非常寶貴，這事不能等閒視之，只是他很快就昏了頭，從後樓梯爬進了她的房間。兩人正式成為愛侶之後，仍繼續討論著不結婚的事，不過，結不結婚跟他們眼前這一段短暫的親密關係毫不相干；就像所有其他的事情一樣，這份關係彷彿也是應這個爛漫短暫的季節而生。艾莎只肯在自己的床上做愛，可是她的臥房在後面，由廚房後面的梯子就能上去，羅賽爾很難避人耳目。這間房跟營地其他的房間一樣，原汁原味，沒加過工：芳香的原色松木板牆上，釘著一幅竇加的複製畫作、一張瑞士策馬特的風景照片，還有一張凹凸不平的床。在那些夏夜裡，金龜子清脆的聲響不時透過紗門傳來。當老營區的木板還存留著白天的燥熱，當她那頭淺咖啡色頭髮還帶著日曬的味道時，羅賽爾把她美好而苗條的身軀擁入懷中，他覺得這份幸福是無價之寶。

他們以為大家都看得出來他們已經忘我了。艾莎對於自己的行為一點也不後悔，只是她不知道這事該怎麼結束。他們一直等著出問題，結果什麼也沒發生，他們不知該怎麼辦。有天晚上她做了決定，必須跟大家說清楚，沒想到大家很能理解。想到她的父母能抱持這樣年輕的心態看待他們純真自然的熱情，艾莎感動得哭了。「他們實在太棒了，對吧，親愛的？」她問羅賽爾。「你有見過這麼棒的人嗎，我的意思是，他們從小接受那麼嚴格的教養，他們的朋友都那麼的古板，他們居然能夠體諒，太棒了，不是嗎？」羅賽爾完全贊同。想著諾德夫婦居然肯放任這種超乎禮俗範圍的大事情，他對他們更加敬重了。當然，艾莎和羅賽爾徹底弄錯了。沒有人跟艾莎的父母提這回事，因為根本沒有人知道他們之間的事。艾莎的父母一定連做夢也沒想到會出這種事。

秋天還沒到，瓊安突然結婚了，而且搬去明尼亞波利斯住。這段婚姻並沒有維持多久。四月她到里諾離完婚，剛好及時回到白灘營過夏天。她依然是個漂亮的小女孩，長長的臉蛋，燦爛的金髮。誰也沒料到她會回來，她房間裡的東西一團亂。她不停找照片找書，找地毯找椅子。晚飯後她跟大家一起聚在前門廊，她的話特多，一直問個沒完。「誰有火柴？」「這裡有菸灰缸嗎？」「還有咖啡嗎？」「我們要不要喝點酒？」「有沒有多出來的枕頭？」哈特利是唯一好心答話的人。

藍迪和他太太潘蜜拉回來住兩個星期。藍迪仍舊向兩位姐姐借錢。潘蜜拉是一個黑黑瘦瘦的女孩，跟諾德太太完全處不來。她在芝加哥長大，而在東部住了一輩子的諾德太太認為，這或許就是她們倆不同調的原因。「我要聽真話，」潘蜜拉經常對諾德太太說這話，好像她老是懷疑她婆婆在撒謊似的。「你認為粉紅色適合我嗎？」她問。「我要聽實話。」她對諾德太太管理白灘營的方式很不滿，有一次她真的對那些她認為的浪費採取行動了。諾德太太的院子後面有一大片醋栗園，每年都會雇工人來修剪維護，雖然諾德夫婦並不喜歡醋栗，也從來不採摘。有天早上，車道上來了一輛卡車，載了四個陌生人進到醋栗園。女傭跑去告訴諾德太太，就在她準備叫藍迪把那幾個陌生人趕走的時候，潘蜜拉走進來說明一切。「醋栗都快爛了，」她說，「所以我跟雜貨鋪老闆說，如果他願意照一夸脫十五分的價錢付給我們，就可以過來採收。我最討厭看見浪費……」這件事當然惹到了諾德太太和家裡的每個人，儘管他們也說不出為什麼。

總之，那個夏天還是和其他所有的夏天一個樣。羅賽爾和「這群孩子」去了亮麗似黃金的謝利瀑布，爬了麥克比山，還在貝茲湖裡釣魚。因為這些活動都是一年一次，大家就把它當成是一種儀式。晚餐後，全家人都會聚在前門廊。天空浮著彩雲。「我看見廚子把整碟的白花椰菜都扔掉了，」這時潘蜜拉就會對諾德太太說。「我是沒資格糾正她，可我最討厭看見浪費。你呢？」或者，瓊安會開口問，「有沒有人看見我的黃毛衣？我確定我把它忘在浴室裡了，我剛才去那邊沒找到。有沒有誰順手把它帶回來了？這是我今年搞丟的第二件毛衣。」然後，好一陣子沒人說話，彷彿在這一刻，大家都從嚴峻的談話律令中獲得釋放了，等到交談重新開始，談的依舊是雞毛蒜皮的一些小事：船隻補漏的竅門；比較巴士和電車的舒服和好處；去加拿大開哪條路最快。黑暗漫入了沉滯的空氣，濃得像淤泥。忽然有人談起了天空，諾德太太才想起豬掉進井裡的那天晚上天特別的紅。

「那天你在跟艾莎打網球，對吧，羅賽爾？那是艾莎的網球夏天。那豬是你在藍契斯特的博覽會上贏來的，對吧，藍迪？是你玩投棒球遊戲贏的。你一直就是個運動好手。」

那豬，大家都知道，是抽獎抽到的，但沒人糾正諾德太太，這是個無關緊要的小錯誤。最近她常誇讚藍迪，而且是誇讚一些連他自己都不以為然的事。這應該不是她的本意，她一向對於跟她唱反調的人很頭痛，可是現在她只記得他在德國的表現有多棒，他在住宿學校裡多麼受歡迎，他在足球隊裡有多麼的重要——所有虛假的、高尚的、善良的回憶全部套在藍迪的頭上，彷彿這些話能夠給他某種激勵似的。「你本來要為那隻豬造一個豬圈的，」她說：「你本來就是一流的木匠啊。還記得你做的那座書櫃嗎？後來潘蜜拉打電話來，你就開著那輛老凱迪拉克去她那兒了。」

庫里奇小姐就在這個大日子的四點鐘到達，大家記得一清二楚。她是中西部來的一位老處女，任職教會主唱。她這人沒有什麼特別的地方，只是當然，她跟這一切隨性的一家人大不相同，他們以激起她的反對為樂。她安頓好之後，諾德太太帶她到前門廊，娜拉・昆為她們奉上茶水。娜拉上完了茶，就偷偷從餐廳拿了一瓶威士忌上她的頂樓小房間享用了。哈特利從湖邊回來，桶子裡裝著他捕到的那條七磅重的大石斑。他先把魚放在後廳，再過來加入他的母親和庫里奇小姐，真正吸引他的是桌上的餅乾。庫里奇小姐和諾德太太正聊著當年在瑞士讀書的日子，諾德先生和瑪莎阿姨來了，兩人穿著正式的衣服，卻全身濕透了。他們彼此做了介紹。這時候那隻豬已經淹死了，羅賽爾一直到晚餐要開飯的時候才把牠從井裡拉上來。哈特利借了刮鬍刀和白襯衫給他，他留下來吃飯。在庫里奇小姐面前，大夥兒都沒提起豬的事，只是拚命談著海水有多鹹。晚餐後，全部的人又聚在前門廊。瑪莎阿姨把緊身內衣掛在臥房窗口晾著，她上樓去查看內衣乾了沒，忽然注意到天空，就從樓上大聲叫大家看。「你們快看啊，快看看這天空！」早先，就在前一刻，雲層又厚又暗——這會兒，竟成了一個著了火似的世界。湖面上一片令人目眩的光焰。「你看這天空啊，娜拉！」諾德太太對著樓上喊叫著廚子，可是等到醉醺醺的娜拉蹭到窗口的時候，那似火的光焰已經沒了，只見又厚又暗的雲層，她想她八成是誤解了諾德太太的意思，於是走到樓梯口去問他們是不是需要什麼東西。她沒站穩，從樓梯上栽了下去，撞翻了裝著活石斑的桶子。

故事到了這個節骨眼，瓊安和諾德太太笑到眼淚都迸了出來。大家都笑翻了，除了潘蜜拉，她等著出場已經等得有些不耐煩。就在娜拉從樓上栽下來之後，立刻輪到她上場。藍迪留在布雷斯代家吃過晚餐，和潘蜜拉一起回到營地，哈特利和羅賽爾兩個人正忙著把娜拉抬到她床上。這時，藍迪和潘蜜拉說要向大家宣布一個消息；他們決定結婚了。諾德太太根本不希望藍迪娶潘蜜拉，他們宣布的消息令她很難過，但她還是溫柔的親吻了潘蜜拉，然後上樓去拿一枚鑽戒。「噢，好漂亮啊！」潘蜜拉拿著戒指說。「你不戴了嗎？你不會捨不得嗎？你確定真的要給我嗎？你要說實話呀……」庫里奇小姐很可能覺得自己完全是個外人，所以到目前為止一直非常安靜，這會兒開口問說她可不可以唱歌。

儘管羅賽爾把這一段短暫的親密關係提出來和艾莎長談了無數次，結果卻無濟於事。那年秋天，諾德他們走了之後，羅賽爾想念這個女孩，想念著在她房裡的每個夏夜。他一回到奧爾巴尼，就開始給艾莎寫好長好長的情書，感受到了從未有過的煩惱和寂寞。艾莎沒回信，他並沒有因此改變心意。他下定決心要把婚事定下來。他會繼續念完大學，再取得碩士學位，有了教書的工作，他們可以住在像奧爾巴尼之類的地方。但是對於他的求婚，艾莎連個答覆也沒有，情急之下，羅賽爾打電話給她，但她外出了。他留言要她回話。到第二天晚上她還是沒來電話，他再撥電話，這回接通了，他向她求婚，求她嫁給他。「我不能嫁給你，羅賽爾，」她不耐煩地說：「我不想嫁給你。」他痛苦地掛斷電話，茶不思飯不想了一整個禮拜。最後他認定艾莎的拒絕不是她的本意，肯定是她的父母阻止她嫁給他——尤其在第二年夏天諾德家沒一個人回到麥克比的時候，他更加強化了這個推測。其實羅賽爾誤會了。那個夏天諾德太太和諾德先生帶瓊安和艾莎去了加州，倒不是為了阻止艾莎和羅賽爾見面，而是因為諾德太太收到一份意外的餽贈，決定出遊，把它花掉。而哈特利，是因為在緬因州的一個夏令營接了份差事。藍迪和潘蜜拉——藍迪原本在波士頓的工作沒了，轉到伍斯特去工作——兩人在七月生了孩子，所以白灘營根本沒開放。

他們又全部回來了。一年後，一個六月天，就在馬車把一車子的乾草運往麥克比跑馬場的馬廄，好多載著小汽艇的拖車在路上跑的時候，諾德一家人回來了。哈特利擔任教職，所以整個夏天都能待在這兒。藍迪請了兩個星期留職停薪的假，他和潘蜜拉還有他們的孩子可以回來住一個月。瓊安本來沒打算回來；她跟一個在喬治湖開茶館的女人合夥做生意，不料一合夥兩個人就吵架了，諾德先生在六月開車去喬治湖把她接回家。那年冬天瓊安一直在看醫生，因為她得了憂鬱症，她肆無忌憚地談著她的不開心。「知道吧，我想我的問題是，」她在吃早飯時說：「當初哈特利進寄宿學校的時候，我太妒忌他了。那年聖誕節他回來，我真的很想殺了他，不過我把所有的怨氣都壓了下來……」吃午飯時，她說：「還記得那個育嬰保母歐布萊恩嗎？」她又說：「嗯，我認為歐布萊恩老是把我想歪了。她喜歡在衣櫥裡脫衣服，有一次她看見我光著身子在照鏡子，竟然打我。我認為她是把我想歪了……」到了晚餐時，她說：「我認為我的問題出在奶奶太嚴格了。」她接著說：「我感覺從來沒有令她滿意過。我的意思是，我學校成績不好，她總是讓我覺得好有罪惡感。我認為這造成我對其他女人看法上的扭曲……」「你們知道吧，」晚餐後在前門廊上她又說，「我認為我人生最大的轉折點，就是那個可怕的川查家的男孩，他拿那些照片給我看，當時我才十歲……」這些零碎的回憶能帶給她短暫的快樂，只是半個小時後，她又開始咬指甲。她生活圈裡的人都太好太仁慈了，她實在很難找出她不稱心的緣由，所以她只好怪家裡的人，怪家人的朋友，怪家裡的僕役。

艾莎從加州回來，她已在去年秋天和湯姆・丹尼森結婚了。這樁婚事全家都很滿意。湯姆開朗、勤奮、聰明，他是一家收銀機製造公司的新員工，因為薪水很少，他和艾莎的新居就在東六十街區一間沒有熱水設備的公寓——這樣的際遇，有人或許會說，「這個艾莎・諾德真夠勇敢！」夏天到了，湯姆的假期很短，他和艾莎在六月去了鱈魚角。諾德先生和諾德太太希望艾莎去鱈魚角之後，能再回來白灘營，艾莎說不，她堅持要跟湯姆一起待在都市裡。到了八月她改變主意，諾德先生開車到車站接她。她只能待十天，她說，這也是她來白灘營的最後一個夏天。因為湯姆和她計畫在鱈魚角買一個屬於他們自己的避暑小屋。到了該走的時候，她打電話給湯姆，他叫她繼續待在鄉下；都市裡熱得可怕。後來，她每隔一星期給他打一次電話，就這樣她在白灘營一直待到九月中。

那年夏天，諾德先生每星期要在紐約待個兩三天，從奧爾巴尼搭飛機過去。這種改變挺好的，因為他的生意做得很順利。他已經當上董事會主席。潘蜜拉帶著孩子，她對他們給的房間頻頻抱怨。有一回，諾德太太聽見她在廚房跟廚子說，「等到我和藍迪來管理這個地方的時候，情況就會大大不同了，我來告訴你……」諾德太太把這事告訴了她先生，夫妻倆決定把白灘營留給哈特利。「這個火腿肉只上過一次餐桌，」潘蜜拉說：「昨天晚上我親眼看見她把一碟子好好的荷蘭豆扔進垃圾桶。我是沒資格糾正她啦，可我最討厭浪費。你呢？」

藍迪非常崇拜他瘦小的老婆，令她更加恃寵而驕，佔盡了他的便宜。有天晚上吃完晚飯，大夥在前門廊喝酒，她走過來坐到諾德太太旁邊，懷裡抱著小寶寶。

「你們都是七點吃晚飯嗎，奶奶？」她問。

「是啊。」

「我恐怕沒辦法七點上桌吃飯，」潘蜜拉說：「我最討厭吃飯遲到，可我總得先為孩子著想，對吧？」

「我恐怕沒辦法叫大家都等你一個。」諾德太太說。

「我沒要你等我一個，」潘蜜拉說，「只是我們住的那間房實在太熱了，我們很難哄小賓賓睡覺啊。我和藍迪都很喜歡住在這裡，我們盡量不讓你覺得不舒坦，可我必須為小賓賓著想，他不肯睡，我就沒辦法準時上桌吃飯。我希望你別介意。你儘管照實說。」

「你如果來晚一點，沒關係的。」諾德太太說。

「這件衣服好漂亮，」潘蜜拉愉快的結束了方才的談話：「是新的嗎？」

「謝謝你，親愛的，」諾德太太說：「是的，是新的。」

「這顏色好美。」潘蜜拉說。她起身摸了摸那質料，或許是因為她的動作，或許是因為她懷裡的孩子，也或許是因為諾德太太的某個動作——很突然地，潘蜜拉的香菸就碰到了那件新衣服，而且燒出一個洞。諾德太太憋住氣，勉強笑著說沒關係。

「當然有關係啦！」潘蜜拉大聲說。「我覺得太糟糕了。我覺得太糟糕了。都是我的錯，你把衣服交給我，我送去伍斯特修補。我知道伍斯特那兒有個地方修改衣服的手工非常好。」

諾德太太又再說一次沒關係，並且努力把話題轉到天氣上。

「我堅持，你一定要讓我把衣服帶過去修補，」潘蜜拉說：「吃完飯，你就把它脫下來交給我。」緊接著她就往門口走，再轉身把小寶寶舉起來。「跟奶奶說拜拜，小賓賓，」她說：「揮手說拜拜啊，小賓賓快揮手。寶貝快揮手啊。寶貝向奶奶揮手說拜拜。小賓賓揮手說拜拜。向奶奶揮手說拜拜。寶貝揮手說拜拜……」

夏天裡該有的儀式並沒有因為這些小擾亂而改變。每個星期天一早，哈特利帶著女傭和廚子去聖約翰教堂做彌撒，他會在飼料店的前門階等候他們。藍迪每天十一點做冰淇淋。感覺上夏天就像是一大塊陸地，融洽、和睦又自給自足，其中有著許多很特殊的情懷——像是赤腳駕著老凱迪拉克行駛在凹凸不平的牧場上的感覺；像是嘗著網球場附近花圃水喉裡的清水滋味；像是黎明時分在山間小屋裡愉悅地套上一件乾淨羊毛衫的感覺；像是在黑暗中坐在前門廊，明知道沾到了一些像紗網似的東西，卻不會動氣的感覺，像是長泳過後全身清爽的感覺。

那一年諾德他們沒有邀請羅賽爾到白灘營。這回，他們的故事沒有他的幫忙同樣進展順利。羅賽爾畢業後，娶了一位本地女孩蜜拉．海威特。艾莎拒絕他的求婚之後，他就放棄了讀碩士的計畫。現在他幫忙父親經營五金行。諾德他們在買烤肉架或是釣魚線的時候會看到他，他們一致認為他看起來很不好，臉色很蒼白——艾莎注意到了，他身上的衣服有雞飼料和煤油的味道。他們都覺得現在待在五金行裡幹活的羅賽爾，已經不符合他們夏天裡的形象了。不過，這份感覺並不強，最主要是因為不在意，而且見面的時間真的不多。等到隔年夏天，他們開始討厭羅賽爾，便徹底把羅賽爾從名單上除掉了。

第二年春天，羅賽爾和他岳父開始在賀威特角伐木賣錢，沿著湖泊砍伐出一塊三英畝的空地準備做大型觀光營地，取名叫作楊氏度假城。賀威特角在湖對面，離白灘營南邊三哩路，這項開發對諾德家的產業並沒影響，只是賀威特角是他們過去經常野餐的地方，當然不希望看到樹林被砍光，換上一堆度假用的小平房。他們對羅賽爾失望透頂，原本以為他是個愛山愛土的在地孩子，還把他當成養子般對待，指望他跟他們一樣純粹享受夏天，不計較金錢。結果他不但愛錢，還把腦筋動到了賀威特角；畢竟那兒的林地，曾讓他們享受過那麼多次快樂的野餐，這對他們真是雙重打擊。

至於這裡的大自然美景，在這個鄉下地方，通常就留給女人和牧師去管了。麥克比村位在山隘上方的一塊高地，眺望著北邊的山脈。那湖等於是山隘的地板，只有在天氣最熱的早晨，雲層才會低過飼料店和聯合教堂的門廊。海岸地區常見的煙嵐是山隘的特色。熱到頂的時候，天氣會忽然陰暗下來，霧濃得像天鵝絨似的，緊接著大雨籠罩整個山區；這持續不斷更迭的明暗，雷鳴和夕照交替的光影，或許象徵著一場暴風雨的結束，也或許是天庭對宗教藝術家的一份應許，而這一切也更加凸顯了這個俗人對周遭環境的冷漠。所以當諾德一家人跟羅賽爾在路上擦肩而過，連手都不揮一下的時候，他完全不知道自己做錯了什麼。

那年，艾莎．諾德在九月離開。她和丈夫早已搬去郊區了，可是心裡又放不下鱈魚角的屋子，大半個夏天都待在白灘營，沒帶著老公。瓊安則選了一個祕書課程，跟她妹妹一起回紐約。諾德先生和諾德太太打算繼續待到十一月一日：諾德先生被公司蒙在鼓裡，他到很後來才知道，自己憑著董事會主席的位子只拿到一點退休金；他失去了回去的理由。這年秋天，他和諾德太太一直在樹林裡散步。而早在這年夏天開始試辦配給汽油的政策，把營區關閉之後，他們心裡便有數，要再開放大概得等上好長一段時間了。而楊氏度假城因為缺乏建材的關係，建造工程也宣告暫停：砍了樹，架了二十五間度假屋的水泥樁之後，蓋屋子的釘子、木頭和屋頂材料，羅賽爾統統買不到了。

戰爭結束後，諾德全家回到白灘營過夏天。戰爭期間全家人都在為國出力：諾德太太在紅十字會工作；諾德先生擔任醫護人員；藍迪在喬治亞州任職司務長；艾莎的丈夫在歐洲官拜海軍上尉；

瓊安跟隨紅十字會遠征非洲，可惜她跟上司吵架不和，立刻就被部隊運輸艦遣送回鄉。不過關於戰爭的種種回憶並未留存很久，除了哈特利的死（哈特利溺死在太平洋裡），但是那也很快就被淡忘了。現在星期天的清晨，藍迪會帶著廚子和女傭去聖約翰教堂做彌撒。他們十一點打網球，三點游泳，六點喝琴酒。這群孩子——少了哈特利和羅賽爾——仍然一起去看謝利瀑布，去爬麥克比山，在貝茲湖釣魚，赤腳駕著老凱迪拉克橫越牧場。

戰後的第一個夏天，麥克比聖公會禮拜堂新來的主任牧師前去拜訪諾德家，問他們為什麼沒有為哈特利追悼誦經。他們不置可否，牧師卻十分堅持。過了幾個晚上，諾德太太做夢，夢見哈特利一副不開心的模樣。過了一個星期牧師在街上叫住她，又跟她提起追悼誦經的事。這次她同意了，而且馬上想到羅賽爾，在麥克比唯一應該邀請的人就是他了，因為他當時也在太平洋。羅賽爾回麥克比之後就在五金行工作，他在賀威特角的土地已經賣給房地產開發商，現在那個地方正在蓋小型夏日別墅。

哈特利的追悼會在夏末舉行，那是很熱的一天，離他溺死的日子已經過了三年。鑑於光是誦經太過簡單，牧師特別追加了一節在海上死亡的經文。諾德太太並沒有因為誦經禱告而得到任何紓解，主的力量給她的信心遠不及夜晚繁星的魔力。在她來說，這場誦經追悼一無是處。儀式結束後，諾德先生挽著她的手臂，老夫婦倆走去祭衣室。諾德太太看見羅賽爾在教堂外面等著跟她說話，她心裡想：為什麼是哈特利？為什麼不是羅賽爾呢？

她好多年沒見到他了。他穿著一套小到離譜的西裝，臉色好紅。她想到自己竟然詛咒一個活人希望他死，感到相當羞愧（她向來都是用愛來遮蓋邪惡和苦痛，在她朋友和家人裡面，凡是想要激起她的不耐和羞辱的人，都會接收到她最溫暖寬大的包容）。她激動地走上前握住他的手，眼裡閃著淚光。「噢，你能來太好了；你是他最要好的朋友。我們都很想念你，羅賽爾，過來坐坐吧。明天能來嗎？我們星期六離開。過來吃晚飯。像從前那樣，來吃晚飯。我們沒辦法請米拉和孩子們都過來，因為今年沒有女傭了，不過我們真的很想看到你。要來哦。」羅賽爾說他會。

第二天晴朗有風，令人全身舒暢，千變萬化的色調和亮度——感覺上彷彿一半屬於夏天，一半屬於秋天，像極了豬掉進井裡淹死的那一天。午餐後，諾德太太和潘蜜拉去拍賣場。兩個女人總算停火了，雖然潘蜜拉仍舊會在廚房裡惹事生非，還是一副不耐煩的神情，把白灘營看成是她理所當然的繼承品，不過她的老公藍迪開始對她瘦削的身子生厭。儘管藍迪極力想擺脫這個厭煩的念頭，卻仍舊克制不住強烈的欲望，出軌過一兩次。這段期間有指責，有懺悔，有和解，潘蜜拉也很喜歡跟諾德太太討論這件事，不斷提問不斷追尋——依照她的說法，她是在尋找男人的「真面目」。

那天下午藍迪帶了孩子去海灘。他是個很有愛心卻沒耐心的父親，在屋子裡老是聽見他在罵小孩。「小賓賓，我跟你說話的時候，並不是我要跟你說話，而是我要聽見我自己說話的聲音，我跟你說話是因為我要你聽我的話！」正如諾德太太對羅賽爾說的，這個夏天他們沒雇女傭。艾莎負起了家務事。只要有人提議請清潔婦，艾莎就會說，「我們請不起清潔婦，反正我閒著也是閒著。我不介意做家事，只希望你們大家要記得別把沙子帶進客廳……」艾莎的老公整個假期都待在白灘營，不過他已經先回去上班了。

這天下午，諾德先生頂著大太陽坐在門廊上，瓊安拿著一封信出來找他。她不自在的笑著，用一種很做作的、她父親最不愛聽且毫無抑揚頓挫的聲音開口說話。「我決定明天不跟你去了，」她說：「爸，我決定要在這兒多待一些時候。因為，我在紐約根本沒事可做。我根本沒理由回去，對吧？我寫了封信給海倫．帕克，她會過來陪我，這樣我就不會寂寞了。這是她的信。她說她很樂意過來。我想我們會一直待到聖誕節。這麼多年來我從未在這兒度過冬天。我們準備寫一本童書，我和海倫，我們兩個。她畫圖，我寫故事。她哥哥認識一個出版商，他說——」

「瓊安，親愛的，你不能在這兒過冬。」諾德先生溫和地說。

「噢，可以的，我可以的，爸，」瓊安說：「海倫理解，她知道這裡不會很舒服。我在信上都寫得很清楚了。我們心甘情願吃苦。我們可以在麥克比買吃的和用的，也會輪流去村子裡。我會去買一些生火的木柴和罐頭食品，還有——」

「可是瓊安，親愛的，這棟屋子並不適合冬天住。單牆薄壁，而且水源也會切斷。」

「噢，我們不擔心水的問題——我們可以利用湖水。」

「瓊安，親愛的，聽我說，」諾德先生斬釘截鐵地說道：「冬天你們不可以待在這裡。你可以再多待一個禮拜。到時候我會來接你，我不想為了關閉這棟屋子過來兩次。」他已經有些不耐煩了，不過口氣還是很懇切。「你想想那是個什麼情況，親愛的，沒有暖氣，沒有水，沒有半個親人。」

「爸，我要留在這兒！」瓊安哭喊。「我要留在這兒！拜託，請你讓我留在這兒吧！我計畫好久了。」

「你真是無理取鬧，瓊安，」諾德先生打斷她的話：「這明明是一棟避暑的屋子。」

「可是，爸，我的要求並不過分哪！」瓊安哭喊。「我不是小孩子了。我都已經快四十歲。我從來沒要求過你什麼事。你總是那麼嚴格，從來不讓我做我想要做的事。」

「瓊安，親愛的，請你講點道理，請你講點道理好不好，請你好好想想——」

「艾莎要什麼有什麼。她去歐洲兩次；上大學有車；還有皮草大衣。」突然，瓊安跪了下來，接著一屁股坐在地上。這舉動很難看，顯然是存心惹惱她的父親。

「我要留下來，我要留下來，我要留下來，我要留下來！」她哭喊。

「瓊安，你簡直像個不講理的小孩！」他吼著。「起來。」

「我就是要像個不講理的小孩！」她尖叫。「我就是要做一下不講理的小孩！做一下不講理的小孩有那麼可怕嗎？我這一生再不會有快活的事了。我不開心的時候，總是努力回想開心的時候，可是一次也想不出來啊。」

「瓊安，起來。快站起來。快點站起來。」

「我不能，我不能，我不能，」她哽咽著：「站起來會痛——我的腿會痛。」

「起來，瓊安。」老人家彎下腰，吃力的把女兒扶起來。「我的孩子，啊，我可憐的孩子！」他伸出胳臂攬著她。「快進去洗手間，我給你洗把臉，你這個小可憐。」她由著他幫她洗臉，之後父女倆喝了些酒，又坐下來下棋。

羅賽爾六點半到達白灘營，大家在前門廊喝著琴酒。酒精讓他的話變多了，他開始大談在戰爭中的經歷，氣氛很愉快，很包容，他知道這個晚上無論他做什麼說什麼都不會被挑剔。儘管天氣很涼，晚餐後他們又走到屋外。雲層還沒有染上色彩。在明滅的燈影中，山坡閃耀著天鵝絨般的光澤。諾德太太腿上蓋著毯子，看著美景。這是這些年裡永遠不變的樂事。時局有好有壞，有蕭條，有衰退，有戰爭帶來的困境，暴漲暴跌，通貨膨脹，市場崩盤，現在又開始進入新的困境，可是所有這一切，沒有一樣能夠改變這裡，在這個前門廊上，她所看到的一草一木，一石一葉。

「你們知道吧，我今年三十七歲了，」藍迪說，煞有介事的口氣，彷彿經過他頭頂的歲月通道非但獨特有趣，而且還是一種卑鄙的招數。他用舌頭剔著牙。「如果今年我回坎布里奇參加同學會，算一算應該是第十五次了。」

「那有什麼。」艾莎說。

「你們知不知道提特家買下了老韓德森住的地方？」諾德先生問。「果然有人發國難財啊。」他站起來，把座椅顛倒過來，用拳頭重擊椅子的四條腿。他的香菸沾濕了。重新坐下來的時候，長長的菸灰落到他的背心上。

「我看起來像三十七歲嗎？」藍迪問。

「你知道嗎，你今天已經提了八次三十七歲，」艾莎說：「我數過。」

「搭飛機去歐洲要多少錢？」諾德先生問。

話題從輪船的票價轉到了應該哪個時間去陌生城市比較愉快，早上還是晚上。接著大夥聊著來過白灘營度假的幾個名字特別奇怪的客人；有胡椒粒先生太太，嚴肅先生太太，毛石先生太太，赤血一家子，還有泥淖和西芹兩家。

愈接近季末，光線變化愈快，前一分鐘還是陽光普照，下一分鐘就全暗了。麥克比和這兒的山林隨著落日餘暉變幻著，有這麼一會兒，感覺上好像任何東西都沾不上這些山林，任何事都沒什麼大不了似的。這一片泛著黃銅光澤的牆面彷彿來自無極。星星出現了，地球喧鬧起來，混沌的幻象消失了。諾德太太環顧四周，這個時間這個地點似乎變得出奇重要。這不是仿造的贗品，不是定製的成品，這個地方是獨一無二的，這裡的空氣是獨一無二的，我的孩子們就在這兒度過他們最好的時光。想到他們沒有一個人有像樣的表現，她不禁倒在椅子上，擠了幾滴淚水。為什麼夏天總是一座島？她想著，為什麼總是這麼一座小島？他們究竟錯在哪裡？他們愛鄰居街坊，謹守分寸，把尊榮看得比得失更重要。可是他們的能力呢，他們的自由呢，他們的氣概呢？為什麼這一群圍繞在她身邊、溫柔和善的好人，看上去都像悲劇裡的人物呢？

「還記得豬掉進井裡的那天嗎？」她問。天空毫無顏色。黑色的山脈下，湖泊洶湧著難看到極點的灰。「你不是在跟艾莎打網球嗎，羅賽爾？那年是艾莎的網球夏天。那隻豬不是你從藍契斯特的商展會贏來的嗎，藍迪？那時候你棒球投得好準，投中了標的才贏到那隻豬的。你一直是個運動好手啊。」

這個話題一開，大家都靜心等著輪到自己發言。他們想起了那隻淹死的豬，想起了海鷗岩的落水事件，想起了瑪莎姨媽晾在窗口的緊身內衣，還有像著了火似的雲層，來勢洶洶的西北風。說到娜拉從樓梯摔下來的那一段，大家都笑翻了。潘蜜拉也插進來講她宣布訂婚的事。過後，他們又想起庫里奇小姐上樓拿了音樂箱下來，站在光線明亮的門口，演唱鄉下教會裡的曲目。她足足唱了一個多小時，大家都沒辦法喊停。她獨唱的時候，艾莎和羅賽爾離開了前門廊，走去野地把那隻淹死的豬埋了。天氣很涼爽。艾莎提燈籠，羅賽爾挖墓穴。當時他們兩人已經下定決心，即便彼此相愛也絕不結婚，因為他不會離開麥克比，而她絕對不會住在這兒。他們回到了前門廊，庫里奇小姐也唱起了最後一支選曲，然後羅賽爾走了，大家紛紛上床睡覺去了。

這段故事讓諾德太太恢復了活力，覺得一切十分美好。其他人也精神大振，大家有說有笑的進了屋子。諾德先生升起了火，坐下來跟瓊安下棋。諾德太太把一盒走味的糖果遞給大家吃。外面起風了，屋子發出溫柔的吱嘎聲，就像風帆飽滿的船身。這一屋子裡的人現在看起來是那麼的安心篤定，儘管明天早上就要各分東西。

木馬文學 132

離婚季節

約翰・齊佛短篇小說自選集 1

The Season of Divorce: Stories

作　　者：約翰・齊佛（John Cheever）
譯　　者：余國芳
社　　長：陳蕙慧
副總編輯：簡伊玲
行銷企劃：李逸文・闕志勳・廖祿存
校　　對：呂佳真
電腦排版：中原造像股份有限公司

社　　長：郭重興
發行人兼出版總監：曾大福
出　　版：木馬文化事業股份有限公司
發　　行：遠足文化事業股份有限公司
地　　址：231 新北市新店區民權路 108 之 4 號 8 樓
電　　話：02-2218-1417
傳　　真：02-8667-1891
E m a i l：service@bookrep.com.tw
郵撥帳號：19588272 木馬文化事業股份有限公司
客服專線：0800221029
法律顧問：華洋國際專利商標事務所 蘇文生 律師
印　　刷：中原造像股份有限公司
初版一刷：2018 年 8 月
初版六刷：2022 年 4 月
定　　價：新台幣 380 元
I S B N：978-986-359-575-5

歡迎團體訂購，另有優惠，請洽業務部（02）2218-1417 分機 1124、1135

國家圖書館出版品預行編目（CIP）資料

離婚季節：約翰・齊佛短篇小說自選集 1 /
約翰・齊佛（John Cheever）著；
余國芳 譯 ,-- 初版 , -- 新北市：
木馬文化出版：遠足文化發行 , 2018, 08
336 面；14.8×21 公分 , --(木馬文學；132)
譯自：The Season of Divorce: Stories
ISBN 978-986-359-575-5（平裝）
874.57 107011316